有爱的青春陪伴者

5:5, 6:6,
吴花果在新闻稿上敲下两个字 —— 抢七。

网球世界里,每一大盘出现平局时,
先赢七局者为胜。

抢七

Qiang qi

小格 著

江苏凤凰文艺出版社

图书在版编目（CIP）数据

抢七 / 小格著. -- 南京：江苏凤凰文艺出版社, 2025.7. -- ISBN 978-7-5594-9710-9

Ⅰ. I247.5

中国国家版本馆CIP数据核字第20253MR107号

抢七

小格 著

责任编辑	王昕宁
责任印制	杨 丹
特约编辑	李 娜
出版发行	江苏凤凰文艺出版社
	南京市中央路165号，邮编：210009
网　　址	http://www.jswenyi.com
印　　刷	天津睿和印艺科技有限公司
开　　本	880mm×1230mm 1/32
印　　张	11
字　　数	406千字
版　　次	2025年7月第1版
印　　次	2025年7月第1次印刷
书　　号	ISBN 978-7-5594-9710-9
定　　价	42.80元

江苏凤凰文艺版图书凡印刷、装订错误，可向出版社调换，联系电话025-83280257

目 录

Chapter 01 · 钟世　　　　　　　　001

　　　　Chapter · 02 加油!　　　　　027

Chapter · 03 相信　　　　　　　　060

　　　　Chapter 04 · 破局　　　　　091

Chapter 05 · 普通朋友　　　　　　122

　　　　Chapter 06 · 你的，我的　　151

目 录

Chapter 07 · 职业理想　　　　　　183

Chapter 08 · 那句表白　　　　　　214

Chapter 09 · 不那么真实的我　　　247

Chapter 10 · 百转千回，就是你了　278

Chapter 11 · 有些相见，其实是重逢　310

Extra · 无数个这样的一天　　　　338

Chapter 01
钟世

她想起钟世，她无比确认那时遇到的人就是他。

随之她又一阵心慌，还是太年少了，所以根本没能意识到漫长的有生之年会狭路相逢。

"小吴小吴，这儿呢。"

电话里的声音终于和现实中的声音合为一体。吴花果隔着一排黑色商务车远远看见毛维瞻左手提摄影机，电话用右肩夹在耳侧，一只可以动弹的手不停地抖动以召唤她。她早已累得上气不接下气，连回个应答词都嫌费力，于是径直将手机揣进牛仔裤屁股口袋，仰头朝天用力喘上几口，再次加速跑向运动场入口老毛的位置。

"证件。"隔着一道安检门，保安丝毫不理会面前几乎要抱头痛哭的两人，表情正经得像人工智能。

"哦哦哦。"老毛说着递过手里的胸牌，"小哥，我们是'最赛事'的，这是我们频道记者。堵车，对，堵车来晚了。"

"这是你？"保安上下打量一遍吴花果，又看看胸牌上的白底彩色照片，面露疑色。

"整过。"吴花果抹着大汗，煞有介事地挺挺胸。

"人工智能"皱起眉头："可我刚才听他叫你小吴啊……"

证件上的名字是马楚雯。

吴花果一把夺过胸牌："我姓马，外号叫小吴。"不等对方反应，她迅速将手机丢到安检筐里，扬起手臂示意女安检员检查。

不远处观众席出口的说话声渐大，老毛回头扫一眼又转过来："坏了，散场了。"

安检团队几人对个眼神，女安检员手下这才开始有动作。

001

见保安小哥还盯着自己皱眉，吴花果干脆一不做二不休演全套："姐，我鼻子没歪吧？"

女安检员打量一番，认真地点头："特别正。"

"得嘞。"吴花果顺利通关，拿上手机拽起老毛就往场内跑，边跑边抱怨，"我货真价实的真脸，没了。"

"这时候要什么脸啊。"老毛已过不惑之年，体力自然不比二十郎当岁的姑娘，此时额头汗珠如水帘般扑落惹得睁不开眼。

吴花果见他跟不上，停下脚步，喘着粗气问："雯子到底什么情况？"

老毛侧头借助短袖T恤蹭汗："好像是急性阑尾炎，送医院了。"

"现场呢？"

"总分2比1，冠军叫钟世，海外华人，这是他第一次参加全运会。三盘比分6比7、6比1……"

吴花果一边听，一边胡乱将胸牌绕到脖子上，接过老毛手里的话筒，问："三盘？"

老毛又一身冷汗从汗毛孔升腾起来："那个……吴儿，你不会不知道网球比赛的计分规则吧？"

他们已经过了通道，前方即比赛场内。混访区广告牌已经立好，瘦高个穿运动装戴白色鸭舌帽的身影几乎与牌子等高。帽檐遮住他的眼睛，大概是不太适应突如其来的簇拥，他有些局促地低着头，双手紧紧握住球拍，仿佛那是他唯一的支点。

吴花果拍拍老毛的肩膀，甩出一个极其自信的微笑："放心。"

"吓我一跳。"老毛将摄像机扛到肩膀，调整镜头，口中喃喃自语，"还以为你不知道……"

"我一个足球频道的，怎么可能清楚网球比赛规则。"吴花果说完，一个箭步冲到人群中对组织方示意，"老师，我们最赛事的，可以采了。"

她是被临时拉来的替身。

半小时前，吴花果接到台里急电——马楚雯身体抱恙做不了网球赛后采访。全运会当前，她正在五公里外的足球场准备收摊，除了距离近，她这个替身其实哪儿哪儿都不合适。然而体育资讯拼速度拼资源，赛后采访向来是各频道必争的蛋糕，少这一口绝对肝疼两个月。

吴花果作为干了五年的体育记者，对比赛背后的"比赛"再清楚不过。

"最赛事？最赛事记者先来！"组织方对媒体群发出呼叫。

"到！"吴花果嘹亮地应一声，如自由女神那般单手高举采访话筒，大步跨到新晋冠军身边。

她的头顶只到对方肩膀。老毛后退两步，险些踩到排队等待的同行，他欲挪动位置，然而今天来了太多人，空间施展不开。"最萌身高差"这个词在争分夺秒的混访区并不存在，一不小心就会变成槽点满满的打地鼠。

若预先知道是这样"海拔"的采访对象，小板凳一定随身携带。吴花果当即踮起双脚，老毛从镜头后朝她喊："行，别晃。"

"五分钟啊，尽快。"赛事组织方下达通牒。

她下车便一路开跑，小腿肚子不听使唤地开始打战，眼下又被催促着，脚下一个不稳就朝右边栽过去。先碰到的是一种类似合金的材料，接着变成肌肤的触感，坚硬的、汗津津的。

这时，她终于看清自己的采访对象。野蛮生长的眉，薄薄的内双，泛着棕色的瞳仁，坚挺的鼻翼下双唇紧闭，好似嘟着嘴巴心情抑郁。而此刻撑住自己的，是他古铜色的小臂。

"冠军……真硬啊。"吴花果不自觉地感叹。

"啊哈？"对方嘴巴稍稍张开，显然没料到这种开场，一副哭笑不得的表情。

他脸上所有的细微统统落入记者小吴的眼眸里，像岩壁上正在雕刻的一幅画，留下"叮叮咚咚"的敲击声。吴花果忽然陷入一种无人之境，周围的嘈杂统统被噤声，时间似乎在这一刻停下来，只有他站在她世界的中央。

奇妙，奇特，奇怪。

"吴儿，说话。"老毛大喊。他的声音将她拽回赛场。

吴花果甩甩头，将自己从那种不知名的情绪中拉出来。她目视镜头，用只有两个人能听见的声音拜托："麻烦撑我一下。"

钟世听罢，不动声色地将球拍拿到一侧，摊开手掌。

这是？

他朝她做了个"肯定"的表情，吴花果用没有拿话筒的另一手握上去。手很大，掌心有茧，也有比赛未落的潮湿。

他在用力，足以让她单手抓住不至于晃动。

吴花果稍稍转头看向他的侧脸，棱角分明的弧线让她记起一个人。

来不及细想，记者的职业敏感使她对着麦克风开口："最赛事的观众朋友们，大家好，我身边这位就是本届全运会网球男子单打冠军钟世。钟世，你好，可以和我们分享一下你现在的感受吗？"

话筒转向身边人。

"现在很开心，也很累。"

话音落定，再无其他。吴花果朝他递个眼神，就这些？

他点头，就这些。

难搞的采访对象还能制造爆点，真诚但偏偏话少的采访对象……只能撞大运了。

"第一盘你是6比7输掉了比赛，当时在战术上有做出调整吗？"

所有的体育比赛都有战术，这是一道不会出错的采访问题。

钟世沉思片刻回答："发球上有调整，前面我有发球失误。"

本可以侃侃而谈的方向，又结束了？吴花果这才意识到，自己主攻的足球赛事可以大谈战术，因为那是团体战，每一个开出的角球、任意球都可精妙布局，配合与衔接才让战术变得高深莫测。可网球单打是一个人的战斗，没有队友，没有支援，所谓战术不过是自省过后的强己打弱。

漫长而孤独的，一个人的比赛。

她踮脚吃力，手如同抓住救命稻草，更加依赖支点。钟世察觉出她传递力量的颤抖，在镜头看不见的地方轻轻松了力气，放开手，随即双脚岔开让自己的身高降低半截。

"你如何评价本场的对手？"吴花果在提问当下发觉对方的变化，双脚安然落地，姿势舒服许多。

"他很强，只是运气差了些。"

她对视着那双棕色的眼睛。一定是下午的阳光太好，好到她竟有些挪不开眼，不知是沉到阳光里还是那双眼睛里。

"现在越来越多的小朋友、青少年开始接触网球这项运动，可以对他们说几句话吗？"

钟世扬手推推帽檐："如果走职业，还是要多训练。"

赛事方负责人打出暂停手势。吴花果见状，未加思索地提出最后一个问题："作为本届全运会网球赛事唯一的海外华人，你对未来有何期待？"

赶来路上一刻钟的车程只够"替身"吴花果用经验去应对这次突击采访，她匆匆看了两位选手的资料，面前这位与众不同的部分毋庸置疑，他备受关注也最具新闻爆点的身份便是——海外华人。

这算不得多新鲜，怪只怪钟世的公开资料太少了。

新晋冠军笑了笑，冲她，又朝着镜头："大满贯。"

话音刚落，排队的下一家媒体立刻上前。

老毛将她拽到一旁，重重呼出一口气："总算没出差错。"

内容自然比不得精心准备，可吴花果不是第一天扛混采的小白，话筒拿下来，斤两心中已有数。她问老毛："画面怎么样？"

"挺好。"老毛一边收器材一边说道，"不是，你踮什么脚啊？早让人家低一截不就得了？"

他们刚刚都在紧绷状态，全然忘记可以和采访对象协商画面问题。可显然钟世对此并不陌生，否则也不会在采访中途将自身高度低下来。

尤其是，他在她几乎撑不住时做出此举。

像熟人间开的玩笑，又像故意整蛊她。

老毛提上机器开路："我先去媒体区弄片子，你赶紧给雯子打个电话。"

吴花果点头，朝旁边走几步避开人群。

手机客户端登录频道后台，马楚雯已基本写完稿子。略过大段前文背景，补齐比赛结果等关键信息，吴花果打开手机录音软件——这是职业习惯，为保证内容发布准确，混采内容一定会同步录音。她手下飞快地将声音变成文字，又做过一遍全篇校对，最后点击"发布"。

互联网时代，速度决定点击率，点击率决定价值。

大功告成。

抬头看向采访区，背景广告牌已经被移走，钟世被工作人员拥簇着正从球员通道离开。吴花果稍作沉思，做出一个决定——她将胸牌翻个面，装成教练组的人大大咧咧地混进前方团队，昂头挺胸地蒙混过关。

人群逐渐散开，球员休息室里只剩钟世一人。他摘下帽子随意拢拢被汗水浸透的头发，从包里翻出随身水杯痛饮几口，再次将帽子戴上。一件事做久了就会形成习惯，打球是，戴帽子也是。正在他想着如何将第一名再次变成习惯时，休息室里闯入了不速之客。

钟世抬手向上推推帽檐："还有问题？"

吴花果僵硬地说了声"嗨"，摇头，继而又点头。

她走近，在确认房间里只有两个人之后开口问道："我是不是见过你？不不，你是不是见过我？"

坦白而言，追来此处的目的二分私八分公。

于私而言，她的确觉得钟世眼熟，她也确实记不清从前是否与对方有过交集，若真有过，寒暄几句总是好的；于公而言，钟世在此次赛事首次进入公众视野，场下聊天虽不能作为采访内容，但总归算互留印象，日后对方混出名堂，最赛事与之大小有个慧眼识珠的情分在，这点职业敏感度吴花果还是有的。

钟世眯起眼睛，认真打量起面前的人。自来卷扎起丸子头，圆脸红扑扑的，睫毛浓密得像扇子，一下一下像尽责的仆人在给大眼睛吹风解暑。穿的……是某个足球队的队服？

他点头："当然。"

吴花果一副果不其然的表情："我就说嘛……"

"你刚才不是采访过我？"钟世偏头看她的胸牌，"马楚雯……记者？"

"我……"

走廊里传来越发临近的脚步声，吴花果低声叹一句："哎，不管了。"之后仰起头，"方便的话，加个微信。"

她手摸向牛仔裤后面的口袋，空的，前面的口袋，也是空的。钟世看着她前后上下把自己拍打个遍，嘴里就两个字："空的！"

钟世饶有兴趣地看着这场无实物表演。

"我手机呢？"吴花果大吼一声冲出休息室，差点与进门的人撞个满怀，即便如此，还不忘后退一步规规矩矩地说声"对不起"。钟世目送她跑出去，"哈哈哈"大笑出声。

刚进门的林拓扔过来一根香蕉："谁呀？赢了比赛都没见你笑。"

钟世剥开香蕉皮，细嚼慢咽地吃香蕉："林师傅，队里最近能供应点热带水果吗？"

"比如？"

"你是队医。"

林拓来了兴致，双手抱胸靠在门框上："还望大人明示。"

"无花果……之类的。"

"无花果？"林拓不解地看着这人。对方如往常一样慢条斯理地啃着香蕉，刚才的大笑倒像是他的错觉。

他点点头："OK！拿东西准备走了。"离开几步又折回来，"钟世，如果肠胃或什么地方不舒服，务必告诉我。"

不舒服……钟世摊开右手掌心，因为常年握拍，手掌处的茧也变成了习惯。自己的习惯，他人能适应吗？

沉思之下，林拓再次折回来："对了，我刚在女厕所门口捡到一个手机，万一谁问你……"

四人病房里，靠墙的一号床正柔柔弱弱地扎在男友怀里；二号床头戴耳机如入无人之境，眼睛几乎扎进手机跟电视剧的男女主角同呼吸共命运；三号床的小姑娘奋笔疾书做模拟题，父母一边一个，又是削瓜又是揉肩，伺候得无微不至；而四号床靠窗的马楚雯，输液管插着，硬是眼睁睁看着来探病的人在自己面前"刺溜刺溜"吃完半屉小笼包。

她此刻用残存的理智告诉自己，我是病号，我不适合也不能动粗。

"吴儿，好吃吗？"马楚雯咬着后槽牙问话。

吴花果优雅地用纸巾抹抹嘴角遗留的汤汁，真诚地摇摇头："没有你的陪伴，再好吃的食物也索然无味。"

"呵呵！"马楚雯冷笑一声，"天底下有人拿包子来探病的？还是半屉？一人量？"

"我真忘了术后不能吃这件事。"吴花果伸出三指对天发誓,"千真万确是给你买的,来的路上我都吃了半屉了。"说完还不忘打个响嗝,"撑。"

我要做个符合病号身份的人,马楚雯拍着胸口提醒自己。

"哎呀!"吴花果大叫一声,突然起身冲到病房外,"护士,护士,该换瓶了!"

嘹亮的叫声成功吸引病房的目光。阑尾炎病人马楚雯险些以为自己要心梗,这位朋友明明脑子转得比谁都快,有时候却就是显得缺根筋。

"我看到混采了,还行。"护士换好输液瓶,马楚雯递过纸巾盒,"擦擦嘴。"

吴花果抽一张胡乱抹抹嘴角,而后将纸巾揉成球做出投篮动作,还未掷出便被病号一把夺去。马楚雯翻了个白眼,将废纸团扔进垃圾桶:"留点劲回台里用,往下一个月有你忙的。"

"还能忙啥。"吴花果伸个懒腰,随之骨头散架一般贴到病号身边,"接下来我准备躺平,过几天吃吃喝喝、心无旁骛的日子。"

全运会已接近尾声,对体育记者来说,大型赛事过后的这段时间如同休渔期,难得空闲安逸。

"吴儿,"马楚雯摸摸她的头发,"我准备请个长假,顺便把我子宫里的这两颗肌瘤摘了。"

吴花果一下坐起:"怎么了?不好?"

"没。就是这两个东西长得太快,搞得现在例假都不正常,医生建议手术拿掉。"马楚雯神色冷静,"我琢磨趁这回住院一起解决算了,正好往下不算太忙,请几天假,台里也好批。"

"雯子,你说实话,"吴花果仍有顾虑,"是不是情况真不好?"

"没有,我骗你干吗。"马楚雯对她笑了笑,"这东西又不是金银财宝,我揣子宫里等它们升值啊?人家医生早建议做了,赶上全运会,一直没得空。"

吴花果叹气:"刚挨一场,又得来一刀。"

"早晚的事。"马楚雯拉拉她的手,"我还没跟常主任说。主要我们这块的情况你也知道,田淼刚来,现在还欠点火候,剩下两个实习生还得靠人带,我琢磨你可以的话……"

"我行。"吴花果点头,"我没问题。"

大学四年,共事五年,她与马楚雯有"不用说完我便知晓"的默契。

"那我这么跟常主任讲啦?"

"你就安心休息,其余的别管。"吴花果眨眨眼,"往下这段时间只有我能打扰你!"

主治医生按例查房，病房里一阵骚动。可吴花果很快知道骚动的原因其实是跟在一群医生身后捧着一大束百合花进来的人。

马楚雯和高远大一相识，大二相爱，大三摩擦，大四分手。就像很多校园情侣一样，他先于她毕业，做了职业运动员。象牙塔和社会生活隔着一堵高墙，她要陪伴，他要梦想，也说不清谁对谁错，再加上点少年意气，就这样一拍两散。

真挚相爱过的分手都是撕心裂肺，好聚好散是释怀后才有的互相找补。就像少女小马摔过电话，骂过对方祖宗十八代，也蒙着被子号啕大哭过，今时今日还是故作矜持："你来干吗？"

吴花果知好友脾性，一边接过高远手里的鲜花，一边将位置让出来："人来都来了，远哥坐。"

毕业后这些年两人藕断丝连，马楚雯像时时顶着一股劲，高远又似找不到入口处处碰壁，关系不好不坏地僵在一处，八台推土机都铲不动。作为两人共同好友的吴花果夹在中间，传话带信的事没少做。可她实在算不得恋爱高手，除了知道这两个家伙心里还都有对方一席位置，这根打了结的红线该怎么牵，她全无好点子。

"你怎么样？都手术了怎么不吭声啊？"高远阴着一张脸，语气中不乏责备。

"我还必须敲锣打鼓贴个喜报？"马楚雯迅速回击。

"不是那意思。"高远口气软了些，"到底住回院，你告诉我一声能怎么样。"

马楚雯侧过脸不理他。

僵局形成，高远向吴花果投去求助的目光。

"我跟远哥说的，多个人多个主意嘛。"吴花果打圆场的技能已经历练得炉火纯青，"对了，我手机丢了，电话卡在补办。这段时间，你们有事线上联系啊。"

马楚雯这才接话："那你现在有用的吗？"

"先用旧手机凑合一段，看能不能找回来吧。"

"丢哪儿了？"高远也问，"昨天比完赛我还看你打电话呢。"

吴花果在隔壁的足球场跟比赛时，高远是看台观众，他们远远打过招呼。

"不知道。"吴花果歪头想了想，"估计是网球场。我发完稿子然后去了球员休息室，再后来就发现没了。"

电话振动，马楚雯看过号码，对吴花果比个"嘘"的动作，稍稍坐正接起。

"喂，常主任。"

"我去打点热水。"高远小声说一句，随即提起水壶起身。

吴花果瞧一眼正在专心通话的马楚雯，跟了上去。

走廊外，她叫住高远，一字不差地转达了好友接下来的手术计划。

"子宫……肌瘤？"高远蒙着听完，热水壶几乎要从手中摔落在地，"什么时候的事？严重吗？是不是大手术？雯子……雯子现在怎么什么都不告诉我？"

"她以什么身份告诉你？"吴花果叹气，见他模样又有些于心不忍，于是说道，"查出来有两年了，估计这会儿又生长了，所以才要手术。不算大毛病，正好放松身心歇一段。你回头问问你们队医有没有好的中医资源，我之前听人说靠中药调理管用。"

高远点点头。

"我看雯子那架势就打算偷偷做了，家里应该都没说。"吴花果悉心嘱咐，"这段时间你多关心关心她，反正咱们互相通气。"

"我啊，我一整颗心都在她身上。"高远苦笑，"别人不知道，你还不知道？"

足球行当花边新闻多，高远形象好，即便入不得国脚等级，却也是媒体重点关注对象之一。虽然看着不像，可高远骨子里是个老实人。

"光我知道有什么用，我又不跟你俩过日子。"吴花果没有指点迷津的能力，只得告诉他，"台里我替雯子盯着，医院你勤跑动，慢慢来吧。"

"吴儿，"高远看着她，"雯子身边没有新情况吧？"

"如果你指追求者，有。"

高远神色一颓。

吴花果却笑了，补齐后半句："但据我所知，雯子都没回应。"

高远怔了怔，没有说话。

好半响，高远再次开口："吴儿，雯子到底跟我置多大的气？"空荡荡的走廊，他的声音被空气淹没。

即便作为马楚雯最好的朋友，吴花果也答不出来。心是自己的，它被扎过、被碾过、被摔碎了重新拼凑过，所有关于心的疼痛也只能属于自己。吴花果没有替答的资格。

马楚雯的心还在生病。

"我去打热水。"高远背对着她挥挥手。

吴花果望着那个远去的背影，默念一句："心病可最难医。"

周一临近中午，吴花果被叫进领导办公室。

最赛事年初经历过一次大幅变革，原来并行的足、篮、乒羽、排游网四大部门合并为两部：一部负责足球与乒羽的赛事报道及周边项目，主管由原足球频道负责人谢宏伟担任；二部则主攻篮球与相对不够大众化的排游网大项，空降部长名为常仁飞。

吴花果对此人还不够了解，只知对方来最赛事之前一直在电视台做体育类节目的制片。不足四十岁的年纪被提到这等位置，实属管理层里最年轻的一位。

"谢老师。"吴花果叫一声，闻到房间里淡淡的熏香味道，吸吸鼻子又道，"怎么和我家里一个味儿？"

"你爸给我寄过来的，嗒，还有你们老家的咖啡豆。"老谢说着，拆开一包开始磨粉，"坐，我给你泡点。"

吴花果应一声"好"，坐到待客沙发上。

她与老谢着实不算陌生。往上一代追溯，早在吴家爸爸吴建章还是足球运动员时，谢宏伟曾担任球队新闻官，用父辈的话说"一来二去地，也就成老哥们了"。后来吴爸退役回到地方体育部门任职，老谢"弃武从文"到大学教书——他曾是吴花果与马楚雯的《大众传播学》课程的教授，只不过交集仅限于大一。待她们毕业进入最赛事实习时，谢宏伟已成为两人的面试官。

手冲咖啡芳香很浓郁，吴花果喝下一口，单刀直入："您找我什么事？"

"有两件事，我先说最重要的。"谢宏伟看着她，"刚才常主任来过一趟，小马要休个长假，二部那边缺人手，他跟我商量让你过去顶一段。不是兼职，算借调，咱们手边的事，你交接给其他人，接下来全力投入二部的工作。"

吴花果默默地喝咖啡。

见她不语，老谢继续："二部那边人员流动快，仁飞刚接手，眼下第一件事就是稳定军心。他是看过你们的履历指名道姓提出要你过去，毕竟干过游泳，他考虑的肯定是好上手。"

吴花果点点头，末了又道："我没意见。"

"嗐，这事儿弄一圈……"老谢清清嗓子，"当初你进来实习，你爸特意嘱咐过让你离水远点，我说那就跟我吧，小马去了其他频道。今天这么一弄，好家伙，又转回去了。"

吴花果一惊。

足球受众广赛事多，加之前几年公司致力拿下海外联赛转播权且小有进展，谁都知道足球频道是最赛事的香饽饽。吴花果能留在这里，原以为靠的是自身硬实力，可老谢这番话让她明白了——她并没有理直气壮的资格。

怪不着父亲暗中帮忙，中国父母有八分力恨不得往子女身上用十分。

吴花果只是觉得，她在完全不自知的情况下抢了马楚雯的机会，又或者说，她们在踏入职场最初，没有经历一场公平竞争。

这想法堵在身体里，如鲠在喉。

"常主任那边我没说死,毕竟也看你自己的意思。"老谢补了一句。

吴花果听罢扯出一个苦笑:"谢老师,我现在没问题。一会儿……一会儿我去常主任那里打个招呼。"

"好,看你自己安排。"老谢将两人的空杯斟满咖啡,语气中尽是父辈的慈爱,"实在不行咱们再回来,没多大事。"

从小时候叫"谢伯伯"到长大后改口为"谢老师",面前的人一直是吴花果尊重的长辈,她亦知道对方之于自己的帮扶有多大。

"再回来不给您丢脸嘛。"吴花果以玩笑回应,她想让老谢放心。

"得!"老谢笑笑,又道,"第二件事儿是关于索小玲的,她决定退役了。"

"什么?"

索小玲是吴花果第一次跟国际赛事认识的女足球员,从 U16 到青年赛,过去的五年像一段两人互相陪伴成长的光阴——小玲从默默无闻到小有名气,她从职场菜鸟到独当一面。识于微时,她们看着对方在各自领域发光发热,一天比一天更耀眼,索小玲之于吴花果绝不仅是一名球员、一个采访对象那样简单。

"上周五电话打到办公室了,要找你说你手机打不通,转到我这边了。"老谢这时问,"手机卡还没补好?"

"好了。"吴花果踌躇一下,"什么原因退役?"

"估计是伤病。"

索小玲三个月前打联赛受伤,而后出国就医,这段时间吴花果与她通过两次电话。她们没有留其他联系方式,最初接洽就是电话号码,好似一种习惯,又像是刻意给对方留一些空间。

"吴儿,"老谢再次开口,"小玲这么一退,再加上你借去二部,之前的人物专题项目先放放吧。"

吴花果心神还没缓过来,经其提醒才点点头:"是。"

今年初,她递交了一份项目企划,主题是关于"非知名运动员"的人物专访。坦白地说,这个专题并不讨巧,一无网络世界最关注的流量,二无劲爆债张的噱头,三来定位于"非知名运动员"本身就是一场赌注,若以后拿下重量级奖项一飞冲天还好,可放眼全国乃至全球有多少人从事运动行当,每个领域出类拔萃者凤毛麟角。因此,尽管吴花果企划书做了几十页,PPT 到上头演示过两次,项目一直未拿到通行证。

道理吴花果都懂,领导层的顾虑她也并非不清楚,可哪个体育新闻人没有点自己的职业理想?无关晋升,亦不是青史留名,能力范围内为这些她最最了解的人做一些事情,吴花果觉得值。

而其中,索小玲是候选人第一位,也是她感觉最有把握的一位。

- 011 -

可是，天有不测风云。

从谢宏伟办公室出来，吴花果直奔安全出口，在空无一人的楼梯间颓然地坐下。

不长不短的谈话，主旨明确的两件事却带来巨大的信息量，以至于她握着手机，不知第一通电话是该打给马楚雯还是索小玲。

对于前者，她希望给出解释，虽然来得太迟，虽然马楚雯根本不知内情，虽然她知道即便说了对现在也毫无帮助；对于后者，她想要一个解释，明明风头正盛，明明坚持坚持便有希望成为国字号主力，明明生来就是踢球的材料，为什么要放弃。

吴花果最终什么都没有做。步入社会的这些年，她学到的基础功课便是冲动下不要做出任何决定——她现在很冲动，担心自己不够理智客观。

午饭没有吃，吴花果一鼓作气写好自己的交接计划，发给谢宏伟。接着她去找了一趟毛维瞻——最赛事一向秉承记者与摄像搭档成组，老毛和马楚雯多年组队跑现场，吴花果希望在正式会面常仁飞之前心里有点儿底。

说明来意，老毛倒是高兴："这周就天津站网球公开赛，我还真怕到时候顶个新手上来，是你就好办了。"

"公开赛？"

"嗐，赛程规则之类的不用心里打鼓，回去做做功课搞得定。"老毛像知她所想，劝慰道，"你又不是第一天干，现场报道大同小异。"

两人随之说起具体安排。因门类特性与整体倾斜度差异，不同于一部四个记者顾着足球一档子事，马楚雯实则肩负网球与游泳两大项目的报道重任。跟踪赛事少，但一个地面一个水里，跨越宽度广，工作量层面并不会轻松。

老毛问："水下的你还行？往下有个残特奥会游泳赛。"

未等吴花果作答，身后传来一个声音："这话说的，小吴可是专业选手出身。"

常仁飞一身西装打扮，双手插兜站到两人面前，笑了笑又道："人家小吴以前是游泳运动员。"

公司没几个人知道这件事，毛维瞻瞪大眼睛："真的假的？"

"小时候游过一段，成绩不好。"吴花果一语带过。

"真人不露相啊！"老毛感叹着连连发问，"什么时候的事？在省队？怎么没听你说过呀？"

"最好成绩是世界青少年游泳锦标赛蝶泳亚军吧？"常仁飞半靠在桌子上替答。

"这还不好?"毛维瞻越发诧异,"吴儿,你简直了,跟你待一块我都觉得身价噌噌涨。"

吴花果笑了笑,自然地转换话题:"常主任,我正想过去找您。"

"得,就这儿说吧。"常仁飞双手抱胸,保持着半靠在桌上的姿势,"你过来是救急,我真心感谢。这周开始天津国际网球公开赛,下周半决赛时你们过去一趟,重点关注男单钟世。他这站势头很猛,而且我听说有归化打算,这次争取磨下来一档专访。"

言简意赅,事项与目标交代得清清楚楚。

吴花果暗暗打量这位初来乍到的上司——面容始终带笑,身体语言极尽放松,目光炯炯有神。既然能探听得一位海外球员的归化消息,想必人脉上也自有两把刷子。

常仁飞继续道:"钟世的形象不错,身上又扛着新闻点,努努力。"

吴花果点头:"好。"

毛维瞻打趣:"常主任您这是要开始造星啊?"

"大环境就这样,"常仁飞起身,仍是笑着的,"我这叫以点破面。"

吴花果一下懂了。常仁飞多年的电视经验赋予他极佳的"嗅觉",他知道如何把收视率做上去,什么话题能吸引更多用户,怎样的报道可以在一众同行里脱颖而出。他是个心怀大志的野心家,也正因如此,几个部门一合并他就空降而来,他的"手段"与"捷径"对于非国民级的体育项目的传播极具益处。

那颗理想的种子再次在吴花果的心里发芽。

去天津之前,吴花果没日没夜恶补了三天网球知识。从计分到积分规则,由赛程到行业现状,有时候网页开得太多导致浏览器负荷不住直接关闭,睡前看视频资料几次手机砸到脸上,笔记做了小半本,梦里都是罗兰·加洛斯球场那片绵软的红土地。

去程的路上,老毛盯着她的一对熊猫眼打趣:"世界杯都跟过,一场公开赛一夜回到解放前。"

吴花果翻看笔记,说道:"没个金刚钻,不敢揽瓷器活儿。"

窗外风景一闪而过,秋天了,天寒红叶稀。

她看着窗外,想起什么似的喃喃一句:"钟世到底什么来头?"

用这个名字搭配各种关键词翻来覆去地搜索,换过浏览器,试过社交网站,然而钟世就像神秘的外星物种降落在地球上,记者小吴一无所获。

老毛接话:"看他的样子,的确不像第一天打球。"

新手与老手是可以看出来的。比赛表现暂且不提,在他们最为熟悉的与媒体打交道的层面,钟世全程落落大方,无论是语言表达,还是逻辑思维全然挑不出瑕疵——他绝不是初次面对镜头。

吴花果赶忙拿起手机发消息:"我问问雯子。"

兵临城下,她不得不打扰病号。

天津站比赛为男女合赛,共设男单、男双、女单、女双四个项目。因是ATP(职业网球联合会)与ITF(国际网球联合会)授权的国际级别赛事,参赛者来自世界各地,总奖金达15万美元。

吴花果与老毛径直奔向男子单打半决赛现场。

钟世的对手是一名来自俄罗斯的十九岁小将,金发碧眼,青春正好。对方的球风一如年纪,迅猛、激进,求胜欲在一来一回的对战中一览无余。

6:3,钟世输了第一盘。

老毛一声感叹:"坏菜,停半决赛,咱专访还做不做?"

"不会。"吴花果摇了摇头。她有种感觉,钟世一定会赢。他太冷静了,只是喝了些水,转了转球拍,推推帽檐擦擦汗。钟世冷静到没有任何明显的面部表情,这样的第一盘更像是一种探底。

她输过,所以她比任何人都清楚赛场上输带来的紧张与压抑是藏不住的。

钟世没有这点。

第二盘开局,俄罗斯小将保持火力,一度将比分打成4:0。这时,钟世开始改变球路。初入行的吴花果看不出技术端倪,但她明显发觉钟世由被动转为主动,他在进攻,冷静地开展起一轮进攻。

5:5,6:6,吴花果在新闻稿上敲下两个字——抢七。

网球世界里,每一大盘出现平局时,先赢七局者为胜。

现场涌起一阵阵的掌声和欢呼声,很多观众站起来,可钟世——他将球高高抛起,而后自然挥拍迅速发出一记快球,他听不见任何噪声。

跑动、击球、跳起,7:6,钟世将盘分扳平。

进入决胜盘时,俄罗斯小将已明显力不从心,钟世稳扎稳打,最终以6:2取胜进入此次挑战赛决赛。

吴花果同步完成新闻稿,深吸一口气,发布。

谈不上有惊无险,她从最开始就知道他可以。

合上电脑夹在腋下,吴花果与老毛打个招呼,急匆匆离开媒体席。

决胜盘比赛中途她收到马楚雯传来的一张图片,带病工作的人发来一句指引:"我也不是很确定,但你看钟世像不像这个人,Arsenal Liard(阿森纳·里亚德)。"

-014

吴花果在停车场入口追到一行人。

一位衣着得体的中年女人率先发现她胸前挂着媒体证，一步挡在前面："不好意思，我们不接受采访。"

"我不是要采访。"吴花果当即否认，忽而又想到台里的任务，修正词汇，"现在不是要采访。"

"没关系，你们先过去吧。"钟世开口，向不远处的商务车挑挑眉。

吴花果大致能猜到其余三者的身份：穿一身长袖运动服夹着记录板的男人或许是教练或是体能监测官；与自己说话的干练女性大概会是球队管理或经纪人；另一个与钟世年龄相仿、提着医药箱的男子应该就是队医了——标准配备。他们对自己防范并不奇怪。

中年女性又贴近钟世耳语几句，钟世点了点头。

三人齐步离开。

时至傍晚，天边出现一抹红色落日。

吴花果被面前的人的影子围裹住，她打量着他，也思考如何开口。

意外的是，钟世先从随身包里翻出一部手机递过来，他说："你的。"

"怎么……"

"在赛场上捡到的，没电了，联系不上你。"

吴花果后知后觉地发现他的普通话很好，他对待自己也全然不似对待陌生人。

她又想到那张照片，看着他的眼睛，再次问出同样的问题："我们见过的，对吧？"

钟世笑了，和赛场上面色冷峻的模样判若两人："嗯，见过。"

"不，我不是指上次。"吴花果欲言又止。

不确定，不敢去确定。

若真的是他……她希望对方想起来，又不希望对方想起来。因为那本就是一场只能停留在陌生人阶段的见面，彼此再无交集，让所有发生留存在隐秘的过去再好不过。

"不是上次，"钟世眯起眼睛，"是哪一次？"

猜不透，摸不清。

吴花果觉得自己正在和他进行一场抢七大战，针锋相对，你来我往，结果未知。

钟世是高手，她败下阵来："以后再说吧，明天好好比赛。"

"吴花果，"钟世点点头，"谢谢。"

吴花果听得这话，唯恐给对方留下专业度不高的印象，忙解释道："哦，上次我同事临时出了点意外，没办法才用她的证件。"

钟世不在意地说了句"没关系",又道:"没有其他事就……"

"等下。"小吴记者见人要走,慌忙拉住对方的衣角,"你方不方便加个微信?"

她用握住电脑的另一只手去摸牛仔裤口袋,奈何手里负重太多,心下又急,滑溜溜的旧手机怎么都掏不出来。钟世歪头等上一会儿,这才说道:"我还没有注册微信。"

吴花果当即停止翻找动作,眉头一皱。统共见两回,两回钟世好像都在有意逗她似的。

"你可以把你的账号给我。"钟世拿出自己的手机,打开备忘录。

吴花果报出微信名。

社交第一步完成。

"我先回去了。"他望了望不远处的商务车。

明天是决赛,吴花果不好过多打扰,于是挥挥手:"再见。"

林拓正在车里与人寒暄,见钟世回来,挪挪屁股让出座位:"聊这么久?李姐恐怕你透露不该说的。"

"没。"钟世对他们笑了笑。

见他不愿透露更多,李芝薇试探地问了一句:"认识?"

"嗯。"钟世点头。

"你刚回国,对环境不熟悉,和媒体打交道一定要多加小心。"李芝薇放心不下地嘱咐,"虽说归化这事儿不走发布会,但公开信息一定要俱乐部这端做第一出口,要是被别人截和不就白忙活了?"

"我知道。"钟世答,又说多一句,"她没有问这个。"

"走吧。"李芝薇放下心,对司机扬扬手。

钟世看向窗外,吴花果还在原地打电话,身影越来越小。

直到驶出停车场,他回过头碰碰一旁的林拓:"你之前说,怎么注册微信来着?"

晚上回到酒店,吴花果极为罕见地失眠了。

快捷酒店没有阳台,只有一扇推拉落地门连接室内外。她拉开那扇门,双臂搭在围栏上,晚风吹动身后的薄纱窗帘,吴花果将自己放置在城市夜色中,慢慢闭起眼睛。

她经常会闭起眼睛做一些事,大概是儿时练游泳憋气留下的习惯。

技法熟练后,泳池下她也常常"盲游",世界只剩下水的触感和自己扑腾起的水花声,肆意悠哉,那是她变成鱼的时刻。

当然也有玩栽的时候。八岁那年游泳队训练结束，她偷摸溜回泳池闭着眼睛在空无一人的水里自嗨，一不留神撞上瓷砖池边，疼痛之下按住眼睛，再睁开发现自己满手是血。游泳馆的看门大爷至今仍记得那时的场景，穿着碎花泳衣的小姑娘哭喊着敲开保卫处的门说自己啥也看不见，他扳开她的手问"能看清我吗"，小姑娘一边点头一边哭着说"我瞎了"。吴花果由此在队里一战成名，教练也因为这件事察觉到她有极好的"水感"，乐极生悲的代价就是眼角缝了四针的疤，自此长久伴随着她。

闭眼散步，背稿，吃饭，听烧水壶达到沸点时"砰"地落下开关，感受雪花落到鼻翼时的轻微冰凉，吴花果不会选择特定时刻闭起眼睛，是闭上眼睛之后才感受到了这些特定时刻的神奇。

她想起钟世，她无比确认那时遇到的人就是他。

随之，她又是一阵心慌。还是太年少了，所以根本没能意识到漫长的有生之年会狭路相逢。

不应该说的，不应该告诉他，那本就应该是个死在心里的秘密。

Arsenal Liard.

钟世。

吴花果将这两个名字默默勾勒一遍，而后猛地睁开眼睛，重新坐回电脑前。

Arsenal Liard，四岁开始打球，八岁进入当地俱乐部开始职业训练，两年后拿到人生第一个全国单打冠军，被媒体称为最令人期待的天才球员。十六岁参加法网青少年赛以黑马之势杀入四强，第二年温网青少年赛摘得男子单打冠军一战封神。再之后，天才陨落，这个名字骤然消失在媒体视野里。

吴花果对照翻译，读过一条又一条外文报道，图片里那个高举奖杯像拥有全世界的少年除了钟世还有谁？

她不甘心地持续搜索，终于在一则个人推特里找到年份更近的一条消息——博主大约是一名网球爱好者，晃动的视频里钟世一闪而过，文字信息是：Arsenal 竟然在这里做教练，他很棒。这里环境很好，注册方便，推荐。

消息发布于四年前，定位是法国某个网球俱乐部，有两个点赞，没有留言。

吴花果揉揉太阳穴，瞥到电脑右上角显示的时间，合上笔记本电脑。

心里的疑团正在变大。

第二日上午，吴花果和毛维瞻先去跟女单决赛。

来自中国的小将孙怡惜败克罗地亚新星伊萨。赛后，两名年轻女孩共同接受群媒采访，被问及对手表现时，皆是大方夸赞，中间几次相视而笑。活泼和谐的氛围让现场记者们的心情都跟着阳光起来。

运动员之间"英雄惜英雄"的情感跨越国界、性别乃至项目，它是庞大、抽象、开阔的。只不过残酷的竞技比赛往往会让人忽略掉这样一种动人的情感。

单打比赛诚然是一场独斗，可没有人是永恒的冠军，看得到他人才看得见自己。

毛维瞻捕捉到采访最后两名选手拥抱的画面，心满意足地将成果展现给吴花果："瞧，体育精神。"

可不，这简单却饱含深意的四个字。

"毛哥，如果……"吴花果眼睛落在刚才选手们站过的位置，"我是说如果啊，你家小毛有机会做运动员，你支持吗？"

"嗐！"毛维瞻先是乐一下，短暂思索后回答，"你要说十来年前我刚入行，我举双脚赞成。那时候光能看到什么啊，奥运冠军、世界冠军、大满贯、为国争光，我儿子哪怕穿л队服站在那儿，我这当老子的都能炫耀一辈子。"

吴花果"扑哧"一声笑了。

"但你要搁现在，"毛维瞻撇撇嘴，"岁数一大，对人前风光都麻木了，眼里全是背后心酸。就这些小孩，哪个不是一身伤。当父母的心理素质得多强大才受得了这个。"

"是。"吴花果低声附和一句。

"对了，吴儿，你到底什么情况不继续干了？"毛维瞻挑眉，"别来成绩不好那套啊，没诚意。"

"受伤，爸妈心疼。"吴花果自嘲般笑了笑，"也怪我自己韧性不够。"

"伤病我信。可你要说自个儿没韧性，咱公司这帮人别混了。"

"是真的。"

"得了吧。"毛维瞻摆摆手，"从前就觉得你能吃苦也敢拼，不像别的小年轻遇事先短一截。现在我算明白你身上那股劲来自哪儿了，当过运动员啊，多少有点后遗症。"

是吗？

其实吴花果也说不清那些年与水为伴的自己对今时今日有多大影响，太久了，无论是荣耀的，还是痛苦的，都已经过去太久了。

"所以啊，"毛维瞻拿出长辈的姿态劝说，"别妄下定论说什么找对象绝对不谈运动员，你都经历过那种苦，应该更有共同语言才是。"

"这马楚雯，她怎么什么都跟你说！"

毛维瞻"嘿嘿"一笑："那雯子跟我搭好几年，我俩这革命情谊可不比你俩那姐妹情谊差。"

"快走，吃饭去。"吴花果推着他往外走，"下午还有硬仗要打呢。"

"不是,你听老大哥一句劝,找对象就不能定标准,条条框框的东西……"
"我乐意。"

下午两点,男单比赛正式开启。

钟世的对手来自美国,此前最高排名曾至30位。大约知晓他Arsenal Liard的身份,即便第一盘2:6输掉比赛,吴花果也并未感觉到捏一把汗。无论是球龄,还是大赛经验,钟世都不在对方之下,非要说弱点——销声匿迹的那些年,比之一直活跃于赛场的对手,钟世一定是有所退步的。

第二盘又一次拖到抢七,双方轮换发球,比分一直吃紧。五平、六平、七平、八平。场内偶尔鸦雀无声,只有青黄色小小球体一下下落地的震颤,偶尔又会喝彩连连,某一记反攻打得人热血奔涌、全身沸腾。22回合,整整22回合后,钟世长舒一口气,12:10,他这一盘赢得并不轻松。

短暂休息时间,吴花果开始在备忘录上准备赛后采访问题。关键词列完,她敲下"Arsenal",想想又逐字母删除。一半直觉,一半个人经历——全无公开信息的隐退一定包含着不那么轻易可说出口的原因,而公开提问对当事人或许是一种变相伤害。

她看向场内那个瘦高的身影,帽子遮住了对方的脸,心莫名紧了一下。

"他……很像我。"吴花果低声自语。

一个人,犹如困兽之斗,要赢。

一个人,在过去的某个节点做出选择,而后被这个选择久久折磨着。

钟世的赛后采访进行得很顺利。吴花果猜测是赛前不被看好的原因,同行们并未深入挖掘他在此之前的经历,大家共享的信息也只停留在他是一名华裔职业选手——毕竟在孕育出网球这门运动的法国,名不见经传的职业、半职业选手比比皆是。

技术节奏、夺冠心情、未来计划这些一般性问题皆由他社记者提出,临近结束时,吴花果一直举着的手才被组织方看到。她落落大方地站到前面,清清喉咙:"可以聊一下在这里比赛与在你更熟悉的法国比赛,你个人心态上的变化吗?"

问题是抱着一石二鸟的目的准备过的——既要隐秘而笼统地透露出我知晓一些你从前的情况,又要留足余地试探看对方对归化一事是否透露口风。

钟世神态自若,然而在问题提出后明显有短暂沉默。他推推帽檐:"抱歉,句子太长了,我没有太听懂。"

他是生在海外的华裔身份,他当然可以这样打马虎眼。

媒体人们一阵善意轻笑。

吴花果刚要重复问题，有同行先一步接话："简单点，国内打球和海外打球有什么差别？"

"听懂了，谢谢。"钟世先是笑一下，目光略过吴花果，意味不明。

他继续："法国是网球强国，历史悠久，竞争也更残酷。这项运动在中国还是发展中，我很幸运来到这样一个环境，有很好的训练，遇到很好的对手。无论在哪里，我都希望网球被更多人喜爱和关注。"

聪明的回答，无懈可击。难啃的臭骨头。

吴花果暗暗哼一声，这逻辑、这表达、这长篇大论，他都够去中文班教书育人了。

采访在一片祥和中结束，除了记者小吴的脸黑成木炭。

毛维瞻就地整理出图片物料，一则十图简讯同时发布于最赛事网页端与客户端——常仁飞既然给出造星指令，执行层必然鞠躬尽瘁。老毛一边收拾器材，一边单手滑动手机上新鲜出炉的新闻："别说，这钟世还真挺经得住拍。"

"看常主任这招奏不奏效吧。"吴花果侧过头去看他的手机屏幕，一张钟世低头的侧颜照恰好落入视线，她翻了个白眼，"摘了帽子，没准是秃头。"

"好好一个小姑娘，非得长一张嘴。"毛维瞻翻至最后一张才收起手机，"你老大哥这水平，以后就算干小报拍明星也能混饭吃。"

"你省省吧，人狗仔一蹲六七个小时上顿下顿方便面，我不信你受得住。"

"这事儿你倒门儿清。"

两人说着，刚出球场，面前的黑色商务车中下来一人。吴花果略带疑惑地道出一句"你好"。

"你好。"对方笑着伸出手，"正式自我介绍一下，我叫李芝薇，是钟世签约的俱乐部经理。叫我李姐就行。"

"李姐好。最赛事吴花果。"吴花果与对方客气地握手，转向老毛，"我们频道的摄影，毛维瞻。"

互通姓名后，李芝薇发出邀请："回北京？不介意的话和我们一起？"

这倒新鲜。吴花果与老毛对视一眼，明明他们才是有求于人的立场。

李芝薇嫣然一笑："我跟仁飞是老相识了，以前搭过伙。"

原来信息源在这儿。

吴花果与老毛跟上前，七座商务车中仍是昨日队列——队医林拓坐副驾，钟世坐二排，教练正在后排不知看什么资料。听得动静，对方欠身朝里靠，最赛事二人档一前一后上车成为他半途邻居。李芝薇安置好，关紧车门："陈师傅，走吧。"

"回京！"林石打个响指。

钟世只在吴花果坐定后朝后排瞥了一眼，声音很轻地提醒一句"安全带"，而后便转过头再无言语。

商务车驶出停车场，穿过城区，驰上高速路。然而，奇怪的是，车里一直很静。教练收起资料，双手抱胸闭目养神；前排的钟世塞上耳机似乎在看视频；邀请的发出者李芝薇更是手机不离手，一直低头打字，仿佛她真的只想顺他们一路而已。

吴花果试图与老毛沟通，这位老大哥就差呼起鼾声，嘴巴张着，早歪头倒向一侧。

太静了，静到抵挡不住不请自来的困意，昨夜遗失的睡眠一股脑找上门来。

吴花果睡着了。来不及思考对方的意图，也懒得去动一向活泛的社交神经，没了杂七杂八的思绪，一下就睡着了。

她睡得很沉，以至于被老毛晃醒，睁开眼睛发现公司大楼就在眼前才猛然回过神。

"吴儿，下来。"老毛在车外大叫。

吴花果赶忙起身，未想用力过猛，脑袋"哐当"撞到车顶，身体条件反射似的又弹回座位上。她捂着头"啊"一声，泪花直往外涌。

"疼不疼？"

她听到钟世的声音，似乎感觉到他伸过来想要摸自己脑袋的手，然而她抬头的瞬间，那只手又迅速缩了回去。

"着什么急。"钟世又道。

"你撞一下试试疼不疼！"吴花果心急又尴尬，龇牙咧嘴地顶了一句。

"嘿！"

笑，臭小子竟然笑。吴花果甩过去一记白眼，揉着脑袋，小心翼翼地将腰弯成九十度跳下车。

恰有外采的同事归来，与老毛打招呼，他便谢过李芝薇，随人流先行上楼。

"李姐，麻烦你们了。"吴花果红着一张脸，颇有些不好意思。

"小事儿。"李芝薇笑了笑，随之关紧车门。

吴花果察觉到她的动作，稍稍上前半步。

"归化，"李芝薇果断进入正题，声音沉稳而清晰，"常……现在要叫常主任了，坦白地说，消息他拿得绝非光明磊落。"

吴花果抿抿嘴，没有应声。信息时代，手段是技巧的分支，唯结果论让很多事情变得模棱两可。

"当然，我很清楚你们都是执行者，按指令行动无可厚非。"李芝薇单手插进西裤口袋，始终保持一种优雅而得体的姿态，"小吴记者，我很感谢你今天没有在公开场合问出来。归化涉及很多程序，那绝不是当日决定第二天便可以达成的，我们需要时间处理，也有自身必须去平衡和考量的因素。对一个职业运动员来说，这不是小事。"李芝薇的余光带向车内。

吴花果点头："我明白。"

句句在理，字字真诚。

"这件事……首先要俱乐部一方确认无误才可以面向公众。帮我给仁飞带句话，我希望我们都负责任一些，他想要的我也一定会给。"

吴花果总觉得她还要说些什么，可李芝薇已经拉开车门，说："再见。"

黑色商务车很快汇入主街车流，天色暗下来，秋天总是一眨眼便迎来夜幕。吴花果在楼下呆呆地站了一会儿，被撞的地方还隐隐作痛，李芝薇的话她似懂非懂。

手机进来消息，是一则好友申请——钟世。

她指尖在屏幕上犹豫片刻，点击"通过"。

很快，对方发来第一句话：还疼吗？

呵，因为你老板头疼大了。吴花果规规矩矩地回复：还好，谢谢。

想了想，她又问了一句：李姐和常主任有过节吗？

消息发出去没几秒，吴花果自言自语"哎"一声，撤回。

可很显然钟世已经看完了：常主任？

他丝毫不知情。

也是，这家伙才回来多久，恐怕俱乐部的人都还没认全。

吴花果盯着两人的对话框忖量片刻，再发去一条：你确定要归化吗？

越线的问题——换作其他人，她绝不会这样做。

只是那个瞬间，吴花果有这样的直觉，钟世不会拉黑自己，他会回答。

没有正在输入的显示，时间一分一秒地过去，吴花果等在原地。秋风透过毛衣孔将凉意传达到每个细胞，吴花果不由得打个喷嚏。几乎同时，新消息到来：确定。

她长舒一口气。

李芝薇不会知道钟世此刻的举动，否则这条消息根本不会来。他自作主张决定告诉她，毫无戒备。这两个字，这段对话如果流出去，将引来一场暴风海啸。而此时此刻吴花果正站在最为静谧的暴风眼中央，手握一颗价值连城的珍珠，抛出去她便是被嘉奖与喝彩的功臣。

她回头望望灯火通明的大楼，那里多像一间间密密麻麻鼓起的蚁穴。

闭起眼睛，她听到一个清晰的声音——不可以那样做啊。

不可以。

刚在工位坐下,水都未来得及喝一口,常仁飞的声音自背后传来:"小吴,过来一下。"

"来了。"吴花果嘴里应着,慢吞吞地站起来,而后双手拍拍脸,这才大步走向常仁飞的单人办公室。

"坐。"常仁飞将门虚掩,接一杯水放到她面前,"第一次跟公开赛什么感觉?"

"挺顺利的,好在没出意外。"吴花果实话实说。

"都身经百战了还怕意外?听老毛说你可提前做了不少准备,不错,功夫总不负有心人。"

"毛哥夸张。跨频道对我来说还是有点难度,我争取不给大家拖后腿。"

"我跟老谢聊过你的情况,他对你很满意,当苗子培养着,所以能力这方面我们都很相信你,没问题的。"

门外传来大家互通收工的声音,墙上时钟指向六点半。

"钟世签了俱乐部是吧?"常仁飞问。

吴花果点点头,说道:"经理叫李芝薇,我们搭她的车一起回来的。她说跟你认识。"

"认识。"常仁飞的神色没有半分波动,"在楼下你们聊了一会儿?"

"对。"吴花果端起水杯小口喝着,大脑飞速运转该如何转达李芝薇的话。那不是一句友善的问候,是提醒、是警告,也有一丝求全。

吴花果不知这两人之间的过往,李芝薇让局外人身份的她作为传声筒,免去一切正面对峙,这是生意场上高明的做法。

常仁飞打量她的神色,单手捏捏下巴:"直说,没关系。"

"李总的原话是,"吴花果抿抿嘴,"希望大家都负责任一些,该给的她会给到。"

常仁飞皱眉,沉默。

"归化和专访我这次都没有直接提,"吴花果看着他,"开始打算抛出去试探一下,结果……也没找到特别合适的机会。"

"不是你的问题。"常仁飞摇摇头。

他站起来,在办公室里来回踱步两圈,又问:"还说什么?"

"李总?李总……我理解她希望我们暂时不要插手归化一事。"吴花果顿了顿,"外籍球员回归的确比较复杂,去年有几名中超球员入籍,最长的詹姆斯整整走了八个月流程才拿到资质。"

"所以,"常仁飞打断她,"钟世本人的意愿是确定要归化的?"

许久,吴花果点点头。她刚欲说些什么,再次被常仁飞打断:"我知道了。"常仁飞又说，"这事儿你先放一放，接下来主力放在残特奥会游泳赛上吧。游泳赛事你也算驾轻就熟，短报为主，优先资讯性，注重残特奥会的精神弘扬。"

敲门声传来，常仁飞说了一声"进"。

田淼将一份文件递到他面前："常主任，行业协会那边发来的媒体自律倡议书需要您签个字。"

"先放桌上，我正要找你。"常仁飞指指吴花果，"你俩认识吧？"

"见过。"吴花果对田淼笑了笑。

对方是九月毕业入职的新人，此前吴花果所在的一部在楼上，两部隔一层楼各司其职，她只在这所办公楼的公共食堂遇到过田淼，当时毛维瞻介绍一句便过去了。

"残特奥会，小吴你带带田淼，加上老毛、小乐。"常仁飞分配工作，"赛场背后的敏感点，我也跟小乐交代过了，多跑跑场下，典型的、有故事性的、可以传达正能量的，既然要做就别流于表面，毕竟是特殊运动员，尽量做深刻。"

吴花果与田淼齐声答"好"。

"对新人可不能太苛刻啊。"常仁飞最后交代。

吴花果一愣，随之笑了笑："怎么会。"

从公司出来，吴花果去超市买好两大包食材直奔马楚雯的住处。

马楚雯住在南三环的一个独立公寓，两室一厅，一厨一卫。据她本人描述，还在读小学时，爸妈就颇具先见之明地给她备下了这套房子当嫁妆。毕业后中断出租，挑剔的大小姐请来设计师朋友大改一番，装修大半年，她死皮赖脸地挤在吴花果北五环的出租屋里，生生上演了一出落魄公主逃难记。

"今天别走了啊，吃完饭再回你那儿都几点了。"马楚雯进门便开始留人，"都求你多少年了过来跟我住，有那房租给谁不是给。"

"对哦，明天周末。那行。"吴花果麻利地整理起食材，不忘问候病号，"你好点没有？下周几手术？"

"明天过去检查，周一开刀。放心吧，又不是什么大病。"

"正好明天我陪你。跟高远说了吗？"

"我跟他说得着吗？"马楚雯吸吸鼻子，"你也别告诉他。"

"大姐，一个人做手术是孤独感十级。"吴花果拿着两杯奶咖坐回客厅的沙发上，一杯递给马楚雯，"你要这人生经历干啥？"

马楚雯戳上吸管喝一口，笑嘻嘻地呈上一张讨好脸："我想喝你家的咖啡豆，让花总给寄点呗。"

吴花果的妈妈花英子女士早年白手起家做咖啡出口生意，后来家乡旅游业起来，她顺势而动盘下一家实体店铺开始转移重心，到现在手握四家咖啡店，人前人后皆被"花老板"叫着。吴花果总打趣她纯属靠天吃饭——大姨、二舅两门亲戚都种咖啡，自留地加起来恨不得铺满一个山头，花氏一族真真是姐弟同心，其利断金。

"等你休养好再说吧。"吴花果自在地向后一靠，砸了真金白银的沙发果然松软。

"真的，赶紧让你妈开网店。咱俩多少有点粉丝，到时候广告打出去还怕卖不动？"

"她懒得操持，说自己干不动了。"

"啧啧，你说你，守着家业不继承，到这儿当北漂。"

"四家咖啡馆的庞大家业是吧？"吴花果"嘿嘿"乐了，随即坐直，"说到这儿，我想起一个事。"

"说。"

"田淼是不是有点背景？"

"哎？我没跟你说过？"马楚雯盘腿面向她，"田淼她爸是咱们公司资方之一，搞房地产的。这个她一来全公司都知道，你怎么……哦，你那会儿在日本，后来直接上全运会了。"

"我说呢。"吴花果恍然大悟，"常主任让我残特奥会带她，还特意叮嘱不能太苛刻。"

"正常，谁不是打工人。"马楚雯将所知的消息一股脑分享出来，"田淼先在国内念了一年书，可能觉得不好？反正退学之后，去加拿大念的本科和研究生，算起来，她年龄应该比咱俩都大，就是毕业晚。不过，我跟她接触过几次，人还行，感觉挺想摆脱家里，做出一番事业的，不是那种飞扬跋扈的富二代。"

"嗯。"吴花果答了一声，咬着吸管喝饮料。

"钟世那边怎么样？"马楚雯问道，"那天给你发完图片我也没仔细查，一放假就无心工作。"

"钟世啊，应该没错，一个人。"

"确认了？ Arsenal超级厉害，天才少年，可惜后来没消息了。"马楚雯眨眨眼，"我本来就觉得模样像，如果真是一个人，他到底怎么就突然不打了？"

吴花果摇摇头。

"而且现在复出，"马楚雯叹气，"虽然网球选手职业年龄久，可二十八九岁重新开始，不年轻了。"

吴花果怔了怔，此前她并未意识到这个问题。

钟世二十九岁，他早过了职业选手的黄金年龄。那意味着他的身体素质、比赛状态、心理压力所有都比其他人的处境更加艰难。

马楚雯用手肘轻轻拱拱她："在想什么？"

"没，就觉得他做出这个决定挺酷的。"

"这次多好的机会，"马楚雯满脸遗憾，"怎么没挖一挖当时退出的原因啊？"

吴花果暗自咬紧内唇。片刻后，她叫了一声"雯子"。

"怎么啦？"

"我和钟世以前见过。"

马楚雯身体一下绷直："什么？"

"就是……在很意外的情况下。"吴花果朝自己的朋友苦笑，"钟世知道我的事。"

"你……游泳时候的事？"

"嗯。"

马楚雯的错愕还留在脸上，可她很快调整好表情，短暂停顿后又问："所以现在是什么情况？"

吴花果再次摇头："我没有问，不知道他记不记得。很早很早以前见过。"

静默笼罩住这对亲密友人。

"吴儿，如果他记得，"马楚雯声音沉下来，"他会不会说？"

大约意识到这是个彼此都没办法回答的无效问题，马楚雯安慰似的补一句："应该不会。不会的。"

吴花果一共对两个人说过自己的秘密——面前的马楚雯，以及陌生人钟世。

与高远分手前夕，马楚雯怀孕了。马楚雯守着高傲的自尊告诉她，如果被高远知道，她们就绝交。青春时代总有些幼稚透顶的宣言，也总有些不容置疑的相信。吴花果陪马楚雯去医院做了手术。看着马楚雯整个人像被抽空了，以及毫无血色的一张脸，她心疼得毫无办法，所以将自己的秘密一五一十地讲了出来。她说雯子，无论如何，生活还要继续啊。

那时的境况太特殊了，她不得不用自己不堪的过往让伙伴振作起来。

而之于钟世——吴花果闭上眼睛，她甚至想不起更多细节，那是一次彻头彻尾的偶然。

偶然发生，偶然赶上他，在偶然间做了一次坦诚面对。

那场偶然发生在十六岁，钟世是第一个知晓她秘密的人。

Chapter 02
加油！

那一刻，物理距离很远的两个人却在心里紧紧抱住了彼此。

周六一早，吴花果陪马楚雯去医院做术前检查。

各项指标查完，办理好明日入院手续，吴花果还在试图劝说让高远陪同。即便亲密无间多年，她还是摸不透马楚雯对高远的真实心态。上一秒意志坚定得像老死不相往来，下一秒似乎又口风松动只是面子上过不去。学新闻的人最会语言艺术，吴花果心一横，拿出手机作势打电话："不管了，我现在就跟远哥说。"

"你敢！"马楚雯杏眼瞪圆，急溜溜往卫生间跑，"我上厕所回来要查你通话记录！"

吴花果望着她的背影轻笑一声，正要打电话，面前闪现出熟悉的面孔。对方最初将目光落在她身上停留几秒，而后继续向前走，没几步却又反身折回来："是你吧？小吴记者？"

"是……"吴花果在头脑中迅速搜索，一拍脑门，"是你啊。"

公开赛时钟世的团队成员之一。

"我林拓，队医。"男人不在意地笑了笑，"巧了。见你几回也没正式打过招呼。"

"嗯？"

"全运会是第一次，球员休息室你还撞了我一下，忘啦？"

吴花果弯弯嘴角："现在想起来了。"那日慌里慌张、闪进闪出，也未留意撞到何人。

林拓环顾四周又问："怎么，身体不舒服？"

"没,来陪一个朋友办入院。你呢?"

"我有个老同学在这儿,跟他聊一个公益项目。"

吴花果稍显惊讶:"你不做队医了?"

"做啊,都是副业,能者多劳呗。"林拓快人快语,很好相处的样子。

"吴儿!"这时,马楚雯自远处叫了一声,小跑而来。

林拓的世界里翩然降落了一位仙女。黑而浓的眉,圆而亮的眼,皮肤吹弹可破,嘴巴小巧丰盈,未施粉黛的脸却有一份独特的清丽。波浪鬈发用一只鲨鱼夹扣在脑后,因为跑动落下了几缕发丝。

林拓注视着面前陌生的姑娘,心恍然落了一拍。

他向来对以貌取人嗤之以鼻,学医的经历更使得他对"皮相"变得相当迟钝,毕竟人体拆分,归根结底不过是器官的堆砌组合。可他无法解释此刻的自己为何会出现心率减缓的症状,仅仅第一次见面,他便对这张脸产生了难以言说的深刻记忆。

马楚雯先是瞧了他一眼,继而挽起吴花果的胳膊:"认识?"

"嗯。"吴花果给两人做介绍,笑着对林拓补充,"全运会那天,我就是顶了这人的班,偷摸当了一天马记者。"

马楚雯大大咧咧地戳她的脑门:"行,用你一回记一辈子。"

"林队医,我们先走了。"吴花果发出告辞信号。

"我这边也结束了。"林拓同她们一起往外走,心里翻找着继续这样言谈的理由,他下意识想要抓住一线机会。

"咱中午去吃这个,我请客。"马楚雯边挽着吴花果边展示手机里一家西餐厅的介绍,"看这厚实的牛排,啧啧。"

林拓听得话音,灵机一动:"你们去吃牛排?不介意的话能不能把地址告诉我?"

他们已行至医院正门,两个姑娘停下脚步略带疑惑地看向他。

不管了。

"钟世还吃不太惯中餐,我又对餐厅没研究,本来也说好周末找个地方带他吃一顿。"林拓编起蹩脚的理由,"队医嘛,他身体出毛病,我得负全责。"

前言不搭后语。说完,他恨不得咬舌自尽。

"要不然你们一起过来吧。"

马楚雯此话一出,吴花果便拼命掐她的胳膊,谁知这小妮子铁了心攒局:"或者去哪儿接上他?你怎么来的?不然就坐我的车。"

北京大妞飒起来,八座山都挡不住。

林拓摸了摸兜里的车钥匙:"我打车来的。那你们顺我一程吧,去俱乐部接上他一起走。"

"成，走着。"马楚雯说完，拽上吴花果大步开路。

她们在前，林拓在后。待隔开一小段距离，马楚雯才小声警告女伴："一会儿钟世过来，你少说话。"

吴花果一下了然，这丫头是要替自己一探虚实呢。可她心里随之打起鼓："要不还是算了，万一弄巧成拙。"

"我有数。"马楚雯捏捏她的脸，"再说，这事不落定，你能安稳？"

钟世刚从健身房出来便收到林拓的连番轰炸。

林拓：救人如救火！今天就算天塌下来你也得跟我去吃饭！

林拓：不许离开俱乐部，约半小时到。

林拓：回头再跟你解释，少说废话！

最后一条：Dépêche-toi（你给我快点）！

——急了，生怕人看不懂似的。

钟世放下手机去冲了个澡，换好衣服出来又收到一条新的：好了没？五分钟。

尽管心里打上一个大大的问号，钟世还是回过去：好了。

林拓是个有想法的人。在法国留学时接触"非洲运动医疗互助"项目大受启发，近几年断断续续走访过国内数所山区学校，他希望用自己的力量让更多孩子拥有平等选拔的机会，所以自去年开始，他萌生了做运动医疗普及的念头，也曾组织过一批志同道合的伙伴深入山区开讲座、做体检、收集病例。然而，个人力量总是有限，他与钟世谈起这件事时，钟世提供了一些欧洲公益团队的传统做法，也将收集到的资料一并发给林拓，他这才转换思路开始寻求与医院层面的合作，试图将这件事有组织、有计划，以项目形式长期做下去。

基于此，钟世猜测，这场饭局大概率会是关于项目的交流。至于拉上自己——林拓身单力薄，总需要个还算懂行的自己人打气助威。

钟世等在俱乐部门口，左右张望不见林拓的车，刚要打电话，一辆粉色MINI缓缓驶来，林拓自后座车窗里探出脑袋："这里！"

他眯起眼睛，站在原地皱眉问话："你的车呢？"

"我今天没开车啊，哈哈。"林拓尴尬地笑两声，拉开车门示意，"快上来。"

这下看清楚了，司机不认识，可副驾驶座上的人怎么……

钟世弯腰闪进后座狭窄的空间，奈何一双长腿实在憋屈得要命，只得拍拍前面的副驾驶座位："往前点。"

"哦哦。"吴花果胡乱应一声，将原本卡到底的座位向前挪了挪。

"你好啊钟选手，最赛事马楚雯。"司机半转过身，轻微一笑。

"你好。"钟世颔首。没错,的确是全运会那次记者证上的面孔。

"各位乘客,出发喽。"马楚雯启动车子的同时不忘对他说一句,"这家餐厅评分很高,主厨是留洋派,应该能对你胃口。"

钟世"哈"一声朝林拓抛去一个眼神。这是上了贼船啊,下不去的那种。

"你不总让我改善伙食嘛。"林拓一边对他使眼色一边闪烁其词,"正好马记者她俩要去尝家新店,小吴记者你也认识,多交流交流,以后好开展工作。"

"我让你……"钟世话说一半被林拓汹涌的目光瞪回去,他未参透这滑头的心思,只是碍于有他人在场,没有当众揭穿。

改善伙食是朋友间的玩笑话,队医什么时候抢了营养师的活儿?

马楚雯与吴花果闲聊:"残特奥会你们还得出去吧?"

"嗯。我下周二有个线下,完事去苏州和老毛他们会合,这回还有田森和小乐,人算多了。"

"我跟你说,小乐的新女朋友巨巨巨好看。"

"哈,能有你好看?"

"不是一个类型。"马楚雯开着车,不忘做作地甩下秀发,"我是大姐姐,人家是萌妹子,等回来,估计时小乐同志该招呼吃饭了。"

林拓听话音没忍住接一句:"大姐姐。"

"哎,你还真别乐。"马楚雯社交达人的个性显露无遗,自然地与他接话,"我跟吴儿在我们台里算老人了,剪辑还有节目组那边的实习导播现在一水儿〇〇后,后浪凶猛。"

"也是。"林拓看向钟世,"天宇是〇几年的来着?"

"〇七。今年十四岁。"钟世答。

周天宇是俱乐部新签的男子选手,三年前由羽毛球改打网球,成绩一路飞升,职业生涯前途无量。

"小你一半。"林拓笑道。

"是,小你一半多。"钟世也笑。

吴花果心有顾忌,未参与谈话,可耳朵却一直竖着。她大概能猜出他们所谈论的"天宇"的身份,却无法想象钟世在玩笑般提起这层后浪时是怎样的心情。

他也曾十四岁,是被寄予厚望、耀眼如星辰的十四岁少年。会怀念吧,看着正在成长的仿若另一个自己;或许也会嫉妒,有人已经不复当年,有人却正生机勃勃地年轻着;又或许在懊悔,顺风而退,亲手截断自己正值上升期的职业生涯。

钟世没有丑闻,私生活、团队层面都没有,吴花果只能理解为退出是个人选择。

她克制不住此时的心情,偷偷转过头看他。两人的视线意外交错,钟世问:"怎么了?"

"腿……"吴花果胡乱找了个理由,"腿伸得开吗?"

"还好。"钟世答。

他今天没有戴帽子,这让那张脸显得有些陌生。

见她目不转睛地盯着自己,钟世乐了:"你老看我干吗?"

吴花果脸一红,迅速摆正身体:"我乐意。"

全程目睹状况的林拓似笑非笑地打趣:"你俩干啥呢,打情骂俏?"

"就是。"马楚雯伺机而动,"钟世,你这问得像跟我们吴儿是老熟人了。"

"不算。"钟世歪了下嘴角。

"不算是什么意思?"马楚雯打转向准备停车,却还兢兢业业地执行着试探任务,"就还是熟呗。"

"雯子。"吴花果担心女伴失言,暗暗提醒。

这时,自后座传来钟世的声音:"她很像我见过的一个人。"

这餐饭吃得颇有些别扭。

马楚雯身负重任,执意要从钟世嘴里套出关键信息;林拓心有所属,展开猛烈攻势,热切希望与钟情的姑娘再走近一步;吴花果旁观者清,却因有所顾忌只能按兵不动,观望事态;钟世实属最惨的一个,一头雾水地被拉来经历种种拷问,还要时不时地配林拓的蹩脚演技,直到甜点上来,他才后知后觉地参透其中意味。

当众点破不可取,钟世给坐自己对面的吴花果发消息:林拓喜欢马记者?

消息发完,见对方无反应,于是清清喉咙,成功引起吴花果注意,钟世点点自己的手机。

吴花果读完信息,抬头先看看他,又去看另外两人,回复:看样子是。

她明白过劲比钟世稍微早点。林拓的意图很明显,比如他主动提出交换联系方式,详细问起马楚雯的病情,并提出可以陪同手术;比如攀关系攀到小学同学的母亲是马楚雯初中学校的数学老师。

钟世又发去一条:怎么不早说一声?

他是真的生气,早知是这场合,说破天也不会来。

吴花果读出他语气里的抱怨,哭笑不得:我也是刚知道。

钟世放下手机,抱胸看向她,表情里分明写着"我才不信"。

吴花果迎上他的目光,用口型说出一个词:"真的。"

钟世重新拿起手机,编辑,发送。那条消息是:马记者问的那些,你也想知道？

马楚雯拐弯抹角问了太多。

"你见过的那人和吴儿哪儿像？"

"感觉。"

"什么时候的事？"

"很早以前。"

"以前回过国吗？"

"回来过。"

"有没有印象特别深刻的？"

"太多了。"

钟世全都回答了，可答案像罩着一层纱，朦朦胧胧。吴花果识不透他是有意搪塞还是不愿透露过多隐私——钟世的成长背景与她们不同，每个人对问题的理解与接受度皆有差异。

她盯着手机里刚进来的消息，在承认与否认间、在坦诚与虚伪间经久徘徊。

新一条信息进来：没关系。

像是让她放下防备，又像是结束这场对话，钟世这样表达。

马楚雯察觉到四人桌上只剩她与林拓聊天，单手叩叩桌子："干吗呢？冰激凌都化了。"

吴花果赶紧胡乱吞了两口："你请客，绝不浪费。"

"这餐之后就不要碰固体食物了。"林拓细心叮嘱病号，"晚上吃点流食，小米粥、麦片汤之类的，别碰糖，奶茶饮料什么的都不行。"

马楚雯笑嘻嘻地回应："放心，医生都交代过，我这是最后的狂欢。"

吴花果将盘中甜点吃净，一抬头，高远正站在一米开外，脸色难看到堪比出土百年的青铜器，而旁边相谈甚欢的两人对此全无察觉。

"雯子。"吴花果小心翼翼地拱了拱马楚雯，朝高远的方向使了个眼色。

晚了，人已经近在眼前。

人间修罗场。

高远略过其他人，只盯着马楚雯问话："你明天住院？"

"没你的事儿。"马楚雯起身试图绕过他，却被高远紧紧拉住胳膊，她神色冷了些，"放手。"

"我问你是不是明天住院。"

"住不住跟你有关系？"

"马楚雯你能不能好好说话？"

"放手。"

高远气急，拉起人就要走，下一秒却被林拓大力攥住手腕："你是谁啊？没听见人说放手？"

这场拦截让气氛瞬间坠入冰点。

高远睨了一眼面前陌生的男人，又将目光锁定在马楚雯身上，他冷笑一声："新欢啊。"

充满负气与嘲讽的三个字。

"远哥，你……"

吴花果被卡在餐桌里，试图解释打圆场，然而话未出口便被马楚雯强力截断："高远，你算老几来掺和我的事？野气少往别人身上撒。"

"你护他？"高远提高音量，针锋相对，"新欢就这么好？"

一旁的林拓早已气血冲头："嘴放干净点！"

喧嚣很快引来邻桌侧目。钟世与吴花果对视一眼，继而拍了拍林拓的手臂："出去说吧。"

"对，先出去。"吴花果同样推了推自己的朋友。

马楚雯原地未动，而后将电话塞进随身包里，拢拢头发。她挎上包重新抬头看着高远，打掉他的手，似是怨气似是无奈地说了句："你早干吗去了。"

分手多年，她用尽全身力气给了他这样一句交代。

不够明确，不够具体，也不够帅。

该吵的撕心裂肺地吵过，该闹的鸡飞狗跳地闹过，该说的、该做的也都不计后果地说过、做过。高远是马楚雯的初恋，有过无数悸动，承载着太多第一次，想忘却忘不掉，想逃却怎么都逃不过的初恋。

她总会变成那年操场上的女大学生，心爱的男孩子说："咱俩分了吧，马楚雯，我认识你真的特累。"

她倾尽自己去喜欢，已然没有什么再能掏空了，可高远轻而易举就否定了一切。

马楚雯面无表情、步伐飞快地走出餐厅，吴花果一路小跑紧随其后，林拓与钟世隔一小段距离走在最后。

快到车前，林拓发现仍追随的高远，握紧拳头猛一个回身迎了上去。

这是一场雄性间的正面对峙，互存敌意，一触即发。

"你别跟了，没用。"林拓发出警告。

高远自鼻腔里"哼"了一声。

几乎同时，两人互相推搡起来。钟世知道林拓喝了酒已经微醺，只得一手拉林拓的胳膊一手扶他的肩膀，边劝边把自己的朋友向远处拉："行了，走了。"

- 033 -

"别动我，我有数！"林拓吼一声示意他退后。钟世只得双手高举，倒退两步。

恰在此时，旁边停车位驶出一辆正要离开的小型车，许是车主技艺生疏，猛一倒车，林拓被撞倒在地。

"林拓！"

"喂！"

钟世与高远同时叫一声，跑上前，被吓坏了的车主更是慌慌张张地走下车，脸色惨白。

"没事儿，走你们的。"林拓躺倒在地，朝车主挥挥手。

车主连连致歉，经过再三确认没事后才离开。

林拓仍躺在地上，酒精作祟，脑袋一阵阵发晕。比他更蒙的是高远，扶也不是，拽也不是。光天化日之下，一个与自己有点莫名过节的男人就这么躺在面前，高远束手无策。

"不要紧，喝多了。"钟世安慰似的说道。

他刚刚的视野比高远更清晰，那辆车只是尾灯擦过人，确切地形容，是林拓想躲，脚下不稳被自己绊了一跤。

高远朝钟世点点头，弯下身对地上的人道一句："哥们，差不多起来吧。"

晕乎乎状态的林拓回过神，双手撑地缓缓站了起来。

然而，此刻才抵达现场的马楚雯与吴花果并不知道内情，她们看到的只是林拓脏了的西服以及全身无损的高远。事实上，气头上的马司机已经将车开出一截，全然忘记一同而来的另外两人，还是吴花果远远瞄到钟世的背影这才大惊，让她回转车头。

"你闹够了没？挺大的人了，能不能成熟点？"马楚雯劈头盖脸一通训斥，雪白的小脸涨得通红。

这句话当然是对高远说的。

"马记者，你误会了。"

钟世挡在高远前面，解释的话还未出口，只听身后的人怒气冲冲地顶回去："知道什么就瞎怪罪，臭毛病改不了了！"

他们似乎总在吵，在一起的时候吵，散了散了还是吵。

马楚雯搀过醉意当头的林拓，甩下一句"我懒得跟你嚷嚷"转身就走。

见两人走得歪歪斜斜，钟世追上去，赶忙撑住林拓的另一侧。

乌云压顶，似要下雨了。

吴花果向着高远走近一步："什么情况？"

"算了。"高远身心俱疲，颓然地摆摆手，"你赶紧过去吧。"

吴花果朝他们离开的方向望了望，叹了口气，转身欲走。

"吴儿，"高远叫住她，"雯子手术是哪天？"

"周一。"

"我下周去外地集训，你多顾着点吧。"

"好。"吴花果想了想又道，"林拓跟雯子没什么关系，你不应该发脾气。"

高远动了动嘴唇，没有发出声音。

"手术……她其实挺怕的。"

一道闪电划过，高远仰头望望天，最终却只对她扬扬手："快走吧。"

回程的路上电闪雷鸣，雨帘如瀑布倾泻而至。马楚雯将雨刷开到最大挡，却仍抵不住密集降落的雨珠，环城上车流龟速移动。

她通过后视镜瞄了一眼歪头闭目的林拓，叹气："要不要去医院？"

"不用。"钟世告诉她，"喝多了，问题不大。"

事实上，他们只点了一瓶红酒。马楚雯嘴馋，想在术前最后过把瘾，林拓却百般阻挠不许她喝，加之钟世滴酒不沾，结果便是吴花果喝了一杯，林拓自己承包了剩余部分。

对于酒量不佳的人，不足一瓶红酒的量已是众山压顶。

钟世指指前面的环城口："这里可以下去吧？把我们放下就行了。"

"你不了解大北京的交通，这天气根本打不着车。"马楚雯问他，"林拓住哪儿？"

"我……不清楚。"钟世蹙眉，又道，"我平时只在俱乐部附近活动，其余地方还不太熟。"

"哦，对，你住他们安排的宿舍是吧？"马楚雯想了想说道，"不然先去我那儿吧，我家就在附近。"

未听见钟世的答复，吴花果回身看看他："先送你们回俱乐部要绕一圈。等确认人没问题，雨小点你们再走。"

外乡人还带一拖油瓶，钟世也无更好办法，只得点点头："麻烦了。"

吴花果又去看满脸疲态的马楚雯，伸出手揉揉她的肩膀："还好？"

"嗯。"马楚雯轻轻应了一声。

见她不愿说更多，吴花果便也不再追问。

一路无言地开回家，吴花果与钟世一人一侧搀扶着脚下打滑的林拓，四人默默上楼。

打开门，马楚雯对吴花果说了句"你顾着他俩，我休息一会儿"便径直走进房间。阴暗的空间内，她的背影像是会随时倒下。

吴花果开了灯，指引钟世将醉汉送进客房。两人不放心，又将一个垃圾桶摆到床头，备好水，这才掩上房门，齐齐回到客厅。

"坐。"吴花果见他拘谨，挪挪位置留出一人的距离，钟世这才在沙发上落座。

吴花果倒好两杯水，一杯推到他面前，问："高远没动手吧？"

"没有。有车出来，林拓闪了下没有完全避开，自己摔倒的。"钟世言简意赅地叙述当时的场景，"和其他人没关系。"

"唉，误会大了。"

钟世颇为疑惑："有误会为什么不说清楚？"

"你指高远？"

"嗯。"

"在赌气吧。气雯子第一时间站到对立面，气她没有给予信任。"吴花果苦笑一下，"他们以前是恋人，所以认定对方应该了解自己。"

钟世点了点头，没有继续问下去。

他似乎对隐私格外看重，不去探听别人，吴花果理所当然地推断——所以大概也十分抵触他人窥探自己。

五点不到，暴雨仍未过去，天色暗如深夜。

两人隔一空位各占沙发一角，房间里原本很静，却被客房里毫无征兆的呼噜声打破沉寂。似是嫌雨声太单调，那声音由小及大推进顶峰，主人稍稍调整，随即开启新一轮的伴奏。

两位听众不约而同地笑起来。

"睡得真香。"吴花果小声评价。

钟世却没有听懂："香？"

"就是……香甜，和嗅觉上闻起来香、味觉上吃起来香稍有差别。"吴花果耐心地做起中文老师，末了说道，"汉语博大精深吧？"

"的确。"钟世一副吃过亏的样子，"原本我认为自己中文不错，回来后出过不少笑话。"

"比如？"

"比如刚入住公寓时管理员上来告知注意事项，她说马桶冲水可能有点问题，如果一直流就扳一下。我就试着冲了水，水没有停，然后……"钟世挠挠眉毛，回想起当日情景仍有些尴尬，"然后我抱着马桶想把它搬起来……"

吴花果脑海中浮现出一米九的汉子蹲下去搬马桶的场景，一个没忍住哈哈大笑两声。随即反应过来卧室里还有人，她捂住嘴巴冲钟世乐。

"嗯。"钟世瞧着她，"管理员当时就跟你现在一样。"

"人家说扳一下肯定是指扳冲水按钮啊，你怎么琢磨的去搬马桶？"

"我也觉得奇怪，但就……你别笑了。"

这话题着实有趣，吴花果正正神色，一副采访的架势："还有呢？"

"还有啊，"钟世端起水杯边喝边回忆，"有次训练吧，教练在隔壁场地吼人，说什么臂展不打开身体僵着没球用之类的，我正好在旁边，就把球筐推过去了……"

吴花果这下泪花险些崩出来："没球用，哈哈哈哈哈！"

钟世试图辩解："很难区分啊，没用和没球用，有时是一个意思有时又不是。"

吴花果捏住腮帮子让自己忍住不笑："那你现在懂了吗？"

"勉强……差不多。"

她随即说道："你懂个球。"

问号写在钟世脸上，当事人辗转而疑惑地发出一声："啊？"

懵懂的反应准确戳到吴花果笑点，她捂着发疼的肚子问："钟世，我刚刚那句可是说你懂还是不懂？"

"你……你不是在说我懂球？"

可怜虫钟世成功掉进小吴记者设置的中文陷阱，莫说答案，他现在连题干都一知半解。

"好了好了。"吴花果挺直腰板以正神色，可下一秒瞥到钟世那张写满求知欲的严谨脸，一下破功，她伸出手拍拍他的肩膀，"不好意思，难为你了。"

钟世当然知道自己被耍，可受限于硬件短板，他偏又想不明白究竟哪里被耍，于是噘着嘴巴气嘟嘟地起身："我去洗手间。"

"哎。"吴花果叫人。

"干吗？"

"冲完水记得扳一下。"

"喂！"

钟世试图回击，奈何这样一场实力不对等的决斗纯属以卵击石，呛人词汇还未摸索出来，吴花果已然好声好气地说着"好啦"。他看到她弯如月牙的一双眼睛，原来那点憋闷便烟消云散了。

怎么可能真生气呢。

钟世关起洗手间的门，自己先对着镜子笑了。

吴花果轻轻推开马楚雯的房门，一股阴凉迎面扑来。她踩着猫步进去关好窗户，房间里的噪声瞬时小了些。马楚雯仍在睡梦中，借着小夜灯微弱的暖光，吴花果看到床头柜和地上散落的几个纸巾团——这丫头一定又哭过了。

她神色无恙地忍了一路，回到家关紧门还开着窗，唯恐哭声被别人听到。

吴花果默默叹了口气，替她掖了掖被角，蹑手蹑脚地退出房间。

迎面对上正从客房出来的钟世,她低声问了一句:"林拓还好?"

"叫不醒。"钟世颇有些无奈。

雨丝毫没有减弱的趋势,吴花果看看时间,说道:"我去买点东西,你们吃完晚饭再走好了。"

"我去吧。"钟世抬步往门口去,"要买什么?"

"主要是米,然后看看有没有山药之类好消化的……"

"山药?"

吴花果笑了笑:"算啦。总不能把图片一张张找给你,再说超市的位置我比较熟。"

"一起吧。"钟世朝窗外望望,"雨很大,你自己去我不放心。"

吴花果的目光迅速掠过他的脸,一切如常,仿佛这句话的目的仅仅关乎自己的人身安全。

或许刚刚聊的那些囧事让彼此近了些吧,她想。

"也好。"吴花果说着从玄关柜中拿出两把伞,一把递过去,"走吧。"

生活总会不挑时机展开一出恶作剧。

比如,站在楼下打开雨伞的吴花果发现——这把看似漂亮的彩虹伞全是窟窿。

记起来了,去年公司年会搞特别抽奖,奖品尽是些奇奇怪怪的物件,粉色羽绒短裤、复读机鸭子,最可怕的是一张印有大老板照片写着"今天也要加油哦"的高清海报——有幸抽得这份礼物的同事在全公司注目下激动地发表感言:"谢谢张总带领,我们再接再厉再创辉煌!"

然而,最赛事的大老板,姓李。

想到这些,吴花果忍不住"嘿"一声。

钟世被她没头没脑的傻笑弄得一愣:"还笑,伞都是坏的。"

"嘻,这是雯子的年会奖品。"吴花果收起伞,"我刚才想到一件特别好玩的事。"

钟世将自己的伞自然侧到她头顶:"什么事?"

吴花果开始讲起年会种种,各方登场,起承转合,绘声绘色,表情喜悦。

雨滴滴答答地落到伞上,脚一深一浅地踩在水洼里。

车水马龙的街,擦肩而过的人,穿堂而过的风,随风舞动的树。它们都听到了一个有趣的故事,亦看到了一双眉目尽是笑意的人。

"所以那张海报现在是各部门传阅?"回去的路上,钟世一手撑伞,一手提着购物袋,津津有味地关注故事后续。

"对啊，类似流动红旗。"

"流动红旗？"

"就是上学的时候学校都会设置流动红旗，给各方面表现比较好的班级。学习、纪律、卫生几种评级，可以理解为一种阶段性荣誉吧。你们没有吗？"

"没有哎。"

"也没有评比？"

"倒是有比赛，社区会组织足球赛、艺术节这些。"

"你们会春游吗？就是学校让大家一起出去玩。"

"学校一起的……哦，有，会去博物馆、美术馆、文化遗址之类的，不过那种基本是艺史课。"

"哇！去博物馆上课！"

"你春游去过哪里？"

"一般就是湖边或者山上。满书包零食，我经常还没到地方东西就吃完了，然后就去蹭同学的。"

"能看出来，你食量很好。"

话题源源不断地冒出来。新鲜、奇特、有趣，在此之前，他们谁都未曾想到这程路会变得如此生动。

原来不是个封闭的人啊。吴花果想，钟世所保留的隐私只关乎网球，只有那一部分他不愿触动而已。

和自己并无二致。

行至楼层口，她看到高远，还是中午在餐厅的那套衣服，打一把伞，正抬头望着楼上。

"远哥。"吴花果同钟世一起走上前。她当然明白对方为何出现，于是告诉他唯一关心的消息，"雯子回来就睡了，估计这会儿还没醒。"

"哦，那什么，我就来看看。"高远打开背后车辆的副驾驶门，"买了点粥什么的，手术前也不能大吃，你给带上去吧。"

吴花果接过，纸袋有湿过又烘干的褶皱，食物已经凉了。

她不清楚高远在这里站了多久，也许他们出门前就已经在了，只是无人发现而已。想到这儿，她心里泛起一阵难过："你不上去？集训一走得一个月吧。"

高远犹豫片刻，拳头握紧又松开："算了。雯子见我保不准又生气，快上手术台的人，老置气算怎么着。"

说完这话，他看向钟世："你朋友没事吧？"

"没。"钟世坦诚相告，"他今天喝多了，清醒过来会解释的。"

"人没事就行。"高远仰头盯住那扇再熟悉不过的窗，像对他说又像对自己说,"她马楚雯一大活人,不是谁的所属物件,人家喜欢她、追求她都正常。听话音还是医生吧?事业有成,有经济保障也有前途,挺好。"

吴花果感觉出一丝泄气,就仿佛在这个雨夜,高远要放弃了。

放弃初恋的身份,放弃刻骨的过去,放弃许多年舍不得且斩不断的纠缠,放弃那个有且唯一在心里久久停留着的姑娘。

高远啊,用马楚雯的形容是——糙老爷们,连句好听的情话都吐不出来。

所以关于这种放弃,高远是不会说也绝对说不出来的,他是要对自己和马楚雯之间的希望放手了。

关于这个雨夜里发生的事,谁都没有再提起。

林拓醒来便拉着钟世匆匆离开,未留下吃晚饭。吴花果热了高远送来的粥,却惊觉马楚雯在发烧,于是连夜将人送到医院,直至她凌晨退烧,自己才昏昏沉沉地睡过去。

第二日,马楚雯收到高远发来的信息,只有一行字:你好好的。以后不联系了。

这条陌生号码发来的消息被原原本本展示到吴花果面前——马楚雯删了高远的联系方式。

又或许是互删,不知谁先谁后——这年代只有不是微信好友的人才会发短信息吧。

马楚雯说本来还纠结让不让他过来,这下省了。

她很平静,以至于平静得有些僵硬了。暴雨过后,天蓝如洗,她站在窗前久久望着天空,模样让吴花果想到佛罗伦萨乌菲齐美术馆长廊两侧的那些雕塑,它们是静态的、凝视的、寂寞的,没有人知道它们在想些什么。

中午去买饭时,在急诊大厅碰到赶来的林拓,吴花果告知昨夜种种,最后说了床号,没有跟他一起过去。停车场的解释被她留在心里,因某个不知是好是坏的念头:结束了说不定才有下一次开始。

若非要分个亲疏远近,吴花果必定站在高远一方,尽管接触下来她很清楚林拓也是个不错的人。

她认识高远是大一的时候,当时她加入了校记者社,第一篇单独署名的采访文章就是关于校足球队,高远那时是绝对主力。他阳光、积极、有梦想有拼劲,谈及未来、谈及职业时眼睛里闪着光。那种朴素的热爱让吴花果想到为中国足球倾力奋斗过的父辈们——她的生于 1968 年的父亲吴建章经历了国足由专业到职业的时代过渡,而每一场探索的背后皆伴随着与之息息相关的腥风血雨。可她的父亲,以及吴花果叫着叔叔伯伯的吴建章的队友、教练,他们做的只是守着一片绿茵场训练、比赛、分析,因为赢一场球而欢呼雀跃,因为入选国家队而兴奋不已,也因为看到对手的强悍感受到巨大落差而心之彷徨。时代洪流卷席着他们,却杀不死他们的内心意志:要赢,要奋斗,要为国争光,要让中国足球有朝一日拥有自己的名字。

这是上一辈执着去做的事,是老一代足球人为之奋斗的理想。

吴花果在那时的高远身上看到了这样的影子。

至于现在——她不清楚已经成为职业运动员的他心态上是否产生变化,他们早由采访者与受访者变成朋友,而有时,朋友间是羞于谈论理想的。

林拓进入病房便开始道歉,埋着头说自己喝多了、断片了、失态了,话题还未到停车场,马楚雯强势反客为主:"高远是我前男友,初恋。他脾气急、说话冲,昨天不管做过什么,你别往心里去。"

林拓大约猜到二人之间的关系,只不过对方不加掩饰地说出来,这让他不知作何反应。

他还是决定和盘托出:"不不不,楚雯,昨天在停车场我们两个……"

"我俩彻底结束了,刚刚的事。"马楚雯打断,"林拓,以后这码咱谁都别提了,行吗?"

她看过来,眼里蒙着一层雾。

林拓忽然意识到,如果自己继续说,那层雾便会形成晶莹剔透的滴露落下来。

他不愿让她哭,于是答应:"好。"

一半出自专业,病人最忌情绪不稳,万事身体优先;一半出自私心,他喜欢她,一见钟情,过眼难忘,他想做那个新的人。

医护人员进来测体温,一切正常。对方又交代了些转病房的事项,转身离开。

马楚雯下逐客令:"你有事先去忙吧。一会儿吴儿就回来了。"

林拓笑:"我连明天的假都请了。"

马楚雯看着他,忽而隐约感知到了对方背后的心思。成年男女,交集不多,非亲非故,这时代哪有那么多心地纯良的好人。

林拓起身倒水,试试温度送到她面前,扬扬下巴。

马楚雯接过,小口抿着,这时又听到对方说:"生病住院,身边总要有个人的。"

只一下,眼泪不争气地掉进杯中,回忆泛滥。

高远看过最差最差的她,他包容着她所有的尴尬、丢脸、难以自处,而那些随着她的成熟也不会再发生了。生病住院,身边总要有个人——只不过不再是他而已。

晚上，吴花果与索小玲约在一家海底捞碰面。

她以朋友的身份，不代表赛事，更不代表立场中立或偏颇的体育媒体，所以在过去的路上临时改变了见面地点。原本选的是一家高端日料店——静，意味着私密，却也会无形中带来压迫感，她们都知道这场会面将聊到些什么，她不愿让小玲有被审问的错觉。

一个运动员决定告别职业生涯，无论出于何种原因都不该受到道德拷问与舆论绑架。

排队的工夫，吴花果趁机做了美甲。她周二下午需要主持线下活动，好的精神面貌是对主办方的极大尊重。指甲快做完时，索小玲赶到，吴花果向她展示手指："还行吧？喜气洋洋。"

索小玲乐了："整得我也想做了。"

"来嘛。"吴花果拉着她坐下，代替工作人员热情地询问，"你喜欢什么颜色？"

"和你一样的吧。"

"快快，秋天上点红，来年响叮咚。"

索小玲咯咯笑，嘴里说着"什么跟什么啊"，却还是老老实实地伸出手指。

大家总习惯叫她们铿锵玫瑰，因为她们勇猛、热烈、坚毅，可除去运动员这层身份，她们也只是一群爱漂亮的女孩子。

吴花果看着索小玲年轻的面孔，心中暗想，比我还小好几岁，她可真是个小妹妹。

点好锅底和食材，吴花果晃了晃手机："你给我打电话那会儿手机丢了，又赶上去跟了个网球公开赛，一直也没腾出时间。"

半真半假，只是到今日她才能理性正视小玲将离开球场的事实。

"你们好像一年都没有闲时候。"索小玲问，"怎么去跟网球了？"

"内部借调。我啊，万能大瓷砖，哪里需要往哪里搬。"

"有实力的人才是万能砖呢。"索小玲双手托腮，"教练让左路转右路我都踢不好，要不也不会到现在。"

服务员呈上满桌餐食，吴花果见状忙招呼："快下，马上就开锅了。"

索小玲是在一场联赛中受的伤。右边路带球过人，在常规对抗中被撞倒在地，医生判定跖骨骨折，加之过往有不少旧伤，手术后休养半年重新上场，复出后的第一场比赛仅十分钟便被换下。吴花果没有关注更多后续，然后便听得对方而今的决定。

两人七七八八地闲聊了一些，索小玲突然问："你对我挺失望的吧？"

吴花果当即摇头："怎么会。"

"我总想起打亚少赛的时候,第一场对澳大利亚,我们赢了。赛后你过来采访,咱俩一起飙泪,时间停在那儿该多好。"

　　那场比赛索小玲横空出世上演帽子戏法,其中第三球压哨打入,裁判组召开短会最后判定进球有效,全场沸腾。说全场实则有些夸张,女足异国比赛,亚洲少年级别,球场小到不及高校操场,观众更是寥寥无几。

　　可比分落定那一刻,吴花果还是一蹦三尺高。

　　索小玲在赛后采访中对着镜头说,我们做到了,我相信我们一定可以做到。而后她哭了,十六岁的小姑娘哭着在笑。吴花果问,赢球怎么还掉眼泪。索小玲似乎忘记镜头还对准自己,她看着她的眼睛说,小吴姐姐,其实有时候我挺委屈的。吴花果的眼眶一下就红了,因为她知道她们每天早晨跑完二十公里的模样,看过她们训练时甩在草坪上的汗珠,更清楚比赛前那一张张稚气未脱的脸内心承载着怎样一份压力。十六岁,出国都还需要监护人签字,下一秒却身披战袍登上为国争光的赛场,每一脚、每一个动作都要谨慎再谨慎。吴花果难掩激动情绪,她拉过索小玲的手告诉她,付出总有回报,澳大利亚都能踢赢,下一场更不算什么。

　　最后的最后,小姑娘们止步四强,而吴花果则受到自入职来最严厉的批评——采访时带入个人情绪是行业大忌,媒体人更不可妄自评断,需时刻铭记,对自己的言行负责。

　　时间不会停在那里的。时间不会停在任何一个地方。

　　吴花果问:"退役后打算做什么?"

　　"好好读书。之前重心都在比赛上,往后努力把缺的都补回来。"索小玲坦诚相告,"我家里也不是什么富贵人家。书读完毕业后找份稳定的工作,也能尽快帮他们分担一些。"

　　她已做好准备走上另一条路。

　　吴花果举起水杯:"加油!以后需要你小吴姐姐,我随时在。"

　　索小玲却没有碰杯,她仍执拗地问着那句:"你对我确实挺失望的吧?"

　　不用想都知道,这些时日,教练、队友、管理,身边的每个人或许都对她表露过失望。那些话一定不是直接说出来的,是索小玲切身感受到的。

　　吴花果放下杯子,定定地看着她:"小玲,是真的不想踢了对吗?"

　　索小玲先是点头,继而又缓缓摇头:"想,因为除了踢球,我不知道自己能干什么。可一上场状态就不对,心里急,越急越不对。医生说脚不知道能不能完全恢复,我每天晚上都睡不着,我……"

　　她的头越埋越深,像沙尘来袭无处闪躲的鸵鸟,可怜又无助。

　　吴花果太了解那种感受,她握住索小玲的手,一字一顿:"我没有失望,完全没有。"

索小玲抬起头，像是久违地得到肯定，眼神渴望又不确信。

吴花果深吸一口气："我当过运动员，可没像你坚持这么久，很早就退出了。所以，小玲，我也经历过想做却做不到，也在告别时犹豫过甚至之后深切地后悔过。"她顿了顿，"说这些不是劝你改主意或者让你重新考虑，我只想告诉你，路很宽，不管选哪一条都好好做，对得起自己就行了。"

良久，索小玲"嗯"了一声，接着又问："小吴姐，万一以后我伤好了想回来，回得来吗？"

"这个……"吴花果沉思一瞬，"我认识一个人，几乎可以说拿到过自己年龄段的最高荣誉，然后退出了。差不多十年后，他决定重新从零开始。以后的事，谁说得准？不过我可以肯定，这十年里他一直在保持训练。"

"你怎么知道？"

吴花果笑："训练多诚实啊。"

这下索小玲也笑："那倒是。"

多一分少一分，上次场立见分晓。

背后涌起一阵喧嚣，工作人员手举灯牌唱着"对所有的烦恼说ByeBye，对所有的快乐说HiHi"齐齐聚到一桌，寿星站起又坐下，慌张得手足无措。吴花果与索小玲对视一眼，不约而同地大笑起来。

索小玲这时又道："挺厉害的。"

"嗯？"

"你认识那个人，挺厉害的。"

"他啊。"吴花果想起钟世的样子，又莫名地回忆起两人一起聊天的场景，笑容更大，"也挺好玩的。"

吴花果刚下飞机就遇到一件麻烦事。

田淼与时小乐去到残特奥会游泳赛运动员官方入住的酒店，原本赛前去摸摸路线刷个脸无妨，偏这两人逮到一名运动员开启采访模式，问题一深，对方表现出排斥……老毛在电话那头急得团团转："估计是这两个追着不放把人教练引来了。人家当时就火了，骂骂咧咧说了不少难听的话。好在有旁人解围这才没闹得太凶，我就睡一觉的工夫，你说现在怎么办。"

吴花果心下一沉，问清涉事代表队和运动员的名字，交代三人原地不动等她过去，这才阴着脸上了出租车赶去酒店。

赛前最忌讳扰乱军心，任何会影响到运动员情绪的行为都不应该也不能发生。更何况是场景本就特殊的残特奥会，错上加错。她完全理解对方教练的愤怒，出于今时今日的职业立场，更因很久以前作为职业选手的她也曾被自己的师长队友那般保护过。

一路的车程，吴花果疯狂查资料，被骂一通哪怕被投诉都是小事，真要因这场风波导致运动员发挥失常乃至对今后产生负面作用，这责任不是他们一支团队乃至最赛事可以负担起的。

吴花果在酒店咖啡厅找到垂头丧气的三位同事，还未走近，田淼站起来，眼圈红着显然是哭过。时小乐见到她，也慌忙起身，解释："小吴姐，其实真没问什么。就……那位运动员是视觉障碍，我们想了解一下到底视力损伤到什么程度，怎么造成的……"

"这是现在该问的？"吴花果打断，扬手指了指田淼，"她没经验，你也是第一天跟比赛？"

她语气很冲，神色又凶，架势引得旁桌的人侧目。

"得了，都先坐下。"老好人毛维瞻依次拍过田淼与时小乐的肩膀，又将吴花果强行按到座位上，"你也别怪他俩了，顶着上头给的任务，他们压力都不小。咱们满打满算待一周，这不就怕任务完不成才去紧着赶素材，时机没掌握好。"

常主任指明要场后独家，时间有限，谁都怕白跑一趟出不了活儿。可事实上，一周时间足够了，再大型的赛事活动也不过一个月，而现场的每一次赛后对记者们来说都意味着无限可能，他们并不缺乏机会。

只是此时此刻，她没心情亦无精力同他们普及道理。

"还问了什么、对方怎么回应的、教练什么态度，"吴花果冷静了些，拿出纸和笔，"我们自己要先准备一套预案。"

田淼这时开口："都已经发生了还有什么准备的。"

她很委屈，委屈到从头回忆起一小时前发生的种种不到结尾便鼻子发酸。不是没有做功课，不是态度敷衍不够努力，更不是无理取闹非要追问人家的过往。而吴花果那一声声在她听来纯属杀鸡儆猴、字里行间都在埋怨自己的质问，让田淼无处发泄的委屈更加强烈。

已经发生，甚至可以说已经结束的事，现在还做什么预案？

吴花果没有在意她语气里的不满，反而态度柔和些说道："田淼，就是因为发生了才要准备接下来的对策。这件事我们失误在先，要不要郑重道歉？选在什么时间去解释我们的初衷？好，就算什么都不做，明天下午比完赛对方成绩理想可能也就过去了，若不好会不会将缘由归结到我们这一方？到时新闻发布会一爆，舆论压力我们如何处理？他们代表省队，一旦地区体育局与公司交涉，我们怎么给回应？"

田淼被这一番话驳得哑口无言。

她全然没有顾到更深更广的层面，而吴花果每一个点、每一个假设都考虑到了，又或许，连可能发生的微小细节都想得清清楚楚。一股愧疚却又恼火的情绪在她心里逐渐升腾，前者是对团队，而后者，她不清楚是对自己还是对面前的吴花果。

"是这样……"时小乐抢过话头开始一五一十地叙述经过。

吴花果挑拣关键词记下，老毛在一旁时不时补充些个人看法。他们的主语都是"我们"，即便吴花果和毛维瞻全程没有被卷入，却还是用了"我们"。好似临时搭起的四人俨然变成一个共进退的团队，他们在接下来的时间里将甘苦与共，凡事一同分担。

吴花果这时问道："谁帮你们说的话？"

时小乐摇头："不知道，不过那人好像跟他们省队那边认识。"

"就是她。"田淼说着再次起身，朝正往这边走来的人笑着挥挥手。

吴花果转过身，表情僵在脸上。

叶如珍。

圈子可真小。

田淼主动打招呼："刚才真是太谢谢你了，要不然我都不知道怎么收场。"

被教练指着脑袋训骂时，正是叶如珍的出现将她从窘迫中拉了出来。对方扫过她的记者证，悉心安抚了当事运动员和教练，她说大家都不容易，都想把工作做好而已，三言两语便替她解了围，平息了一场风波。于田淼而言，叶如珍可算作恩人般的存在。

"小意思。"叶如珍笑着回应过这句，转而面向吴花果，"刚到？"

面对旧识，吴花果"嗯"了一声站起来："你过来是？"

"做嘉宾解说，后天走。"叶如珍环顾四人，最后将目光定格在吴花果身上，"吴儿，混得不错啊。我是应该说'真巧'还是应该说'好久不见'？"

吴花果沉默。

而这样的沉默让叶如珍话里隐藏的暗嘲一下显现出来。

毛维瞻敏锐地察觉出她们之间的异样，对时小乐和田淼使了个眼色："咱先上去，我跟你俩嘱咐几句明天现场的注意事项。"

全然事外的时小乐答"好"，立即收拾东西起身，田淼从寥寥谈话中感知到两人相识已久，便也点点头带着疑惑跟上老毛的脚步。

咖啡厅里一对故人相对而坐。

"后天走还挺赶的。"吴花果略过问题，低下头搅拌已经变凉的咖啡，"田淼刚到我们这儿，第一次跟大赛欠点火候。如珍，谢谢你帮忙。"

"这才几年，变成小头头替别人撑腰了。"

"没有，大家都是同事。"

"同事，第一次听你用这词。"叶如珍抱胸看她，"弃暗投明的感觉好吗?"

吴花果当然能听出话语间的讽刺,可她一点也不怪她,丝毫没有。

在很长一段时间里,她们都浸泡在同一片泳池中。她与如珍会各不相让,竭尽全力争夺第一第二,也会在一整天疲惫的训练后交流技术心得;她们会在宿舍八卦知名运动员的花边新闻,也会对着天花板感叹何时才能像那些人一样;她们还会在休息时间勾肩搭背逛街,扎在一家五元店叽叽喳喳评价对方选购的一篮子物品。她们亦敌亦友,对方突破的个人成绩永远是自己的赶超目标,一旦遇到接力赛交出手中那一棒便扯着嗓子为对方鼓气呐喊。

那个时候,她们甚至不清楚"同事"会是一种怎样的关系。因为她们是队友,是朋友,是支撑着彼此不断较量却也不断进步的存在。

劲如钢铁,坚如磐石,稳如大地。

吴花果偶尔会想,如果世上真的存在另一个自己,那一定就是叶如珍。

都从四岁开始练游泳,都在还未成熟的年纪被选入省队,都有过成绩瓶颈再怎么练都提不上去的自我怀疑期,都对未来充满希望认为有朝一日定能站上最高领奖台。

不同的是,叶如珍现在仍在为那个目标奋斗,而她早早便放弃了。

会怪罪吧,一定会。

昔日信誓旦旦要一起加油的伙伴退出了,在叶如珍眼里,吴花果是彻头彻尾的逃兵。

凉了的咖啡味道酸涩许多,吴花果品了一口,接着仰头喝净。

"我看到证件,知道是你们的人才插手。"叶如珍苦笑,"别人我才懒得理。"

吴花果抿抿嘴。身份对调,她也会像今日如珍一般毫不犹豫地站出来。她们太熟了,以至于到此刻,根本无法界定两人间那些暗涌的情绪。

"吴花果,"叶如珍盯住她,"你现在还下水吗?"

迟疑片刻,吴花果点头:"偶尔。"

"呵!"

一个意味不明的回应。

"当时没有告诉你要离队,我……"吴花果不知该从何解释,最终摇摇头,"算了。"

她想起刚退役时叶如珍的连环轰炸,电话、消息几乎每日都会传来,问题只有两个"你怎么了""为什么"。只不过那时的吴花果还在和自己对抗,"不甘心"和"不得不"梦魇般纠缠着她,她没有心思再去顾及任何,问候也好,质问也罢,就像被封印在一个怪圈里,她听不到任何声音。

后来叶如珍就不问了,以至于再次见面是她入职不久,某次跟其他部门去赛事现场——叶如珍是那一场女子蝶泳冠军。她们看到彼此，却没有机会交谈，吴花果仍记得对方投来的眼神。

轻蔑、哀伤、遗憾。

如珍用一块灿烂的奖牌在进行一场无言的声讨——

我做到了。

明明你也可以，为什么不坚持？

你，后悔吗？

回到房间，吴花果将自己甩到床上。她闭起眼睛，脑子里闪现出与叶如珍分开前的画面。没有握手，更没有拥抱，甚至没有道一句"再见"。她们如同地铁站台上恰好帮到对方一个小忙的陌生人，出于短暂交流过，下车时以示礼貌互相点头致意。她和叶如珍就这样分开了。

吴花果知道对方在等自己的解释，关于少时退役的迟到许久的解释。

可这是一个一波三折的故事，对毫不知情的钟世抑或马楚雯，她可以从头讲起直至落下句点。然而不同于两位局外人，叶如珍是了解部分信息的，她仍在路上，仍在坚定不移地追寻自己的炽热梦想，所以吴花果说不出口。

干活吧。心里道一句，她便从床上坐起，翻开随身笔记研究刚刚记录的关键信息。

照小乐的说法，对方教练已经将他们定性成"无良媒体"。教练背后有管理有省队有地方局，山不转水转，到底不能埋下一颗雷，本着撞大运的心境企望它永不爆炸。

时钟指向晚上六点半，通常运动队会在这时吃饭，饭后队员可自由活动也可到队医处做按摩理疗，而比赛前日的晚上教练组多半要碰头开会。吴花果在心里盘出一份作息表，眼下似乎哪个时段登门都不合适。正想着，钟世发来信息：你之前说可以乘地铁公交的 App 叫什么？

吴花果想了想，敲字回复：亿通行。关联好支付账户就能凭二维码刷进站。

那个雨夜，他们好像聊起很多无关紧要的事。

钟世回：支付宝林拓帮忙弄好了。

紧接着又一条：他竟然连乘车软件都不知道。

吴花果不禁乐了，手下飞快地打字：天天开车的人不了解也正常，别歧视林队医。

钟世发来一个极其傲娇的"哼"表情。

吴花果的视线落到笔记本上，某个念头飞快闪过，她在聊天框里键入文字：钟世，有个问题。

钟世：问。

吴花果：在一场重要比赛前，若有人因为某件事向你道歉并且让你加油，会不会干扰比赛心态？

过了一分钟或两分钟，钟世回复：是我的话，不会。其实赛前任何鼓励都有很大力量，没有太多心思想别的，只会感受到原来多一个人支持我。

吴花果的内心涌出一阵欣喜：谢谢！

钟世：怎么问这个？

吴花果：做错事了呗，在想如何挽回。

过去太久，她有些忘记自己面对比赛的心情。还好有钟世，他的答复如一针镇静剂让她稳定下来。

——都会做错事的。不要难过也别灰心，解决办法总归是一次次试出来的。

许久，钟世这样答复。他甚至没有问她究竟遇到了何种难处，然而这句话所表达的含义正是此时此刻她最需要的东西。

吴花果盯着屏幕上的文字，蓦地有些感动。

好似漂泊在无垠大海中，猛然抬头发现对岸有人在向自己招手。即便，即便对方也站在一座孤岛上，可那一刻，物理距离很远的两个人却在心里紧紧抱住了彼此。

明明衣食无忧，岁月静好，怎会突然有这样的错觉。

吴花果甩甩头，将这些杂七杂八的思绪齐齐忽略，她传去信息：好好吃饭，好好训练！

算是结束语了吧，可不谙聊天规则的钟世却发来一张图片，接下来的文字是：看，我用你推荐的订餐程序点了粥，非常方便。

吴花果在空荡荡的酒店客房里一下笑出声来。这家伙是在炫耀上手了吗？当今时代，会点外卖实属基础操作，怎么到他这里变成聪慧透顶、值得骄傲的满分技能？

是真忍不住，有些幼稚，又有几分可爱，吴花果笑得几次打错字，删除又改，才回去一条：这就用上啦？恭喜闯关成功，你可真棒。

钟世这次秒回：马马虎虎吧。

吴花果"噗"一声，注意到时间，赶忙终止对话：我要干活了，今明两天严禁打扰。

钟世：Copy！

附上一个庄重的敬礼表情。

思来想去，吴花果还是决定向叶如珍发出求救信号——若说她们此前谈话有一丝缓和，那便是当她拿出手机示明加好友时，面前的旧识当场通过。

- 049 -

她的目的是询问当事教练的联系方式,叶如珍发来一个电话号码,再无其他。吴花果道谢,而这声谢谢也石沉大海——叶如珍再没有回复。

老毛与时小乐来敲门问要不要一起出去吃晚饭,吴花果靠在门边疲惫地摇摇头:"你们去吧,我看看资料。"

"那也不能饿着啊,人是铁饭是钢。"毛维瞻问,"要不回来给你带一口?"

"真不用,我没胃口。"

老毛叹气,转而扭头往自己的房间走:"我那儿还有桶面,等着我给你拿过来。"

"哎,毛哥……"吴花果叫不住人,便也任由他去。

最赛事部门合并之初,毛维瞻曾在足球频道短暂待过一段时间。他是台里的老资格,无论经验技术还是运筹能力都远强于他人。只不过老毛有套自己的处世观——他休息时间宁愿趸趸旯旯儿儿的地方拍点喜欢的,也不愿用那精力去赚一份升职加薪的谈判筹码。所以多年下来,摄影摄像部比他年轻的都提上去了,他却还只是那个令人信服的普通职员。后来公司提出搭档制跟赛,马楚雯与之成组,私下里大家常聚,吴花果与老毛也算得上超越同事关系的老朋友了。

时小乐仍站在原地,挠挠头有些歉疚地开口:"小吴姐,今天这事给你添大麻烦了吧?"

临出发前常主任交代过,现场遇到拿不定主意的先找吴花果商量,她大赛经验足又懂分寸。所以下午当田淼提出做个人采访,时小乐不是没有犹豫,然而听到对方说"储备素材",他脑袋一热就跟上去了。

"没有,出来一趟总有点意外。"吴花果摆手,看着时小乐真诚地说,"在咖啡厅我一时心急,也没考虑到你之前都在节目组,其实跟赛没几回,话说重了,别往心里去。"

"怎么会。刚在房间毛哥跟我分析过了,现场虽然紧张,但比赛外的时间挺充裕的,是我没有做好规划。"时小乐笑了笑,"希望下次再跟你们出来,惹事的不是我。"

吴花果本还有一丝担心,毕竟时小乐是入行不足两年的新人,开头挨这么一通凶接下来几天会不会萎靡不振。这会儿见他没心没肺的样子,那点担忧才彻底消失。

想到这里,她又问:"田淼呢?怎么没叫上她?"

"问了,她说在跟朋友吃饭。"

吴花果点头,大老远出趟差,趁休息的工夫见见当地友人实属正常。

他们离开后,吴花果打开与叶如珍的聊天记录,复制那串教练的手机号码到发送人处,开始编辑短信。自我介绍、对下午发生的事致歉、解释本方初衷、希望明日早晨可以见当事运动员李双双一面再次表达歉意。"

这条修改再三的信息最终被精简为七行。

钟世提醒了她一件事——再感同身受也不会成为另一个人，而我们可以做的便是让对方接收到"虽然我不是你，但我在努力换位到你的立场去感受"这样一种信号。或许那只是一种共情的抚慰，可发自心底的真诚永远不会骗人。

想到这里，吴花果重新拿起手机，在最后写道：我也曾是一名蝶泳运动员，正因经历过，我希望双双可以没有任何杂念勇敢地跳进水中。

吴花果从行李箱中翻出洗漱用品，前往卫生间。花洒打开，温热的水流自头顶流到脚底，思绪七七八八。有时是训练中途抽筋被队友拖上来，疼得眼泪、汗水齐齐往外冒；有时是比赛结束，心顶到嗓子眼去等候大屏上即将出来的成绩；有时是母亲特意定制的那顶印有她名字首字母的泳帽。已经太久了，所有的不服气、不甘心、不明白都太久了，久到很多细节已经想不起，久到那像是前世残留在这一世头脑里的记忆。

水温忽然凉了一下，吴花果打个激灵，直接关掉花洒。

不要想，不要再去想了。

她裹着浴巾出来第一件事便去确认手机，谢天谢地，教练回复：我们明天八点从酒店发车去场馆。

第二日一早七点，吴花果到达运动队下榻的酒店。

早来一小时是担心途中生变，而没有告知队友只身前来——一为避免教练与当事运动员李双双看到群体出动再次误会有采访意图，影响比赛情绪；二来她也不知歉意能否被接受、谈话结果如何，若真不好，那这责任她吴花果一人担了，上级怪罪下来总不能推两个新人出去挡枪。

她经历过战战兢兢的菜鸟期，也听闻过一起实习的伙伴被迫扛下某份根本肩负不了的问责最终不得不离开的故事。并非替人顶罪同情心泛滥，只因吴花果可以看出，无论是田淼还是时小乐都竭力想去做好的态度，经验少了点，方法不得当，她不愿他们任何一人因此泄气。

七点四十分，吴花果认出缓慢走向大堂的中年男人和身边目光有些涣散但精神十足的年轻女子。

"孙教，双双。"吴花果迎上前，没有伸手，笑了笑打招呼，"最赛事吴花果，我过来负荆请罪的。"

李双双应该已得知她前来的消息，此时颇有些不好意思，说："昨天没什么的，你其实不用特意跑一趟。"

倒是孙教练板着一张脸，话语里带些阴阳怪气："下面人犯错，这是劳

- 051 -

烦小领导出面说和来了?"

吴花果立即反应过来:"我啊,昨天下午飞机才落地。要真是领导,我早让他们连夜写检查今天当面背诵了,背错一字,计入季度KPI指标。"玩笑话开场完,她面向两人半弯腰鞠躬,"昨天的事,我郑重给两位道歉。来的是我同事,他们跟大赛经验少,有些地方考虑不周,请你们务必谅解。"说罢,她避开孙教练的目光,径直看向李双双。虽然知道对方有视觉障碍不一定看得清自己,吴花果还是注视着她那双小鹿般圆圆的眼睛,"双双,我再替他们单独跟你说一声对不起。别的不提,你出水时听到最大声的加油一定是我们的!"

残奥会本身就是一种特殊竞技,天生或后天遭遇生理缺陷的他们都有一段要鼓足勇气才能面对的辛酸过往,而去选择运动员的身份、选择在竞技领域一展身手,有这种决心已然足够了不起。吴花果略过所有前情,只说这一声加油,只因她由衷敬佩如李双双一样的他们,那是一群努力着接纳人间玩笑,用毅力与执念认真生活、永不服输去对抗命运的人。

她希望李双双好,希望他们都好。

"小吴记者,你这样我都不好意思了。"李双双腼腆地笑了笑,露出上齿单侧一颗锋利的虎牙。

孙教练这时问道:"你做过运动员?"

"嗯。"吴花果坦诚相告,"在省队待到十六岁。"

"我就冲这一点,今天才让双双提早出来。"孙教练仍带些不满,"你自己打过比赛,就不烦那些记者瞎扯一通问东问西,结果出来全都是狗屁?"

"孙教……"李双双暗自叫一声。

"能理解。"吴花果弯弯嘴角,"我那时候都在青少年组,您也知道这赛段关注度低,有采访就差敲锣打鼓了。"

孙教练的神色稍稍缓和——他带过少年队,吴花果所提及的是实打实的现状,这也是唯有切身经历过的人才能讲出的一番话。

"但是我能理解,"吴花果真诚地说,"有些报道的确避重就轻,不尽如人意。"

临近发车时间,有队员陆续从酒店出来。孙教练先是对球队管理使了个眼色:"你们先上车,我马上来。"而后拍拍李双双的肩膀,"你也先上去。"

"小吴记者,我走啦。"李双双活泼地挥挥双手,跟上队友的脚步。

"加油!"吴花果冲着她的背影送去鼓励。

片刻,酒店大堂只剩还未结束谈话的两人。

"小吴记者,我不瞒你,"孙教练拢拢已经闪现几丝花白的头发,"昨天的事,我非常气愤,你发消息时我们正在开赛前会,我原本打算往上报的。"

吴花果抿抿嘴，等待他接下来的话。

"我没有提，是因为我想听听你怎么说，更因为双双有两场比赛，今天一场，后天接力，她很有实力，我怕事情闹大于我的队员有不利影响。"孙教练定定地看着她，"这种机会对他们来说太重要了，兴许一个出头就能改变现在的生活。你们怎么能在赛前去抓住一个人，往她伤口上撒盐，我的队员我那么珍惜，别人怎么就敢为所欲为随意践踏？"

所以他才会恼火，才会不管不顾当场骂出来。

吴花果低声说道："有您这样的教练，是队员之幸。"

"什么？"

"我说，"吴花果正了正表情，半分玩笑半分认真，"我当时要在您队里，现在没准是奥运冠军了。"

孙教练满脸自豪："北京残奥会的钱雯……"

"钱雯悦，女子自由泳冠军，破了世界纪录。"吴花果笑了笑，"我知道，您从广西队带出来的。"

孙教练瞄着她手里的笔记本，语气轻松许多："呵，资料倒查了不少。"

吴花果"嗯"了一声，有些不好意思地将随身笔记挪到身后，稍作停顿又道："我们这行您肯定接触过，台里布置了采访任务，大家都怕完不成，有时候难免冲动。不管怎么说，昨天的事错在我们，我希望这份歉意，您和双双都能收下。"

"我无所谓。"孙教练望了一眼大巴车，"双双今天状态也不错，正常发挥应该没问题。"

吴花果看看时间："孙教，您快过去吧，一会儿赛后见。"

"行。"孙教练向前两步停下，"小吴记者，我也理解你们媒体工作者的不易。这件事在我这里就算过去了，彻底翻篇了。"

心里一块大石落地，吴花果重重点头。

随对方走至大巴车这几步路，吴花果铆足勇气又说了一句："孙教，我们身上还背着采访任务……"

孙教练立刻明白："赛后我问问双双和队里的意见。"

"谢谢！"吴花果双手合十，"太感谢了。"

"不用。"孙教练看着大巴车里坐着的那些人，"有一天队员们退役去到其他岗位，无论哪里，就像你一样，有能帮忙的我都会使把力。"

车辆启动，一些人驰骋在追梦的路上。

"加油。"吴花果在心里说，"还有，谢谢。"

上午比赛结束，李双双不负众望登上冠军高台。

吴花果在赛前单独同毛维瞻叙述早晨去摸底的经过——之所以没有告知两位新人，谈话涉及她曾经的运动员身份，老毛既已知晓便顺理成章，向他人提起免不得要再经受一番十万个为什么的拷问，她永远都做不好这种心理准备。

"稳了！"老毛在比分出来时大喝一声，"孩儿们，稳了！"

"什么稳了？"田淼与时小乐呈现同款懵脸。

老毛与吴花果对视一眼。因为被嘱咐过赛前拜访一事不要提，免得两个新人心理上一放松再出岔子，他只能干笑两声掩饰："都夺冠了谁还记得昨天的事，甭担心了，妥妥稳过。"

田淼倒有些泄气："就因为是第一名，肯定有同行争着做深采，咱们留了'案底'，会很难。"

"总得试一下嘛。"吴花果朝采访区扬扬下巴，"快去吧。"

田淼点点头，叫上时小乐，两人快速跑过去。吴花果与老毛慢悠悠地收拾东西，顺带聊起接下来的日程。常仁飞派出四人团队，一来想走赛中深度报道试试水，二来无非是老手带新人，吴花果和毛维瞻对此心知肚明。

"那就这么说，明后天田淼跟你去大学城，小乐跟我。"吴花果确认。接下来根据报道安排他们要分开行动前往不同场馆，距离不算远，但比赛日白天肯定见不到了。

"成。回头晚上酒店碰吧。"老毛朝对面采访区望望，"差不多了，过去看看？"

吴花果答"好"，跟上。

赛后采访已经结束。叶如珍站在田淼与孙教练中间，三人正热络地交谈。

吴花果见状，拉着老毛停下："先等会儿。"

"等什么啊？早晨你都跟人家教练说好了，这拿冠军不锦上添花？"毛维瞻推着她往前走，"过去过去，赶紧时间敲定去吃饭，下午还一堆事呢。"

田淼看到他们，兴奋地挥挥手："你们来啦？有好消息！"

叶如珍的视线扫过吴花果又迅速收回，她对田淼笑了笑："我还有事先走了，你们自己人聊。"

"我也走了。"孙教练说着朝吴花果扬扬手算打招呼，"回头见。"

他的眼神里再无敌意，吴花果知道，双双此场胜利也给这位在教练岗贡献半生的中年人许多安慰。

"说了你们肯定吓一跳！"田淼见外人走远，声音不由得大了几分，"孙教练……"

"哈哈，答应让双双接受深采了是吧？"毛维瞻朝吴花果的方向丢了个眼神,"这都是你师父拼老命啃下来的。说实话,吴儿,真没给人跪下?"

"不至于。"吴花果没放心上,见时小乐过来赶忙交代,"小乐,这活儿你和田淼单独做……"

还未得知消息的时小乐皱眉:"啥活儿?"

"常主任交代的任务。"老毛替答,"我跟你小吴姐不去了啊,到时候不许掉链子。这回出文字报道,相机头天充好电,多拍素材,现场务必配合好田淼。"

时小乐被这大段话冲得一愣,半晌才反应过来:"成了?"

"这傻小子。"

田淼听着三人你一言我一语的交谈,背在身后的拳头越握越紧。

明明是我——

昨晚她在酒店大堂干等了一个多小时,就因为知道叶如珍也住在这里,而对方认识孙教练,田淼希望借这层关系,哪怕搭上一句话都好。祸是自己惹出来的,血液里流淌着的好胜心不允许这件事云淡风轻地过去,她一定要解决。

守株待兔获得成效。她和叶如珍顺理成章一起吃了晚饭。她得知对方的运动员身份,了解到叶如珍的一个小师妹在孙教练队里待过,这才有相识的渊源。田淼也坦言自己刚到最赛事不久,虽念新闻专业但理论和实际相差甚大,第一次跟赛非常吃力,由此才闹出下午的事端。她们也提到吴花果,田淼问二人怎么认识的,叶如珍用"以前一起练过一段时间游泳"一语带过。总体而言,这是非常愉悦的一顿饭。田淼喜欢她也敬佩她,无论是谈吐行为,还是亲切待人的态度,更何况叶如珍在困窘时刻曾经提供过帮助,这份情谊田淼始终记得。

就在刚刚,采访结束后又是叶如珍叫住孙教练。因她的牵线搭桥,田淼终于与这位严肃的教练再次说上话。李双双成绩喜人,孙教练虽表面平静,可话语间皆透露出喜悦,所以田淼借机问是不是可以对运动员做一次深度采访。对方确认过她的所属媒体,而后毫不犹豫地答应。努力终得所偿,于田淼而言,这是天道酬勤,是她的辛苦付出换来的漂亮成绩。

可凭什么?大家凭什么认为这是吴花果的功劳?吴花果怎么能安然认下这份功劳?

"田淼?"吴花果这时唤了一声,语意带笑,"时间怎么定?得后天接力赛打完吧?"

"嗯,李双双游完接力赛就可以采访了。"田淼不动声色地作答。

能怎么做?难道要站出来大喝一声"是我争取到的机会,是我",那样别人会怎么看她,斤斤计较、争功贪赏?

"得了，落定就踏实了。"毛维瞻催促，"先去吃饭，这事反正还有两天准备。"

"我不去了。"田淼原地未动，见大家的目光投向自己，淡淡解释一句，"我包里有吃的，想看看资料。"

"别啊。"老毛又拿出过来人的劲儿，"不在这一时，吃饱了才有精力干活。"

"毛哥，我真不去了。"田淼推托。

吴花果瞧着她神色不好，猜测可能第一次做赛后采访紧张未过，于是问道："那给你带回来吧？有忌口的吗？"

"不用。"田淼说完看也不看他们，径直转身离开。

"这丫头啊，有点自我施压过了。"毛维瞻说一句。

"这不刚开始嘛，慢慢就找到节奏了。"吴花果未作深想，"走吧，路上遇到便利店多买点吃的带回来，省得下午扛不住。"

晚上回酒店，吴花果遇到了一件烦心事。

先是壁灯和落地台灯忽明忽暗，开关几次都还是老样子。本想先将就一晚，谁知笔记本电脑电源插上，传来一阵"刺啦刺啦"声，她吓得赶紧拔下电源接头。电脑里重要资料甚多，真烧坏了那可麻烦大了。

给前台打电话说明情况，等上一刻钟，眼看笔记本电脑和手机皆电量告急还是无人来修理。吴花果干脆锁了门直接找过去。

"非常抱歉，女士，"前台小姑娘解释，"我们已经报修了。但是今晚值班的电工师傅家里临时有急事刚回去，正在联系其他人员过来。"

"要多久？"

"我们也在等消息。"

吴花果无奈："那给我换个房间吧。"

"不好意思，女士，现在没有空房。"前台小姑娘小声说了一句。

所以让我干等？

吴花果火气刚要上来，一眼瞥到对方胸牌上写着"实习"，又见她满脸紧张注视着自己的反应，心里顿时软了几分。她问："有其他解决办法吗？"

一旁的值班经理这时走近问"怎么了"，小姑娘低声与其说明情况。

值班经理听罢，重新面向吴花果，先是鞠躬致歉，而后给出方案："您如果不介意，可以安排您去附近同级酒店。提前十分钟告诉我们就好，酒店专车随时送您过去。"

"好吧。"吴花果点头，"我问下同事，一会儿告诉你们。"

吴花果上楼直奔田淼的房间，门开，穿一身睡衣、贴着面膜的田淼见人颇为诧异："小吴？有事吗？"

透过门缝,吴花果看到书桌上仍亮着的笔记本电脑屏幕。

她知对方仍在工作,言简意赅地阐述情况,询问是否方便住过来。

田淼摘下面膜,神色有些尴尬："我睡眠不好,夜里出一点动静就会醒。刚来就跟毛哥说了。"

最赛事的差旅标准是标间补单房差。吴花果晚到,也确实没有留意为什么这次自己是单人单间,第一日来他们已安置好入住直接给了她房卡。

"没关系。"吴花果摆手表示理解,"我再让前台安排。你也别加班了,赶紧休息吧。"

"好。"田淼关了房门。

她坐回书桌前继续研究明天的日程资料。看了两行,忽然觉得有必要告诉对方单房差是她自己承担的——万一因为单独住的事情引发误会呢?

想到这里,田淼抄起房卡追了出去。

酒店是回形结构,电梯位于垂直于她房间这侧的另一端走廊上。田淼拐个弯没有看到人,于是原路返回打算明天见面抽个时机说清楚。刚转回来,她听到老毛的声音:"常主任,有事吗?"

田淼偷偷探过头,毛维瞻正背对她接电话,与此同时,声音传来:"吴儿关机?估计手机没电了,一会儿我提醒她给您打回去。"

田淼后背贴紧墙壁,这个角度毛维瞻是看不到她的。

那头谈话继续,老毛说:"挺顺利的。"

忽而,他干笑一声,又道:"嗐,就两个小孩没经验,赛前去采运动员跟人家教练闹了点不愉快。不是什么大事,吴儿都帮着解决了。"

田淼咬紧下唇,手紧紧攥住睡衣领口,她感受到了自己越发快速的心跳。

因为恼火,因为难堪,更因为不服气。

这下连主管上级都知道了,她是败絮其中的绣花枕头,是把大家推进火坑的累赘。而吴花果呢?她趁机夺取了胜利果实,摇身一变便成了救团队于水火的大英雄。

没有,没有任何一个人看到她田淼的努力。

"我还能跟您说瞎话?那头都同意我们做深采报道了。这样,我一会儿让吴儿跟您联系,具体的您再跟她对接。"房卡刷门的声音传来,毛维瞻的话被关进门里,声音越来越小。

论学历,论资质,论勤奋,田淼找不出比别人差的地方。是,她承认也许论样貌——身处需要面对镜头的这样一个特殊行业里,她不及马楚雯那般漂亮得发光,走在哪里都会成为人群焦点,可吴花果也远构不成可与自己相比的对象。就因为早入行几年赶上机会跟过几场大赛,她就成了领导心腹去做私下汇报，而自己却被排除在那个层级的对话之外？

多可笑，吴花果手握的那些功劳是她费尽心思打通关系步步为营一点一点换来的，现而今不费吹灰之力就被巧取豪夺了去。小乐脑袋简单，别人说什么就是什么，可毛维瞻呢？他俩到底是什么关系？吴花果怎么就如此有手段让大家都死心塌地去信她的话？

田淼无法阻止自己不去这么想，她也确信没有想错。

到新房间手机刚充上电，吴花果便接到老毛的电话。两人互通几句与常仁飞谈话的内容，挂断后吴花果赶忙给上司打过去，告知早晨独自前往道歉的过程。也不知常仁飞是怎么知道赛前风波的，到底是对方人脉广路子野。

吴花果打开行李箱，换好睡衣，草草洗漱，这番折腾下来已经近十一点。抱着充好电的笔记本电脑爬上床，对照赛程表默默过一遍明日安排，这才扣上电脑准备休息。

上闹钟的工夫收到钟世信息，只有一行字：冰冻期解除。

她这才想起自己说过的"今明两天勿扰"的话，看看时间笑着回过去：还没过十二点。

钟世很快发来一条：打扰你睡觉了吧？我在釜山，忘了有一小时时差。

吴花果：怎么去釜山了？

钟世：打公开赛。

吴花果赶忙去查新闻。因是挑战赛级别，又因极少中国选手参加，相关报道并不多。在寥寥信息中她得知今日男子组赛事完毕，钟世成功晋级，下一场将在后天下午。

她发去两个字：语音？

几乎同时，钟世打来电话。

吴花果接起，先是"哦"一声，而后笑了笑："虽然我们没跟，但我个人想对你说声加油。"

她大概能猜出钟世接连打挑战赛的缘由——赚积分，也为拿出漂亮成绩单为不久后的正式归化造势。

虽然和身为俱乐部经理的李芝薇接触不多，但吴花果可以感知到对方并非等闲之辈，有条理，有规划，有主见，眼下的每一步都在为日后铺垫基石。

"谢谢。"钟世语气中带几分歉意，"你是不是已经睡了？"

"还没。"

"我突然想起来就给你发了消息。抱歉。"

"我真没睡。"为打消对方疑虑，吴花果将房间电路损坏又换酒店一事悉数告知，最后说道，"刚到这边又跟上级汇报工作，一下就到这么晚。"

"你还挺……"钟世搜索词汇,"挺大方的。没有为难前台实习生。"

吴花果没有料到他将重点放在这里,翻身换个舒服姿势,将手机撑到耳边:"我刚进公司就是实习生,那会儿还没毕业,又特别想留下,所以很怕做不好出岔子影响评级。自个儿这么过来的,现在也不想难为人家小姑娘。"她顿了顿,"理解不了吧?"

"在试着理解。"钟世说道,"我没经历过实习就业等等正常步骤,从前光顾比赛,眼里只有成绩。这些年才开始去看身边的人,去理解别人的心情。"

"所以釜山战绩如何?"

"还可以。"

"有信心再下一城?"

"只能说手比较顺吧。"

"这边结束之后什么打算?"

"下一站可能去……"钟世忽而笑了,"你这叫不叫职业病?"

"抱歉。"吴花果跟着笑一声,又道,"不算晚。"

"什么?"

"你现在正在做的事情,不算晚。"无论重启比赛之路还是去尝试理解他人,都不晚。

钟世像明白她所指,声音低沉地回一句:"但愿吧。"

夜很静,聊天很真挚,声音很迷人。在这样的氛围下,吴花果半眯起眼睛,一时间那个压在心底的问题又浮现出来——钟世,你记得从前见过我吗?

似被这个念头惊到,她猛地睁开眼,床头灯打出的一小束暗光让她有些失神。

时机不对,不要问。这个阶段的比赛对钟世很重要,再等等,等过了这一段时间。

她对电话那头说道:"很晚了,快睡吧。"

"好。"钟世回应,"谢谢你。"

"互相道谢可就生疏了。"

钟世淡淡地笑了笑:"那不谢了,不要变生疏。"

Chapter 03
相信

钟世抬头望向茫茫大海，夜深了，他看不清更多远处的风景，唯有那些一成不变的浪花掀起又落。

只管走就是。他在心里默念这五个字。

李双双的报道发出后反响平平，两天后一个颇具影响力的体育公众号发布了一篇题为"我们为什么会关注残奥会"的文章，文字真切动人，立意深厚绵延。因为特意提到这篇报道且附上原文链接，短短一天时间，后台留言呈现爆炸式增长。

残特奥会小分队还在跟赛，当他们得知消息已是结束任务的返京当日。最兴奋的要数田淼——报道最下方的署名有且仅有她一人，这意味着她终于光明正大地证实了自己的价值。

然而，喜悦情绪并未持续很久。登机前，常仁飞临时召集一场电话短会，问过出差的整体情况，感谢他们这几日的辛苦奔波，他最后的补充说明却让田淼极其不适："小吴也帮着审稿了吧？一般这种情况名字也应该加上。"

田淼承认，吴花果的确连夜做了审核，修改了几处用词不当，在末尾加入赛事背景介绍等信息，使得报道结构更加完整。可采访提纲是她做的，现场是她和小乐一起去的，将一问一答的对话付诸纸面稿件是她一字一字敲出来的，其中和别人的寥寥帮助有什么相干？

关键吴花果还谦虚地向领导表明"不用加，田淼才是主力"。

呵，虚情假意。

似以为她不懂行业规则，毛维瞻解释："共同通信是台里老传统。一来鼓励团队协作精神；二来万一报道发出引发歧义，也好有针对性地去定义责任人。"

"哦，这样啊。"田淼漫不经心地附和一句。即便对方再有道理，此时此刻的她依然无法被说服。

会议仍在继续，一会儿是小乐检讨自身问题，一会儿是常仁飞总结经验教训。而田淼就像随着窗外的飞机被抛至"九霄云外"，耳边的声音转化为阵阵轰鸣，心里只有一个念头——要更努力才能被看到，无论如何，要更努力去被看到。

落地北京，大家聊起接下来的周末计划。小乐说要陪女朋友；田淼告诉他们自己要大睡两天；轮到吴花果，她一语带过："我晚上去探望病号。"

老毛识别到关键信息，他凑近问："去看雯子啊？"

吴花果同他耳语："晚上约了一起吃饭，来吗？"

这是一场朋友间的相聚，共事多年的老毛自然可算作其中。之所以低调，只因马楚雯大家都认识，大张旗鼓说出来免不得要邀请一番，人一多，聚会则变了兴致。

况且她知道林拓也会到场，关乎楚雯的私交，更不可替人做主。

"必须去。"老毛当即应道，"我本以为就是阑尾问题，这不前两天说起来才知道这丫头又挨了一刀，唉！"

看样子马楚雯已将病情告知对方。

"手术挺顺利的，恢复也不错。放心吧，雯子倒不下去。"

"是。"毛维瞻叹气，用前辈特有的温厚语气说道，"你们啊，一定要注意。别劳心劳力干把身体都透支了。"

田淼这时探过头："我家里人来接，要不要顺你们一程？"

吴花果道谢，而后指指老毛："不用了，我跟毛哥一起打车走。"

"淼姐，能顺我吗？"时小乐呈上一张笑嘻嘻的脸，"我到望京，找路口给我放下就行。"

田淼朝他做了个"OK"手势。

在去停车场的路上，田淼问时小乐："我记得吴儿和毛哥好像一南一北吧，谁搬家啦？"

"没听说哎。"时小乐回复着女友消息，头也不抬地作答，"可能先拼车走一段。"

"谁差那几个钱。"田淼故作轻松地补一句，"刚才我看他们还在说悄悄话，私下里关系应该也很不错。"

"肯定啊。毛哥之前就在足球频道待过，小吴姐跟他也有合作基础。"小乐将手机塞进牛仔裤口袋，"这几天我不和毛哥住一间嘛，有时咱们晚上碰完，他还会跟小吴姐再通电话说注意事项之类的。讲真，要不是他俩尽心带，咱俩开头就折了，哪会像现在圆满收尾。"

"那么晚他们还通话？"

"嗯。"时小乐对此问题背后的深意浑然不觉，"要不说这行辛苦呢，这趟下来我算是知道了。"

田淼牵牵嘴角没有回应。

毛维瞻的突然到来引得马楚雯一阵欢呼，两人见面又是斗嘴又是互相关心，颇有一日不见如隔三秋的架势。吴花果笑着向林拓说明："之前公司提出搭档制，毛哥和雯子一组。重要比赛有其他同事一起跟，小型赛就他们俩出现场，算起来有两三年了。"

"这倒是个方法。"林拓听罢评价，"默契度高了效率自然高。"

"的确。"吴花果赞同，"我们这行，有个熟悉的、知根知底的人在身边，万一遇到特殊状况，只要看见对方在那都是种心理安慰。"

"一样。我和钟世就这么过来的。"

吴花果不由得涌起几分好奇："林队医，你和钟世怎么认识的？"

"我们啊……"林拓单手托腮，像是陷入沉思般目光聚焦到一处，"我出国念医科那会儿，学校有定点医院的实习考核，钟世过来看病，本来不由我负责，可能大家看都是华人面孔，沟通更方便，总之就落我手里了。"

吴花果笑了笑。

"那时候他二十出头？肩膀有伤，前前后后动了两三次手术。手术有一定难度，因为算我的病人，也算我的课题吧，沟通自然而然多了些。后来我又读博，一待好几年，我们经常见面，慢慢就熟了。"

"缘分。"吴花果点评。

"嗯，缘分。"林拓不置可否，"我毕业回国时特意跟他吃了顿散伙饭，就是那次吃饭得知钟世有回来继续职业路的打算。他……赛场生涯有过别人难以企及的成绩，Arsenal Liard，你们做记者的肯定知道吧。"

吴花果未加隐瞒："知道。"

答复在林拓意料之内，他点点头继续："我念的是运动医疗，接触过不少职业选手。钟世的身体指标不错，退役后一直在当地一家俱乐部做网球教练，老本行没丢下。年初他断断续续打过几场低级别的赛事，一来试水，毕竟离开太久不清楚自己究竟处于什么水平；二来今年赛事重启，恢复52周积分制，越早进入越有希望多得积分。成绩还不错，但ATP即时排名都是公开的，顶着Arsenal的名字，稍一出头，旧事便会被翻出来。所以我极力鼓励他回来，换个身份也换个环境，路摆在哪里，你不试试怎么知道对错？"林拓说到这里叹了口气，"可能我想得太简单了。一个运动员离开赛场那么久，现而今要摒弃过去从头再来，那不是我所认为身体状况可以就万事OK的。"

吴花果想到自己——

若现在有一个机会回到游泳场,重拾那年那场草草收尾的少年梦,做不做?

没那么简单。

因为要放弃的与要重建的一样多,而心里的坚持一定要大过所有才敢去做。

她没有钟世勇敢。

吴花果喝了一口茶,清了清嗓子,这才又问林拓:"钟世当时为什么不打了?"

"我确实知道原因,但我不能说。"林拓见她皱眉,忙摆手否认,"小吴记者,你别误会,我明白你不是站在工作立场来问这个问题。只是……作为钟世的朋友,我没有权利替他回答。"

"不会。"吴花果听罢对他笑了笑,"林队医,你还挺讲义气。"

"又发现我的闪光点了吧。"林拓用余光瞄了瞄马楚雯,"别忘了助人为乐啊。"

吴花果懂他的心意,"嘿嘿"两声回应:"行,我争取把消息递出去。"

"不过你要是想知道,可以等钟世回来直接问他。"林拓眨眨眼,"也许他愿意告诉你。"

"再说吧。"吴花果敷衍地回一句,忽而反应过来,"咦,这次公开赛你怎么没去?"

"不是得照顾病号嘛,我就主动要求留守了。"

吴花果打趣:"刚才还夸你仗义,这就暴露见色忘友的本性了。我收回。"

马楚雯此时朝这边欠欠身子:"你俩聊什么这么开心?"

吴花果见林拓偷偷对自己比噤声手势,抿嘴一乐,接着揽过女伴的肩膀:"聊你的康复方案。"

"就他这恨不得全天候监督的劲儿,"马楚雯指着林拓抱怨,"吴儿,我一点不夸张,好几回我都想把他简历给疗养院递过去,高级护理人才,责任心爆棚,警报器时刻拉响,这能让多少爷爷奶奶有个快乐晚年。"

"损不损啊你。"吴花果点她鼻尖。

毛维瞻也替林拓说话:"你得好好谢谢林队医,人家吃你的饭了还是拿你的钱了?术后不注意,落下病根,到我这岁数肠子悔青都没用。"

"毛哥,你最近怎么总发表人生感悟?"吴花果笑嘻嘻地告诉马楚雯,"我们出差这段时间也是,动不动就嘱咐按时吃饭、早点睡觉,整个一共享家长。"

"嘿哟。"毛维瞻瞧着她们,压一口茶,慢悠悠地开口,"我打算离职了。"

姑娘们本来在笑，听到这句互相对视一眼，又不约而同地看向毛维瞻。马楚雯试探着问一句："毛哥，说笑话呢？"

这下毛维瞻倒乐了："真的。我还没跟台里说，你们是第一个知道的。"

吴花果立刻问："怎么回事？"

毛维瞻像不知从哪里讲起，先是长长地"唉"一声，单手机械地转动茶杯。当茶杯转动到第三圈时，他告诉他们："前段身体一直不太舒服，胸口疼，动不动就觉得疲乏，晚上躺下出气儿都费劲。去医院查完，人家说是心肌炎。而且我这趟出去是真觉得顶不住了。"

林拓问："是反响性的，还是病毒性的？"

"医生说是病毒感染。"毛维瞻缓缓道来，"之前感冒一直不好，再加上经常熬夜睡眠不足，压力又大，出差跟赛就更甭提了。毕竟不是二三十岁的小伙子，身体禁不住折腾。"他看看吴花果和马楚雯，"嗐，你俩什么眼神。这不算大病，林队医你快跟她们说说，这两个丫头都把我当绝症了。"

"说大不大说小不小吧。"林拓环顾一圈人，最后将目光落到毛维瞻处，"得慢慢调养，特别是休息、饮食多注意，觉得不好赶紧去复查。"

马楚雯仍有些不可置信："怎么好好的得心肌炎了呢？"

毛维瞻反倒宽慰起她："我今年四十一岁了，不至于到你爸的岁数也能当你老叔了吧。有点小毛病那不挺正常的。"

大家集体噤声。

"我儿子今年念小学，咱们这儿常年活儿满，之前他妈妈是带娃主力，说实话，你们嫂子为家庭牺牲不少。"毛维瞻放下茶杯，在空气中抓抓手，"总之各方面考量吧。周一先听听上头的意思，估摸着交接带人还得一段，说不定雯子回来我还没走呢。"

吴花果与马楚雯情绪低沉，这消息着实太意外了。

交友不易，同事过渡到朋友则难上加难——大家有共同圈层，有必须抛开私下关系去接触的立场，更有在一间办公室里因意见相左所产生的争吵负气。而友情自这之外延展开来，那其中必须有不计前嫌，有我真心理解你那时的所作所为，也有我相信很多事很多话你会如我一样守口如瓶。

和恋人一般的道理，找对人看对眼才算朋友。

毛维瞻见大家都不说话，"哎哟"一声，敲敲桌子示意："又不是相忘于江湖。以后我这边遇到点什么麻烦，指不定还得求你们帮忙呢。"

马楚雯问他："毛哥，离职后有什么想法？"

"我不有个视频号嘛，断断续续有MCN公司联系说有合作意向，之前分不开身也没接触。"毛维瞻像卸下重担，松弛地靠住椅背，"这厢闲了，看看能不能自己做点什么，走一步算一步吧。"

吴花果举起杯子："毛哥，有病号不能喝酒，真心祝你大有可为！"

马楚雯提议："要不来点酒吧？"

"甭想！"林拓当即拒绝，递过她的杯子。

马楚雯撇撇嘴接过，与吴花果碰一下："敬友情！"

"哈哈！"毛维瞻爽朗地笑两声与她们碰杯，"敬战友情！"

并非枪林弹雨时代战壕之下的战友，他们只是共同见过凌晨四点的北京，气喘吁吁奔赴过一个又一个采访现场，在遭遇投诉时争先站出来大声说这件事我负主要责任。谈过命交情言过其实，可过去的很多年，他们的的确确互相投掷出信任，面朝一处比肩作战过——是这样一份难得亦被珍视的战友情。

第二日一大早，吴花果被来电吵醒。

她将眼睛挤出一条缝找到绿色接听键，刚按下，高远的声音自那头传来："喂，吴儿。"

马楚雯在一旁懒懒地翻了个身，颇为没好气地问一句："大周末的，谁啊？"

吴花果瞬间惊醒，嘴里说着"没谁，你继续睡吧"，胡乱踩上拖鞋，手握电话走出房间。

直至阳台，她才重新将手机举到耳边："远哥，什么事？"

"你在雯子家？"

"嗯，昨晚一起吃的饭。我怕她身体不舒服就一床睡了。"吴花果打个哈欠，听得那头没了声音便补一句，"说吧，我在阳台。"

"雯子……怎么样？"

"手术很顺利，这几天养得也挺好，胖了三斤。"她想了想，没有提及林拓鞍前马后的照顾。

"心情呢？"

"还不错。"

事实上，昨晚这对密友聊到两点多才睡。吴花果问女伴对林拓什么感觉。马楚雯说虽然林拓没有直言表明，可她都知道。偶尔也会感动，却也只有感动和感激。

"高远在我心里的痕迹太重了，抹不掉。"马楚雯这样告诉她，声音带着浅浅一层不易察觉的哀伤。没有拒绝林拓的心意，无非是想忘掉旧人只往前看，马楚雯希望自己可以那样做。

"挺好。"那头听罢评价。

"到底什么事？"高远还在集训中，休息日一大早来电，绝不可能只为扯七扯八闲聊。

"吴儿，你……你们看到……"高远鲜有支支吾吾的时候，今日却格外反常。

"不说我挂了啊。"吴花果起床气未过，顶了一句。

"先别。"高远一咬牙问出口，"你看到足球园发的新闻了吗？"

"足球园？"

这家蓬勃活跃的体媒做终端新闻推送起家，无论中超、五大联赛抑或欧冠，无论甲级乙级、男足女足还是国家间的友谊赛，它们总能在第一时间送出比分结果，报道特点是短平快。前年被某媒体行业龙头公司收购后开始配合新媒体路径，新闻内容林林总总、包罗万象。若说最赛事因为创始人经历的缘故还保留些电视台这等传统媒体的习性，足球园更像一匹不按常理出牌的黑马，又或者说它更懂得对症下药——这个时代的普罗大众都更喜欢尝新尝鲜。

吴花果之所以清楚，是因为对方曾对她抛出橄榄枝，而她没有去，恰恰因为那里太新鲜了——什么都快，快到来不及去思考体育报道的广度和深度。

"是今天的新……"话说一半，她已经看到半小时前发布的新闻——九张动图，当事人高远或挥拳出击或对另一人指指点点，当然还有队友拉架、盘碗打翻的桥段。吴花果从配文中归纳出信息：集训期间，高远把新来的球队管理打了。

她倒吸一口气，手指划拉过屏幕的工夫又刷出崭新出炉的一条——完整版视频周一见。

"什么情况？"吴花果又气又急，"你真打人了？"

"活该被打。"高远知她已看过，想到当时的情景火气顿时上来，嘴里忍不住一通骂骂咧咧。

"高远！"吴花果喝一声，怕吵到马楚雯赶忙拉紧阳台门，"脑子进水了你？这叫职业污点。再说，那人还是你们队管理，以后还想不想踢球？"

"他就是不想让我继续待了。"高远冷静些，"要告我，说让我绝了这碗饭。"

事情发生在昨晚，被众人拉开后，对方指着他鼻子说出这番话。

队里给他单独开了一间房让他做反省，言外之意就是想想该怎么道歉。高远几乎一夜未眠，心里那盏天平本来已微微倾斜向一方，第二日醒来看到这条新闻，此时此刻另一方以压倒之势打破平衡。

"吴儿，你看到刚刚那条了吧？"高远同样刷到足球园的更新，语气沉下来，"真是怕什么来什么。"

"完整视频？"吴花果隐约察觉到关键信息，"你一字一句地讲清楚，到底为什么打架。"

这位新来的球队管理很受欢迎。同龄人，事情少，上任短短两个月他便与大家迅速打成一片。高远眉眼间与他有些相似，众人都打趣他们是失散多年的双胞胎兄弟，两人关系比之其他人也多一分亲近。

集训期间全封闭，原本日子并无波澜。可就在昨晚晚饭期间，因第二日休息没有训练，那人喝了些酒，酒一多便谈起分手不久的前女友。高远与之面对面而坐，身旁的队友听到这里，指指他："你这双胞胎兄弟也刚分手，你俩真成难兄难弟了。"

"你也刚分？"

高远没有喝酒，低迷地"嗯"了一声。旁边的队友接话："他女朋友你没准知道，就那个最美足球记者，马楚雯。"

"马楚雯？哦哦，有印象，但她不怎么报道足球赛吧。"

"对。"高远回话，"她主要跟排球和水上项目。"

"哥们你可以啊。"那人盯着他笑，说出的话低俗下流，又懒洋洋地问，"最漂亮的记者感觉怎么样？"

高远颤着声音向吴花果转述。沉默良久，他再次开口："吴儿，我忍不了。"

"败类。"吴花果自牙缝中挤出两个字，握着电话的手一阵冰凉。

通话陷入空寂，暂停。

"这事挺蹊跷的。"高远找回理智，重拾话题，"我本来就是一替补，跟队里人没仇没怨，就算有人好热闹录了视频，也不至于非赶这时间放出来。唯一可能就是……"

吴花果立刻接话："被你们球管收买了？"

"大差不差吧。"高远冷冷地叹气，"人心隔肚皮。我打人理亏在先，以后不见得怎么样。他呢，完美受害者，视频截取对自个儿好的，球队管理位置继续做，往后平步青云也说不定。到时候再带带人，你好我好大家好。"

"垃圾。"吴花果恨恨地说了一句。

"吴儿，这些我不在乎。"高远急着说明，"我打给你就怕视频放出来，那里边提到雯子，爆出去她哪受得住。你是不是在足球园有熟人？能不能跟他们说下别爆？提什么条件我慢慢想辙，怎么都行，只要别把雯子卷进来。"

"先别急。"吴花果在脑海中迅速过了几个联系人，实话实说，"我认识的都是终端那边做新闻的，微博是另一套人马，不见得能搭上线。我尽力吧。"

"行，谢谢。"似是自责惹出麻烦，高远底气不足。

"跟我说什么谢啊，我也怕雯子受伤。"吴花果想到那些话，一时火气又上来，"你也是，这种人你干吗跟他交往，打他十遍都不为过。"

"我的错。"高远内疚加倍，不断重复同一个意思，"是我的错，怪我。"

吴花果知他比自己更难受，也比自己更心疼马楚雯，语气软下几分："你就没想道个歉把这事平了？"她点名最坏情况，"远哥，真刚下去你可能踢不了了。"

电话那头又一阵沉默。

"我知道。"高远说，"琢磨了一宿，我现在比任何时候都清楚。我呢，资质一般，踢了这么多年，没出头也没成绩，再往后兴许会好点，可也就这样了。雯子的路比我长，她不能折在我这儿。"

他已然做出决定。

并非为爱头脑一热牺牲自我去成全你，而是带着成年人的理性摆正所有事实——这件事值得我这样做。

吴花果发过一圈消息，终于在临近中午时得到一丝进展。中间人是足球园终端部门欧洲赛事的小负责人，他推来一个联系人，告知已打过招呼，剩下的交由他们自行处理。

吴花果回复中间人：谢谢宋哥。改天请你吃饭。

中间人：举手之劳。最赛事不想待了，先考虑我们这边啊。

吴花果发去一个"谢老板赏识"的表情包，见刚刚送出的好友请求通过，赶紧转向新的聊天界面打招呼：您好，最赛事吴花果。

任子延：足球园任子延。听老宋说你为视频的事儿？

他的头像是一张空旷的绿茵场照片。吴花果稍作斟酌，回复：对。早晨你们发那条消息的当事人是我朋友。

任子延：高远？

吴花果一下了然——新闻涉及两个当事人，打人的和被打的。对方这样问，显然知道被打那一方绝不会找上来。

任子延：见面说吧。

他似猜到她所想，发来一个地址。

吴花果回复：我现在过去，大约半小时。

能迅速识透她的问话目的，且当下没有做出任何反馈，对方也不是吃素的。

马楚雯仍在睡。再强壮的体魄也禁不住接连两场手术，虽然体重上来了，精神头却远不敌从前。吴花果换上一身轻便运动装，留下字条"我出去买菜，借车一用"，抓起钥匙和手机出了门。

任子延给的地址是一个购物中心。吴花果停好车，不多不少半小时。自停车场上到平层，她给对方发消息：我到了，哪里见？

任子延：你穿深蓝色运动服，白鞋？

吴花果读过这条消息开始四下寻觅，一名高瘦、短发、戴眼镜，而衣着配色与自己极其相似的年轻男子站在购物中心大厅另一头挥手，接着指指位于中间位置的快餐店，吴花果点头示意，两人自两个方向朝一处会合。

任子延拉开快餐厅的门让她先进，道出识人经过："我在网上搜到了你的照片。"

吴花果并不意外："这会儿可显出职业便利了。"

周末中午，快餐店里人声鼎沸。任子延一边找位置一边告诉她："我一点半有个会，公司就在旁边，只能临时约这里。不介意吧？"

吴花果注意到他带了笔记本电脑，而他们接下来要聊的主题的确不适合办公场所。于是，她说了声"没关系"。恰巧旁人离开，腾出位置，她一个箭步跨过去占住，招呼任子延："你先去买饭吧，边吃边说。"

"你吃什么？"任子延将笔记本电脑放到桌上，"我一起。"

"不用。"吴花果摆手。

"吃不惯快餐？"

"没。"吴花果见他未动，咧嘴笑了笑，"不是吃不惯，也不是客气，更不是怕你多掏一份套餐钱。我和朋友约好吃饭，一会儿就回去了。"

任子延一愣，接着也笑："把我想的全说了。得，等我下。"

见面和聊天的感受大相径庭，他似乎也不是那么难接触的人。

很快，对方携满满一餐盘食物回来。

儿童套餐摆到吴花果面前，任子延打开笔记本电脑，一边输入开机密码一边说道："总不能来一趟什么都不招待。这里面有果泥有水，别的不想吃给我。"接着他将屏幕转过来正对她，"昨天凌晨给我们公共邮箱发来的视频，都在这儿了。"

吴花果有些意外，确认自己没有理解错："我可以看？"

"你不就为这个来的嘛。"任子延撕开汉堡包装纸，"先看再说。"

邮件标题只有"爆料"二字，无正文，附件是视频文档。点开之前，吴花果习惯性去摸口袋，出来得急，耳机没有带在身上。刚欲求助，任子延已递上耳机，与此同时大口嚼着汉堡。

"谢谢。"吴花果插上耳机，点击播放。

和高远的描述完全一致。可显然视频被剪辑过，那句最不堪入耳的话消失不见。然而这并不影响事件的流畅度，打架的起因变成对方质问："高远你有病啊,提句你前女友发什么疯?"

　　合情合理,全无不妥——高远变成了受不住失恋打击,冲冠一怒为红颜的肇事者。

　　普罗大众完全有理由相信。

　　可吴花果做了高远多年的朋友,她太清楚他虽然脾气冲但绝不是不讲道理的人。

　　"这视频被剪过。"吴花果明明白白地告诉任子延,"最关键的信息不在这里。"

　　"可能吧,人都有趋利避害的本性。"任子延已吃完汉堡,慢悠悠地喝着饮料,"其实我们也不知道是谁发的,猜测而已。"

　　即便只有寥寥接触,可吴花果完全能感受到任子延的狡黠,又或者形容成他是个聪明人,看破不说破。

　　吴花果扣上笔记本电脑,端正姿态:"这里面提到名字的女记者,马楚雯,她是我最好的朋友。要怎么做,你们可以不发这条视频?"

　　任子延看着她,半晌才挠挠眉毛:"等会儿。所以你来并不是为高远,而是这里面提到的女记者马楚雯?"

　　吴花果点点头。

　　"就是说……"任子延终于理清思绪,"这是你和高远商量后的结果?"

　　"对。"

　　任子延不由得"哈"一声:"我理解有误。"

　　吴花果打开果泥瓶盖吸上两口,余光瞄着面前的人,大脑飞速运转。果泥喝净,她自信判断:"你以为我为高远来的,这件事压下去的条件是他能提供等价信息。"

　　任子延耸耸肩,不置可否。

　　同行间的默契在此刻显露无遗——任子延得知吴花果与高远的关系后,自作主张认定她受朋友嘱托,本着将个人负面影响降到最低的目的前来谈判。任子延要的是长线大鱼,高远需给出更劲爆、更能吸引眼球的消息,交易达成,视频发不发便也无关紧要。

　　既然不是这套路数……任子延快理清各方关系:"官微已经放出去了,视频是一定要发的。但是……"他看着她,"我可以抹掉名字。"

　　吴花果双手抱胸:"条件。"

　　天下没有白吃的儿童套餐。

　　任子延这才细细打量起面前初见的姑娘,忽然产生一种陌生且浓烈的兴趣——已经许久,许久没有过如此酣畅淋漓的一场对话。势均力敌却又知己知彼,直来直往却又内敛含蓄,自己的立场对方一清二楚,而吴花果的意图他也心知肚明。

任子延思索片刻,将方案告诉她:"高远接受我们的独家访谈,讲述全部事实。"

矛盾是制造新闻点的最佳动机,双方各执一词,高下立判交给观众,让这件事的热度翻上几番。

"不大可能。"吴花果当即回复。全部意味着所有细节,互联网时代,信息太过透明,高远当众澄清那就是一石激起千层浪,马楚雯躲不过列文虎克的人肉搜索。

吴花果接着问:"Plan B(B计划)?"

任子延眉头一皱,忽而笑了:"要是没有呢?"

"官微已经放话,视频不发有困难,可以理解。"吴花果有条不紊地分析,"抹去名字却对你们几乎无影响,既不会失信于用户,也对发来视频的那一方给出交代,毕竟人家要的只是高远难堪。"

任子延兴趣越发浓厚:"继续。"

"若名字不出现,我的意愿也算勉强达成,无论怎么看,这都是双赢局面。"吴花果逻辑缜密,针针见血,"你现在换个条件,相当于我白送。所以,我不相信你没有替代方案。"

任子延只是看着她,没有说话。

吴花果见对方这等反应,反而松弛下来:"一时半会儿还没想好是吧?"

谈判桌上,一味快马加鞭、步步紧逼未必能赢得理想结果。

任子延用食指骨节敲敲手机屏幕,下午一点十分。

他将电话倒扣:"确实没想好。高远不会接受独家专访,能从他这里要什么,怎么个要法,我得回去和其他人商量商量。"

这话已经很直白了。

吴花果起身:"希望周日你们不用加班。"

任子延当然明白她的言外之意——最好今天定下来,大家分头行动,各自准备。于是,他也跟着站起:"但愿如此。"

他收拾好餐盘,刚单手端上,被旁人挤了一下,东西险些掉下来。吴花果顺势去接他另一手中拿着的电脑,虽然只是一下,她仍感觉到对方从用力到松开的过程。

真是谨慎。

吴花果借机打趣:"还怕我抢了你电脑不成?"

"这里我主场,抢了也跑不远。"任子延双手端住餐盘,"你们周六不用加班?"

"偶尔,看赛程。"

"你们那边新媒体有个人是我师弟,做视频的,说自从去了最赛事,周六就改姓工作日了。"

"谁啊?"

任子延报出一个名字。

"哈,他啊。"吴花果爽朗地笑一声,"记住了,回头我跟领导反映一下员工的意见。"

"您可别,卖朋友的罪名我担不起。"任子延将包装残骸倒入垃圾桶,见上面的餐盘散乱地堆放在一处,上手将一个个餐盘摆正叠成一摞,这才去接吴花果抱在怀中的电脑,"给我吧,谢谢。"

"你经常这样?"

"哪样?"

吴花果瞥了一眼整齐的餐盘。

"这样好搬。"任子延对她笑了笑,"我上学时在快餐店打过工。"

如果说从见面起心里便搭起十级防御墙,现在那座墙的抵抗力变为九级。降下一级的含义是——因为自己经历过,便总惦记着让正在经历的人少一些辛苦。他们在这点上完全一致。

快餐店门口,任子延晃晃手机:"我再联系你?"

吴花果点头:"随时。"

若是其他方面也能一致便再好不过了。

家里如临走时一般静悄悄,吴花果放下果蔬,赶忙去卧室瞧这个家的主人。

一切都在计划中进行。吴花果和马楚雯聊着天一起做了饭,吃完饭又散步去到不远处的电影院。直至电影开场,马楚雯都未能获得大把玩手机的时间,这意味着那条新闻对她还是未知数。

当然,她早晚会知晓。

可新闻具有时效性。眼下热度和讨论度都在高点,且任子延那头一直无答复,吴花果不敢保证已经百分之百说服对方。她只希望楚雯能晚些看到,在交易条件完全达成之后,自己无须再去向女伴解释视频究竟是怎么一回事。

更好的情况是,当楚雯知道时,"某某球员打人"几个字已彻底翻篇,她对他的担心也会只留存于一桩冷却掉的体育新闻里。

至于高远……吴花果在暗下来的影院中烦闷地甩甩头,她想不出走至这一步还可以怎么帮他。

电影快结束时,吴花果接到任子延发来的消息:方便通话?

她碰了碰一旁正沉浸在剧情中的马楚雯,拍拍肚子做了个"先出去"的手势。

在卫生间走过一圈,确认除自己外没有其他人,吴花果打给任子延。

"那什么,你是不是认识钟世?"任子延这样开口,"我听说你们最近跟他跟得很紧。"

钟世?

吴花果不清楚对方葫芦里卖的什么药,提防着打起太极:"认识,不熟。怎么了?"

任子延步入正题:"钟世形象很好,有不少颜粉,我们这边有两个不太跟比赛的小姑娘都知道他。你应该看过我们官微,虽然侧重足球新闻,偶尔也发体育圈周边。"

吴花果懂了,对方现在的置换条件不在高远身上。

任子延停顿片刻,没有听到回应,又补一句:"就当为朋友两肋插刀?"

吴花果问:"希望钟世做什么?"

"我们有个快问快答栏目,今年才开始做。二十个问题,形式可以参考前几期。"任子延说道,"不难。就是请你帮忙搭条线。"

吴花果大概了解这种形式,直言告诉他:"钟世的中文达不到母语水平。"

任子延笑一声:"这叫不熟?"

他太聪明了,抽丝剥茧、滴水不漏的聪明。

"我问问吧。"吴花果确认,"只要钟世愿意做,视频里不会出现马楚雯的名字?"

"我以人格担保。"

你的人格啊……吴花果瘪嘴,心中犯嘀咕。

"算了,我还是以我的职业素养担保吧。"隔着手机,任子延像看到她的小表情,"这码事,你让我按手印签合同肯定做不到,但圈子划出来一亩三分地,你我都在其中。再退一步,视频先发,栏目后做,吴花果,你不亏。"

"成交。"吴花果看看时间,"最晚明天我给你答复。"

正事已经谈完,任子延却莫名想与她多聊几句。痛快又有主见,仗义却也理智,沟通全无壁垒,今天的接触就像从超市货架随手拿一瓶饮料,打开后却发现上面写着"再来一瓶"——吴花果的出现是不期而遇的惊喜。

他刚欲说话,却听得那头说道:"回头联系。"

任子延明白对方要为自己提出的条件四下走动了,这是一场只有你知我知的桌下交易。

"好。"直到那头挂断,他才怅然地放下电话。

第一场,也希望这是我们之间的最后一场交易。

晚些时候，林拓提着两杯奶茶、一盒蛋糕来敲门。

吴花果将人让进来："你这速度比外卖小哥都快。"

林拓晚上恰在附近与朋友吃饭，说这儿有家甜品店还不错，带点给她们尝尝。吴花果自然清楚他醉翁之意不在酒，可她心里惦念着从林拓处打探些钟世的情况，以便说服对方做栏目，于是张罗："来都来了，总不能折了林队医的心意。"

大约是闭门前顾客的缘故，奶茶装了满满两大杯，佐料甚足。

三人围坐于客厅沙发上聊天。

林拓问马楚雯身体有无不舒服，悉心叮嘱："就得注意休息，平时可以绕着小区慢跑活动活动，但这段时间还是要避免剧烈运动。"

两个人，一个在背后顶住巨大压力不声不响地默默付出，一个在面前贴心关怀竭尽所能释放温暖。吴花果不确定此刻马楚雯的心偏向哪一方，她只是隐隐觉得，无论好友怎么选，定会有一个人伤得不轻。

可爱情啊，向来是一件美好又残忍的事。

吴花果假作漫不经心地问林拓："你不去跟比赛，钟世岂不少了左膀右臂？"

"不会。"林拓全无担心，笑了笑说道，"他最近状态特别好，这站不出意外，拿下没问题。没感觉出这小子现在火力值拉满？"

"是。我们偶尔聊天，他似乎状态不错。"吴花果试探，"对了，像他这种选手也可以接线下活动吧？"

"能接，但得跟俱乐部打招呼，宣传组要备案。"

"麻烦吗？"

林拓摇头："具体我还真不太清楚。"

马楚雯听到这里，拱了拱吴花果："干吗？要跳槽啊问得这么细？"

"没。"吴花果过滤掉重点，"有个朋友托我打听。"

"问钟世吗？"林拓悉数告知，"他因为在处理归化流程，俱乐部倒是愿意增加曝光做预热，只不过选择比较谨慎。"

"已经定了？"马楚雯此前只是听说过消息，并不确认。

吴花果点点头："对，定了。"

"等下，小吴记者，"林拓灵光一闪，"这事没几个人知道，钟世告诉你的？"

吴花果再次点头。

林拓与马楚雯对视了一眼，两人不约而同地发出一声意味不明的长音："喔——"

吴花果猜他们会错意，赶忙解释："本来台里想爆消息，让我采访时多关注。后来和钟世聊到，他就说了。"

"可现在消息没爆啊。"马楚雯"嘿嘿"一乐，"吴儿，你知道但是没跟上头反馈对不对？"

"差不多吧。"吴花果做了个止住的动作，"你还休假呢，不扯公事。"

林拓回归正题："若有其他活动想找钟世，小吴记者，你最好还是先问本人。他呢，性格原因，其实挺反感参加场外活动的。"

"好。"吴花果瞄到墙上的时钟，站起来，"你们聊，我去打个电话。"

进到客房关起门，吴花果先发一条消息：有个事情需要你帮忙，方便时打给我。

事实上，她并没有准备好一番说辞——视频周一就要发布，即便当事人同意，还要过俱乐部集体决议，她没有犹豫的时间。

电话很快打来，钟世似刚运动完，声音有些喘："要我帮什么忙？"

吴花果不禁有些内疚："明天决赛了吧？"

"嗯，下午。"钟世笑了笑，"没关系，你说。"

"我朋友高远，你见过的……"吴花果将前因后果一字不差地交代清楚。因为她发现其实自己根本没有理由去说服钟世——这并不是一场交换，她只能诚实告知，而后请求他的帮助。

"我没有做过这种，"钟世有些犯难，"都是什么问题？"

"具体的，我也不清楚。不过可以让他们提前发一些过来，你不懂就问我好了。"

"那可以。"钟世迅速给出答复，"我 OK。"

吴花果着重强调："有可能涉及私人问题。"

"正好，你教我一些规避方法。这叫……"钟世想了一会儿，最终放弃，"有个成语来着。"

"一劳永逸。"吴花果笑。

"对。"钟世鹦鹉学舌，"一劳永逸。"

偶尔，他会呈现出与外表极为不相称的憨态。

吴花果仍有些忐忑："俱乐部能同意吗？"

钟世不假思索："交给我吧。"

片刻，他又道："我有条件。"

吴花果握紧电话："你说。只要我能做到，不不，你先说吧，无论什么我一定尽力……"

"不是那些。"钟世打断她，想要形容却一时找不到合适的言语，只能将快走变为小跑,"别挂电话。"

从健身房穿过走廊,经大堂推开酒店后门,跑过一段长长的栈道,脚下已经变为柔软沙地。钟世这才开口:"听。"

与此同时,他将手机朝向面前的大海。

吴花果的耳边传来一阵海浪声,时轻时重,时柔时烈。那是水何澹澹山岛竦峙,已是潮水连海明月共升。似一叶扁舟,志忑如她,随着这一股股浪的节奏平稳下来——这便是钟世的条件,他想让她一起听听此时的声音。

"明天决赛,对手很强。"钟世将电话贴到耳边告诉她,"所以有点……"

"别想那么多。"吴花果极为认真地说,"打一场就在这一场,专注自己,我相信你一定可以。"

至此,她已完全明白钟世为何提出这样奇怪的"条件"。

大赛当前,心态再好的运动员也逃不过紧张。那是一种出自生理机制的本能反应,过往训练会像电影画面一般在头脑中闪回,心酸、汗水、激情、疲惫,当所有所有都聚集到某一点,爆发与失常一线之隔。

况且,钟世的压力远不止这些。

这一刻,他只是需要一个人分享面前的大海,分享一些难以分辨也难以名状的心情。

"谢谢。"钟世低下头,用脚拨弄起细沙。

"跟你说一件好玩的事。"

"嗯?"

"我昨天接到一通电话,称自己是网络信息安全监察科的,发现我参与境外赌球,让把资金转移到某个账户配合调查。我说我不信,你们拿出证据来。他就说我们盯你很久了,去年欧冠你押了大巴黎赢。我告诉他不可能,那场拜仁一比零,我赛前发过朋友圈。他又说那可能是我们信息系统出了点问题,2020 年的美洲杯你也参与了多项赌博。我说美洲杯延期了,由 2020 年改到 2021 年。"

钟世听到这里牵牵嘴角:"诈骗电话骗到专家身上了。"

吴花果清清嗓子:"最后我很严肃地告诉他,干工作一定要严谨,不能只凭经验判断。他还说'是是是',谢谢我来着。"

"哈哈!"

"放下电话我就举报了。"吴花果评价,"太不专业。"

涛声阵阵,浪花像跟着笑起来。

"今日份欢乐豆已经发放完毕,快回去休息吧。"末了,吴花果对电话说道,"钟世,往山顶走一定很苦很累。可既然决定了就什么都不要理会,只管走就是。"

钟世抬头望向茫茫大海。夜深了，他看不清更多远处的风景，唯有那些一成不变的浪花掀起又落。

只管走就是。他在心里默念这五个字。

待吴花果结束通话从客房出来，林拓已经走了。视频交易搞定，她卸下包袱，一屁股歪倒在沙发上："林队医怎么这么快……"

而马楚雯脸黑如炭，将手机推到她面前："这事你是不是知道？"

界面是足球园官微。

"雯子……"吴花果未料对方这么快便知晓，一时语塞。

马楚雯腾地站起来，似怒气无处发泄，在客厅里来回踱步。小空间里充斥着暴风雨将至的宁静，很快，马楚雯爆发了："我说你怎么一天神神秘秘的，大周六短信电话不断。高远和你商量过了吧？他不说，吴花果，连你也瞒我？你明知道我对高远……好，我现在就必须做个斩草除根、老死不相往来的前女友对吗？"

关心则乱。

吴花果这才明白好友这通汹涌怒火的由来。这件事发生后，无论是她还是高远，他们都忽略了马楚雯的立场——也许，也许楚雯得知全貌，愿意让视频完完整整地放出来呢？把自己推上风口浪尖去换高远的清白，她一定会这么做。

手机进来一条消息：吴儿，刚刚俱乐部找我谈话问道歉意向，我明确拒绝了。明天开始我不参与集训，回去等通知。你那边有进展吗？

太晚了。

高远已被集训队除名，这件事只能按照预设轨迹发展下去。

吴花果将手机倒扣，抬头去看马楚雯："不是刻意瞒你。你刚手术完，身体状况也不好，知道了平添顾虑。"

马楚雯深吸一口气，脸色仍暗沉着："高远确实打人了？"

"嗯。"

"因为什么？"

"几句口舌之争吧。"得到钟世的答复后，吴花果确信周一官方发布的视频里不会再出现马楚雯的名字，于是避重就轻地说明，"两人说到私事，情绪都比较激动，远哥先动的手。"

马楚雯双手捂脸，而后默默吐出一句："高远是疯了吗？"

不，他没疯，高远就是太清醒才会这么选。

吴花果起身试图安慰，然而手还未触上对方的肩膀，马楚雯已转身朝卧室走去："你睡客房吧，我想自己待会儿。"

"好。"话音未落，主卧传来重重的关门声。

任子延恪守约定，足球园发布的完整版视频中"马楚雯"三字被消音。

虽里面仍保留"前女友"字眼，可高远毕竟不是当红偶像，远达不到让普罗大众去费心搜索的级别。

消息一出，高远打来电话："吴儿，我看到了。这事你劳前劳后，我心里记着。"

吴花果问："你现在是什么情况？"

"暂时还不能回去。队里在协调和解，怕走法律程序把事情闹大吧。"高远故作轻松，"赔偿金要是开到天价，保不准还要靠你支援呢。"

"人呢？"

"在本地医院。其实我没下重手，可人家住着不出来，一点办法没有。"对方是铁了心不饶他。

"总之，你别惦记我这边了。自个儿惹的事，我能扛过去。"高远沉默了几秒说道，"最差也就是退役。哥儿们有心理准备，不后悔。"

吴花果忽而想到大学时代的某一天。应该是四月，那日她和马楚雯穿着一模一样的毛衣，三人同去游乐场，高远一路抱怨自己才是电灯泡，闪闪亮亮惹人怜。坐完一圈过山车下来，高远闹头晕，在长椅上抱住马楚雯不撒手，吴花果于是揶揄他"就这心理素质，怪不得昨天狗急跳墙"。前一天刚结束高校足球赛，意料之中再次夺冠，但首发兼主力的高远吃到一张黄牌。

"你你你，你等会儿。"高远从马楚雯肩上弹起，气急败坏的样子，"昨天赛后采访你说什么让我评价自己吃的黄牌，故意的啊？"

彼时吴花果已是记者社扛把子，校际大大小小的活动报道皆少不了她的身影。

"你那张牌吃得没必要啊，赢面都摆上桌了。"吴花果不屑一顾。

"我在场上跑着呢，谁敢说赢面摆上桌这种话。"高远不甘示弱。

"万一任意球进了呢？不是端着盘子给人送分？"

"他进不了，罚球什么位置我不知道？"

"你就是狗急跳墙还不承认。"

"这叫技术犯规，大姐你球都白看了啊。"

马楚雯见惯他俩因比赛意见不合拌嘴，再次和事佬上身，挡在两人中间："我说两位陪同家属，能不能消停会儿？"

来游乐场是她提议的，男朋友和好朋友当然都要叫上。

高远双手抱住她的腰，怕人被吴花果抢走似的一脸委屈："媳妇你说，这些记者是不是站着说话不腰疼。"

马楚雯白了他一眼:"被你说的,我也挺疼。"

她同在校记者社,只不过三天打鱼两天晒网,有约会对象的人总比吴花果这等母胎单身业余生活丰富。

"不不不。"高远当即否认,抱人抱得更紧,"我特指啊,就他们这些赛后采访拿牌的记者。"

吴花果翻了个白眼:"你俩动静小点,场子里还有未成年呢。"

那时啊,暖风十里丽人天,春意吹不展。一切都带着盎然澎湃的希望,事业、未来、爱情,生活里充斥着斗嘴打趣,还未曾意识到这样的生活永远不会重演的他们骄傲和勇敢。

成年人也会有幻想,即便早已习惯早晚高峰的拥堵,即便面对工资单上的数字习惯性麻木,即便偶尔会想这一生也许就这样过了吧。那仍是不经意间就会从记忆深处冒出来的,打败所有理智,野蛮生出的幻想——要是时间停在那一刻该有多好。

与高远结束通话,吴花果给任子延发消息:谢谢。

那头先回"彼此彼此",而后传来一份文档:可参考这里面的问题。钟世档期敲定及时沟通。

吴花果:好,我尽快。

钟世拿下釜山站冠军,网球圈小范围内已颇有些热度。趁热打铁是媒体从业者们不言而喻去遵循的规则。

因而,除去日常工作,吴花果将重心转移到与钟世团队的沟通上——李芝薇坦言相告最近另有广告商找上门,俱乐部有自己的宣传计划,谁先谁后需顾及多方关系严格评审。

事情一拖便是两周,在这两周里,高远打人的新闻热度逐渐下降,马楚雯大病痊愈重回岗位。

吴花果当初作为借调顶来二部,按理当下应重回足球频道。可老谢那边原本在解说岗位的同事转为跟赛记者,人员配备还算充裕;而二部这边仍面临人手紧缺困顿,常仁飞赏识她在残特奥会中展现出的能力更是极力挽留,当事人便也松口:"我听从安排。"

马楚雯回归第一天,吴花果恰巧有外出任务,两人没有在公司碰上面。

也正因如此,马楚雯听到一些莫名其妙的风言风语。

部里新来的实习生不知她与吴花果的私交,午休时刻打探起八卦:"雯姐,你知道吴姐和毛哥的'广岛之恋'吗?"

马楚雯一时没有反应过来:"什么恋?"

小实习生如同手握机密信息,迫不及待地与她分享:"越过道德的边境,我们走过爱的禁区。毛哥孩子都挺大了,因为这事还要离职呢。"

马楚雯脸色一沉:"你听谁说的?"

"大家都这么讲啊。"实习生面露鄙夷,"他们倒真行,平时一点不忌讳。这不又一起出去了,咋回事谁不知道。"

"无中生有!"马楚雯声色俱厉地警告对方,"别瞎说,这话再让我听到,全算到你头上。"

实习生的嘴算是解决了,可整整一天,马楚雯都心不在焉。她知道毛维瞻离职的内情,也绝不相信这些道听途说,可问题在于——消息是怎么传出来的?

马楚雯绝非徒有其表、头脑简单的花瓶之辈,自己与老毛搭档多年都没出过此类谣言,怎么吴花果替班没几天就传开不堪的内情?况且毛维瞻生性淡泊、不争不抢,他一向是公司的老好人,名利场里更不是被觊觎、被提防、值得被使绊子的对象,这样分析,问题一定出在好友身上。

换言之,吴花果被人摆了一道。

临近收工,马楚雯给时小乐发消息:晚点走,有话问你。

时小乐回复:OK!

时至七点,办公室只剩三五加班的同事。马楚雯端着水杯起身,经过时小乐的桌子时,轻轻敲一下,而后带头走向茶水间。

时小乐得到指示后两分钟跟进来,颇有眼力见地将门关紧。

"雯子姐,什么事?"他问。

马楚雯打量着他,优雅地轻抚杯口:"你说什么事?"

比之吴花果,时小乐是有些怕马楚雯的。一来对方长相太过浓艳,而大美人往往代表着距离感;二来他还在节目组时便听说过马记者诸多彪悍事迹,关系好虽好,怕也是真怕。

"那个……毛哥和小吴姐的事?"时小乐说完双腿不由得一软,急忙摆手,"天地良心,我真不知道怎么传起来的,就是……就……"

马楚雯将水杯戳到桌上,双手抱胸:"说。"

"我们上次不是一起出差了嘛,回来没几天就有同事私下来问,毛哥是不是晚上还跟小吴姐打电话、他俩是不是单独出去吃过饭、回程那天是不是一起回家了之类的。开始我没当回事就照实说了,结果毛哥不知怎的突然就要离职。"时小乐因为急于澄清,脸涨得通红,"雯子姐,我对天发誓,我时小乐要有一句假话天打五雷轰!"

马楚雯眉头越皱越深。这小子不似撒谎,怕是也被人当枪使了。

时小乐见她不语,更加紧张:"毛哥和小吴姐还帮过我,我……我怎么可能到处瞎说!也不知道怎么就越传越不对,到现在我想替他们解释都不知道找谁……"

"老毛是因为身体原因要走,心肌炎。"马楚雯告诉他,"你们出差回来的那天晚上,我们都在一起吃的饭。"

时小乐不明所以:"那毛哥怎么不说啊?"

"估计上头让避着吧。"一位兢兢业业的老员工累到心肌炎离职,这原因传出去又是另一番腥风血雨。

时小乐仍一知半解,嘴里喃喃:"有什么要避讳的?"

"你自己知道就行。"马楚雯嘱咐一句,又问,"好好想想,你们出去那几天跟别家媒体有过节吗?特别是吴花果。"

踩住同一条新闻,代表各自利益方的记者间难免推拉争抢。虽算不得什么深仇大恨,却也禁不住小肚鸡肠之人背后放冷箭,这事不新鲜。

时小乐琢磨了一会儿,肯定作答:"没有。这次去的媒体不多,场馆里打照面都很友好,完全没有矛盾。"

既然不是外因,那么……

马楚雯眯起眼睛,稍加思索后说:"公司里谁再来问你,把名字记清楚,告诉他们我会一个个找上门。另外,老毛和吴儿那边半个字都不许说。"

私下谣传,当事人一定还未察觉到异样。照吴花果的牛脾气,她若听说这些,保不准能在每层楼口贴上澄清大字报,绝不会像现在这般若无其事还与老毛照常出去。

"明白。"时小乐极为严肃地点了点头。

从公司出来后,马楚雯给吴花果打去电话。

虽说上次因高远的事两人闹了些别扭,可好友终究是好友,彼此信任大过天,对方有难定第一时间出手替她下趴扑上来的牛鬼蛇神。

吴花果看上去软体动物一只,老实被人欺,那她马楚雯便挡在外面做她的钢铁盔甲。

"在哪儿呢?"电话接通,马楚雯不打招呼直接问了一句。

"刚下火车,正往足球园那边去。"

"你去那儿干吗?"

"陪钟世录节目。"吴花果说道,"下午临时敲定的时间,快问快答,怕他搞不定。"

"地址发我。"马楚雯说完挂断电话。

录制现场就在足球园办公楼内,经由会议室改造而成。基本无置景,两台机器一名画外音采访外加一名工作人员,而那名看上去并不怎么干活的工作人员——后来经介绍,马楚雯才知道,他正是团队主管任子延。

钟世方只有李芝薇一人，马楚雯与之相见便来了个大大的拥抱，直至镜头开启，寒暄才停下来。楚雯偷偷给吴花果发消息说明始末——李姐原先在体制内，两人打过不少交道。前年被美国一家网球俱乐部挖走，应该回国后就接了现在的职位。

消息的最后一句，是个厉害角色。

对此吴花果已有见识，心照不宣地对马楚雯点点头。

因为给过问题库，过程很顺利。偶遇太过私人的题目，钟世要么双手做出打叉示意用"下一题"跳过，要么笑着打太极"太难了，等我中文再学好一点回答"。马楚雯一听便知出自吴花果教授，朝伙伴使了个眼色，暗暗伸出大拇指。

中途李芝薇出去接了一通电话，而后将吴花果单独叫到会议室外："场地维护出了点问题，我得先走。小吴记者，你多费心照看。"

"放心吧。"吴花果打包票，"人一定毫发无损地送回去。"

"我都忘了楚雯你们是一起的。"李芝薇对她笑了笑，"双保险，我放心。"

交情这东西着实奇妙，你认识我，我认识他，六度分隔理论自有存在的道理。

楼道只有她们二人，李芝薇这时问："你们常主任最近还好？"

吴花果猜测对方仍担心钟世归化的新闻由最赛事发出去，于是笑着回应："还好。现在人手不够，常主任就算想干票大的也有心无力。这阵子他天天加班，说自己忙着打报告哭穷，争取年内把人员配齐。"

"哼。"这个音节自鼻腔与口腔一同发出，似有些不屑，又像带几分无奈，意味不明。

马楚雯从会议室探出头："李姐、吴儿，叫你们。"

"去吧。辛苦了。"李芝薇朝她们扬扬手离开，高跟鞋踩上地板的声音节奏分明，如主人的行事风格果断稳健，无一丝拖泥带水。

栏目需录一段结束语。按往期，这里多留给嘉宾为广告代言做宣传或为即将参与的赛事、公益活动等预热，钟世不属于上述情况，因而也未提前准备。吴花果先告知李芝薇有事提前离开的情况，而后问任子延："要多少？"

任子延与负责画外音的同事耳语几句，说道："剪出来也就三五句话，素材可以多点。"

吴花果瞄到摄影机，对他使了个眼色：关了吗？

任子延点头：关了。

这场目光交汇后，他立即招呼其他人："休息十分钟，抽烟上厕所的抓紧。"

吴花果对他做了个"谢谢"的口型。

会议室里只留钟世、吴花果以及靠墙玩手机的马楚雯。

吴花果蹲到钟世旁边："接下来什么安排？"

"斯德哥尔摩公开赛。"

ATP250赛事，相较于刚结束的釜山公开赛挑战赛级别高上一个等级。换句话说，ATP250巡回赛的四强与单站挑战赛100K级别冠军可获同样积分。

如此密集、频繁地去打，钟世是在逼自己往上走。

钟世见她没有说话，以为对方不清楚细节，于是补充道："时间在两周后，室内硬地，级别……"

"我知道。"吴花果用食指点点自己的太阳穴，"都在这儿储备着呢。"

读书时明明记忆力一般，公共基础课考试别人背一晚上能拿满分，她头悬梁锥刺股的劲头全用上也只勉强混个及格。连吴花果自己都没料到，工作后一夜春风千树万树梨花开，赛程赛事背景、历史交手数据、重点球员资料，这些烦琐而零碎的日常准备，她看几遍就能铭记于心，真真应了那句"兴趣是最好的老师"。

马楚雯跷着二郎腿正在一旁优哉游哉地刷手机，此时插一句："她是我们公司的人肉计算机，准确率90%那种。"

钟世大彻大悟的样子："相见恨晚。"

"啊？"吴花果与马楚雯齐齐释放出一个满带疑惑的声调。

钟世猜自己用错了词汇，赶忙纠正："就想说我怎么才知道，很惊讶……"他忽而双眼放光，"有了，骇人听闻。"

马楚雯爆发出一阵狂笑。

"钟世，你一会儿录制，绝对……"吴花果指着他鼻尖一字一顿警告，"不、许、用、成、语！"

他们组织好一段说辞，因内容提及钟世将参加斯德哥尔摩公开赛，吴花果当下打给李芝薇询问意见。得到"可以，但如果被追问结果预测和竞争对手评价问题，一律不答"的回复后，吴花果开门将足球园团队让进来。

晚上九点半，大家都足够疲惫。

录制结束，任子延提议由自己做东请大家一起吃饭。他团队里的人最先否决："老大，片子你剪我们就去吃。"

赶着发布，双方约定好明天下午足球园拿初版给钟世所在俱乐部过审，回去还要加班的执行层可吃不上这餐饭。

"回头调休，我给你们批。"任子延一一拍过同事们的肩膀，"辛苦，打车费别忘了报。"

"行，都录下来了。"一名摄影师作势将镜头对准他，笑着走出会议室。

任子延的眼神无意间与吴花果对上，颇为无奈地摇了摇头。

没有架子，能和团队里的人打成一片，或许涉及立场问题才那么严苛吧。吴花果对他的第一印象正逐渐改观。

"咱们走？"任子延环顾一圈人，再次邀约，"总不能让你们饿着肚子回去。钟选手也没吃晚饭吧？"

"还没。"钟世答。他与李芝薇下午六点半从俱乐部出发，晚高峰加上雨天，路上状况不断，以至于开始录制比计划都晚了一小时。

"我俩就不了。"马楚雯心里装着另一码事，恨不得立即拽走吴花果商议对策。

然而，吴花果的考量却在钟世——从对方全无犹豫地应下，到此时此刻配合完成所有工作，一个并不喜欢面对镜头的人可还是这么做了。他只是源于她甚至有些无理的请求而已。

"一起吧。"吴花果的余光扫过钟世，接着挽起马楚雯的胳膊，"有什么能比吃饭重要。"

外人在场，马楚雯只得照她的意思，走出会议室时小声嘟囔一句："这破烂事可比吃饭重要多了。"

任子延原本计划去附近一家口碑不错的意大利餐厅，提议却被吴花果拒绝："就楼下的韩餐馆吧，我们都吃得惯，还快。"她知对方的想法，又指指钟世，"他刚从釜山回来，正惦记着泡菜饼呢。心意到了，不用那么正式。"

任子延去看钟世，想征求对方的意见，却发现他的目光全部落在吴花果脸上。

钟世在笑。一种很不经意的、完全异于面对镜头的、整个人都松弛下来以至于自然流露出根本掩盖不住的笑。

而当笑着去看某个人时，眼神也会变得意味深长。

任子延试图分辨钟世的眼神里究竟包含些什么，感激、欣喜、赞赏，抑或和自己一样？想到这里，他不由得将视线对准吴花果，对方扬扬下巴，好像在问：那就这样安排？

任子延稍稍颔首回应：可以。

吴花果便揽上马楚雯："下楼，我知道怎么走。"

默契。

任子延投递出眼神只为寻找一种证据——我和她之间有无须表达、默契相合的证据。

因为难以分辨内心突然升起的那股灼热情绪到底是什么，他将它们全部推给好奇。

对，只是好奇他们究竟相熟到何种程度，仅此而已。

一顿再正常不过的工作餐,聊行业现状也说起各自负责的领域,偶尔提到某人,牵连出一些共同交际圈,几乎不涉及任何私人话题。钟世与他们隔行如隔山,加之本就不是爱凑热闹的性格,全程很安静。

吴花果怕他待得不舒服,碍于旁人在场也不好直接询问,于是转用文字信息传递:着急回去吗?

钟世读完先是看看她,回复:还好。打车软件我很会用。

又来炫耀。

吴花果"噗"的一声笑。

"发什么神经。"马楚雯本就满腹心事,见女伴火烧眉毛还没心没肺地傻乐,直接上手拽她起来,"你跟我出来一下。"

"干吗?"

吴花果应着又发一条:差不多了,再坚持一会儿。

餐厅外,马楚雯紧了紧大衣唤人:"哎,哎哎。"

钟世回复:你也是。

吴花果看过,笑着收起手机,这才抬头:"你不生气了?"

"傻帽,跟你犯得着嘛。"马楚雯心下不由得闪过几分内疚。

当看到完整版视频时,马楚雯气到嘴唇打战。因为这样一点鸡毛蒜皮的小事就与人大打出手,她恨不得立即冲到高远面前指着鼻子告诉他"你没救了"。别人说几句分手的闲话又能怎么样?永远冲动,永远意气用事,永远像个长不大的拙劣顽童无视分寸。

哀莫大于心死,马楚雯的心死源于失望至极。

她并没有生吴花果的气,至于对方因何隐瞒,马楚雯猜或许是高远的主意,又或许吴花果怕她得知后去与高远理论,抑或只是担心自己病恹恹的身体禁不住情绪失控。两周的时间里,其实她只在做一件事——整理、删除一些照片,丢弃一些信物,也清除掉自青春时代开始注入的关于一个人的全部情感。

整理是很孤独的,他人一帮衬便会舍不得这个丢不掉那个,越来越乱。

马楚雯不想再乱下去了。

"到底什么事啊,还要出来说?"吴花果在她面前晃晃手,"今天一回去,常主任给你涨工资啦?"

"我接下来的话,"马楚雯无比严肃地盯着她,"你给我一个字一个字地回忆,到底是哪步出的问题。"

马楚雯只身走进餐厅,先问任子延:"账结了吧?"

"嗯。"任子延扭头望向窗外,"吴……"

- 085 -

"今天破费了。"马楚雯对他笑了笑,"你怎么走？"

"哦,我的车在旁边。"他指指公司大楼的方向。

"那行。"马楚雯接着转向钟世,"你跟我们走吧。"

"不用,我自己……"

"李姐特意交代把你安全送回。"马楚雯一副公事公办的语气,"我先送吴儿,之后送你到俱乐部。"

三人一同从餐厅出来。

吴花果听得动静,从双手抱膝蹲着的姿态转为站起,马楚雯立即上前揽过她的肩膀:"子延兄,路上小心。"

"好。"任子延答。

他明显地发觉吴花果此时的状态和餐前判若两人,刚要问,却听见对方口中的"再见",那代表礼貌的笑容说硬挤出来也不为过,他只得将疑问收回,扬了扬手:"再见。"

马楚雯一路揽着吴花果走到车前,打开副驾驶门让人进去,这才回身问钟世:"俱乐部离你住的地方不远吧？"

"不远。"钟世用余光扫过吴花果,皱了皱眉没有多话。

"行,那我就往那边开了。"

车里始终沉默。等红灯的间隙马楚雯打开音乐,解释般对后座同行者说一句:"今天都太累了,你困就眯一觉。"

钟世点点头。

《Million Years Ago（百万年前）》,来自多年前发布的阿黛尔专辑。

> I know I'm not the only one
> 我深知我并非唯一一个
> Who regrets the things they've done
> 后悔于过去所作的决定
> Sometimes I just feel it's only me
> 可有时感觉好像只有我
> Who can't stand the reflection that they see
> 无法承受镜子中倒映的那个自己

一首很悲伤的歌,从歌词到旋律到意境。

执着地追问为什么,为什么就是我,问自己也问他人,问飞鸟也问大地,然而等待终是徒劳一场,谁都给不出答案。

吴花果抹抹眼睛,手背有些潮。她深吸一口气,扭头去看窗外的夜色。

北京似乎自始至终都是一个样子,繁华、落寞、耀眼、平和。这座城如同一位踏破红尘、看穿世事的智者,它拥袖注视着各色你来我往的交锋,不明一言,不道一语,却也包容着人间所有无处安放亦无法和解的情绪。

你倒说说看,凭什么?

一路坦途的职业生涯被生生切断,我只当命运的玩笑,老天既不让走,那我避开便是。全无儿戏,奋进求学,努力扎根,做好分内事,吴花果扪心自问,这些年,这么多年,她从未有过暗中取巧、伤害他人的行为。父母和师长谆谆教诲,人活一世要行得端、坐得正,她记下了,也照做了,可凭什么还有些把人逼到死墙角、根本无从下手的死局?

从惊讶到困惑再到恼火,马楚雯今夜的话如一记重拳打在脸上,又辣又疼,吴花果被打蒙了。

老毛?广岛之恋?第三者插足?

她全然不知这些谣言是怎么起来的。她说身正不怕影子斜,我问心无愧,我要去告诉他们。马楚雯反问,他们是谁?你大张旗鼓澄清一番是想让私下传播的狗屁变成茶余饭后的笑话?动动脑子吧,吴花果,你并非金刚不坏之身,毛哥更不是。

对策。吴花果的视线里闪过灯火通明的城市夜景——必须找出对策。

马楚雯直接将车开到好友楼下。吴花果扭头对钟世说了声"再见",拖着疲惫的身躯打开车门。

进入单元楼,马楚雯追上来:"要不还是去我那儿吧?"

"不用。"吴花果知好友担心自己,轻轻捏了下对方的脸,"这阵子老出去跑,家里乱糟糟的,我得收拾收拾。"

"行吧。"楚雯猜对方想自己静静只得作罢,却又忍不住嘱咐,"这出嘛,说大也不大,但处理不好后患无穷。别急着行动,回头我们一起想想,嗯?"

"知道。"吴花果将人往外推,"快回去吧,很晚了。"

直至重新驶出小区,钟世才问一句:"她心情不好?"

"嗯,遇到一件棘手的事。"马楚雯答,没有往下说。

钟世也不深究。他把玩几下手机,点开与吴花果的聊天界面又退出,如此几番,听到马楚雯问话:"前面路口拐进去?"

周边已现网球场。

"就停这里吧。"钟世说道,临下车前再次问,"很难办?"

马楚雯眨眨眼,而后叹气:"对。"

"谢谢。路上小心。"钟世关好车门,对她挥挥手。

到公寓还有一段距离，钟世沿网球场外围慢慢走着。俱乐部的位置压城郊线，这一带体育场馆集中，白天各项运动四起喧嚣不断，到晚上人群散去则有种置身外太空的安静。或许是周边的万籁俱寂触动到某些思绪，又或许无意划开手机屏幕恰好看到那个软件——钟世在叫车软件中输入一个地址，转身折返回大路。

吴花果收到信息的当下即刻飞奔下楼。

诧异全写在脸上，她带着不可思议的口吻问面前的人："你怎么回来了？"公事完全可靠语音或文字沟通，至于私事——录制时应该没有误拿对方的东西吧。

钟世挠了挠眉毛："我看你心情不大好。出什么事了？"

说完这句，他随之补充道："也不是一定要讲。我就来看看你。"

原来如此。

几乎到嘴边的一句"我没事，你回去吧"，正在这时，同栋单元楼有住户归来——模样显然是一家三口，走在中间扎马尾辫的女孩还穿着蓝色校服。妈妈揽着女儿的肩膀，爸爸背手走在一旁，小姑娘笑嘻嘻地说："明天考不好全赖你俩，我都没复习完，非要出去吃烧烤。"

他们似乎住楼上，抑或楼上的楼上，偶尔照面，算不得相识，眼熟罢了。可是，吴花果却决定将自己没事的谎话咽回去，她不好，简直糟糕透顶。

万家灯火的居民区，有人夫妻夜话缠绵与共，有人子女绕膝乐享天伦，她忽而有些后悔刚刚没有答应去马楚雯家——有朋友在身边总归是种寄托，自己又能做什么呢，无非是胡思乱想，越想越委屈难堪。

"工作上……不，公司里出了一点岔子。"她站在高钟世一级的台阶上，这角度让她不用费力就可捕捉到对方眼神里的动态，"有人说我和老毛的闲话，差不多……婚外情那种，你懂吗？"

告诉他，不过是觉得自己太可怜了。

钟世眉头紧锁，点头。

"老毛是我们频道……"

"嗯，见过。"

也对，即便全运会那次没印象，后来大家还有过同车回京的经历。

吴花果不再说话，因为实在没有从对方的表情里识别到多余情绪，她将头扭向一侧。

很快，快到只是对面楼的某个窗口灯亮又熄的工夫，钟世问："所以，有吗？"

"完全没有，空穴来风。"吴花果当即否认。

她一点都不生气。钟世并非马楚雯，他们最近才有些交集，至多算还聊得来的朋友。彼此间并无知根知底的了解，亦无经过时间沉淀所形成的信任，听到消息的当下第一时间去确认真伪，这是理智的做法。

"既然没有，"钟世看着她，"为什么困扰？"

"为什么……"吴花果重复这三个字，继而苦笑一下，"你知道马拉多纳的上帝之手吧？1986年世界杯，阿根廷对英格兰，明显手球，裁判判定有效。钟世，你说假的会变成真的吗？我觉得会，因为大家都有主观臆断，认为对，认为这样合理说得通，久而久之事实就改了模样，结论变为新的事实。"

"不。"钟世上前半步，"上帝之手的存在就说明错误已经被证实，假的永远变不成真的。"

"可有用吗？那场对抗的赢家就是阿根廷。"似觉得与他讨论这个话题实属无趣，吴花果的口气里不由得掺杂进一丝轻视，"你一直在队里，除了训练就是比赛，有些东西即便我摆出来你也无法理解。"

"队里不好的，你更应该看过。"钟世从口袋中掏出一个小挂件，"这个忘了给你。"

时下热播剧《鱿鱼游戏》中的红色蒙面人形象，显然是对方从釜山带回的礼物。

吴花果这才笑了笑，接过后问他："鼓励我在大逃杀中活下来？"

钟世愣了一下，推了推帽檐："我看大家都买不买的。电视剧很暴力？"

"还好。"吴花果一边将挂件勾到钥匙上一边回答，"挺符合我现在的状态。"

"其实我知道。"钟世看着她的动作，低声说，"有些猜测的确无缘无故，有些话也会很伤人，我根本不信存在即合理，因为好多事情根本讲不通道理。"

鸭舌帽下的那双眼睛闪亮如夜晚星辰，带着纯粹而真挚的善意。

"抱歉。"吴花果心一软，"我刚刚……"

不该那么说的。

他只身来到这里，正在学习理解除去训练比赛之外的一切，也正尝试着将自己从过往中抽离出来，去关注曾经被忽略的那些。吴花果清楚，可她还是自作主张地给对方裹上一层壳，她认为他不懂也不会懂职场人际社会生活，她轻而易举便否认掉了他的努力。

钟世是在闪光灯下长久待过的人，他怎么会不清楚谣言和中伤。

吴花果收起七零八碎的念头，握紧手中的钥匙串："你是我的话，会怎么做？"

看似不同的一些事，归结同源；看似不同的两个人，或许能成为彼此的支点。

钟世沉思片刻："如果置身其中做什么都有问题，我大概会借助外力。"话至此处，见对方直愣愣地盯着自己，一副虚心求教的模样，他笑了笑，"不是每个人都相信那些话的，至少马记者就不吧，我也不。"

吴花果脱口而出："你为什么不？"

"因为你说没有啊。"似乎认为问题太愚蠢，钟世带些好笑的语气，"你都说了没有，我为什么信别人的。"

吴花果的心蓦地漏掉一拍。像紫霞仙子望见踏七彩祥云而来的至尊宝，像本杰明·巴顿推开一扇门叫出黛西，也像长大后的藤井树看到借书卡背面自己少女时代的画像，心就这样毫无征兆地、不听使唤地掉了下去。

来不及理清缘由，钟世已退后半步："早点休息，我走了。"

没有经过大脑允许，吴花果拉住他的衣角，见对方露出不解却又一时语塞，支吾半晌才吐出一句完整的话："今天麻烦了，谢谢。"

钟世先将脸侧向一边暗自笑一声，再转回来时表情虽已收住，眼里却仍带着浅浅笑意。他将她的手慢慢放下："我们之间好像不用这么客气吧。"

"抱歉。"吴花果脸一红，将手背到身后。

"也……"钟世抿抿嘴，"不用一直道歉吧。"

一向伶牙俐齿的小吴记者这下真成了花草静物。

钟世扬起手，至一半稍稍停顿，可很快还是按照心意做了——他拍了拍她的头，动作轻到几乎不着痕迹。他说："走了。"

Chapter 04
破局

  队友、伙伴、对手，我们较着劲立过誓一定要站上最高领奖台，你先或者我先，中途谁都不许放弃，谁都不能退缩。

  推开咖啡馆大门，马楚雯一眼便看到任子延。
  他穿着白色衬衣、黑色西服套装，头发显然也精心修饰过，脸上……似乎还上了层妆？在周末的休闲场所，这样的打扮着实引人注目。
  此时任子延正面对手机前置摄像头打量自己，攥着纸巾却根本无从下手。
  抬眼间，他看到马楚雯走来，赶忙起身，无奈地解释："中午给人当伴郎去了，说雇了一知名摄影师要出大片。我啊，自个儿结婚都不会涂这么厚的粉。"
  马楚雯笑笑说了一句"挺打眼的"，坐下后随即从包里掏出卸妆棉："你要擦用这个。"
  "谢谢。"任子延接过卸妆棉，一边在脸上乱抹一边评价，"可算知道我们组里女同志的不易了，化半天再擦半天，全是功夫。"
  是生意人，偶尔却又不像。
  马楚雯暗自打量对方，眼神警惕，语气却十足亲切："要想弄干净，一会儿去我车里把卸妆水拿给你。"
  "甭那么麻烦，回家洗洗得了。"任子延说着将卸妆棉攒成一团，再次起身，"马记者喝什么？"
  "拿铁，谢谢。"
  "好，你先坐。"
  见面的时间和地点都是马楚雯定的，此前任子延并未透露过这天将会参加婚礼——换句话说，婚宴刚结束甚至中途跑过来，对方的急切程度不亚于她。

- 091 -

倒是……有点意思。

很快，任子延端回两杯咖啡，将一杯放到她面前后，直奔主题："你先我先？"

楚雯眨眨眼："我先吧。不过你得告诉我消息源。"

事情应从周四傍晚说起。

那日刚下班，时小乐便迫不及待地找来工位，神神秘秘地在她耳边留下一句话："雯子姐，一会儿楼梯口见，急事儿。"

她乘人不备溜进楼梯间，抱怨的话还未出口，时小乐做了个"嘘"的手势。楼梯上下检查一通确认无人，掏出手机，调小音量，播放语音："小乐啊，你们那儿是不是有个叫吴花果的记者？什么进展，跟哥们说说呗。"

第二条："老毛开启人生第二春了还是怎么着？够劲爆的。"

马楚雯当即质问："这是谁？"

"我师哥，现在在正大体育。"时小乐将关系和盘托出，"跟毛哥也认识，伦敦奥运他们一起跟过赛。"

马楚雯将视线转回屏幕，读到小乐给对方的回复：你听谁瞎说的，没影的事。师哥，这话可不能随便说，被人知道再告个诽谤，他们记者这套法律门儿清。

"挺好，就得硬一点。"马楚雯挑眉，"没再回你？"

"没。聊天记录都在这儿呢。"小乐机警地再次环顾四周，声音压低，"现在怎么连正大的人都知道了？"

朋友、同学、前同事、现场相识的人，体媒圈各色关系丝丝相连，悠悠众口哪能保证所有人两耳不闻窗外事。马楚雯倒吸一口气。她告诉时小乐，私下试探试探，若再有其他媒体的人也来问这事，一律拿诽谤口径警示回击。

然而，时小乐那头没再出动静，周六中午——也就是此次见面的前一天，任子延直接给她发来消息：吴花果怎么个情况？

马楚雯拖到傍晚才假装不懂地回过去：吴儿挺好啊，子延兄有事找她？

任子延这次没有打太极，而是简明扼要地做出交换条件：你把吴花果的事告诉我，我给你看高远视频真正的完整版。

所以，他们必须单独见上一面。

"没什么消息源。"任子延喝了口咖啡，舔舔嘴唇说道，"有人问我上周陪同钟世录制的人是不是最赛事记者姓吴，然后就提你们内部私底下流传的话。他有个工作室，专跑国内球队信息，跟业内媒体常打交道。"

马楚雯眯起眼睛："你怎么说？"

"假的。"任子延跷起二郎腿，一副不太在意的神情，"我说是假的，再传当心吃官司。"

马楚雯轻笑一声。个人工作室，尤其靠关系跑消息的工作室，最怕一纸文书，任子延准确抓住了对方的痛点。

两人相继品尝咖啡，几乎同时放下杯子。

马楚雯拢了拢头发，看向对面的人："吴儿和老毛屁事儿没有。按理说，毛哥和我搭档的时间更久，接触也更多。"她指指自己，颇为自嘲地笑了笑，"任谁看，这锅是不是落我脑袋上的概率更大？"

换言之，若刻意针对毛维瞻，抬出马楚雯，证据好找，细节好编，杀伤力可不止眼下这等级。

任子延立刻明白，枪口是对准吴花果来的。

他问："自己人？"

马楚雯稍作沉思："不好说。"

大概率是内部矛盾，有所保留，只因她并不完全清楚面前人的意图。

"再不止住，"任子延点点手机，提醒与感叹并存，"星星之火，足以燎原。"

从正大体育到足球园，丑闻的传播速度极快。

马楚雯端杯小抿一口咖啡，她保持举杯的动作，半开玩笑地试探："子延兄用大情报来换，什么路数？"

"哈。"任子延笑一声，"我说关心同僚，你信吗？"

马楚雯耸耸肩。

"想知道而已，又不方便问当事人。"任子延将手伸到桌下，握拳又松开，最终选择了一种含糊其词的方式，"我对吴花果印象很好，希望有机会多了解。"

马楚雯打量他，眼神意味深长。

"哦，高远。"任子延躲避对方视线，随之拿起手机转换话题，"我找下源文件。"

顾不得其他，马楚雯挺直腰杆向前凑了凑："你们发的不是完整版？"

任子延调出视频，将手机推至她面前："吴花果找过我，应该是和高远商量后的行动。文件我们做过处理。"

两分半的视频，看第一遍时马楚雯并未发现与官微发布版本的不同之处。她不甘心，再次按下播放键，换位于一无所知的旁观者角度，这下终才明白过劲——自己的名字被做了消音处理。

好似被灌了一杯四不像的鸡尾酒，又酸又苦又涩，马楚雯的心情顿时复杂到了极点。

若说酒入喉咙，后知后觉还会有一丝甘甜——马楚雯知道，这是吴花果和高远费尽全力对自己做出的保护。

"据我所知，"任子延继续说，"这个版本也并不足以展现事件全貌。"

马楚雯讶异："怎么讲？"

任子延摇头："吴花果找来那天提了一句，我猜高远打架的原因可能不止于此。当然，具体你要去问当事人。"

马楚雯不由得捂住咖啡杯，饮料是热的，大衣没有脱，室内温度也刚刚好，可她却不回血似的双手冰凉。

任子延的手机响起，接起后便是一阵推拉。马楚雯听得话音，猜测婚宴还有后场，于是缓缓神站起来："你到哪儿？不是燕郊的话，我便送你。"

任子延在地图中输入刚刚收到的聚会地址，头也不抬地回答："嚯，借你吉言，没到燕郊。不麻烦，我打车。"

"走吧。"马楚雯抓起随身包，"想打听吴儿，我全一手信息。"

任子延这才抬头看她，倒也不遮掩："行。"

送完任子延，马楚雯马不停蹄地直奔吴花果家，进门后将靴子一蹬、包一甩，犹如黑旋风袭来杀气腾腾地往沙发上一坐。

两秒后，她又猛地起身，去冰箱拿出一听罐装啤酒。

吴花果看她："说吧，为什么来？"

要好的女伴间往往比恋人还要敏锐，一个反常的习惯便能识得端倪——楚雯今天背的是她找了数家代购才买到的限量款包包，平日上班舍不得背，用购买者自己的话说"这包是镇场子用的，轻易不能拿出来"。

至于如此宝贝的物件被随手甩在沙发上……吴花果试探地问："高远？"

正如吴花果了解自己，马楚雯同样注意到茶几上钥匙串的新增挂件——红色蒙面人双脚稳稳站立，这造型显然是被持有者特意摆弄出来的。她挑了挑眉："谁送的？"

"哦，钟世。"

"他……送你礼物？"

"说去釜山看大家都买，就带了一个给我。"

"高远和……"马楚雯晃着啤酒罐，本来要提任子延，可总觉得那蒙面小人后有双眼睛在盯着自己，呵，钟世，你可真行。

吴花果全然状况外："什么？"

"算了，先拣要紧的来。"楚雯做了个深呼吸，"毛哥这出，不能再撂着了。"

晚上八点，毛维瞻家中迎来两位客人。

马楚雯还未进门便开启问话："嫂子在家吗？"

"在啊，陪小毛写作业呢。"

吴花果和马楚雯纷纷在客厅坐下，老毛边沏茶边询问："怎么着？你俩大周末跑过来为公事为私事？"

二位来客不由得对视一眼，吴花果道："等嫂子过来一起吧。"

"嘿？敢情醉翁之意不在酒啊。"老毛说着朝里面叫一声，"陈芸，完事出来一下，吴儿跟雯子到了。"

"来了。"卧室里的人应了一声。

不多时，毛维瞻的爱人陈芸端着儿子喝空的牛奶杯出来。

因常从丈夫嘴里听得公司七七八八，此前又见过这两位姑娘，陈芸省略掉寒暄的话。她放下杯子紧挨着老毛坐下，笑了笑："你俩怎么都苦大仇深的？无事不登三宝殿，赶紧的啊，我碗还没刷呢。"

"你们聊，我去。"

毛维瞻刚起身，便被吴花果叫住："毛哥，你也得在。"

她的表情太过严肃，以至于这对夫妻互相交换过眼神，皆是不明所以。

"我说吧。"马楚雯先看看吴花果，余光扫到小毛房间门是紧闭的，这才继续，"公司里传了些不堪入耳的话。毛哥，是关于你跟吴儿的。"

"哈？"毛维瞻一时未能理解，"你等等，传什么玩意儿？"

"说你婚外情，说吴儿第三者插足，说你因为她受不住压力要离职。"马楚雯一连三句，直接而准确地概括了近些天的流言蜚语。

客厅里一阵静默，紧接着响起毛维瞻的破口大骂。

陈芸当即大喝："你小点声，儿子还在家呢！"她说着就往小毛房间去，轻轻打开门，见孩子塞着耳机正朗读英文，便又小心翼翼地将门关紧。

似找不到发泄点，毛维瞻撸起袖子原地转上几圈，嘴里仍未闲着："谁起的头，脑子进水抽风是吧？我这可真大姑娘坐轿头一回，活半辈子什么事都能赶上。"

"你，你先别激动。"陈芸拉住丈夫坐下，继而蹙眉沉默。信息来得突然而冗杂，她不得不去花费一些时间理清思绪。

墙上没有挂钟，直至茶杯内侧覆盖着的一层水汽渐渐消散，她再次开口："怎么传出来的？"

"可能残特奥会我跟毛哥一起出差，或者更早之前我得罪谁了。"吴花果摇头，"打哪儿起现在还找不着头。"

陈芸问："奔你来的？"

吴花果"嗯"了一声。

"那这事可够绝的。"陈芸咂咂嘴，看向丈夫，"维瞻一走倒也罢，剩你一小姑娘往下墙倒众人推，名声不全毁了。"

万没料到对方先想到这一层，吴花果的内心涌起一阵感动。她胸背挺直注视着陈芸："嫂子，我跟楚雯过来一是想当面告诉你，我跟毛哥……"

陈芸摆手："直接说第二条。"

吴花果僵直坐着，不吭声。

楚雯见状赶忙解释："不是，嫂子，你们千万别因为这些……"

"哎哟。"陈芸以一副朽木不可雕的神态瞧着她俩，"这话要从别人嘴里听说，我是得多想，可你们都找上来了，我还能琢磨别的？再者，两口子过日子，若听风是风听雨是雨，天天电闪雷鸣，我这日子还过不过？"

毛维瞻情绪平复了些，也重新找回过来人的持重："你嫂子又不傻，有基本的判断力。夫妻快二十年，我们之间没你俩想的那么脆弱。"

陈芸作势给他一拳："寒碜谁呢。"

"得，开始秀了。"楚雯彻底松弛下来，笑嘻嘻地把头搭上吴花果的肩膀，甜腻腻的腔调，"在天愿作比翼鸟，有情饮水饱。"

"喊，得了你。"毛维瞻平日见惯她瞎拽词，满脸不屑，"回头多去去你嫂子他们图书馆，读点书。"

大家笑一通，陈芸又问："小吴，第二条是怎么着？"

"第二条，"吴花果做了个深呼吸，"嫂子，得请你来趟公司。"

周一中午，陈芸准时现身最赛事二部的办公楼层。

而"恰好"要出去买饭的马楚雯在前台与之偶遇，并借机向前台姑娘和周围同事介绍："这位是毛哥的太太，自己人。"接着转向陈芸，"嫂子，你今天怎么过来了？"

"维瞻早晨出门没带钥匙，我晚上有饭局要晚回家，顺路过来送一趟。"陈芸面色如常，"打他电话没接，在开会？"

演戏需要剧本，情节需要铺垫——毛维瞻与吴花果今日各自请了一天假。对本就蠢蠢欲动的围观者来说，同时不在的戏码最是让人浮想联翩。

"开会？那啥，嫂子我去找找他。"若正在参加一场演技比拼，马楚雯定会成为当之无愧的全场最佳——从台词到表情到动作，她将慌张与掩饰慌张的临界点表现得淋漓尽致。

"麻烦了。"陈芸对心思各异的其他人笑了笑，"去吃饭？要不我去食堂等吧，让老毛下来找我就行。"

"那您跟我们一起吧。"说话的是二部负责篮球板块的记者，他回身朝马楚雯扬扬下巴，"一会儿找不到微信。"

楚雯不动声色地点点头。

接下来，就看对策奏不奏效了。

晚上七点半，行动四人组在老毛家楼下的火锅店聚齐。
面对大家的注视，陈芸也不绕弯子："说起来，可能还真有个人。"
"谁？"三人异口同声。
"短发、细长脸、戴眼镜，岁数看着比我小点。"陈芸道，"我听有人叫她……媛姐？"
三人面面相觑。
符合这种特征和称呼的，只有最赛事足球频道原记者、现在转为编辑的——杨媛。
答案太过意外。
在一个共事的群体里，无论公司、单位、协会还是社团，一定存在着那么一类人，他们不算太耀眼，学历、履历、创造力——所有能被直接展示、一眼看到的层面，他们似乎都平平无奇。然而，当一项任务交到他们手里，没有人会觉得提心吊胆、忐忑不安。他们是最厚实的门、最坚固的铆钉、最舒适的椅子，他们身上独有的，甚至唯一的那个特质，足以使自己在大浪淘沙的群体中屹立不倒——稳。

杨媛之于原先的足球频道，现在的一部便是这样的存在。她是领导最放心的手下，被后辈信赖的"媛姐"，是大活儿同时上来而自己又分不开身时，第一个会想到的人。

平心而论，吴花果自觉与她关系不错，未有多少私交，但工作中配合得当，一团融洽。

陈芸细数午间经过："到食堂你们那帮同事跟大家介绍我是老毛爱人之类的，把我准备的那套说辞都省了。"

锅底上来，可谁都没有动筷子。

陈芸也知他们急切，于是继续："吃得差不多时，我就说老毛怎么还不下来，我上去看看。反正按之前说的，尽量让更多人知道我来了嘛。到楼上又跟前台姑娘讲了一遍，而后我就在远一点的沙发上坐着，过大概半小时吧，刚才提到那人就找我来了。"

楚雯嘴快："她说什么？"

"先问我是不是毛维瞻的爱人，介绍自己是老毛的同事，然后就把公司里传的话都跟我说了。跟你们讲的大差不差。"陈芸见他们还是不动，这时招呼一句，"都愣着干吗，吃啊。"

毛维瞻边下肉边叹气："杨媛……我可真没想到。"

是，撞破脑袋都不会想到。

陈芸无奈地笑了笑："她可是没说你俩一句好话，还给我不少建议。"

毛维瞻瞪瞪眼："建议？"

"就鼓动我闹呗，越大越好。"陈芸说罢，歪头想了想，"其他也就没什么。我跟她当着你们前台的面说了，无中生有的事，再让我和维瞻听见，我们一点点查、一个个告，诽谤罪有一个算一个，谁都甭想脱干系。"

"嫂子，你这演得比前期设定都好啊！"马楚雯一副崇拜的神情。

"我这不好惹的恶太太形象算是立住了。"陈芸"哈哈"两声，环顾一圈人，"你们确定这招奏效？"

破局方案由吴花果提出——准确来讲，是钟世那句"借助外力"提醒了她。谁是外力？有立场的，相干却又不完全相干的，能在小范围内起到作用却又不至将事情扩大到无法收尾的，思来想去只有毛维瞻太太一人。

马楚雯将提议补充完整："与其说将事压下去，何不一石二鸟，找找谁是始作俑者？"

周末傍晚，这对闺中密友你一言我一语，将所有逻辑打通，完善各种细节，齐心合力出了这套方案——当老毛家属现身，对方一定迫不及待地禀告"成果"，谁这么做，谁的嫌疑便最大。

陈芸比她们想的还要好——全力配合计划，按时现身发挥出毫无破绽的演技，即便塑造出与本人截然不同的形象也要抑制流言的传播。最最重要的是，自始至终，从头到尾，她都没有怀疑过丈夫，亦坚定相信着吴花果。

陈芸让这两位年轻女性看到一种力量。

无关老毛，无关婚姻，甚至无关这件事本身。那是一种独立而潇洒的坚守——我认定正确，所以尽我所能去捍卫。

"肯定有用。"马楚雯胸有成竹，"人啊，一旦意识到成本和代价，谁心里不得盘算盘算。"

饭局过半，毛维瞻夫妇着急回家看孩子，匆匆离开。锅底仍沸腾，红油带着刺激味觉的香气"扑哧扑哧"往外涌。

楚雯搓搓手，望穿秋水似的等啤酒上桌："打怪成功，今儿值得庆贺。"

听得这话，吴花果不由得低沉，半信半疑地自语："真是杨媛吗？"倒也没有从后边被人捅一刀的背叛感，非要说的话，不过有些知人知面不知心的悲凉罢了。

啤酒上桌，马楚雯推一瓶到她面前："就当是吧。以后长教训，多提防。"

吴花果点点头，与之碰一下，"咕咚咕咚"痛饮几口。

畅快。

"那什么，雯子……"

她放下酒瓶,刚要发表一番感谢言辞,被马楚雯直接打断:"犯不上,我还没说谢呢。"

吴花果看着她。

"就高远,"马楚雯避开好友的注视,盯着面前翻腾的锅底,"我周末见了任子延,知道了。"

"我说呢。"吴花果自顾自地笑了笑,"也是,世上哪有不透风的墙。"

"别的我也不问你了。"马楚雯告知自己的决定,"高远下周回来,我打算见见他。"

"你们?"

"聊聊呗。"马楚雯点着头,一个词一个词地往外蹦,"视频、打架、球队、以后。我总得知道,我在他心里算什么。"

回京的飞机上,高远做了一个梦。

比赛九十二分钟,禁区内,角球开出,争点。那天下着雨,看台雾蒙蒙一片,只能听见球门背后主队助威团的击鼓声。起跳降落,地面很滑,胳膊肘直接撑到身后球员的脸上。裁判哨声起,他的面前出现一张红牌。

他看到队友们上前围住裁判,他听到他们据理力争"不是有意的,人没站稳",然而这张禁区内的红牌还是生效了。

对手点球罚进,看台爆发出震耳欲聋的欢呼,裁判吹哨的同时径自做了个双手推开的动作——全场比赛结束。

更衣室内死一般沉寂。

终于,有人再也憋不住:"高远是哪头的?"

临近队友围过来劝的劝、安慰的安慰,也有人拍了拍他的肩膀,高远没理会,夺门而出。

这不是一场普通的比赛。开局很好,节奏很好,如果他们将平局一直保持到最后,那意味着这支中甲队伍来年将有机会踏入中超。

而现在,因为他的禁区犯规送入一粒点球,比赛输了,希望彻底沦为泡影。原本近在咫尺的,承载着太多汗水与付出的希望。

高远甚至分不清当时那一下究竟只是脚底打滑寻求平衡,还是自己真的有意做了大动作,他太迫切,太想赢。

马楚雯一直在打电话,振动声自运动服口袋传来,他干脆关机。

从球场到宿舍,高远像被拽进一处热带雨林,四下无人,潮湿闷燥,高耸入云的树遮住视线,一切都让他难以喘息。

一天一夜,喝了十瓶矿泉水,几乎没有睡眠。

开机后不足五分钟,马楚雯的电话打进来。高远接了,她说:"晚上和爸妈说好一起回家吃饭，涮羊肉，我爸新弄到的铜锅。"

高远问："你没看比赛？"

"看了啊，不就输场球，下回连本带利赢回来不就得了。所以我才叫你一起吃饭嘛，换个地方换换心情，别想了。"

高远说："不去了，你在哪儿，我去找你。"

那天在学校操场，高远提了分手。很正式、很坚决，隐藏起心力交瘁的疲惫，带着些心灰意冷的不容置疑。

哪怕这两日马楚雯只是到宿舍看一眼，抱抱他，也好过自作主张决定带他到父母处吃饭。高远不想见她的爸爸妈妈，拿什么见？怎么见？跟一对过了知天命年纪的夫妇解释中甲和中超的区别吗？

不，不只是今天。

也不知道从什么时候起，他要的仅仅是两个人坐下来讲几句心事，马楚雯却会把全世界的热闹都搬来让他排解这种心事。

太累了。

高远被空乘唤醒，他看看早已空无一人的机舱，道谢又道歉后下了飞机。

思绪还停留在梦中，那年的操场上，楚雯的背影消失在蒙蒙细雨里。高远最后一个上摆渡车，车门"吱呀"一声卡紧。他忽而想起，其实分手是在傍晚，雨早停了。

梦里下着雨，不过是主观要给那时的氛围加一抹更悲凉的滤镜吧。

从机场出来上出租车，师傅注意到行李箱上鲜明的俱乐部标识，又瞧着乘客人高马大一身运动服，于是发挥自来熟本领聊起天："小伙子踢球的？来北京是比赛还是探亲啊？"

"回家。"高远恹恹地报出一个地址。

"嚯，敢情跑远处效力去了。一心出去，家门口球队不考虑呗。"出租车师傅热情不减，"那你这一年到头也回不来几次吧？"

高远侧头看着窗外，以示礼貌地"嗯"了一声，淡淡地回了一句："机缘巧合吧。"

他在本地中甲俱乐部待了两年，能力出众，成绩耀眼。后来转会期，现在这家队伍抛来橄榄枝，高远想也没想就把合同签了——中超和中甲毕竟不同，人往高处走，况且对于一名职业球员来说，谁不向往更大的舞台与更多强手角力一番。

他对了，也错了。

中超联赛的确具备更佳的竞技环境与更好的比赛氛围，主场上座率次次达七成以上便是铁证。那么多关注他们的人，那么多叫喊着加油助威的人，

-100

那么多发自心底的不计回报的支持。然而，这里也有太多太多好球员——他错在高估了自己。

从小踢球，一路顺风顺水打上职业，在原来的队伍里他是被寄予厚望的头号射手。肩负重任亦可杀伐果断，尽管也失误过郁闷过，可一旦脚下有球，心里就有底。如同一只自以为漂亮的公鸡被扔进明艳靓丽的孔雀群，所有的骄傲就这样在一天天消磨中演变为自我怀疑——我，是不是真的不行？

体能、技法、判断力乃至创造性，高远渐渐看到了自己与队友、与一众对手球员之间的差距，当然教练也会看到，所以他由首发变成替补又变成长时间坐冷板凳。他珍视每一次机会，渴望在场上证明自己，可上场时间越来越短，奇迹从未眷顾过他。

扶摇直上九万里，到头来只剩零落成泥碾作尘。

他仍认真训练，努力争取，却也最终适应了久坐替补席的生活。

高远与父亲同住。父母在他十四岁时离婚，父亲凡事求稳，母亲心高好闯荡，执意南下，大人们便将选择权交予他。舍不得周围伙伴，也怕换了环境踢不着球，他对母亲说了很多句"对不起"而后留下。父母当年本是经人介绍顺水推舟组成家庭，或许在那个时代，没有谁会费尽心思地钻研爱情。本就不是一路人，分开是多年相处后的顿悟，所以当年的他们是握着手，互相笑着说了"再见"。

上班时间，家中无人，高远推着行李直奔自己的房间。床单被罩大约新换过，推门而入，有股淡淡的洗衣粉芳香。他给父亲发消息：到了。

等上三五分钟，那头回复：自己找点吃的。

父子间的交流一直如此，简单、直接、实用。倒也没有隔阂，也不是心里不装着对方，高远伸手抚平床单上的褶皱，好像就是习惯了。

即便视频发出那天父亲第一时间打来电话，问题也只有两个。

——"把人打成什么样？"

——"往下怎么处理？"

登机前高远照实同他说了进展——让他先回家待几天，等处理结果出来回趟队里。

他没有告诉父亲的是，我，不打算踢了。

下了一碗方便面，又在屋里转上几圈，实在找不出办法心静，高远换身宽松的衣服出门。

车开上环路，约莫二十分钟，眼前呈现体育园区的景象。他熟门熟路地将车停稳，下午四点的工作日，停车场有大片空位。

- 101 -

高远走进篮球馆，在场边热了热身，与旁边的陌生人打了个招呼便加入场上球局。

他篮球打得一般，偶尔当娱乐活动玩两下，又怕冲撞猛了受伤因而总带些畏手畏脚。今日没了思想包袱，他跑动起来异常积极，无论是带球过人还是起跳投篮皆全身心投入，两小节下来竟收获一堆"哥们，你可以啊"的称赞，是喜悦还是酸涩，高远说不出。

他只是在想，不用在乎了，全部不用在乎了。

场馆里人渐多，他将篮球甩出去，道了声"得走了，改天打"，同大家挥挥手。

正往停车场去，偶一侧头，瞥见不远处戴鸭舌帽拿球拍的身影，高远乐了："钟世！"

钟世止住脚步，脸和身份能对上，可人到跟前，硬是没想起名字。

"我，高远。咱们见过两回。"高远也不在乎，摸着脑门甩一把汗，"你怎么在这儿？"

"旁边是我的俱乐部。"钟世扬起拍子指指。

"你在这儿打啊。"高远朝那侧望了望，点头。

"你？"钟世冒出疑问词，接着想到前一阵吴花果的委托，于是问他，"视频都解决了吗？"

他没有关注后续。事实上，他只知道吴花果需要帮忙的缘由，至于新闻和视频本身，钟世根本没有看过。

准确地说，他连自己录制的那场快问快答的成片都没有看。

"视频解决……"高远用力搓了两下头发，"你怎么知道视频的事？"

吴花果并未告诉他找了谁、怎么做才将马楚雯的名字抹去，高远只当托了体媒圈的关系不可张扬便也没有追问。既是如此，她更不可能随便对其他人说出内幕。

钟世也有一丝吃惊："我以为你们商量过。"

"别，你等会儿。"高远双手叉腰，舔舔嘴唇，余光瞥见对方手里的球拍，"还回去训练？"

"哦，没。"钟世转了转拍，"家里寄过来的礼物，刚拿到。"

父亲知他将打ATP250公开赛，特意自法国寄来这只球拍。许是地址没写好，东西滞留在转运仓，他特意托林拓去取了一趟。林队医着急回家，车停在大路，钟世这才从训练场跑出来，碰巧就遇到高远。

高远瞧东西并非崭新，也知运动员都有自己顺手的物件，于是说道："这贵重物品你先放回去，一会儿我请你吃个饭？"

"现在？"

"这不也到饭点了嘛。"高远犹豫一下,"视频的事……"

原来他想问这个。

钟世点点头,朝远处望一眼,又道:"不介意的话去我公寓吧,就在附近。正好有个问题请你帮忙。"

"没问题。"高远痛快地答应。

步行约十分钟,两人抵达钟世的住处。高远进门就笑了:"你这儿倒简单,跟快捷酒店一样。"

一室一厅,墙面、桌椅、床单,放眼望去尽是白色。

钟世换了鞋,招呼他:"直接进吧。住处是俱乐部安排的,我大部分时间在球馆,回来也就睡个觉,没添置太多东西。"

"还是打网球条件好。"高远四下看看,想到自己那间住了三年的宿舍,情绪忽而低沉,"我们两人一间,乱七八糟什么都有。回头搬起来可费劲儿了。"

离队,换句话说就是打铺盖卷走人,那地方不能再留存自己的痕迹。

"你喜欢吃什么?"钟世将球拍放好,转身问。

见他掏出手机要订餐,高远忙止住他:"别,我来。那什么,先说你的事吧。"

"好。我想请你帮忙看下这段。"钟世打开笔记本电脑,点进收藏夹里最近收藏的网页,"我拿法国驾照在本地不能直接开,好像要做一个换取申请。这上面写的程序有点复杂,我没太懂。"

高远迅速点好几样菜,付了款,而后对着电脑看起来。

他径自做一番搜索,仔细阅读过相关信息,这才将整理出的信息告诉钟世:"有几个事得干。第一是驾照翻译件,我查了下附近就有公证处,记得去的时候带着护照和居留证。第二是体检,车管所,哦,就是车辆管理所里面就能办,主要是测视力。体检完跟他们要一张换驾照的申请表。"

钟世在备忘录上一一记下。

"最后就是考试,科目一,交规理论这块。刚才我查了,考试也有英文版。"高远说着,在键盘上敲击一番,"我也不知道你中文认识多少,这儿有一些模拟题,不然你先做着试试。"

钟世凑过去看,郑重道谢。

"嗐,都不算事儿,说什么谢不谢的。"

萍水相逢,钟世原本并未对他产生特殊印象。今日这番举动却让他对高远生出许多好感,热情、耐心、真诚,高远是一位值得信任的伙伴。

钟世看着他问:"你和吴花果关系很好?"

高远漫不经心地作答:"嗯,念书那会儿就挺好的。吴儿后来不是一直跑足球嘛，赶上比赛也常能碰面。"

"她很……"钟世寻找词汇，"把朋友的事当成自己的。"

高远替他总结："对，仗义。吴儿总说在北京这几年多亏我们帮她，其实要细算，指不定谁帮谁更多。她挺不容易，走到今天，那都是起早贪黑自个儿一步一个脚印把路踏出来的。我身边就没有谁比她更能吃苦。"

钟世"嗯"了一声。

"能说了吧？视频。"高远叹了口气，看着他，"钟世，人家帮我，我不能两眼一抹黑当二愣子。"

斯德哥尔摩公开赛，钟世只过首轮后便遗憾败北。

结果出乎意料。从全运会到天津网球公开赛再到釜山挑战赛，一路下来逢赛必胜，势头极猛，甚至在斯德哥尔摩的首轮亦展现绝佳竞技状态，谁都没有料想他会这样离场。

吴花果在晚上回家后回看了比赛录像，一帧都没有快进。

坦白地说，钟世自上场状态就不太对，数次接球显露出犹豫，本应把握住的发球机会也出现大大小小的失误，而对手则像仔细研读过他的打法，拉右路打苦战——钟世右肩受过伤，最大劣势是体能，每一点都似针对他而来。

最后一球出界，镜头给到钟世。他沉着脸摘掉发带，吴花果没有再往下看，直接关掉视频。

辗转再三，她给林拓发消息：钟世还好？

北京午夜，欧洲清晨将至。

林拓直接打来电话，先问了句怎么还未睡，吴花果告知刚看完比赛回放，很意外，也不知此时方不方便联系钟世。

"他……还行，昨天打完临时买机票回家了。"林拓补充，"法国的家。毕竟来趟欧洲，跟家人也好久没见了。"

"现场有状况吗？"

"不算吧。"林拓稍作迟疑地说，"钟世应该认识对手，大卫·盖纳尔，下来说了几句阴阳怪气的话。不过都是比赛结束后了。"

吴花果紧着问："什么话？"

"我就听到大卫说在中国发展得很好啊，这些年有没有打球之类的。后来钟世让我先走，其他的我也没听到。反正他那表情、用词都挺居高临下，好像钟世欠他似的。"

吴花果陷入沉思。

林拓十足的护短语气："大卫排名世界前五，钟世难不成还欠他钱？搞不懂，捏软柿子有什么乐趣，他都大满贯了，还跑来打这种级别，炫耀优越感嘛这人。"

不，一定不是。

吴花果想到前阵子见叶如珍时对方说过的话——"混得不错啊，你还下水吗？"暗讽的腔调、不屑的表情、字里行间的鄙夷，如出一辙。若不是此前交往过密彼此间有过亲切的连接，没有人会平白无故这样做。

大卫之于钟世，或许正像叶如珍之于自己。

吴花果考虑许久还是没有联系钟世。这场比赛输得憋屈，也输得苦涩，他应该很难受了，家人在侧，只望他调整好心态，飒爽归来。

这时的她还不知道，一颗暗雷已经埋好。

两天后，最赛事官方发布一篇深度报道，标题为——"归化，也许你我都不够了解"。

四千字的报道分为三项阐述主题。第一项"何为归化"，放眼各类运动，用数据列举近五年内体坛发生的相关事例，而在这项文末，另起段落特意指出网球选手钟世正在协同俱乐部准备归化手续，在刚刚过去的斯德哥尔摩网球公开赛，他经历男子单打一轮游时，败给同是法国出身的网球名宿大卫·盖纳尔；报道第二项着重分析原因，除去归属感、认同感，文章以足球行业举例，一名归化球员在中超所获年薪达留守本地俱乐部三倍之多，巨大利差在交易促成中起到至关重要的作用，因此很多职业队员甘愿在异地打拼一番；第三项引人深度思考，诸多归化球员的到来无疑给中国体坛带来从未有过的活力，他们大多技术过硬、能力出众且过往所经受的是另一套训练体系，无论是队员间的鲶鱼效应还是球队革新层面都可更好地与国际接轨，取精华去糟粕，积极影响不言而喻。然而凡事皆有两面，他们的到来同样使得本有机会去往更大舞台的本土球员遭遇挑战，归根结底，足球首发出场总计十一人、排球六人、篮球五人，各类双打比赛更不必多说，对另一些人而言，他们的到来并不值得开心。

吴花果一字一句地读完，脑袋里"嗡"的一声。

她找到最下方的报道记者，只有一个人，田淼。

换言之，田淼独自写下这篇文章，得到常仁飞许可，而后将之公之于世。

他们当然无须向她审批报备，可这篇报道直接给钟世的归化盖了章，最初的最初，这件事由她吴花果来跟，她自以为已经与常仁飞达成共识——在俱乐部官宣之前，最赛事绝不会插手丝毫。

诧异、愤怒、迷茫，她不清楚是常仁飞背叛了自己，还是自己背叛了李芝薇和钟世。

吴花果没有敲门，闯入常仁飞的办公室，动作突然，她无意间听到他对着电话大吼："你有事业，我就没有？"

仅这一句，常仁飞便看到她，而后直接结束通话。

手机又响，他再次挂断。

对方没有再打来，吴花果亦不知惹得领导动怒的人是谁。

常仁飞是个谨慎的人，一向喜怒不形于色。平时玩笑归玩笑，任务归任务，可在这间办公室，他从未，一次都没有表露出情绪波动。吴花果曾私下与马楚雯交换心得，她说真正的大将之风就是常主任这般，心中千斤顶，做事轻飘飘。

马楚雯那时不屑一顾，说这样的人大多活得压抑至极。

小马记者一语成谶。

"找我？"常仁飞这时问，将手机调成静音模式。

吴花果有些犹豫："嗯。"

"归化报道的事？"

"嗯。"她十分清楚眼下不是谈话的好时机，可双脚就像被钉在地上，嘴巴也快过大脑思考，"为什么非要这时候发？"

媒体当然有话语自由，又或者说，媒体存在的最大意义便是反馈真实，从而引导大众对当下的某种现象与常态进行思考，吴花果看重且尊重这份行业使命感，她只是觉得这份报道发得不那么磊落。

常仁飞盯着她，冷笑一声："现在连自己人都跑来质问我了？"

"常主任，我不是那个意思。"吴花果知对方正在气头上，语速降下来，语气也相对缓和，"归化球员的数量最近三年成倍增长，这的确是一个热门议题，正反效应也值得讨论。可报道里指名道姓提及钟世，我认为我们是给过俱乐部承诺的，以官方口径为准。况且他这次公开赛成绩并不理想，舆论演变成怎样未可知，对球员个人来说……"她顿了顿，"或许已经造成伤害。至少，文章里不应提及他。"

房间里鸦雀无声。

桌面上手机屏幕亮了一下，常仁飞看一眼，未作理会。

"报道，"吴花果又道，"有没有可能重新编辑，去掉钟世这一层？"

常仁飞仰头看看天花板，视线最终落到窗外："昨天凌晨，田淼将全文发到我邮箱，你看过应该知道，有数据有佐证有思考，内容详尽，文字扎实，写得非常好。她下了一番功夫。"

对此，吴花果完全没有异议，对一个新人来说，这篇报道可见其能力。

"二部太弱了。残特奥会做出一点响动，可怎么样？后续没有跟上劲，落雪无痕。"常仁飞瞧了她一眼，叹气，"小吴，我从来没有质疑过团队的能力。

你、楚雯、刘冲、珊珊等等,甚至刚来的田淼和小赵,包括部门里的实习生,你们各具强项、各有所长,留下来的都是干将。篮球相对还好,可其他的呢?我们所报道的项目,它们的普及度和群众基础让二部起点就短一截。所以我审批通过,我希望这篇报道出来,你们的实力能被看到,我带出的这支团队能被看到。"

这是一番推心置腹的话。有未点破的自私,也有搏出一片天地的热血。

常仁飞是个野心家。野心家的真正含义是——会不惜一切、不择手段达成目的。即便那个目的中利己的部分微不足道。

此时此刻,吴花果不知该作何回应。

常仁飞走至她面前:"我理解你担心对钟世的影响。曾经是运动员,总归比其他人更能共情。报道已经出了,修改的事容我想想吧。"

吴花果只得说"好"。

刚欲离开,常仁飞忽然问:"芝……李芝薇有联系你吗?"

"李……"那个"姐"的音节已经出来了,吴花果立刻改口,"李经理吗?"

"称呼不重要。"常仁飞像对她说又像自语。

"没。"吴花果说着就去看手机,然而一分钟前进来的消息让她顿时一身冷汗。她将聊天界面举到常仁飞面前,"约我晚上吃饭。我去不去?"

常仁飞眉头紧锁,半响吐出两个字:"看你。"

吴花果打量对方的神态,试图分辨领导给的这句指令到底是许可还是拒绝,可她最终一无所获,点点头,默不作声地出了办公室。

晚上七点,吴花果准时抵达约定的餐厅。

李芝薇仍是干练的装扮:纯白桑蚕丝衬衫,领口微敞,金色颈链下尤见锁骨;外面套一件深灰色暗条纹西装,肉眼看去质地上乘;套装阔腿裤,脚下踩一双黑色麂皮低跟短靴。

她总会让吴花果想到美剧里那些穿梭于上东区的都市丽人,永远走路带风,永远斗志昂扬。

两人寒暄几句近况,服务员呈上餐食。李芝薇一边给两人倒茶一边说道:"淮扬菜吃得惯吧?我是镇江人,想这口就自作主张点了。"

"好地方。"吴花果对她笑了笑,"江山如此不归山,江神见怪惊我顽。"

"嚯,你还知道金山寺。一般人只会道一句镇江陈醋好。"

"我有位大学室友家也在镇江,喜欢苏轼。这两句常挂嘴边,我也就记得这些。"

李芝薇端起茶杯抿了一口:"小吴,知道你们常主任和我是老乡吗?"

吴花果摇摇头。

"我们一起考到北京,毕业后他进电视台,我去区体育局之后调到网管中心。"李芝薇接下来的话让吴花果有些招架不住,"再后来过不下去,离了。"

他们所谓的"老相识、搭过伙"原来是指夫妻。

李芝薇继续:"他那头,我这头,父母身体都不好,离婚的事没有对家里讲过,周边也只有亲近朋友知道。前阵子老家亲戚来京看病,仁飞到我住处商议一起到医院探望。应该是那次看到我书房的归化材料准备清单。"

俱乐部近期签约的球员里只有钟世为外籍,想必是天津公开赛采访环节她的提问让李芝薇意识到常仁飞有此动作,所以对方才会托自己带话,并且盖棺定论"消息拿得并非光明磊落"。

细节被一点点串起,吴花果心下一沉。事实摆在面前,即便是上级是自己人,她也无法为常仁飞辩驳半句。

"报道出来,小吴你知道我什么感觉?"

"李姐,今天下午我和常主任聊了,他说会考虑修正,去掉……"

李芝薇缓缓摇头:"我觉得这婚离对了。我们不是一路人。"

桌下,吴花果十指相绞,半晌问她:"钟世看到了吗?"

"我告诉他了。"李芝薇定定地望着她,"小吴,钟世说只对你讲过他有归化意愿。这件事,即便俱乐部这头信息透出去也只是猜测,拿不到本人确认,没有媒体敢妄下定论球员正在走归化程序。"

吴花果听懂了,对方正在质疑自己,她有十足的理由发出质疑。

"我只对楚雯说过,楚雯不会,我更不会。"吴花果有些颓然地低下头,"我真的不知道是怎么传出去的。"

李芝薇听罢抿抿嘴:"钟世告诉我,绝对不会是你。他很相信你。"

鼻子忽而一酸,吴花果险些落泪。

手握机密信息,立场又不一致,自己当然最值得怀疑。如同被万千枪口逼迫着自高楼跌落,而钟世的信任像厚厚的充气垫稳妥地接住了她,感激却又羞愧,她躺在柔软的信任里,很想大哭一场。

"既然不是,"李芝薇推推餐碟,语气软下几分,"吃饭吧,都凉了。"

回家的地铁上,吴花果按捺不住给钟世发消息,只有三个字:不是我。

有些苍白,可她认为应该这样直截了当地告诉他——他们之间不该产生无中生有的误会。

一站还未过,钟世回复:我知道。

法国此刻是凌晨四点。

她心里一热,眼眶便湿了。

车厢进来一位白发苍苍的老人,吴花果揉了揉眼睛,欲起身让座却被止住，老人的声音温和厚重："你坐。年轻人也有累的时候。"

她的确很累，从头到脚，全身血液好似被抽干。

从餐厅出来，吴花果就在回忆有没有在其他场合说起过钟世归化的事。生怕漏掉细节，她还问了马楚雯，可马楚雯回"这又不是折扣码，谁会大张旗鼓地宣扬啊"。她们并非第一天做记者，可以说与不能说界限分明。吴花果只是太焦虑了，焦虑到连自己都不确信。

可这样的她，却被另一个人深切地信任着。

吴花果又发去一条：为什么？

地铁外的广告牌一闪而过，换乘、刷卡、出站，她以为钟世不会再回了，可刚进家门便收到消息：因为你不会。

吴花果忘记开灯，没有换鞋，以至于急切到连门都没有关。她问：什么时候回来？

钟世回答：后后天。

她一下笑出来，赶忙纠正：那叫大后天。落地时间发给我吧。

就这样等上五分钟，吴花果收到航班信息。

未等常仁飞做出修改报道的决定，敏感的营销号已察觉端倪。他们惊喜地发现这里面提及的网球选手钟世正是足球园官微里最近一期快问快答的嘉宾，一天时间里视频被转发近万次。钟世的照片走红全网，最帅网球队员的标题在这场互联网接力赛中挺进热搜。

他们将他形容成本可以靠脸却非要靠实力的硬核选手，大力强调他的归化行为，用尽溢美之辞赞扬初心未改、荣耀归来。

吴花果往下翻了几条，明明钟世得到的尽是褒奖，她却越来越忐忑。因为她太清楚钟世并非他们形容的"斯德哥尔摩公开赛惜败大满贯选手"，亦没有在采访中说过"归化是从打球那天开始就有的愿望"，或许从前有过，然而现在绝不会"赛前几乎没有准备，一旦上场便大杀四方轻松问鼎"。

他的优点被无限放大，他被包装成一个完美的天选之人，虚拟的互联网世界正在开启一场轰轰烈烈的造神运动。

马楚雯通过朋友辗转联系上高远所在俱乐部的新闻官，以台里足球频道同事委托为由"要点消息"。对方嘱托千万不能外泄后松口——高远已经离队。虽然队里还在争取希望道个歉把事情平掉，但他自己态度很坚决，往下基本就看解约条款双方如何协商了。

这是马楚雯万万没有想到的。她预料的最坏结果是高远被队里开除，打了人的无疑是过错方。然而眼下却是他主动要走而队里挽留。

早就删了联系方式,也并未请吴花果带话,所以当高远打开门见到人时着实吃了一惊。未等他开口,马楚雯已看到对方身后的高家爸爸,于是点点头问候一声"叔叔好"。

恋爱期间,她来过高家两次,一次高爸爸在,一次对方中途回来取东西碰上。这位略有些沉默的父亲都是打个招呼说句"你们玩"迅速离开。这次也不例外,高爸爸说了声"楚雯来了"便放下碗筷起身要走,高远这时开口:"爸,您吃吧,没事。"

他说完侧侧身,一言不发地带头往自己的房间走去。

马楚雯跟上,经过餐桌时对高爸爸笑了笑。

房门关起,高远也不说话,拉把椅子径自坐下。

马楚雯静静打量他一会儿,见对方始终没有交谈的意思,于是开门见山地提问:"你离队了?"

"嗯。"

"不打算再回去?"

"嗯。"

"是最终决定?"

"嗯。"

马楚雯深吸一口气,又缓缓呼出:"高远,我问过了,队里有意愿留你,为什么非要走?你真就不想踢了还是怎么着?"

高远没有一丝犹豫:"对,不想踢了。"

"你骗鬼呢!"马楚雯瞬间火气上来,"当跟别人打哈哈呢,你跟我都没句实话?不踢球你干什么?你能干什么?"

"这球不踢,我就活不下去了?"高远冷笑一声,"合着您大老远跑过来是羞辱我来了。谢谢,我不用。"

马楚雯知自己言辞过激,双手下压做了个打住的手势:"抱歉。"

两人都没有看对方,亦没有人开口。良久,马楚雯甩甩头,看向他:"我知道你不踢球也可以做别的。我是怕你后悔,怕你一冲动把自个儿搭进去。"

高远摇摇头:"不会。我想清楚了。"

"为什么不能道个歉过去?是不是有我不知道的?"马楚雯走近,站到他面前,"高远,咱俩这么多年,就算分了……是,分了,可我自认为了解你。从甲中到中超,多少苦都吃过,多少难关都挺过来了,坚持到现在怎么可能说放弃就放弃。我不信。"

高远双唇紧闭,一言不发。

"再说你合同还没到期,解约谈不拢,打起官司,那时候就不是简单一句反悔能解决的了。你到底怎么了?"

- 110

最后这句几乎是乞求，马楚雯蹲下来仰头望着他，双手握住他的手不停地摇，嘴里喃喃："你说话啊。"

时光仿佛倒流回青葱校园，也不记得什么原因，反正那天马楚雯一直在哭。他蹲到她身边，又焦急又心疼，攥着她冰凉的手，一边搓着取暖一边问到底怎么了，别哭还有我呢。

初恋关乎某个人，也关乎与之相关的一切。即便过去很久，即便错过成为定局，即便他们都大步向前开始崭新的人生，可某个关于那人的场景依旧会不分场合地浮现，它可能早已不具备任何意义，它缥缈闪过便迅速消失，它甚至不会在当事人心里引发一丝涟漪，可它还是出现了。

它只是在提醒记忆力不佳的我们，原来我也曾经那样。

有一瞬间，高远是想把整件事原原本本转述给马楚雯的。但他没说，马楚雯是纯粹而宝贵的，他不容许她受到哪怕一丁点玷污，一个字都不行。

高远将她扶起来，按到床上坐好，语气出离冷静："道歉就是承认错了，可雯子，这件事我不认为自己有错。好，即便道歉归队，那人还在队里，他心里有气，结了仇的人怎么可能相安无事，我不会好过的。"他重新坐回椅子上，正视着她，"这三年在队里，我几乎没有首发过。人都有上限，我知道自己上限就顶到这儿了，再踢要么还是替补，要么回中甲或者中乙，年龄越大各项能力越会减退。"

马楚雯不作声。

"总之，"高远抬手如从前一样揉了揉她的脑袋，"我没有冲动。这段时间想了挺多也假设了挺多，现实情况就是这样。解约你不用担心，队里有为难的地方，能谈拢。"

大打出手那天全队都在场，有很多人听到球管的话。一个两个的嘴能堵上，可十来个呢？高远深知队里有意护着球管，但他们也怕他抱着鱼死网破的心态将真相还原。所以谈及解约也是双方各退一步，各守秘密。

许久，久到窗外响起广场舞欢快的音乐，老小区一天中最热闹的时刻来临，马楚雯问："往后你怎么想？"

"我那发小老翟，你见过，也住这院。"高远对她笑了笑，"他现在混得还行，开了一家足球培训学校，手下几十号员工，专给国内外俱乐部输送青少年球员。知道我离队，让我先过去当教练。"高远如实相告，"我俩约法三章，我有培养指标，他按市场价付钱，合同一年一签。老翟说他那儿权当练靶场，先把教练门道摸清，往后是走是留随我。"

"定了是吧？"

"定了。"高远明明是对面前的人说，却将头转向窗外，"雯子，重选一次，我还会这么做。"

楚雯埋下头，过会儿起身："走了。"

高远跟着站起来："我送送你。"

他一直随她走到小区外七百米处的停车点。这一路聊了很多，却也有很多说不出口的话。高远替她关上车门，挥挥手目送对方拐上主路。

迟疑又迟疑，他搜到那个铭记于心的微信号，发出好友申请。

半小时后，马楚雯通过了。

网络上关于钟世的评价忽然迎来转折。

最初只是一名球迷发表中立评论：钟世对大卫·盖纳尔根本不是惜败好嘛，全场被压着打，最好表现也就第一盘拉锯十几回合。钟世有实力，但这场表现糟糕透顶，挨打要立正。

半天之内，这条微博转发过百，点赞过千。诸多网球爱好者纷纷站出来以视频和动图佐证论断——钟世被高手打得落花流水，谈何惜败。

然而，言论如脱缰野马不受控制，开始有人质疑"营销号是不是收钱了，夸起来毫无底线""什么最帅网球选手，球员自己买的热搜吧""实力不行靠颜值上位，体育圈也搞这套真是服气"。晚些时候，一个拥有万级关注的微博号发声：归化不是不可以，但也不能什么垃圾都收吧。

吃瓜群众对反转喜闻乐见，钟世在两天内被拉下神坛。他并不是天才，他在塑造人设，他根本就一文不值。归化，真心的吗？还是为了红、为了吸引眼球，连脸都不要了？

太多太多刺耳难听的话，以至于吴花果气得心跳加速。

她很生气，气到忍不住一次次在搜索框中键入钟世的名字。她渴望有人站出来辩驳，与那些键盘侠打一场毫无价值的口水战，可最终她只发了一条消息：太离谱了。

微博号有加V认证——最赛事记者。吴花果在某种程度上代表官方立场，她必须理智。

可钟世明明什么都没有做啊。凌晨四点回复自己的消息，只因那场比赛让他牵肠挂肚以至于整夜失眠。就是这样一个人，心思全在赛场的一个人，他凭什么要站在风暴中成为舆论的谈资？

吴花果气了一整天，也郁郁寡欢了一整天。晚上回家正准备注册小号对决，手机推送提示"机场"，她急叫一声"坏菜"，一边叫车一边连跑带颠冲出家门。

钟世今日抵达。

几次催促司机师傅"麻烦您再快点"，待赶到首都机场，距离钟世降落已过去两小时——航班提前落地，意外赶鸭子上架似的一码接一码。

吴花果拿出百米冲刺的劲头闯进机场大厅，远远望见座位上那个戴鸭舌帽等待的背影，脚下忽而止住。

若不是我们发了那篇归化报道，你仍只是万千运动员中的一个，安心训练，专注比赛，一步一步用成绩给自己一个交代。

钟世，如果消息传出去真的是因为我，我又该怎么面对你。

吴花果用尽全力止住汹涌而来的情绪，慢慢朝他走过去。

钟世并没有察觉她的到来。吴花果看到他手机界面正在浏览的新闻，默默坐至一旁。

常日的晚间，机场大厅冷清得要命。整片座位区只有三五人，连一向活跃的广播都进入深度睡眠似的唤都唤不醒。偶有工作人员过来捞走被旅人匆匆留下的行李车，推车入列，落单者终于找到伙伴，成群结队地离开，留下一阵欢天喜地的热闹摩擦声。

吴花果用余光去瞄钟世，他的表情很平静，浏览的页面已换成其他。

似有新航班抵达，周围等待的人齐齐离开，钟世这才抬头回身望了望——吴花果坐在另一侧，他仍没有看到她。

不远处接机口升起一番喧闹，很快开始有路人经过。揽腰私语的情侣，争抢帮孩子拿行李的父母，头戴耳机面色冷峻的少女，抑或西装革履接电话仍不忘点头哈腰的中年人。钟世抬眼呆呆地观察了一会儿，好似也无特别留意的人，好似他只想看看这众生百态。

周围重归安静，吴花果起身站到他面前。四目相对，两人都笑了。

钟世问："什么时候来的？"

吴花果歪歪头："从你看我们客户端发布的归化报道。"

"就……"钟世将手机塞进大衣口袋，"一直也没来得及。写得很好。"

"还看了什么？"

"七七八八的吧。"钟世说着从双肩包里拿出一件棉服，"穿上，晚上冷。"着急忙慌出门，吴花果连大衣都忘了穿。

棉服很大，轻而易举就盖住了臀部，她双臂上扬将手露出来，很想安慰几句却又不知如何开口，于是故作轻松地去拉人起身："走啦。"

然而，她刚用上力气，钟世便"哎"了一声——她用了寸劲，拽得又恰好是他右臂，手臂连肩，疼痛可不分场合。

"没事吧？疼不疼？"吴花果这才反应过来他右肩有旧伤，一时懊恼又心急，"怪我怪我，哎，我真是……"

她的手仍攥着他的手腕，力度却是温柔的。

"不要紧。"钟世摇头，转而拉上她的手借力站起来。那只手太凉了，他不太想松开。

吴花果的注意点却全在他的伤势上，她抽出手去按他的肩膀："哪里？这里吗？"说着又去抬他的胳膊，活脱脱康复指导上身，"你先手臂伸直打开，对，往上，放下，有痛感吗？"

钟世很想笑，可见她太认真只得强忍："不疼，完全不疼。"

吴花果不予理会，坚持诊疗："顺时针前后晃一周试试。"

他乖乖照做，哀叹连连。

"从后往前再转一周，动作慢。感觉怎么样？"

"感觉……"钟世这下真的哭笑不得，"我感觉我像个傻子。"

吴花果却仍一张严肃脸，她双手插兜，仰头看他，问："这次比赛有没有受伤？"

"没有。"

"我都看了！第一盘长线拉锯，落球点位置几乎都在远端，第二盘故意打站位相反的角度，有两次大卫自己都失误了，为的就是让你不断跑，消磨体力，比到最后体能完全大过技巧。你是不是打得急，旧伤复发了？"

或许语速太快，又或许暖和起来，她双颊变得红扑扑的。她的眼眸极为清澈，让钟世想到一种粉色的香槟酒，顺杯中倒下，气泡就会一颗颗沾满杯身，带着晶莹可爱的剔透。

他推了推帽檐，不自觉地带出一丝哄人的语气："我没有受伤。打完后肩膀是有些疼，回家当天就去找理疗师看过了，没问题。"

"确定？"

"骗你干吗。"钟世伸出手捏了捏她的脸。

这是个不经大脑的动作，也……过于亲昵了。

他稍稍用力掐一下，而后迅速放开手："刚才那下就和这样差不多。"

痛感稍纵即逝，吴花果揉了揉脸，拉过行李箱："吓我一跳。"

两人并肩走出几步，她问："你和大卫认识的吧？"

"嗯。"

"是……队友？"

信息采集是记者的基本能力之一——吴花果将大卫的名字放到外网搜索一番，在一则采访中得知对方读小学的地方离钟世曾经打球的俱乐部很近。虽然在 Arsenal Liard 最辉煌的那几年，大卫·盖纳尔还查无此人。

钟世接过她手中的行李箱，问了句"怎么走"。吴花果以为他不愿多透露，快走两步按下电梯下行键："出租车吧。下楼。"

他们刚进去，三名大学生模样的人各拖一只行李箱说说笑笑地跟上来。

女孩子举过手机向同伴展示："你们都没看热搜啊，是不是还挺帅的？"

"真的哎。听你说我还以为是混血。"另一女孩接话。

电梯门打开，同行的男生一脚踏出去，一边帮她们搬行李，一边接话："我看了。打球又不比脸，这种啊，多半是本国待不下去才出来捞金，卖情怀 low 不 low。"

吴花果侧侧身挡到钟世前面，又想到自己的身高根本挡不住他，抬手将他的帽檐向下压了压。

她伸脚卡住即将关闭的电梯门，待他们走远，试探地问了一句："我们晚点过去？"

"好。"钟世将行李箱推出，见她的目光仍在追随那三人，生怕人家回头望似的，于是低声说了一句，"我没关系。"

吴花果这才看向他，重重地叹了口气："怎么可能没关系。"

如同一台失控的列车，这件事的走向将去往何处又将停在哪里，谁都不知道。

他们去到一个相对清静的角落，向前几米便能透过窗户看到等车的人群，队伍不长，移动也算快，可终归有人在等。

间隔一两分钟，吴花果就会上前望一望。几次下来，钟世拉住她，直接将人按到行李箱上："别看了。"

似也觉得小题大做，吴花果挪挪屁股直接坐上去："不看了不看了，机场还能没车？"

"大卫……"钟世看着她，而后视线收起，稍稍后仰靠到墙上，闭眼捏了捏鼻梁，"我们之前确实是队友。他小我两岁，我拿第一个全国冠军的时候他刚进俱乐部。每天在一起训练，住得近也常去家里玩，很熟，关系很好。"

吴花果全然未料到他这样聊起自己，忍住惊讶接了一句："大卫这个阶段的资料很少。"

"嗯。小时候他成绩一般，算……大器晚成？"钟世对她笑了笑，"这次语境对吧，大器晚成。"

大卫二十二岁开始展露锋芒，此后势不可当，冠军一个接一个，直至今日。

"差不多。"吴花果回答。对运动员来说，早至三四岁，晚至八九岁，在还未领悟到这份职业意义的年纪便已开启日复一日的枯燥训练，要经受无数场满载压力、心跳加速的比赛，那是很多个流汗也流泪真切发生过的日日夜夜。

"你应该查过我的资料吧？"钟世问。

吴花果诚实作答："是。"

"那有查到我……我不打之后做什么吗？"

"基本没有。"

钟世苦笑："我很少搜自己的报道。以前教练不让搜，说……戒骄戒躁，

- 115 -

对，戒骄戒躁。小时候成绩太好了，所有人都在说天才，他怕我心态浮躁没办法专注。不打之后是我不敢搜，你知道吗？我把社交软件全部卸载，头几年体育新闻都不敢看。"

吴花果给不出回应，心一阵阵生疼。

钟世，我知道，因为我也那样过。

"总得生活嘛。后来我的启蒙教练介绍我到一家网球Club，就是那种会员制练习馆，指导爱好者们打球。"钟世停顿片刻，"大卫来过一段时间，我是他的陪练。"

听到这里，吴花果恨恨地道出一句："他是故意的。"

羞辱，无须质疑的羞辱——职业球员专程跑到爱好者俱乐部，按小时计费让曾经的队友做自己的陪练，这不是羞辱是什么。

"可能吧，那时同事们也这样说。"钟世低下头，"但我一点也不怪他。"

好似一根针刺到指肚里，突如其来的痛感让吴花果打了个寒战。

她在那个瞬间又想到了叶如珍——队友、伙伴、对手，我们较着劲立过誓一定要站上最高领奖台，你先或者我先，中途谁都不许放弃，谁都不能退缩。

可我违背了约定。

所以我不怪你，怎么可能怪你。

钟世，我们好像在平行宇宙经历了一模一样的人生。

"总之就是这样。"钟世向前一步靠近她。

吴花果却跳下行李箱："我去看看车。"

钟世拉住人："在生气？"

吴花果摇摇头。

"刚刚在楼上我没有想好怎么告诉你，"钟世解释，"电梯里人多又不好说。"

她看着他的眼睛："你愿意讲这些，我挺高兴的。"

钟世歪头笑了笑。

吴花果看看时间："撤吧。再待下去天都亮了。"

推开机场的门，午夜的寒凉迎面扑来。吴花果忽而意识到，其实钟世发来航班号那天她并没有言明其他，结果却是——她来了，而他一直等到她来。

钟世归队第三天，李芝薇代表官方出面接受独家专访。

她主要澄清几个问题：俱乐部从未参与任何营销运动员个人形象的活动，没雇水军没评论，热搜没买也没撤；今年初俱乐部开始与钟世接洽并于年中签署协议，官方执行队员选拔的唯一标准就是能力；斯德哥尔摩公开赛成绩并不理想，然而影响成绩的因素除去运动员本身心态还与众多外因相关，时差、休息、场地、气候等等，况且比赛向来有赢就有输，仅凭一两场就被说成"垃圾"，这样的言论让人寒心；最后，"归化"属球员个人选择，作为一名职业运动员，钟世有权利选择为哪一方效力。俱乐部对此持包容支持态度，前期已积极协助相关事宜，目前进展处于有关部门进行材料审核的阶段。

采访形式为一对一，而拿到采访权的媒体并非最赛事。

李芝薇全程表现得体，态度不卑不亢。她的言辞自始至终都是温和的，没有表现出对这场互联网口水战的鄙夷，亦未激进声明要发律师函对不实言论追究到底，然而字里行间又极为明确地表达了官方立场，也精准地维护了钟世不愿透露给大众的隐私。

直播访问在一片互相道谢的平和氛围下结束。

李芝薇很机敏地将这场澄清时间定在周六下午——除去采访组，几乎所有体媒都在休息。那意味着普通民众会先于KOL（关键意见领袖）们做出反馈，而特意关注此次参访媒体和俱乐部的人毕竟构不成量级。换句话说，她留给舆论的印象只是低调地、云淡风轻地进行了声明，至于她自己或是俱乐部，这番声明亦不会一时间引来铺天盖地的报道评论，它所得到的反馈结果是逐步的、递进的，甚至，她可以基于少量样本的倾斜方向对即将发生的事做出某种预判。

吴花果全程看完直播后的第一感受是，钟世找对了团队。

至少他是被保护和尊重的。

稍晚些钟世打来电话，说林拓给了他两张电影票，原本林队医计划邀请马楚雯去看，然而马楚雯有其他安排不能赴约。他问："你要不要一起？"

"看电影？"吴花果略显惊讶。

钟世以为这邀约过于私人以至于对方拿不定主意，赶忙补一句："不用非要来。"

吴花果稍加思考，爽朗地应下："好啊。在哪里？"

她只是忽而想到，钟世似乎没有其他可以一起看电影的人，而此刻的他或许需要一个朋友陪伴。

"万达影城。六点二十分。"钟世告知，又道，"我站旁边一点，找不到打电话。"

吴花果懂他的意思，轻快地笑了笑："我才不会给你等人的机会。"

他们最终没有看成这场电影——两人几乎同时抵达电影院，轻而易举地找到彼此，然而换票码在机器上输入两遍却一直提示错误。吴花果一边念叨着"不能啊"，一边凑过头去看钟世的手机屏幕，数字没错，可读到预订信息的第一句，一下乐了："你傻，我也傻。"

他俩是默契了,不约而同来到最近的一家万达影城。殊不知林队医预订的影院地点却靠近马楚雯家——他们都忽略了这位追求者的用心程度。

此时过去,时间来不及,现场买票——吴花果和钟世对视一眼,异口同声:"你想看吗?"

问题一出,两人同时笑了。钟世收起手机:"就当我们看过了吧。"

无论是邀请者还是赴约者,他们似乎都明白电影只是见面的由头。

只是这念头一时冒出来,气氛忽而变得暧昧。钟世轻咳一声,正了正帽檐,吴花果扭过头摸了摸自己的脸,火辣一片。

留白如淡淡水波推动着漂浮不定的心绪。

"要不要……"钟世打破沉默,侧低头看向她,"一起吃晚饭?"

"我还不饿哎。"吴花果脱口而出。

若此时马楚雯在,定将她按头痛揍一顿——活该你母胎单身。

钟世环顾四周,恰扫到有人夹两桶爆米花、持两杯可乐歪歪斜斜地冲过来,即将撞到吴花果的瞬间,他下意识揽过她朝自己这侧躲避。数颗爆米花落地,肇事者找回重心,满头大汗地道歉:"对不住啊哥们,太挤了。"

"没关系。"钟世答了一句,低头看到怀里的人,"噗"的一声笑。

"咋啦?"吴花果瞪大眼睛不明所以。

也不知怎么弄的,两颗爆米花不偏不倚沾到她的自来卷上,像双臂抱树的顽猴,无辜又可爱。

"别动。"钟世憋住笑掏出手机,迅速拍下一张照片举到她面前,"挺时尚的。"

"喂!"吴花果看过自己的丑照,一边抓弄头发一边去抢手机,"赶紧删了!你好烦!"

钟世将手机举过头顶,利用身高优势单手握住她的手腕,嘴里说着"删掉,我删掉",随即却将照片放进收藏夹。

这厢吴花果瞧见他指尖有动作,自认照片已被删除,威胁的语调:"回收箱也不许留!"

又一拨散场人群涌出,吴花果见状将他拉远几步。正犹豫要去哪里,身边的人开口:"你带我逛逛北京吧。"

她站定,有些不解地仰头看他。

四目相对,她的手还停留在他衣角上,那份飘忽的暧昧又浮上来。

钟世这次没有闪躲,笑了笑:"随便哪里。想和你说说话。"

未等吴花果做出反应,他从外套口袋里掏出一顶渔夫帽,径直扣到她头上,末了轻轻拍了拍她的脑袋:"合适。"

"哎?"吴花果半知半解,借着一旁的反光玻璃看到自己的新形象,顿时哭笑不得,"绿的？"

虽然是挺好看的深绿,可……那也是色泽饱满的绿啊。

瞄到她这等表情,钟世小心翼翼地询问："你不喜欢这个颜色啊？"

"倒,也不是。"吴花果欲解释这种特殊的文化符号,又怕一时间伤害送礼者的心意,干干巴巴地说,"这颜色放哪儿都好,放脑袋上就……一般。"

"什么意思？"

"算了,以后再说吧。"吴花果心一横,将帽子正了正戴稳,问他,"你挑的？"

"差不多。"钟世有意搪塞,"我不是回家了嘛,李姐托我给她一个朋友买一个女式背包,就顺手给你和林拓也带了点东西。"

"林队医的是什么？"

"香槟。"

听到这两个字,吴花果险些把心里话吼出来——钟世,我想换！我想跟林拓换啊！

钟世又道："之前吃饭,我看你好像也不太喝酒。"

想起来了,马楚雯手术前四人初次聚一桌用餐,那回她只喝了一杯。

不不不,我那是脸皮薄还没上手就被林拓这酒蒙子给抢了,我顶天能喝！吴花果做了个深呼吸才勉强将内心的挣扎统统压回去,礼都收了,也不好原路退回。她对他做了个"跟上"的手势："走,带你溜城。"

香槟啊香槟,可惜了。

这时间景点和博物馆都已关闭,去看演出免不得临时找一番还要订票。冷风吹得后脖颈发麻的十一月,她其实没想好带这个外来户去哪里,但总不能真大眼瞪小眼压长安街吧。

影城楼下正对公交站台,熟悉的车次正在前方十字路口等待红灯。吴花果灵光一现,拉起钟世就往天桥上跑,边跑边道："快点,我们赶这趟车。"

钟世腿长步子大,听得这话当即反客为主,抓住她的手腕狂奔起来。

有一瞬间,吴花果听到了风的声音。很柔、很静,像遥远外太空传来的声声叹息,轻轻摩挲着耳膜。

华灯初上,车水马龙,她被他牵着,穿过人间繁华与阵阵晚风。

明明在剧烈喘息,可一点都不觉得累。

钟世将她先推进车里,而后一步跨上来,公交车门随即关闭。

吴花果用力呼吸几下,见最后一排还有空位,于是对钟世使了个眼色,两人一前一后走过去坐好。

她评价道："体力真不是盖的。"

钟世笑了笑，这才问："我们去哪儿？"

"这趟车可以直接到我母校。"吴花果换个舒服的姿势背靠座椅，头对窗外，"要走一段，路上的风景还不错。"

"你常回学校？"

"也不是。偶尔坐过去再坐回来，这段路很适合想事情。"

"会想什么？"

"想什么……"吴花果低声重复这三个字，转过脸看向他，"你最近都在想什么？"

"我？"钟世对上她明亮的一双眼睛，怔了怔说道，"身份，自己，比赛。"

吴花果点点头，没有作声。

片刻，钟世又道："其实，李姐接受采访前猜到可能会提关于我身份的问题。"

"是……认同感？"

"嗯。"钟世不置可否，"网络上声音很多，话题本身又很敏感，她提醒我公开场合要谨慎些。"

公交车进入站台，大批乘客下去，车上留出大片座位。

见四周皆空，吴花果悄声问一句："到底为什么要归化？"

钟世没有立即作答，而是似笑非笑地反问："为什么这么问？"

一股气馁夹杂失落的情绪瞬间席卷了吴花果——她以为此前种种已经拉近了他们之间的距离，以至于彼此的身份和立场可以被全然忽略，可似乎钟世并不这么认为，他仍对她保留着采访者的戒心。

很憋屈，憋屈到想跳过这个话题。

短暂沉默过后，她选择最直接的方式做出回答："因为想了解你，不是为了做新闻。"

——能敲开的墙何必让它堵在原地，既要答案，自己必须赤诚。

钟世瞧着她一副英勇就义的模样忽而笑了。

吴花果嘟嘴："干吗？"

"没。"钟世笑着摇头，又伸手戳了戳她鼓鼓的腮帮子，"挺好。"

"不想说算了。"吴花果撇过脸。

钟世看着窗外，缓缓开口："好像没太和你讲过我的事情吧。"

吴花果猛地扭过头。

"我妈妈念文学系，就在这里长大、读书，她是怀着我嫁给我爸爸的。掩盖不了的事实，毕竟我长这样子。"钟世自顾自牵牵嘴角，语气丝毫不见波澜，"因为未婚先孕，她和家里的关系一直很僵，我十岁才第一次和她回来，见了这里的亲人。"

- 120

吴花果默默盯着身边的人，心里泛起一阵难过。

其实不难看出来，钟世在幸福的环境中长大——他待人礼貌、情绪平稳、宽容上进，自幼年开始练球，其中必少不得家中的支持，这样成长起来的人完全不需要被同情。可吴花果就是难过，根本说不上为什么。

"我生在法国，姓Liard，法语比中文好，家人、朋友、教练都在地球另一端，在一片土地上生活了二十几年。所以，身份认同对我来讲……"钟世顿了顿，"是一件很复杂也很难说清的事。你能理解吗？"

吴花果不语，很快，坚定地点点头，我完全可以。

"归化，有个人原因，更多的是职业选择。"钟世继续，"想换个环境重新开始，也想弥补一些遗憾。"

"你爸爸……"

"他很支持。"钟世温和地笑了笑，"他是个非常开明且宽容的人，以后有机会我介绍你们认识。"

吴花果脸一红："见家长啊？"

"什么？"

忘了文化背景差异，人家所谓的"见家长"可不是本土这套意思。

"谢谢。"吴花果闷声回一句。

钟世，听你说这些我很开心。

"嗯？"

"还有两站下车。"她指了指窗外，岔开话题，"喏，能看到操场了。以前高远踢球，我经常陪雯子坐看台上围观。"

不经意间说起，吴花果触景生情，心绪跟着黯淡下来："远哥这么离队，不知道以后会不会后悔。"

钟世望过去，淡淡补了一句："后悔的那些才会一直记得吧。"

Chapter 05
普通朋友

你有没有经历过一场表白，主动或被动。我想知道。

十一月下旬，最赛事正式启动冬奥项目组。

因频道原本并无针对冰雪大项的报道部门，为配合此次盛事，谢宏伟带领的一部暂且承担赛事常规报道任务；新媒体部门响应"全民冰雪"主旋律，主做趣味趣事周边；而重点则在以节目组主干支撑、二部抽调人马配合做的一档名为《我的冬奥故事》特别节目，每周播放两期，棚内录制，嘉宾参与，用常仁飞的话说："这档节目就是最赛事冬奥成绩单。"

他是节目总策划——过往的制片经验与人脉使得他成为此身份的不二人选。

许是自己人用起来顺手的缘故，形象、口才皆优的马楚雯被定为主持人，而吴花果意料之外地成为总编辑。

通知刚下来，便收到常仁飞通过内部聊天软件传来的私信：弦绷紧，但也别有太大压力。

吴花果深知这定是常主任力排众议的结果——无论是经验还是资历，比她更合适的人选一只手都数不过来。

她诚实地回过去：您就不怕我砸锅？

常仁飞：你不会。

他先传来三个字，而后是一段话：我和老谢对你有一致评价。小吴，你身上有股不服输也打不倒的韧劲，这是一种稀缺的品质，无论何时都不要丢。幕后和镜头前不一样，借此机会多感受多学习，换种角色对你日后的职业生涯定有帮助。

吴花果将这数行字读了又读，每多一遍，心情便复杂几分。

常仁飞的提携用心不言而喻，是上级对下级，更是前辈对后辈。

大家常说媒体行业是个大染缸，从业者见人说人话、见鬼说鬼话，他们掌控着话语权，却也是言论与观点的奴隶。时间愈久，变色的本领越发精进，在初心与身不由己的博弈中一次次挣扎。而其中，体育媒体却又是特殊的。体育公正、分明、严谨、清晰，它存在如一根不移不歪的石柱永久矗立，也提醒着所有从业者去时时仰视与凝望，一切虚假与伪装终有一天会成为灰烬。

这是一份必须真诚的职业。

吴花果有幸站在这根立柱之下，无论最初的最初是主动抑或被动，她决定释放自己的全部去维护它。

可以做好的。她在心里说道。

然而，立项过后的第一次栏目统筹会，吴花果便遭遇挑衅。

开始是总导演指出对节目整体风格的把控偏颇，吴花果深知自己的优势在外采，棚内录制经验少，在素材整理上或许有失侧重，于是虚心请对方提出改进意见；随后摄制团队针对第一期节目穿行流程发问，涉及个别场景调度又落回文本串联，吴花果只得硬着头皮答"我会后看一下"。

再之后，她汇报了前四期的节目选题。因为一二期的嘉宾已经顺序确定为前冬奥花样滑冰项目冠军、前国家队自由滑雪项目总教练，吴花果着重讲述了三四期的构想："《我的冬奥故事》是一个饱含人文性的主题，只做运动员和教练未免太局限，我们不妨打开门让更多参与冬奥的人走进来。比如北京大学有一支冬奥志愿者团队，比如崇礼雪场的维护人员代表。"

提议一出，总导演当即反对："这些让新媒体那边跟进就好了。小吴，不是我说，你还是采访思维，咱们现在做的是专题不是百姓故事，谁愿意看素人坐这儿说心路历程？"

"形式上可以……"

还未等吴花果说完，马楚雯顶了一句："素人怎么了，我就愿意看。"

"你一人代表不了普罗大众。"

马楚雯"哼"了一声与之叫板："期期大咖，先不提经费和档期，赵导，嘉宾如果经历重叠过多，先不提您怎么拍，我这主持都不好干。"

"那照你这么说，"总导演冷笑一声，环顾与会者，"台里的《体育连连看》和《一周速讯》别做了，我们期期形式重叠，青春喂了狗呗。"

"您可别偷换概念，也甭想下套让我钻。"马楚雯向来吃软不吃硬，"常规节目有自己的生存形态，但现在我们讨论的是冬奥特辑。特殊时期特殊定制,不是您那老一套。"

"小马,今天我也把话撂下,老一套不听这事成不了!你主持干不了是你能力问题,有的是人能干!"总导演动怒之下猛地拍桌子,"你们做过节目吗?有基本意识吗?外采干熟了以为自己了不得,异想天开!"

"是我异想天开还是您故步自封?"马楚雯针锋相对,一竿子打倒一片人,"今天这会开始就这儿不好那儿不行,说白了就是节目组嫌我们跟赛的进来指手画脚呗。瞧不上想换人直说,一个个话里话外的给谁听呢!"

此话一出,立即引来节目组的驳斥:"马楚雯你什么意思?要撒泼回你们二部撒去!"

"没劲。"马楚雯说着"啪"一下合上电脑,起身要出会议室,被在前面做汇报的吴花果拉住。

这时,常仁飞发言:"小马你回来,坐下。"

马楚雯气哼哼地站在原地不动,吴花果推着她,直接将人按到座位上。

"老赵,你们也别动气了,关起门来都是自己人。大家就事论事,目标都是把节目做出彩。"常仁飞站起来,轻咳一声,"至少这一点是共识吧?"

会议室内一片寂然。

"我说说我的想法。"常仁飞对汇报人吴花果扬扬下巴,"把你的调研底稿放出来。"

"底稿?"吴花果面露难色,"常主任,我的底稿太……"

"放,没事。"

吴花果只得照做,关闭 PPT 演示,从冬奥文件夹里调出一份 Word 文档。

这是形成今日正式汇报前的准备工作,文件有二十多页,内容很杂,更不用提字号、加粗、下划线等放眼望去花花绿绿的格式。她猜测大概是某日常仁飞从自己身后经过,偶然得知有这样一份底稿的存在。

"有一块是同期各台的节目汇总吧?"常仁飞双手抱胸,看着幻灯幕布提问。

"哦,有。"吴花果迅速拉到相关页面,"但这些不完善,有一些是能查到的,有一些是打听到的或是从朋友圈看来的……"

"无妨。"常仁飞走至幕布前,面向众人,"我请诸位稍微关注一下这部分,知识型、竞技型、回顾类,一块蛋糕大家各凭本事抢,底料本就相同,口感再不翻新是出不了花的。"

底下开始出现小声议论。吴花果的底稿虽凌乱,但信息量很足,常仁飞用这样一种方式展示了她的努力,也润物细无声地传达出一个主旨——她对栏目的构想并非天马行空,而是经过调研,决定避开同质化所提出的新思路。

"总体来说,我认为素人路径值得一试。"常仁飞再次开口,单手摸了摸下巴,"老话说不破不立。我希望对于这档栏目,各位同仁的目标不仅仅是做好做精,更要做出圈做出口碑做出情怀。关注塔尖也同样关注基石,展示这座塔是如何立起来的才更触动人心。"

会议室里再度恢复静默。

打破这种状态的是总导演:"小吴,你调到刚才志愿者那页。"

吴花果闻声照做。

页面出来,他用笔隔空画了个圈:"这地方形式要再斟酌一下。"

"对,我同意。"常仁飞接话,头转向大屏幕,"访谈内容太干,互动性不够。另外,素人嘉宾的人选也要排,身上一定要有东西出来。"他将视线落回与会者身上,"这块老赵、吴迪你们节目组经验多,要帮忙把把关。"

《体育连连看》的编导吴迪点头:"那肯定。吴儿,明天上午我找你单独对一下。"

吴花果答"好"。

"那今天先到这儿?有问题大家下来随时找我沟通。"常仁飞发出会议结束指令,最后再次鼓舞士气,"都精神点,庆功宴的经费我可都一起申了。"

有年轻同事笑问:"您申了多少啊?"

"反正够喝一顿大酒。"常仁飞笑着回复,出会议室前经过吴花果时留一句,"到我办公室来一趟。"

回家的路上,吴花果罕见地坐过了车站。

待回过神,她在地铁门关闭前的最后一刻跳出车厢,整整多出三站地。

马楚雯在这时来电,接起便是一通天雷地火般的抱怨:"常主任刚给我打电话了,说让我收着点,注意内部团结。明明是节目组那帮人欺人太甚,老赵下午会上说的那叫什么话,还青春喂了狗,我是狗我都嫌他的青春硌牙。"

"他张手即来现成的资源拿惯了,冬奥会啊,就算常主任是交际花也不能期期谈来重量级嘉宾吧。到最后肯定又是说我们负责栏目运营人选,你们外采途径多去聊就好了,那时候咱们上哪儿给他薅人,逗呢。"

这一层同样是吴花果的顾虑,也是她提出素人嘉宾构想的缘由之一。

晚间乘客不多,她干脆在站台楼梯口坐下,安慰起女伴:"你也别气了。老赵他们和我们看问题的侧重点不一样,反过来想也是好事,各有所长,互为所补。"

"常主任留你说什么了?"

"说……"吴花果望着驶入的地铁,喃喃道,"说我太软。"

杂音太大,马楚雯没有听清:"什么?"

"没,就批评几句。"吴花果想到常仁飞提起的另一件事,忙与好友分享,

"对了，雯子，你知道田淼有申请进冬奥项目吗？"

"不知道哎。"马楚雯很是惊讶，"看样子常主任没同意？"

"好像是。临走前，常主任问我编辑这边还需不需要人手，现在不是有三个节目组的人嘛，我觉得差不多就说够用。然后他说那不让田淼进来了，冬奥这码得踏实来，抄不得一点近路。"转述完毕，吴花果说道，"我总觉得他话里有话。"

马楚雯听完沉默几秒："难道归化那篇报道……"

"回来的路上，我仔仔细细回忆了一遍，好像是有一天我在开会，田淼跟我要某个人的联系方式。当时我没带手机就把手机密码告诉她了，让她自己去找。"吴花果隐约记得那日田淼是通过公司内部聊天软件发来的消息，很急的样子。

"所以，"马楚雯总结，"如果她看过你和钟世的聊天记录，就相当于拿到当事人口径确定归化，报道也就敢放手写了。"

吴花果烦躁地抓了抓头发："一团乱。"她单手蒙住眼睛，说不出是失落还是难过。

"雯子，我现在真的……"

"你就别在这上面纠结了，毕竟都是猜测。"楚雯暖心地宽慰，"归化报道早变成过去时，退一万步，这事也轮不到你自责。田淼咱们了解都不深，以后该防的地方多留个心眼，大家各做各的井水不犯河水，不招惹就完了。"

吴花果轻轻"嗯"了一声。

马楚雯知道她此刻心里肯定五味杂陈，轻快地转换话题："你打算什么时候调休？回老家吗？"

冬奥恰逢节后，常仁飞一早通知春节期间项目组全员驻守，对吴花果这种家在外地的同事就显得有些哀伤了。

一年一度团圆日，无论到何时，春节都是国人最深的念想。

"组里另外两名编辑想元旦连起来休长假，我跟他们串开，估计就下月中旬吧。"吴花果邀请，"跟我回去玩吗？"

"不了。高远他们那培训学校十二月二十号做媒体日，我琢磨看能不能多拉点自媒体过去撑场。你那边有熟人推给我啊。"

"行，我问问。"吴花果笑了笑，问她，"你俩现在什么情况？"

"讲不清楚。"马楚雯的声音沉下来，"有时候感觉像刚认识那会儿，有时候又感觉隔着一层。"

"那林……"

"吴儿，其实林拓昨天跟我表白了。"电话那头片刻安静，很快又传来声音，"我没答应。我不能吊着他，也……骗不了自己。"

- 126

地铁站里，吴花果稍作犹豫，给钟世打去电话。

原本是想告知归化报道的猜测始末——这件事对他产生的影响直至此刻仍有残余，而消息极有可能是从自己这边出去的，哪怕再不经意，她也认为应该与他说明。

未料电话接通，钟世先发来求救信号："你知道怎么叫代驾吗？林拓喝多了，车又不能停整晚，餐厅老板让我叫代驾，我手机快没电了……"

吴花果听到那头的杂乱，起身朝地铁站外走："你们在哪儿？"

事实上，钟世只说了餐厅名字，手机便自动关机了。吴花果凭借直觉找上这家连锁川菜馆离俱乐部最近的一家分店，最终在店门口寻到狼狈不堪的二人——林拓烂泥一般倚在钟世身上，而作为支撑点的人则见到救星般使劲往外倒苦水："我有问服务生怎么叫代驾，他们太忙了让我自己查，我不知道汉字怎么写，好不容易问清楚电话又没人接……好在你来了。"

吴花果自另一侧搀过林拓，好笑的语气："你就不会让其他人帮你叫一辆？"

"我有，"钟世满头雾水，"可她们问是不是要'爱的代价'，还要加微信……"

"'爱的代价'，哈哈哈哈！"吴花果听罢笑得直不起身，"谐音梗……对你……确实超纲了。"

"什么梗？"钟世困惑加倍，转头瞥见脸通红的林拓却也顾不上其他，满脸嫌弃地大力将人扶正，"你会开车吗？先把他送回去吧。"

吴花果点头，一边随他们去往不远处的停车位，一边问："你不是不喝酒？"

"我驾照还没换好。"钟世一头汗，随之将鸭舌帽背到脑后扬手蹭了蹭额头，"高远在帮忙问，让等等消息。"

吴花果惊讶："你俩？"

"之前遇到过一次。他挺热心的。"

吴花果弯弯嘴角，目光略过林拓："那你应该知道，林队医这出跟高远脱不了干系吧。"

深夜买醉，想也知道是表白被拒所致。

而马楚雯之所以没答应，无非是心里装着另一个人。

钟世倒也通透："感情的事，没必要分对错。"

将林拓安置在后座，吴花果和钟世分别坐上驾驶位与副驾。将安全带系好，两人同时看向对方，不约而同地意识到一个问题——他们并没有醉汉家的地址。

全无其他办法，钟世叹气："不然先回俱乐部吧，在我公寓里住一晚。"

司机小吴得令起步，又听到对方问："你在附近吗？从你家过来好像不会这么快。"

"是哦。"吴花果后知后觉，今日多坐了三站地铁，恰好就到了俱乐部这站。

谁都不知道下一秒暗藏何等玄机。

安静地通过一个十字路口，钟世又问："有心事？"

他们还没有到无缘无故会打电话的关系，只是刚才光顾着林拓，他来不及探究原因。

吴花果"嗯"了一声，沉默地开过一段路。下一个等红灯的间隙，她侧头看向他："钟世，可能归化的消息真的是从我这边流出去的，我……"

"就这个啊。"钟世未听完便打断，"都过去了，别再想了。"

"可是我……"吴花果绷直胳膊握紧方向盘，"我觉得很对不起你。"

"唉！"钟世叹气，像不知拿她如何是好，他伸手拍了拍她紧紧抓住方向盘的手，"即便是，那也没关系。"

吴花果松弛了些，呆呆地等待交通灯转换。

"如果能预料到事情发展成这样，最初你问的时候我就不会回答。不知道反而更好吧。"钟世目视前方，淡淡地说，"我一次都没想过你会把消息爆出去。你不是那样的人。"

吴花果愣了一下："在你眼里，我是怎么样的人？"

"走了。"钟世见绿灯亮起，提醒一句。

吴花果缓缓踩下油门。车内很静，她不由得回忆起临近下班时那场办公室谈话。

常仁飞说，你太软了，别人扔个看法想都不想就唯唯诺诺地赞同，为什么不敢顶回去把自己的意见大声说出来？小吴，你做过那么久运动员，只看终点、无所畏惧的感受都忘了？你不是这样的人啊。

多悲哀，连自己是怎么样的人都无从判断。

"在我眼里，你很好。"钟世若有所思地看着她的侧脸，"以前很好，现在也很好，没变过。"

然而，心事重重的吴花果并未察觉出他话语间的隐藏线索。

没变过吗？不，不是的。

十六岁之后，她埋头苦读，拿到心仪学校的录取通知书；实习期间以拼命三郎的劲头狠干，最终留在最赛事。工作这些年，认真卖力而积攒的经验让她现在可以沉着对待每一场意外，可是，她似乎仍然丢掉了什么。

自信。

即便知道对手是卫冕冠军却丝毫不会胆怯,游吧,游吧,我一定能比她更快,我一定会超过她。

吴花果丢掉了那份对于未知、对于不确定也敢迎头扑上奋力一搏的自信。

她变成了自己最讨厌的、畏手畏脚的人。

车停好,吴花果与钟世一左一右架住醉汉,往公寓楼挪动。

刚走两步,林拓忽而揽住钟世的脖子,眼神迷离地大声表白:"我不信一见钟情,可自打在医院第一次遇到你,楚雯,我信了,我信了啊。"

场景有些滑稽,可林拓却是真挚的。

他失恋了,经过一天一夜的发酵,情绪如山洪般倾泻而至。

钟世用些力气才拿掉紧紧揽住自己的手,停下脚步问:"想吐吗?"

"想。"林拓捶着自己的心口,"堵……堵得慌。"

周边无垃圾桶,吴花果朝一侧的绿化带使了个眼色,两人奋力将醉得不省人事的林队医搡过去。

"你去车上拿个垃圾袋?"钟世无奈,"后备厢应该有。"

"好。"吴花果说完小跑离开,刚拐个弯,又听有人唤自己的名字。

任子延单脚撑地往前蹦了两步,惊讶与欣喜齐齐写在脸上:"真是你啊,我没戴眼镜还以为认错了呢。你住附近?"

"不是。"吴花果扬手朝绿化带的方向指指,"有朋友喝大了,我送人回来。"她见他右腿一直屈着,"什么情况?"

"我跟几个朋友在这儿踢球。"不知是刚下球场还是疼痛,任子延满头大汗,吸着气说,"估计韧带拉了一下。"

"还能动吗?没碍着骨头吧?"

"估计没。叫了车,一会儿去医院拍个片子。"任子延忽而笑起来,"真巧啊。"

"还笑。"韧带拉伤的滋味不好受,吴花果赶忙上前搀住他的胳膊,"车来了吗?你定位在哪里?"

"就前面的停车场。"任子延一瘸一拐地缓慢挪动,"我还以为得在冬奥场馆再见你了,天涯何处不相逢。"

"又是你那个新媒体频道的小学弟?"

"正常工作交流,人家可没透你们的底。"任子延讨好地笑了笑,"说说呗,你跑哪个赛区?"

吴花果自然不会泄露,直接略过问题:"你们可真行,冬奥也插一杠子。"

"三亿人上冰雪,我们这是积极响应国家号召宣传正能量。"

吴花果睨了他膝盖一眼:"还上冰雪,您还没开战就折草丛上了。"

"不带这么诅咒人的。"任子延心情极好地与她打起嘴仗，"我一身好骨头还没折呢。"

他今日一身球服，衣服上蹭了几块深色痕迹，加之没戴眼镜，整个人看起来十分潦草，形象着实与办公楼里衣冠楚楚的模样大相径庭。

却也归功于此，吴花果觉得他亲和了许多。

人都是多面体，看一面与看十面得出的结论当然会不同。

两人缓慢挪到路边，任子延讨好一般晃了晃她的胳膊："帮忙去车里把电脑和鞋拿过来呗。"说罢径直掏出车钥匙隔空按了下。几米开外，一辆黑色轿车尾灯应声亮起，负伤者满脸谄媚，"好人做到底。"

"哟，这回不防着我偷看资料了？"吴花果挑眉。

任子延想起初次在快餐店见面她接自己电脑的场景，自知理亏，赶忙找补道："小人之心度君子之腹了吧，此一时彼一时。"

空旷的深夜停车场，一问一答的对话格外清晰地传到刚刚赶来的钟世耳中。

等了许久不见人，唯恐她遭遇不测出意外，钟世没办法只得将伤心欲绝的林拓放倒在绿化带，一路东张西望地追了过来。

可眼下，意外没有，相谈甚欢倒是赶上了一出。

他站在原地，眼见吴花果跑向任子延，听到她问"车还没到吗"，犹豫是否上前的工夫偏偏听到任子延说"快了，你跟我等会儿吧"。

"也行。"

吴花果考虑对方腿脚不便，未料回答刚出口，钟世不知从什么地方蹿出来，嘴里冒出的那句"塑料袋呢"仿佛带出一团火。

"啊，我还没来得及去拿。"吴花果瞄着他的表情小心翼翼地问，"吐了？吐你身上啦？"

怪只怪钟世双手插兜扣紧外套，再加上冷至冰点的一张脸，吴花果当真以为林队医按捺不住一吐为快。

"你们……"将这一切看在眼里的任子延发出疑问。

"你好，又见面了。"钟世维持着礼貌，下一秒却注意到对方搭在吴花果胳膊上的手，某种只有比赛场上才会出现的较量劲头瞬间顶上来，未经遣词造句的大脑直接递出一句话，"她得跟我回家。"

"回家？"任子延眯起眼睛。

钟世略过问题，径直抓起吴花果的手腕："走吧。"

"那我们先撤啦？"吴花果与任子延打了声招呼，默认钟世急着走是要回去换衣服，于是一只手任他拉着往回赶，一只手去拨弄他的大衣，"你里面穿了吗？别捂着啊，要不先把毛衣脱了吧？"

- 130

"不脱。"钟世只顾拽上人大步走。

"喝多吐了也正常,生什么气啊。"吴花果不知他的心思,按自己的思路好声劝说,"林队医现在肯定特难受,表白被拒,换谁都得好一阵过不来劲儿。"

钟世猛地停下,以至于吴花果一头磕到他后背上,她大叫:"喂!"

钟世转过身看着她:"你被表白过还是……"

"都没有。"吴花果揉着额头,"没吃过猪肉还没见过猪跑?"

钟世皱眉。

她不由得笑出来:"常用表达,好好记住。"

钟世鼓鼓嘴不作声。

或许夜晚太静,或许月亮很亮,又或许他的神态微微触动了她的心,吴花果问:"你呢?"

你有没有经历过一场表白,主动或被动。我想知道。

钟世望着面前的人,忽而单手捏住她的下巴:"我天天打球,哪有时间想这些。"

虽然,已经有了那样的心思。

寂静的夜被一声鬼哭狼嚎般的嘶叫打破:"我好难受啊!喝,喝酒!"

"林拓!"吴花果与钟世对视一眼,接着齐齐朝绿化带狂奔而去。

与上次喝多在马楚雯家沉沉睡去截然不同,回公寓这一路,林拓完美展现了什么叫酒后吐真言以及……醉人多忘事。

即便吴花果与高远更亲近,林拓这副模样还是让她难过至极。

他是醉的,却又是清醒的。

喜欢的那个人心里装着一段过去,上前一步意味着要接纳、要陪伴、要抵抗所有自己根本插不进的回忆,孤注一掷。当然有可能失败,哪怕倾尽全力换来的只是一句"对不起",可林拓仍愿意这么做。

不是所有人都有迈出这一步的胸襟和勇气。

公寓门打开,钟世将人放倒在床上,揉着肩膀说了句"我去弄个湿毛巾",吴花果点头。趁醉汉坐起的工夫,她去脱他的羽绒服,林拓则开启新一轮的自言自语:"我三十多了,钟世,你知道吧?那种……那种看见她笑自己会特开心的感觉,不是十八九岁见一姑娘就迈不开步,这岁数多难啊,遇到谁多难啊。"

吴花果知他认错人,刚要开口,卫生间里传来钟世的声音:"我知道,全知道。"语调带几分懒洋洋的敷衍。

她欲笑他几句,可接下来随着林拓的一番动作,她整个人僵住。

待钟世从卫生间出来,只见吴花果眼冒红光、杀气腾腾,浅棕色的毛衣胸襟处污渍一片。

而林拓正抱着垃圾桶干呕——他晚上几乎没吃,腹中所有已悉数落到吴花果身上。

"这家伙。"钟世赶忙将麻烦制造者拖到一旁,又去冰箱里取一瓶水,打开递到醉汉跟前,"喝不喝水?"

意识完全丧失的林拓乖乖照做。大约是吐完舒适了,他四仰八叉地躺倒,将水揽在怀里彻底静音。

钟世再去看吴花果,因为毛衣是镂空设计,里面的白色T恤也沾上几块污渍。他尝试地问:"你先去洗洗?"

迅雷不及掩耳发生的一切让吴花果气到头顶充血,然而视线扫过床上的林拓,情绪顿时弱下几分——失恋的人应该做什么都情有可原吧。她低头瞄一眼胸前,脱了脏兮兮的毛衣扔进垃圾桶,叹了口气,往卫生间走:"等酒醒了我必须让他赔我一件。"

钟世跟上去,脚步在门口止住,说:"左边是热水,沐浴露、洗发水都在架子上,毛巾……最下面抽屉里有新的。我……我去给你拿衣服。"

他先带上卫生间的门,想了想又打开:"等一下。"

容不得多想,他从衣橱里随手抓了一件自己的T恤,扭开头只将衣服扔过去,也不管吴花果是不是接得到,只留下句:"有事叫我。"

他的卫生间里第一次迎来访客,且那人……是她,这种感觉很奇怪。

太怪了,简直莫名其妙的一个夜晚。

快速冲完澡,吴花果连镜子都顾不得照就打开卫生间的门。

事实上,自打进了卫生间,她就恨不得找条墙缝钻进去。这叫什么事?帮个忙的工夫被吐一身,又脏又囧又火大的样子一鼓作气地展示得那叫一个到位。还不算完,不得不借用人家的浴室洗澡,单身男人的浴室啊!脚趾抠地都无法表达她此刻的心情。

形象尽失,颜面扫地,闹剧一场。

想到这里,吴花果气得一巴掌拍上林拓的后背:"还睡!"

醉汉本是趴在床上,被打这一下仿佛恰好提醒他要换姿势了。他缓缓蠕动两下,将硌在胸口的矿泉水瓶抽出来,闭着眼睛哼两声:"手麻。"

吴花果更气了。

钟世站在一旁,以绝佳的角度目睹了以上全过程。瞧着吴花果小脸手雷似的圆滚滚处在爆破边缘,颇为好笑地说:"你等他清醒再打嘛。"

吴花果低着头从他手里拽过大衣,闷声闷气地留了一句:"我先走了。"

钟世被这反应弄得有些蒙,直到她换好鞋打开门,才蓦地回过神,疾步追上去。

"不用送。"吴花果推托,逃离一般踩着小碎步冲向电梯口。

还是被追上了——钟世在电梯门关闭的最后一秒伸手挡住,大步跨进来。他站在面前,温柔地将包带绕过她脑袋,待随身包稳稳侧背至吴花果的肩膀,他笑了笑:"手机都不拿你打算怎么走?"

"谢谢。"吴花果仍有些窘迫。

钟世这时伸出手捏捏她的鼻子:"别胡思乱想。"

吴花果扬起头,对视的瞬间,发觉自己的心思好像都被看透了。

本来也不是娇羞遮掩的性格,她干脆直截了当地告诉他:"很尴尬啊,在你家、在你面前。"

换了马楚雯,不,换成同样异性的高远,同样的情景搬到高远面前,她一点都不会觉得有什么。然而,正因为这个人是钟世——她可以感知到两人之间某种暗涌的情愫正在酝酿,像小火炖鸡汤,柔和地、徐徐地、日渐升温般越发浓厚。吴花果没有过往经验,也全无恋爱技巧,她不清楚这个阶段应该怎么做,可她知道至少不应该出丑。

都怪林拓,借酒浇愁把愁全浇别人脑袋上了。

电梯落至平层,吴花果摆了摆手往外走:"不说了,越说越乱。"

钟世跟上去:"刚才……其实我也有一点。"

"嗯?"

"你在,不知道要怎么做。"

他们纷纷止住脚步看向对方,接着两人一起笑出来,几乎同时又迅速回避视线。

彼此坦诚,其余的放心里就好。

吴花果见他拿出手机,猜到对方要做什么,赶忙止住:"我自己叫车就行,免得你地址打错。"

"好吧。"钟世略有些无奈,又道,"我就不送你回家了。"

林拓还在楼上,几年难遇喝到这般,身边总要有人留守以防意外。

"没关系,又不远。"吴花果的心结解开,语气也自在许多,"到家给你发消息。"

"其实,"钟世顾自轻笑一下,"你那样也……挺有趣,不常见。"

"你还想常见?"吴花果在空气中做了个"握拳"的动作,"等林拓明天起来,我要扒了他的皮!"

手机屏幕亮了一下,她本以为是网约车司机联系,未料消息来自任子延:去医院检查过了,骨头没事。刚才谢谢你,改日约饭。

一旁的钟世不经意瞄到来信者和最后的"约饭"二字,轻轻侧开头。

吴花果回复:不用客气,你好好养伤,早休息。

"车还不到。"钟世自言自语。

吴花果收起电话,踮脚朝路边望望:"应该快了。不然,你先上去吧。"

钟世不动,接着问她:"这周末你有空吗?要不要一起去故宫?"

"故宫博物院?喔,你缺个翻译是吧。"吴花果未作深想,"这周不行,有大学同学结婚。"

"那下周?下下周?"

他的穷追不舍让她忽而意识到这其实是一个邀请,类似约会的那样一种邀请。

"下周末要加班,下下周我开始休假不在北京。"吴花果瞧着他,弯弯嘴角,"再说,故宫的票要提前预订,很难抢的。"

钟世低下头不作声。这种有理有据的连番拒绝让他不确定是否还应继续追问。

路口有车拐进来,大灯晃得人睁不开眼,吴花果下意识地退后半步,一不留神踩到钟世的脚上。

"抱歉。"她回头看他,却发现对方的手臂稍稍扬起,正以一种保护的姿势将自己放进安全区域。

"没关系。"钟世拿掉遮挡灯光的手,眯了眯眼睛,"是这辆车吧?"

吴花果的心蓦地抖了一下,抬头:"你最近有休假计划吗?"

"怎么?"

"我这次是调休春节假期,准备回趟老家,差不多可以待十天。哦,有点远,在最南边,北京飞过去差不多要四个小时……"网约车停至面前,吴花果抿了抿嘴止住话头。

"意思是我可以一起?"

她拉住车把手,点点头。

司机摇下窗户,未等对方开口,吴花果抢先:"师傅,麻烦您等一下。"

她在等一个答复,关于自己发出邀请的答复。

"我……应该可以休。"钟世说完替她拉开车门,"快上路吧。"

吴花果"噗"一声笑。司机大姐却按捺不住地当场指正:"小伙子,黑更半夜不带说那两个字儿啊。"

"他中文不好,您别介意。"吴花果笑着解释。

"嚯,我以为小情侣吵架真要送走一个,还带上我呢。"

"什么?"司机嘴皮子溜说话快,钟世全然一个丈二和尚,摸不着头脑。

"哎呀,没什么。"吴花果赶忙拉上车门,"走了。"

车窗闭紧，起步后，司机大姐聊起闲天："这片住了不少搞运动的吧？你这男朋友也是？"

"嗯。"吴花果反应过来，急急地否定，"不是男朋友。"

"运动员好啊，身体好，就闹个辛苦。"

运动员、男朋友，吴花果默念两者间的关系，不由自主地咬紧下唇。

任子延在两天后又一次发来约饭请求，吴花果觉得对方小题大做，回复过去：腿脚不好就别到处跑了，不差那顿饭。

任子延：想请你顺带帮忙引见一下高远。

下一条消息是一则活动链接——明日绿荫之星。

吴花果点开大致看了看，这才应下：我问问远哥。

既是公事，又对双方甚好，她立即给高远打去电话说明意图。

"他就是那会儿帮忙的人，很靠谱。"吴花果打下包票——或许算不得多正直，但在"公事公办"与"言出必行"这两点上，任子延无可挑剔。

至少是一位不错的合作伙伴。

"那行，你们都有空，下班就过来吧。"高远说，"我这儿有几个孩子相当不错。"

话里话外，俨然一副教练架势。

"好。"吴花果没有再多说什么。作为记者，一名运动员的退役决定中掺杂进外因——无论是多是少，那都令她遗憾；可作为朋友，看着他大步朝前没有消沉亦无抱怨，她真的很为他高兴。

考虑到同行者有伤在身，吴花果特意向马楚雯借了车，一下班便赶赴足球园接人。见任子延一瘸一拐的模样，她打趣："都说足球园福利待遇好，病假也没显出多嘛。"

"人头就那几个，我不干别人就得加班。"任子延掰起手指，"我给你数数最近的项目啊，冬奥连连看、快问快答至年底要录三期、多特一月份中国行球员独家专访、绿荫之星明年每周两推，还有……"

"打住。"吴花果叫停，"别回头再给我扣一顶间谍帽子。"

"你都离开足球频道了，无伤大雅。"

"呵，对我们这边情况门儿清啊。"

"我就是关注你而已。"

因为讲话者带有明显的戏谑语调，吴花果只当对方开玩笑，便也哼笑一声并未在意。

"哦，对了，高远他们学校过两周有个媒体日，方便的话，你或者你同事能不能过来一趟？"

"行，见面我跟他聊聊。"

"谢谢。"

"要谢也是我谢你。"任子延转头看向她，"我发现你这人……很有效率。"

"才发现啊。"吴花果理所当然地理解为与高远会面的事，告诉他，"我不喜欢留待办，能说的话尽快说，能做的事尽快做，毕竟留着也不会减少不是。"

"不只是今天。"

"嗯？"

"没，我就是挺喜欢你……"任子延顿了顿，"你这样的性格。"

"甭想着套近乎曲线救国啊，"吴花果故作严肃，"我在我们台干得挺好的，领导重视，同事友爱，前途无量，没有跳槽的打算。"

任子延当下笑出来，话至嘴边换成另一句："好好开车。"

不用再问了，那场风波应该已彻底变成过去时。他本就不相信她是介入他人婚姻的第三者，与马楚雯的那次见面不过是想知道更多细节。

体媒行业有很多角色，编辑、运营、导播、解说等等，而其中最常暴露在镜头前、能力与样貌都不错的女记者，她所受到的关注好像自然而然便更多一层。这是任子延凭一己之力无法改变的现状。

那段时间他常常在想，如果吴花果是个男孩，和自己手下那些二十啷当岁因为想做这行即便再苦再累也在坚持着的男孩子一样，和六七年前的自己一样，她会经受这些吗？大概率不会。不会被注意私生活，不会成为私下被议论的对象，不会有人抱着八卦的心态过来打探——跟你们录快问快答的那个最赛事女记者，真的假的？

他只是，很心疼她。

否认过一次、两次、三次，除了对送上门的打探坚决否认，任子延想不出自己可以怎么帮她。而后就没人再说了，好似石块投入湖中，涟漪泛起终归平静。好奇心使然，他向在最赛事工作的学弟辗转询问，这才知道摄影师夫人亲自出马表态等中细节。

这么短的时间内，接连不断的动作，恰到好处的克制，她主导了一场兼具效率与能量的反攻。

他一向是个主动的人，不屑于站在原地等待命运的青睐，亦不相信事有定数努力终是徒劳。所以他欣赏吴花果，从初见到一次次接触后的此刻，这种欣赏——任子延非常确定，正在转变为一种强烈的、无法抗拒的吸引。

高远与他的发小老翟共同在主校区迎接他们。因有晚间课程，球场上显得格外热闹，两侧球门各有一班训练，哨声与孩子们的叫喊声时不时传来。

老翟留寸头，身量不高，体型圆润，透过运动服领口偶尔会露出脖子上的银色项链，模样让吴花果想到《无间道》里曾志伟饰演的黑道大哥。而他双手插兜站在场边，旁若无人地背起那句唐诗"春种一粒粟，秋收万颗子"，大哥形象忽而变成一位望子女成龙成凤的老父亲，顿时多了几分慈爱与温暖。

任子延详细介绍了"明日绿茵之星"的运行模式。这是一个面向全国且持续期为一整年的推广项目，前期他们将从京津地区着手，与独立运营的专业青少年足球学校合作，请学校提供潜力球员的个人资料与技术特点等信息，在足球园平台面向公众展示。

他特别强调："项目是公益性质的，做不到给学校上硬性广告。但评论区是开放的。"

"懂。"老翟是明白人，一点就透，"其余的我让我们企宣看着来。"

双方的初步接洽很顺利。任子延当即表明媒体日会安排人到场，而高远则拿到任务，组织教练组讨论，两周内给出球员名单。

"那二位忙，我们先走了。"任子延起身，几番推说"留步"。

吴花果瞧着他腿脚不便，又因不好意思步伐越迈越大，赶忙上前搀住人，回身对高远扬扬下巴："你们别送了，明天见。"

"那谁去吗？"高远追问。

"去。"吴花果腾出一只手挥了挥，"早点回家。"

刚送走客人，老翟一拳打在高远的胸口："还'那谁'，以为我不知道你问的是谁啊。"

"明天大学同学结婚，"高远摸了摸脖子，"都认识。"

"你啊，喜欢人家就说，死心了就别惦记。"老翟睨了一眼自个儿兄弟，"别的事不见你这么磨磨叽叽的。"

高远低下头："她身边现在……人家比我条件好。"

"怎么着，觉得自个儿现在这样配不上了？"

高远仍低着头，不说话。

"远儿，我问你啊，最初你死乞白赖追人家马楚雯的时候，想的也是配得上配不上？"老翟没有留给他回答的时间，自顾自继续，"你要说想过，今儿我一个屁都不会放。"

高远扬起脸，摇了摇头："没有。"

"这不得了。"老翟踢一脚他的屁股，"回去照照镜子，窝不窝囊。"

十年前可以无所畏惧地将真心掏出来，十年后却束手束脚，连讲一句实话都变得困难。

真窝囊啊。

耐不住任子延再三邀请，从学校出来后，吴花果松口："这顿饭不吃，我看你要落下心病了。"

"我定地方。"任子延说着便打电话订位，见她将手机屏幕划开放置在支架上，页面正好是地图，于是一只手伸过去输入地址。

"我一哥们开的餐馆。东北菜，味道很正，带你过去尝尝。"

"路子够野的，这儿有同校师弟，那儿有踢球的朋友，现在又来一开餐厅的哥们。"吴花果伸出大拇指，"社交达人。"

"出来混谁还没点圈子。"任子延自嘲，"虽然关键时候能顶上的没几个。"

很快，他又补一句："像你和高远、马楚雯这样的，少。"

吴花果笑："说得和你多了解一样。"

"大概也能看出来吧。把别人的事当自己的事，没把握也要试一试，有困难无论怎么着都得拉一把，打心底里替对方考虑，帮助都是实质性的，太少了。"

在吴花果的认知里，任子延的形象更接近于一个精明强干心里始终装有一杆秤的商人，以至于对方说出这样一番感性诚恳的话，她有些接不住。

"高远帮过你？"他这时问。

吴花果暗自叹气——商人的尾巴还是露出来了，一定要别人有恩于我，我才伸出援手偿还情分。

"帮我抢了三年课，外加四年回老家的机票火车票算不算？"她讲这话时不自觉地透露出一丝嘲讽——照你看，这些值不值得我而今做出的种种回报？是不是还要列个表格计算盈亏？

"我随口问问，你不用那么想我。"任子延显然听出来了，他侧头转向窗外，"真心又不是能计量的。"

好像太针对也太锋利了。吴花果的语气柔和了些："就是……我们上大学那会儿，远哥他们宿舍网速快，每次放假回家都是他帮我买票。抢课是我运气实在太差，大一想修瑜伽，同一时间、同一地点，宿舍其他人全抢上了，我……你猜我最后修的什么？"

"什么？"

"排球！我这身高是吧。"吴花果拿自己开玩笑，"远哥抢完还跟我说，一个排球、一个柔道，他觉得心理上被虐总比实际挨打强。后面我就差给体育老师跪下才过期末考。"

"你一体育记者，体能那么差？"

这问题让吴花果有瞬间分神，可她很快调整好情绪，半玩笑半认真地回应："我强项在其他地方。"

"会打网球？"

"嗯？"

"你们台二部不是篮排游网大项，篮球你不跟。"任子延顿了顿，"看你跟钟世好像很熟。"

"不是。"吴花果笑了笑，"我和钟世现在算熟悉，但我完全不会打网球。"

"对了，钟世归化那事……"

吴花果听到这里连连摇头："又来了。"

"行，我不问。"任子延举双手投降，却仍压不住心思，"那你和钟世……"

"喂！"吴花果扭头朝他翻了个白眼。

"好好，同行守则，不聊工作。"任子延瞧着她，歪嘴一乐。

吴花果开着车，目光掠过导航："这地方路边不好停吧，你查查附近有没有停车场？"

"走吧，我知道。"任子延双手交叉搭在脑后，身体随之后仰了些，"我这哥们前阵子刚结婚，二婚。头婚在我们老家办的，那时候我就是伴郎，这回还是。"

吴花果打趣："你是不是'方人家'？"

"瞎说什么。"任子延轻轻推了下她的脑袋，换来吴花果一句训斥"我开车呢"。

他自顾自地说下去："原本他在老家混得挺好，承包了三家五星级酒店的餐厅，按世俗观点，算是人生赢家了。

"没想到媳妇出轨了，被他发现，人家说自己爱上了一个……诗人。一个打着爱情与文艺的名义、瞧不上一个每天装孙子喝大了还得吐干净才敢回家的人。

"我承认我有偏见，可我不知道现实一点、为过上好日子努力一点，这有什么错。

"我真为他不值。

"一帮人好说歹说劝着离婚了，可被伤过的人怎么可能忘得掉。他会想啊，没日没夜地想，是不是我做错了什么，为什么老天爷就让我摊上这种事，上辈子的我是不是个罪大恶极之人导致报复在这一生全来了。"

为什么？

是啊，为什么？

突然一阵耳鸣，吴花果的世界安静了。她张了张嘴巴，感觉自己应该会发出声音，可听不到。当下打开转向灯，方向盘一个急转将车扎向路边学校的正门口。

身体正在被摇动，视线里落入任子延慌乱而紧张的脸，他的口型是"怎么了"。

吴花果缓缓摇了摇头，手颤抖着将窗户打开一条缝。冬日晚风吹进来，有点凉——还好，还好，耳边重新涌入车鸣声。

"是不是不舒服？要不要去医院？"任子延持续发问，眉头越锁越紧。

她看着他，扯出一个微笑："刚才太闷了。"

"吓我一跳。"任子延长呼一口气，仍保持贴近注视的姿势，"最近一直在加班吧？没休息好？"他按下双闪灯，一边解安全带一边说，"你先休息会儿，我去买点水。"

"不用。"吴花果止住他，"窗户敞开就行，走吧。"

"还走什么走？你能开回家吗？不然车……"他环顾四周没有找到目标，赶忙打开手机，"我看看附近有没有停车场，车先放这儿，我打个车送你回去。"

"不至于。"吴花果笑，语气轻松，"东北菜，不吃啦？"

"那我哥们，没事。"任子延见她面色好些，叹了口气，"赖我，欠考虑，不该拉你出来。"

"怎么还内疚上了？"吴花果安慰道，"挺好的，毕竟换平时可听不到你感慨人生。"

任子延愣了下，将自己这侧窗户开大些，望着路边街灯："话赶话就说起来了。我就是觉得每天记挂一日三餐，世俗点活着没什么不好。"

吴花果淡淡"嗯"了一声。对于他人的人生观，她没有置评资格。

"你那哥们，"她问，"后来就到北京发展了？"

"是，萎靡一年多，生意转手，老家的车房全卖了。好在有点家底，过来之后没怎么受罪，都挺顺利。"任子延对她笑了笑，"也算雨过天晴吧。"

吴花果将下巴抵在方向盘上："好多事情回过头再去看，可能也就那么回事。"

"我……一直想带你见见他。"任子延松了松衬衣领口，尽力保持自如，"他是我最好的哥们。"

吴花果听罢缓缓坐正。

任子延打量对方的神态，聪慧如她一定能懂，所以根本无须再向自己讨个缘由。

想带你去见我最好的朋友，还能为什么。

"行啊，我先尝尝。好吃的话，以后我们台外卖都从这儿走单。"她只能打个岔过去。因为感知到了任子延预备进行，又或者说已经开始的一场攻势。

太突然了，她全无准备。

是退守，也是委婉拒绝。

"可以。"任子延当然明白话里的意思，点点头，"能试一次也好。"

马楚雯今日穿一条黑色针织紧身长裙，脚踩一双麂皮短靴，头发高高扎起，越发衬得肤白貌美，以至于吴花果上车见她第一面忍不住"哇"了出来："你要上台发言？"

她们将参加一场婚礼，新郎是大学时代记者社社长。

"没有。"楚雯说着，从小包里翻出一支口红，"我找代购买的那件大衣到了，人家送的。这颜色我有，你看看喜不喜欢。"

吴花果接过口红，当下打开包装对着内视镜涂了一圈，上下抿抿嘴朝向她："好看吗？"

"好看，跟你腮红的颜色还挺配。"

"谢啦。"吴花果将口红塞进包里。这是她们一直以来的相处模式，送礼的一方不求对方感激涕零地回应，收礼之人更不会是因赠品感觉被看轻。

时时想着彼此，这便足够。

马楚雯这时问："你昨天去哪儿了？"

吴花果慢悠悠地扣上随身包，目光一转："怎么知道的？"

借那么多次车，这家伙几时追究过用途——一定是知道去了高远那儿，她才抑制不住好奇心。

马楚雯目不斜视："你甭管。"

"对，是跑了远哥他们学校一趟。足球园有个小球员的推广项目，任子延托我和远哥那头搭条线。"说到这里，吴花果故作惊恐，"你不会怪我没叫上你吧？"

"叫我我也不去，坏人家子延兄的好事。"

马楚雯说罢又问："今天高远来吗？"

记者社这位仁兄本就是国安铁杆球迷，大学时代与高远亦有诸多交集，多年来两人私交不错，想也知道婚礼邀请定已发了出去。

"应该吧，除非想避开你。"吴花果快人快语，"昨天远哥问我你会不会到来着。"

"哦。"

"雯子，你现在对林……"吴花果想了想，还是转换了话题，"红包给转多少合适？"

事实上，林拓醒酒后第二天便打来电话道歉。

他说真对不住，一喝多就闹笑话。钟世都告诉我了，衣服我赔你一件吧。他声音里难掩疲惫，也夹杂着某种强颜欢笑的伪装。这让本打算逗他几句开涮的吴花果于心不忍,只得给出不痛不痒的安慰——没关系啦,你别介意,好好休息休息不要再想了。

那天晚些时候,吴花果与钟世商议:"不然我跟雯子说一下?反正之后怎么办,雯子自己拿主意。"

钟世听罢后否认:"还是别了。"他轻微叹了口气,"马记者拒绝,至少说明现在没有和林拓继续的打算。告诉她这些,只会感到压力。林拓不是愿意给别人压力的人。"

过了大概三四秒,他又道:"即便马记者很感动,答应他,那也……"钟世犯难,"我不知道该怎么形容。"

"是求全而已。"吴花果补齐了他试图表达的意思。

在介入爱情的诸多外因中,感动往往最伤人。

因为知道对方是善意的、关怀的、不愿造成伤害所以才做出选择,可又能怎么样呢,她不爱你,她只是没办法爱上你。这答案恰似一根绵软的针,它会带来持久不衰的戳痛,一下一下,锥心刺骨。

林拓不会想要这种求全。

吴花果懂了,她最后问钟世:"你确定林队医不希望我们说?"

"以我对他的了解,是。"钟世告诉她,"我和林拓认识很久了,以前只觉得他人不错,很专业又有目标,是值得交往的朋友。直到最近我才开始有'其实我了解他'类似的感受。"

"比如?"

"比如做山区运动医疗项目,那实际上寄托着林拓的理想和抱负。尝试过很多方法,碰过壁也被打击过,可没有一次他说我不干了。心里有支撑的信念,他不会放弃的。"

"你已经学会关注场外了,"吴花果笑,"好事。"

褒奖给钟世打了一剂强心针,他更加卖力地去分析:"再比如马记者这件事,虽然在我们面前很不体面,但我今天早晨有问被马记者拒绝后怎么说的,他说自己告诉她以后还是朋友,需要帮忙尽管开口。这表明……"

见他越说越起劲完全停不下来的架势,吴花果既意外又觉得好笑,她赶忙打断:"给林队医留点隐私吧。"

钟世这才后知后觉地住嘴:"对,不方便告诉你。"

还不方便,能说的不能说的全秃噜出来了。

吴花果眨了眨眼:"你好像有一点变化。"

相识之初的钟世如同一块沉冰,他人的事不多半句嘴,关于自己亦抗拒所有打探。而现在,他似乎正在融化。

"有吗?"面对吴花果的结论,钟世颇有些不自然,摸了摸脖子又低头去看脚尖，末了说一句，"总之，还是不要让马记者知道。"

婚礼在一家五星级酒店的宴会厅举办。于迎宾处登记好名字，马楚雯抬眼便看到高远。

准确地讲，是高远站在两三个聊天的老同学中，正望着自己。

"楚雯！吴儿！"有人叫她们的名字挥手示意，她便也挥挥手拉上身旁的吴花果一起过去。

一群人皆是被新郎邀请而来的大学校友，有的认识，有的脸熟，有的第一次见。大家互相介绍，偶尔也提起现在的工作，说些与新郎的相识过程。交谈热络亲切，随着宾客的到来，圈子越围越大，马楚雯与高远之间隔了三个人。

这时，刚才叫她们的人突然说："哎，你们有点眼力见，人家俩是一对。"大家纷纷看过来，而夹在中间的三个人这才意识到话音所指，接连笑着让开。

就这样，高远被推到她身旁。

马楚雯没有立即否认——开口的是高她一届的师哥，毕业后很少联系，对方的印象停留在大学时代，当然会不知内情。而没有点破，无非是想知道高远会作何回应。

"可以进去了吧？"高远这样说了一句，随后带头迈开脚步。

一群人注意到宴会厅门口正引导入座的工作人员，于是互相招呼着"能进了"，顺理成章地忽略掉刚刚谈及的话题。

那位师哥压在最后，马楚雯经过时他开启寒暄："我还问高远你俩怎么没一起来，他说你去接吴儿了，还是小姐妹情比金坚啊。"

"嗯，正好顺路。"楚雯答，目光略过走在前面的高远，他的背影依然挺拔。

"也是，现在还在一个地方工作，难得。"师哥感慨，"什么时候能吃上你跟高远的喜糖啊？快了吧？"

一旁的吴花果瞄着女伴的神情赶忙接上打圆场："师哥，听说你创业去啦？"

"嗐，才开始干。"

马楚雯在宴会厅门口停下脚步，暗松一口气。

没有承认也没有否认，她不知道高远是怎么想的。

昨晚吴花果将车还回来，她突然记起怎么我都找不到的那双麂皮短靴应该在车里，折回车库打算翻一圈，打开后备厢便发现两箱摞起来的旺仔牛奶——高远追她那会儿每天给她带一瓶，就因她无意中说过自己从小就爱这口。习惯能被养成也能被改掉，分手后她告诉吴花果，自己以后再也不会喝了。

所以，这两箱绝对不可能由吴花果放进来，可除此之外，还能有谁。

她不清楚高远是怎么做到的。也许借着要挪车的理由拿到车钥匙，也许是乘人不备偷偷放入后备厢，言而总之，白天没有的东西晚上突然出现在车里，连嫌疑人都挑不出第二个。

然而现在做这些，他到底是什么意思？

马楚雯要被疑问逼疯了，她隐约觉得高远是期待自己询问的，可她又不想这么做——不就是耗嘛，看谁耗得过谁。

他们被分在一桌，大家这次颇为默契地达成一致——高远旁边的位置被空出来。马楚雯去看隔壁桌的吴花果，女伴挨在师哥旁边，两人正认真交谈，她只得坐下。在别人的婚礼上，闹出任何一点动静都是对新人的不尊重。

马楚雯参加过几场婚礼，可没有一次，这样专注地注视起两位新人。他们眼含热泪、无比庄严地说出誓词，他们在改口后相视一笑，仿佛那一刻自心底里将对方家人视为自己此生的羁绊，他们紧紧拥抱在一众亲朋好友的见证下，羞涩却深切地吻着对方。

很多人说婚礼荒唐、作势、毫无意义，可马楚雯不觉得。用这样一种传统的方式去宣告"我们组成家庭"，这是一件多美妙的事啊。

她从不抗拒世俗，她甚至觉得，生活本身就是一件无比世俗的事。

惦念买车买房，惦念升职加薪，也惦念孩子能不能上一所好学校。一日三餐，上班下班，结婚生子，早出晚归为自己的小日子奋斗，有委屈却也有安慰，这就是她想要的余生啊。

周边响起热烈的掌声，她看向主舞台，眼角却湿了，笑着笑着，眼泪不由自主地润了睫毛。

不用擦，只是那么一下，一滴或两滴泪而已。

只是突然之间，就在这个瞬间，她发觉前一刻的想法可笑至极。耗，可耗个什么劲儿呢。耗的是高远，也是自己。

分手至今已经很久很久了。旧日同学有的读研又读博，有的辞去工作开始单枪匹马创业，有的经历一场失败的婚姻回归单身，有的因为宝宝学会走路在朋友圈写下真情实感的大段文字——大家都在往前走，唯有她和高远，放不下也不甘心放下，所以才守着那点回忆过日子。

或许，或许就是不合适呢？毕业只是契机，它将原本不合适的种种层面暴露出来，一气之下选择分手。

这么多年，他们都以为自己负气，负气带来的伤害压过所有，以至于他们从未想过——两个人，谈过一场轰轰烈烈的恋爱，然而结果已经证实，你们并非良配。

-144

他们总在吵架,一言不合就大吵,吵过又和好。世间当然有吵不散的夫妻,只是她马楚雯打从心里不愿过这样的日子。

她希望和父母一样,只是偶尔,偶尔闹别扭,大多数时间两人都望着同一个方向,可以意见相左,但最终会商议着达成一致,一生平凡,却也一生恩爱。

高远——马楚雯望向身边的人,你很好,可你似乎达不成我的期望。

一对新人开始挨桌敬酒,至他们这里,新郎红着脸打趣:"你俩什么时候办?"

未等高远开口,马楚雯将酒杯与对方碰一下:"师哥,你别逗了,我俩早分了。"

"啊?"新郎瞪大眼睛。

"毕业就分了。"她转头对高远笑了笑,再次面向一对新人,"我俩现在挺好的,握手言和,有难相助。恭喜你们啊,新婚快乐!"

"都好好的,谢谢。"新郎、新娘同时与她碰杯,继而新郎转向全桌人,"谢谢大伙儿百忙之中过来,我干了。"

宾客一饮而尽,这段小插曲并未引起波动。

当然,除去当事人。

马楚雯感知到高远的滚烫视线,她晃了晃酒杯,用只有两个人可以听到的声音说了一句:"牛奶收到了,以后别给我送了。"

"你什么意思?"高远目不转睛地盯着她。

全桌只剩他一人站着,马楚雯暗自拉了拉对方的衣角:"先坐下。"

换作以往定会吵起来。因为他的问话带有质问成分,尤其在这样的场合——高远一贯如此,脾气上来不管不顾。

要知道,吵架从来都不是单方行为。所以今天的他们并未发生争吵。

马楚雯转头望向空荡荡的舞台,如自语般低声呢喃:"其实我想过,有一天我们会站在那里。我甚至想过到时我穿什么样的婚纱,吴儿穿什么颜色的伴娘礼服,我们带哪种款式的对戒。不要钻,一圈那种就好,戴上去出镜,肯定有陌生人来问,你结婚啦?"她转回来看着高远的眼睛,弯了弯嘴角,"我还是有不少粉丝的。"

高远眉头蹙起,避开对视。

桌上最受欢迎的那道花椒肉已经空盘,可高远自始至终没有说话。

马楚雯感觉有什么在拉着自己下坠,匀速的、迟缓的、分明的,直到身体触底,心"哗啦"一声摔成万千碎片。她忍住莫名而来的痛感,坚定而决绝地说出那句话:"高远,不会有那样一天了。"

吴家爸妈自听得女儿要带"男性朋友"回来的消息，每隔两天就会谈论一通。
　　事实上，两天已是最长限期，经常中午说完晚上便又重拾此话题。
　　"确定不是高远？问清楚了？"吴爸一厢情愿地沉浸在自己的猜测里，他着实想不出吴花果的异性朋友还有谁。
　　"不是不是！跟你说多少遍了！"花老板一贯急脾气，"再说，楚雯不来，她能单独带小高回来？动脑子想想！"
　　"保不齐啊。高远这一退役，现在正是低落的时候，那朋友间带过来玩几天散散心，也是有可能的嘛。"
　　"就不是！"吴家妈妈火力值一向占优，上来就是一通机关枪扫射，"自己当老好人不问，非让我当刨根问底的啰唆妈。问了问了你又不信，还怎么着，我让她发个照片过来认认脸？"
　　"这是个方法啊。"吴爸好声好气地回应，"就说咱们去机场接人怕接不到，先发张照片。"
　　"人家俩一班飞机还能分着出来？再说，你闺女下命令不让接，要去你去。"
　　"那，那住哪儿啊？家里倒也能住下……"吴爸央求，"要不你问问住不住咱家里？我好把客房收拾出来。"
　　"不知道。又不是三五岁小孩，让管的管，不该管的少搭言。"
　　"你的话有道理。不问了，爱咋咋地吧，住家里也不一定自在。"
　　所以，吴花果和钟世落地那天当真就没见到亲爹亲妈。
　　虽然提过不用接，可她是做好在接机口看到家中二老的准备的——要知道从上学至工作北漂这么多年，每每回来，无论是坐火车还是飞机，爸妈一定在她抵达之前就等在那里。
　　于父母而言，孩子就是那只可以放线却撒不了手的风筝吧。
　　见她晃神，钟世问了一句："等人？"
　　"没。"吴花果咧咧嘴，"我以为我爸妈一定坐不住会来。"
　　钟世淡笑着说："可能把你当成大人了吧。"
　　需要独立空间、有不便言说的心事、能够规划好自己生活的那种大人。
　　"先去酒店？"吴花果熟门熟路地带领第一次来的访客穿过人群，"给你订的酒店离我家不远，七八百米吧，以前雯子他俩来都住那儿。"
　　"好。"
　　"打车走？"
　　"好。"
　　"这里比北京热吧？带薄衣服了吗？"

"好。"

吴花果"噗"的一声笑:"我在提问啊,怎么什么都'好好好'。"

钟世下意识地推了推帽檐:"没。"

"紧张?"

"怎么会。"他这才给出差别于人工智能的反应,表情也随之丰富许多,"跟你走,我一点都不担心。"

在钟世的极力阻拦下,吴花果没有在酒店处下车。他拿上行李隔着车窗告诉她:"快回去吧,之后电话联系。"

吴花果点头,心里莫名涌上一丝甘甜——在飞机上,她曾提起长这么大第一次春节不能守在父母身边,也说了因为事情多、工作忙,整整一年都没能回来看他们。钟世应该是听进去了,所以才急急催促,好让她尽快见到心心念念的家人。

看上去冷淡又疏离,可骨子里却像这座四季如春的城市一般明媚温柔。

正值周末,咖啡馆生意好,花老板去了店里,只有吴父一人在家。父女俩皆无要紧事,放一点音乐,沏一壶本地红茶,吴花果双脚离地扎进悬挂摇椅,吴父则搬出专用择菜小板凳,两人优哉游哉地在阳台上享受起午后日光。

聊天有一搭没一搭,说不久前刚结束的足球十二强赛,说主店新请来的咖啡师拉花技艺出神入化,也说工作说老家这些亲戚的近况。提及高远,吴花果告诉父亲他现在在一所足校做教练,适应得不错,也有心往这条路上发展。

"可惜了。"吴父感慨一句,再无多余的话。

"对了,爸,雯子和高远分手了。以后视频时雯子在场,你们别提高远啊。"

"咋回事?因为高远退役?"

她没有与父母深聊过朋友的私事。一代人有一代人的感情观,生于90后的他们某些做法、某些想法上一辈未必能理解,所以吴家爸妈得到的信息并不与事实同步。

"也不是,各种原因吧。"吴花果避开细节,"反正雯子这次挺坚决的,你们知道就行。"

茶壶见底,吴花果说着"我去添点水"刚要起身,吴父抢先站起来:"你歇着,好几个小时的飞机肯定累坏了。"

你说家是什么?是人吧,有人在所以才有了家。

那家人呢?家人啊,明明自己都不觉得有什么,可他们却自作主张地将你护在羽翼之下。他们是比自己更关心也更惦念自己的存在。

吴花果望着客厅里正弯腰接水的父亲的背影,忽然觉得他老了很多。

这念头让她一时鼻子发酸——他是运动员啊,矫健而灵活地驰骋绿茵场,进球时大喝一声接受来自队友的狂热祝贺,输球后落寞自责,拼了命训练,与自己置气较量,那样鲜活留存于记忆里的爸爸竟然老了。

壮志未酬,吴花果不清楚近在咫尺的这个中年男人——世界上她最爱最爱的两个人之一,现而今他心里有多少遗憾与期冀。

没有任何人能抗拒衰老。

无论多辉煌、多瞩目、多富有,我们永远无法阻止衰老,唯一可以做的只是心平气和地嘱咐后辈人:"珍惜当下,尽量少让自个儿后悔。"这是刚刚谈及冬奥会工作压力时,父亲说的话。

手机传来钟世的消息:忘记告诉你,入住都办好了。酒店前台提供了很多信息,我报了这里的旅游团,明天一早走,你在家安心陪父母,不用管我。

吴花果立即回过去:走几天,都去哪里?

钟世:五天四晚。

他发来一张照片,是翻拍宣传册的某条行程路线。

价格不低,红字标明"精品小团深度游,无购物"。

挺机灵嘛,吴花果暗自笑了笑。

这番情景被吴父逮个正着,他放下茶壶,故作不经意地询问:"和你一起来的朋友怎么安排?"

"人家把自己安排得明明白白。"吴花果一边回消息一边说,"旅游团都报上了,明天走。"

"你给把把关,可别被旅行社骗了。"

"看着还行。"吴花果头也不抬,手下飞快给钟世打字,随口与父亲聊起,"我写一些注意事项给他。之前跟我妈提过,他是华裔,中文不太好,打网球的。"

吴家爸爸当即拍起大腿:"我就知道你妈有所保留!她可没跟我说这么细,你也不告诉我!"

吴花果大笑:"您这不就知道了嘛,可别因为我引发家庭内战啊。"

注意事项给钟世发过去,她收起手机。因为久低头脖子发酸,手压住后脖颈闭上眼睛,缓慢地转两圈脑袋。万不想一睁眼,老吴正弥勒佛似的端坐瞧她,神态那叫一个慈祥。

笑里藏刀啊。未等吴建章同志问话,机敏小吴主动出击截断对方的念想:"您别瞎琢磨啊,就是普通朋友。"说罢不忘重点强调,"普、通、朋、友。"

"我什么都没说啊。"老吴掩饰着端起茶杯,吹吹热气压一口,又问,"怎么认识的?"

好像还真未被人问过相识过程。

吴花果不想骗父亲,又不愿提及十六岁那年发生的种种,于是打哈哈过去:"反正就认识了。"

"行,不打听。"老吴慈爱地笑了笑,瞥见偏转的日光此时正直射在女儿身上,连忙站起来去拉阳台纱帘。

用久的物件总有点臭脾气,纱帘顶端卡在导轨里,他便拖两下再退两下,手里忙乎着,说:"总觉得你还是小孩,可想想啊,你工资比爸的都高,早就能养活自己了。长大了好,有自个儿的事业生活,也有自个儿的朋友交际圈,别往回看,爸最大的心愿就是你健康快乐。"

这番话说得太深太过,以至于发言者都有些不好意思,老吴双手背在身后望向窗外,久久保持同一个姿势。

吴花果终也将视线从父亲背影转向窗外风景。已经十二月了,这座春城的日光却依旧强烈,天空蓝得似图画,树木也保持着葱郁的生机。她感受着它们,郑重地回应道:"爸,我不会往回看的。"

所以,请你们也不要回头。

吴家爸爸这才转过身,清清嗓子:"那个,等你朋友回来,到家里吃顿饭吧。"

"哈?"

"地主之谊嘛,主队要有大将之风。"

吴花果笑:"好吧,我问问客队的意思。"

晚些,正在收拾行李的钟世接到吴花果的电话。她问起旅游团,钟世一五一十地说明接到通知共有五名游客,坐商务车,早晨九点出发。吴花果忽而"哎"一声:"那你后几天酒店怎么办,能退吗?"

"我就订了一晚。"

那头稍稍沉默:"原来早有打算啊。"

当时吴花果发来预订链接,离开时间本来选择到回京当日,钟世最终在付款前一刻做出更改。就因多考虑了一下——她回家探望父母,自己若全程都在,免不得要被费心顾着,钟世想给她留出些私人空间,计划看情况来个自由行。

报名旅游团则纯属意外,入住时前台工作人员热情推荐,他又从未参加过类似活动,好奇心驱使他想感受一番。时间合适,行程似乎也还可以,他糟糟懂懂就把定金交了。

这样是否属于早有打算?

他认真想了想,信心十足地用起不久前才学到的词汇:"歪打正着。"

吴花果"嘿嘿"乐:"别告诉我你带了成语字典。"

"是App。"钟世知道自己用对了,言谈间带出一丝自豪,"每天两个,随机推送,还有拼音注解。"

"哟,今天学的什么?"

"饥寒交迫,还有一个颠……"他知道那个字的样子,却怎么都记不起读音,于是硬塞一通,"'颠肺离流'。"

那头一阵大笑:"是颠沛流离。希望接下来几天你用不到这两个词。"

电话开免提放在床尾,吴花果欢快的声音就这样轻而易举地溢满整个房间。本来蹲在地上整理行李的钟世停下来,他拿起手机坐到床上,关闭免提,顺势将电话放到耳边。

吴花果问:"你在做什么?"

声音更真切,也更近了。

"分东西。大箱子寄存酒店,我带背包走。"他干脆躺下来,"你呢?"

"刚吃完饭,准备陪爸妈下楼散步。"

"那,快去吧。"

"没关系。我妈跟大姨打电话,想让家里人明天过来,晚上一起吃饭。"

"人很多?"

"多啊。我妈这头三份,大姨、大舅、二舅。外公外婆前年一起走了,嗯……你知道'走'的意思吧?"

"知道。"

"以前他们在的时候更热闹。不过前后脚离开,没有病痛,总归是种安慰吧。"吴花果的惆怅一闪而过,"我爸这头呢,爷爷奶奶都好,我有三个姑姑。大姑嫁到深圳后来去了香港;二姑很神奇,我二姑夫年轻时是个摇滚青年,他们在迪厅认识的,听我爸说那时候家里棒打鸳鸯,觉得不靠谱死活不同意。她是连夜出逃坐火车去了成都,挺酷的吧?"

"嗯。"钟世提问,"三姑姑呢?"

"小姑喔,小姑家和我家就隔一条街,爷爷奶奶也住他们小区,不在一栋。"吴花果说道,"孩子多嘛,有叛逆的就有听话的,我小姑是最乖的那个。"

长辈在侧,父母护佑,简单却也充实,平淡却也温馨。在这样环境下长大的吴花果知珍惜懂感恩,若一路顺遂,她应比现在更单纯快乐吧。

温室绿植与沙漠玫瑰的性格天差地别。

钟世听到她在问"你家里人多吗",未等回答,电话里传来显然不是对他说的两个字——来啦。吴花果的声音重新贴近:"我们准备下楼了,下次换你说。"

"去吧。"

待耳边传来忙音,钟世双臂伸展陷进床里,视野中只剩纯白的屋顶,他蓦地松了口气。

- 150

Chapter 06
你的，我的

你的事我不参与，而潜台词是——我的事你也休想深究。

高远所在的足校媒体日定在周末，马楚雯代表最赛事去到现场。

步入职场后所学的第一课便是，行为需时刻与身份相符。在此之前，她向常仁飞和谢宏伟都请示过。常主任的意思是足球相关主要还在一部，只要老谢那头没意见就行；而谢老师是知晓些她与高远过往的，由此便多说了几句："台里去露个面没问题，这种活动本质也是社交性的，我相信你能应付得来。只是用不用换个人？"

"不用。"马楚雯知恩师为自己考虑，摆了摆手道，"别麻烦其他同事了。我去捧个场，顺便见几个同行，很快回来。"

得到老谢的应允，马楚雯用工作邮箱与足校市场部门联系，对方第二日便发来邀请函。

所以，当作为教练代表之一的高远在活动现场发现她，眉目间尽是惊讶："你怎么来了？不是，怎么让你来了？"

恰有相识的自媒体过来打招呼："马楚雯，你欠我一顿饭啊，大周末把人薅起来给你朋友站台。怎么着？调到管足球啦？"

"没，替班。"马楚雯把人往一边推，"快去多取点素材好好写，饭我记着。"

"得嘞，你们聊。"对方见高远脖子上挂着工作牌，对他笑了笑，"哥们，弄得不错啊，辛苦。"

"谢谢。"高远点了点头，待人走远，心中已明白七八分。

他问："好多人都是你叫过来的吧？"

"有几家是，以前打过交道，关系还可以。"见他胸前的工作牌扣着，马楚雯直接上手将证件翻过来。忽然又意识到这样的动作已经不合适了,她迅速收回手插进大衣口袋,对他笑了笑,"本打算偷偷过来看一眼就走的。"

听到这话,高远黯然地垂下头。

她没有那样做——前女友也好,朋友也罢,暗中帮忙然后偷偷看一眼便走。但面前的她现在是最赛事记者马楚雯,顶着工作任务出席,和其他人并无二致。

她在努力切断他们之间的私下关联。

这次的马楚雯和以往任何时候都不一样,没吵没闹,没有拉黑没有责问,没有失落亦无感伤,她只是在心平气和地划清界限。

"那我先去打个招呼?你忙吧,再见。"马楚雯说着转身离开。

一步,两步,三步,高远很想追上去,可双脚就像被牢牢钉在地上动弹不得。

高远总有种奇怪的感觉——有共同朋友,在相同的社交群里,采访里新闻中都可以看到她哪怕只是一个名字,这一切让他觉得楚雯很近,近到仿佛她从来没有离开过,也永远不会离开。

他不知道这算不算一种错觉,因为分手后很多年都是这么过来的,会联系也会见面,会想念也会为对方担心。习惯了,适应了,所以即便想过她会有新的追求者,也狠心试过一刀两断各自放手,在心中某个不为人知的小角落却仍存放着那样一个微妙的念头——我们不会散的。

错了吗?自婚礼那天到现在,高远一次又一次地想,错了吧。

老翟作为学校负责人讲话时,任子延自后门偷偷溜进来。马楚雯恰要离开,两人在门口打了个照面。

任子延稍显意外,低声投来一句:"要走?"

马楚雯点点头,随后问他:"怎么才来?"

"别提了。要来的那个同事,楼下公园遛娃一个没看住孩子脑袋磕石凳上了……"他环顾四周,无奈地摆摆手,"回头说。"

"这边讲完做校园参观,之后还有个酒会。"马楚雯小声告知流程,接着指指外面,"我先走啦?"

"那什么,忙吗?"

"有事?"马楚雯脑子一转,"公事私事?"

任子延听罢先是笑了下,再次环顾周围,这才用更低的声音给出答复:"私事。"

马楚雯想了想:"那车上等你吧。我的车停在……"

"知道。"任子延退后一步替她拉开门,"我很快,一会儿见。"

马楚雯大致可以猜到任子延要问什么。

小吴同志不声不响地回了老家,出于节目保密性,此次春节调休台里没有大肆声张,也要求他们尽量"低调行事"。所以即便任子延问,想必吴花果也只会用"请几天假"搪塞过去。他这人,观察力十级,敏锐度满分,不好奇才怪。

约一刻钟后,任子延来到校内停车场。

马楚雯打开车窗欲唤人,随之注意到高远从办公楼中追出来,他张望一通,很快定位到目标,走路变为小跑。

他是奔着任子延来的。

此时任子延与她只一车之隔,马楚雯用手势拼命示意去旁边,奈何这家伙却没懂似的"啊"一声,只顾眯着眼睛向前。情急之下,她只得关起车窗,也不管对方是否接收到自己传递的信号,假装埋头看手机。

车外始终没有动静。待再次抬起头,透过后视镜,她看到高远离开,任子延绕上一圈打开副驾驶的门。

"我近视眼,开始没看清。"任子延坐好,关起车门问她,"躲什么啊?"

"都说过再见了。"楚雯目送高远跑进办公楼,视线一直停留在空无一人的某处,"再见都是留给以后用的。"

"你俩较什么劲啊,累不累?"任子延顺着她的目光望过去,"高远这哥们不错,仗义,有担当。刚才过来问明日绿茵之星的甄选情况,看得出挺想为学校里这帮小球员出把力的,责任心很强。"

"让你评价了吗?"马楚雯北京大姐气性上来,不由得怼一句。

任子延却不生气:"我实话实说,中立客观。"

"谁告诉你他仗义的?"楚雯转过头,眉头一挑,"吴儿?有进展?"

"什么啊,上回一起来,正好说到你们这些朋友了。"

"你想问她怎么突然回老家?"

"嗯。"任子延看着她,语气忽而谨慎,"是……家里有什么事?"

"没有。"

"那怎么……之前完全没听她提过要请长假啊。"

"你俩算故交还是知己,"马楚雯话说得锋利露骨,"吴儿自己的私下安排,人凭什么告诉你。"

一方面是直来直往的性格使然,另一方面……她觉得任子延明明关心吴花果却只会暗中迂回打听,心里替他着急。

喜欢当然要说出来,无论如何应该给自己一个回应。

"其实我表达过……好感。"任子延揉了揉太阳穴,"她拒绝了。我不知道她怎么想。"

马楚雯歪歪头，四目相对，任子延耸耸肩，苦笑一下。

要不要说呢，说还是不说？楚雯是知道钟世同行的——休假前一天，女伴在茶水间告诉她这个消息，眉目间有隐藏不住的喜悦。那时她面露鄙夷地发出警告："还没弄清钟世到底记不记得你的事，归化这锅人家万一认定了扣你身上，前后一合计有把柄能报复，这不引狼入室嘛。"然而吴花果的回答只有一句话——他不会那么做的。

没有给出理由，但……无比肯定。

吴花果很聪明，脑子转得快，记忆力绝佳，就连人情世故也能迅速参透要诀。可大约是从小长在运动队的缘故——她太容易相信别人。

训练、比赛、训练、比赛，训练而后比赛，运动员将所有心思都用在竞技场上，平日接触的几乎只有父母、教练、队友，被批评便更努力，被表扬便告诉自己戒骄戒躁，这个圈子很闭塞，却也黑白分明。吴花果在这样的环境下待了十几年，可以说是十几年的惯性让她难以对现实生活中随时可能出现的尔虞我诈与笑里藏刀持有敏感。

但这套通用理论并不能用在钟世身上——他生在海外，文化背景与体育理念皆存在差异，况且钟世少年成名，早早见识过聚光灯与名利场。

从马楚雯内心来说，对方只算有过工作接触的对象之一，谈不上印象好或者不好，唯一的担心是——他会利用吴花果某些方面的愚钝。

"哎，我跟你说件事。"楚雯侧过身子，面向任子延。

"怎么？"

"钟世和吴儿一起回了老家，休假，去玩。"马楚雯不动声色地观察他的表情变化，"吴儿提议的。"

最后这句说完，任子延虽面色如常，喉结却动了一下。

一闪而过的僵硬。

"告诉我这些什么意思？"他反问，甚至带了些捉摸不定的笑意，"让我知难而退、成人之美，还是快马加鞭？"

楚雯撇撇嘴，用他的话回过去："实话实说，中立客观。"

这下任子延倒真笑了，他去摸上衣口袋："我下去抽根烟。"

然而车门打开，人刚探出半个身子又迅速坐回来："高远。"

马楚雯随他所指的方向看过去，高远和老翟正陪同一个身材高大的外国人往这边来，情形像是送客，而距离不足两米。她一边打火，一边责备："回你车里啊！"

"在另一头。"任子延话音将落，随着司机一脚油门，根本来不及反应便冲出停车场。

马楚雯车技娴熟稳健,瞬间的工夫,两人已上了学校外的大路。

任子延傻眼:"我的车还在学校呢。"

"这儿不能停,等下个路口。"马楚雯心急,一通数落,"你就下去抽你的烟呗,上来干吗!"

"我……我还不是怕你俩撞见。"任子延刚下去就看见高远,又知车里人有意闪躲,身体先行判断莫名其妙就坐进来了。

"哎,算了。"听得对方这样讲,马楚雯也知自己过激,"我绕一圈,把你放学校门口吧。"

如同暴雨过后的平静,车内两人各自缓和情绪。

还是任子延打破沉默:"和平分手,用另一种方式相处不也挺好吗?干吗像躲债主似的?"

楚雯不愿多话:"一句两句说不清。"

"犯不着跟我说。"任子延知自己是旁观者,也无意探听他人隐私,只是今日因种种巧合被卷进来让此时此刻的他忽而有种惋惜,"我就是觉得,遇到一个对的人不容易。"

楚雯追问:"什么是对的人?"

"心里有对方,能朝一处走,也能一起扛过鸡毛蒜皮的破烂事儿。"任子延瞄了她一眼,"差不多吧。"

"这三点,是不是缺一个都不行?"

"嗯?"

马楚雯暗自苦笑一下:"我们当时就是因为破烂事儿分手的。一个坎儿没过去,分了。"

"这样的磕绊太多了,一次两次能过去,可一百一千次呢,根本不知道还有多少次呢。"楚雯说着眼圈便红了,"过不去的。高远不对,我也不对。"

我们不是对方未来里那个对的人。

"你,你说就说,怎么还激动上了。"任子延眼见她要哭,欲帮忙又不知从何入手,一时间只剩尴尴尬尬坐直身体。

"帮忙拿下纸巾。"楚雯开着车朝后座摆摆头。

纸巾盒是新的,任子延手忙脚乱撕开包装,快速抽两张递过去,余下的抱在怀里时刻准备补给——这架势兴许会号啕大哭吧。

谁料马楚雯对准鼻子豪情万丈地擤了一通,声音响亮,动作迅猛。这下鼻头和眼眶一样红,到底是没哭出来。

"谢谢。"她说。

"不客气。"任子延抱好纸巾坐正,想了想又道,"应该我谢你。至少我现在知道了吴花果拒绝我的原因。"

"你打算怎么做？"

他用一样的句子反问："你打算怎么做？"

楚雯不解，侧头瞧他一眼。

"你想结束，我想开始。"任子延略带无奈地笑了笑，"完全不知道怎么做，所以是不是跟你反着来就行了。"

"感情又不是逻辑题。"楚雯见前方就是学校正门，打开转向灯逐渐减速，"再说我已经结束了，你离开始还远着呢。"

车停稳，任子延解开安全带："走了。"

楚雯点点头，刚要起步又听见他敲窗户，于是按下手边的落窗键，头探过去："还有事儿？"

任子延先将纸巾盒扔到副驾座位上，单手把住车窗。过会儿单手变为双手，腰弯下来视线与她平行："谁没绊过跟头，觉着一条路不对就去找另一条，别难受了。"

马楚雯怔了怔，随后按下升窗按钮："回家睡觉。"

随旅游团出去一圈，钟世又住回原来的酒店。

前台工作人员记得他，面带微笑交予房卡："您总共预订了四晚，房间已经帮您免费升级为豪华大床房。寄存的行李现在要拿吗？"

钟世回身朝酒店门口望了望，吴花果脖子上套着大红色围巾，一身休闲装背个小挎包正推开大门。

"嗯，请帮我取下行李。"他笑着说道。

吴花果蹦蹦跳跳来到他旁边，神色轻盈地自夸："我踩着你到达时间来的，看看，能掐会算。"

她一早同他约好去逛城市夜景。

工作人员将行李箱推出来，吴花果立刻接过："给我吧，谢谢。"

"先生您……"工作人员打量两人一番，目光定在钟世脸上，有些为难地开口，"您预订的是一人入住？"

钟世以为升级房间有其他限定条款，点点头："对。怎么了？"

他没听懂言外之意，吴花果却一清二楚，小声回一句："我不住。"

"不好意思，我误会了。"工作人员歉意地笑了笑，赶忙指点路径，"电梯直走右转，祝您入住愉快。"

他随之也懂了，说了声谢谢。再去看吴花果，两人目光短暂交错，他在她脸上看到一种罕见的——羞涩。

像朵含苞待放的花，可爱又有活力。

"走吧。"钟世欲拉行李箱却无意中碰到她的手，只一下，有点凉。

吴花果缩回手，作势理理围巾："提醒你带防晒对了吧，这里紫外线强，你都没晒黑。"

钟世瞥了她一眼："我本来就不白。"平日净被训练场大太阳关照，哪可能白净剔透。

吴花果吐吐舌头："Sorry（抱歉）！"

奇怪，似乎不知不觉就熟了。不用顾忌自己说出的某句话、做出的某个行为是否得体，很自在、很放心，也很舒服，相处变成一件没有任何压力、令人身心愉快的事。

吴花果这时问："我爸妈请你去家里吃饭，小钟选手愿意赏脸吗？"

"现在？"钟世惊异当下，肚子不合时宜地叫了一声。

电梯门打开，两人一个拉箱子，一个在后面推，吴花果笑着打趣："今天就算了吧，我怕你把我家吃穷。"

钟世对照手中的房卡找房间："中午没怎么吃饭。团里有位阿姨身体不舒服，我们就一路赶回来了。这里。"他说着打开房门，侧身示意吴花果先进去。

"这么大！"吴花果进入后随即发出感慨，四下转一圈忽而警惕起来，"你是不是被忽悠了？"

"没。说免费升级。"

"确定？听清楚了？没理解错吧？"小吴同学一问三连。

"确定。我中文很好的。"钟世说完又觉心虚，"有……很大进步。"

出差住惯标间的吴花果对面前的豪华房型向往连连，她一屁股坐到床上，因用力过猛感觉整个身体都在随弹簧震颤："你点儿真正。雯子和远哥来过两回，每次也都差不多一周，他俩还是会员呢都没被升级过。"

"估计现在旅游的人比较少吧。"钟世说着摊开行李箱。

吴花果以为他要整理，起身走过去："要帮忙吗？"

钟世刚拿起衣物袋，似笑非笑地看了她一眼："我换衣服你帮什么忙。"

吴花果脸一红，推他后背将人送进卫生间，以迅雷不及掩耳之势关上门："赶快！"

是太快了，她在门外搓搓双手，有些想不起自己是否会对高远做这样的动作。要好且极为相熟的异性朋友只有高远，她只能借此类比。

不会——推搡高远催促做某件事时，心里是真的急，她绝不会脸红，连脉搏都跟着启动狂跳。

不是那样，不太一样，似乎每次与钟世单独在一起，她都在努力确认。

门猛地被拉开，钟世向左她也向左，钟世向右她也向右。如此两番下来，钟世干脆单手按住她头顶从一旁蹭出来，笑着说了句："我好了，你用吧。"

吴花果"嗯"了一声带上门——根本不想上厕所，傻愣愣地就被送进来了。

我干吗堵门口呢，真是。

外面传来手机铃声，很快钟世开始讲话。显然这是一通国际长途——他说的内容，吴花果一个字都听不懂。

吴花果不愿打扰便躲在卫生间，直至外面没了动静，才对着镜子理理衣服出去。

"肚子不舒服？"钟世问。

一通电话打上十分钟都不见人，他由此合理推断。

"不是。听见你在打电话。"

"没关系啊。"钟世略显无奈，"我爸爸。本来想让你打个招呼的。"

你去我家吃饭，我和你爸通话，这不就是传说中的——互见家长？

顺序不太对啊。吴花果数着心里的小九九。

见他晚上出门头上仍扣着鸭舌帽，不由得问一句："你怎么总戴帽子？"

"习惯了。"钟世面色如常，将房卡和手机通通揣进大衣口袋，"出发？"

"走起！"

本计划带外来客去市中心逛一圈再尝尝本地特色，考虑到对方饥肠辘辘，吴花果搜到附近一家口碑还不错的烤鱼餐厅，两人直接杀了过去。

饭吃至中途，时小乐来电，说车坏在路上，这几日东北下大雪，租车公司联系保险最快明早过来。修好便也罢，若修不好暂时没有多余车辆可用，只能退还费用。

冬奥专题节目的形式为嘉宾棚内录制，同时配以外采VCR放在最后收尾。今天时小乐和另外一名同事去的是第一期嘉宾前冬奥冠军的家乡，其父母仍住在东北老家，之前沟通过，采访时间定在明天上午。

吴花果问清具体情况，得知当事人住在县城东城郊，而时小乐两人目前正在距离目的地约百公里的国道旁一处招待所里。不能将全部希望寄托于明天车修好万事顺利，而眼下解决的方案似乎只有两个——要么叫一辆出租车，要么与采访对象协商时间推后。

前者会超预算，按流程需得台里审批；至于后者，从吴花果内心来说，不至万不得已不愿这么做，资源本就是常仁飞动用私人关系谈下来的，再生变动面子里子都不那么好看。

挂断电话，见钟世已经吃完，她颇有些抱歉："台里外采出了点问题。"

"没关系。"钟世问，"你要不要再吃点？"

"我饱了。"吴花果见餐厅外有人等候，也不好意思占着位置，于是扬扬眉，"出去？"

"好。"钟世点头，见她急匆匆举着手机往外走连围巾都忘了拿，于是检查一番桌上物品，抓起围巾跟了上去。

想了一圈联系人，吴花果决定打给任子延。

录完快问快答那天的饭局上他们曾交流过各自的职业经历，她记得任子延说过毕业实习是在老家电视台做的，本次外采正在他家乡所属县区。自己做过他一个高远的人情，照任子延一借一还的性子，若能帮上忙想必也会尽力。

电话打过去，任子延秒接。吴花果略去问候直接阐述问题，那头倒也爽快："需要找辆车是吧？"

"对，但预算卡得紧……"

"明白。"任子延并未当即夸下海口，"我印象中有个同事从市台回了地方广播电视局，好像就是这个县。我先问问。"

"麻烦子延兄。"吴花果随马楚雯的叫法，不算亲近也不显生疏，对当下两人关系的界定正正好。

抬眼见钟世站在面前，手里举着自己的围巾，于是将手机从耳边拿开些，钟世顺势将围巾挂到她脖子上，围一圈在前面打个结。

吴花果做了个"谢谢"的口型，钟世笑着摇了摇头。

那头任子延问："如果动用县电视台的车，你们节目能给到鸣谢单位或者特别支持之类的吗？"

"嗯？"

"我是说如果。"

忘了，他习惯带上筹码谈判。

吴花果稍作思考："打字幕应该没问题，协作单位或者鸣谢。"字幕属于编辑组的职责范围，作为节目总编辑，这点她可以承诺。

"行，你等我的信儿吧。"

收起电话，钟世先开口："任子延？"

不经意地，他蹙了下眉。

吴花果心思全在工作上，并未注意到他的微表情："是。小乐他们外采车坏在路上了，不知道这算不算病急乱投医。"

钟世"喔"了一声。

以为对方不懂最后这句常用语的意思，吴花果暗自叹了口气："他们都不算项目组成员。可任务摆在那儿，关键时候只能让自己人跑一趟。他俩不说，但我知道其实很辛苦，休息日又不多给钱，就……挺过意不去的。"

话说得云里雾里，但钟世一下明了——此时的吴花果正在陷入一种亏欠情绪。

因自己的拜托让不相干的他人承受某种结果，所以倍觉亏欠。

这是一个速战速决的时代，外卖快、包裹快、叫车快，似乎什么都很快。可吴花果骨子里却有一种与这个时代背道而驰的特性——慢。

无关效率，无关能力，无关性格——要知道，同理心本就是需要慢慢沉淀、认真感受立场互换的过程。她有这样一种同理心，设身处地去代入、去共情、去理解，或许与现在睚眦必报才是正解的时代格格不入，可钟世无比确信，吴花果会一直这么做，因为她自己的小世界根本无须认同，那是她心中开放而辽阔的净土。

这样的你，是不是也能带我走出来？

明月皎洁，星辰闪烁，晚风微凉，人影绰绰。两人各自插着兜，并肩走在繁华的步行街上，偶尔交谈，偶尔沉默，偶尔对视，偶尔笑。

也不知道要去哪里，向左向右，近一些远一些，似乎怎么都很好。

吴花果的手机响了一下，任子延发来消息：县台明天会派车去车站接人，后续让你同事直接打这个电话沟通吧。

下一条消息后面跟着电话号码，以及提供帮助的单位全称。

吴花果知道这是给自己做字幕用的，于是回复：OK，多谢子延兄。

她立即将信息转发给时小乐，然而还未来得及做语音说明，电话自动关机。

这一晚上，费心费神费电。

"还没解决好？"钟世问。

"差不多了，就怕万一……"吴花果忽然眼前一亮，"你是不是有雯子的微信？"

"有。"

"借电话用下。"

钟世也不多话，直接掏出手机递给她。

吴花果接过手机，将屏幕对准他的脸，拿回来看看，没有解锁成功。她"哎"了一声，再次将屏幕对过去，手机锁仍在。小吴同学一边自言自语"咋回事"，一边心有不甘地想再次尝试，钟世这才慢条斯理地说："我没有设人脸识别。"

吴花果翻了个白眼，敢情你看热闹逗我玩呢。

钟世笑："987654。"

"没创意。"吴花果在键盘上输入，待屏锁解开后才后知后觉地意识到他竟然将密码给了自己。

"那个，微信……"

话未说完，钟世靠过来，在屏幕上划拉了两下找到微信图标打开："马记者的头像……"

联系人只有十几个，全部未作备注。

吴花果一时新鲜："你都靠头像认人？"

"嗯。平时也就你、李姐和林拓。"

他将她摆在第一位，不经意的，自然而然。

也正是这样的表达让吴花果忽而间听到自己的心跳声，"扑通，扑通"。

可这种紧张丝毫不让人退却，反而有种奇怪而致命的吸引力。

想，很想离他更近一些。

吴花果侧侧头，脸颊几乎贴上他的鼻尖："我让雯子给小乐发条消息。"

呼吸近在咫尺，钟世垂眸对上她的眼睛，继而条件反射般猛地避开。他推推帽檐："好啊，打……打给我就能找到你。"

洗发水或者沐浴露，他也不知道，总之闻到了她身上散发出的淡淡清香。伴着夜晚凉风，味道像迷魂散渗入每个毛孔。

只能躲闪，绷紧最后一根神经告诉自己不能做出格的事——

慢一秒，他怕会失控吻上去。

这个夜晚，同样不平静的还有任子延。

他将联系人信息发给吴花果，想了想，又给她打去电话。前同事曾问起是一档什么主题的节目，任子延当时的说法是"可能和冬奥会相关"——纯属猜测，这个节点最赛事要开栏目，十有八九与这档全民瞩目的盛事相关。打电话过去只想验证一下，万一猜错也好让吴花果那头做些准备，免得第二日生变。

然而，电话关机。

过十分钟再打，仍无人接通。

他只得求助马楚雯，夹杂几分私心问：你知道吴花果家里电话吗？急事。

对方很快回过来：她现在没在家哎，我能转达吗？

任子延一向敏锐，他几乎立刻察觉到这句话背后所隐藏的意思——不方便，但是马楚雯可以联系上她。

和家人在外面？朋友聚餐？还是……约会？

未来得及做更多猜测，马楚雯发来一张名片：实在着急你加下钟世吧，他们在一块。

任子延泄气了。

那种感觉就像准备很久全情投入去竞标，最后却发现结果早已内定。

感情不就是内定吗？心里已经住进一个人，他人费再多力气不过徒劳一场。

他握住手机，屏幕暗下又亮起，暗下又亮起，反复几次，到头来也没有点开那张名片。

"你们最近做的节目是冬奥主题吗？"他问马楚雯。

对方敲来一个问号。

任子延摘下眼镜，揉揉太阳穴，发去一条语音："吴花果说了你同事外采出意外，车我联系的，对接人是我以前同事，在县台。那边问节目主题，我猜是冬奥会就这么答复的。如果猜错了你们明天可能要准备一套说辞。"

消息发完，他起身去冰箱拿了一罐啤酒。

既然决定要帮，那就避免任何可能出现的差错帮到底吧。

易拉罐打开的同时，马楚雯打来语音电话："是冬奥主题。"她说，"吴儿刚跟我联系也是为这事儿。"

"那就行。"任子延灌下一大口，气泡充斥口腔，他用力咽了下去。

很苦，几乎没有麦芽酿出的酒香。

楚雯又道："小乐，哦，我同事那边联系上了，放心吧。"

"好。"

"任子延，"马楚雯叫完名字迟钝一下，转而叹气，"哎，早知道大家忙活的都是一个事儿，我就不给你发名片了。"

知道和不知道哪个更好？

任子延自问，可没有答案。

"就……再接再厉嘛。"马楚雯轻声细语地安慰，"钟世是客，吴儿尽到地主之谊带他逛逛也正常，对吧。"

任子延苦笑："你真这么想？"

电话那头忽然安静，而后传来两个字："不是。"

酒难下咽，任子延再次起身去冰箱里装满整杯冰块，啤酒倒进去，气泡翻涌。他就着便是一大口，碎冰划入口腔，寒凉让唇齿短暂失去知觉。

"今天这事谢谢你。"马楚雯猜他低落，转换话题，"代表我们台感谢友军出手相救。"

"不谢。"任子延将碎冰一股脑咽下去，眼神木了一下，"我能做的也就这些了。"

解决完一桩急事，吴花果忽而想起来问："刚才吃饭你买的单？"

钟世不苟言笑："没买，霸王餐。"

"啊？"尽管只一秒当真，那也显得着实愚蠢。反应过来的吴花果抬手拍下他帽檐，"无聊！"

"我真没买。"钟世做戏做全套，满脸无辜地比画，"当时你打电话往外走，

- 162 -

看你出来我就跟着出来了。"

吴花果停下脚步仰头瞧他,僵硬片刻摆了摆手:"不可能。"

钟世眨巴了下眼睛。

"不会吧。"吴花果双手捂嘴,想到刚才出来得急说不定他们都忘了,当下拉起人就要往回走,"赶紧赶紧。"

这下却没有拉动。

再去看钟世,就差把"得意忘形"四个字写脸上。

显得自己——更蠢了。

"哎,你好烦!"

她气急要打人,却被钟世摁住手腕,他笑着问:"是不是饿了?"

"有一点。"吴花果缩回手,环顾四周,指指马路对面,"去喝奶茶吧,我请客。"

"好。"钟世仍在笑,手插进口袋感受到电话振动,他拿出来看看,只有一句话:你之前见过吴儿吗?

发信人是马楚雯,而这条消息显然是给自己的。

回避过,却避不开的问题。

他推推帽檐,先是看了看前面吴花果的背影,回复:见过。

又一条:所以你知道?

然而这则消息被立即撤回,对方换两个字重新发过来:所以你记得?

吴花果站在马路中央唤人:"快点!"

钟世握紧电话跑两步跟上去。

奶茶铺前,吴花果目视饮品单,推推他:"喝什么?"

"和你一样。"钟世漫不经心地答一句,重新进入聊天界面。沉思片刻,他敲下一行字:知道也记得。让我自己和她说吧。

马楚雯应允:好。

奶茶铺面积不大,像是商业中心底商单独隔出来的一间店面。吴花果点了两杯乌龙珍珠,见橱窗中摆着饼干,五六块一盒,包装小巧且朴实,于是问一句:"这个卖吗?"

系棕色围裙、长着一张娃娃脸的男人从橱窗里拿出两盒:"饼干是我老婆自己做的,遇到熟客就让尝尝,给点意见。您尝尝看。"

"一盒就好,谢谢。"

"您不是两个人嘛,没关系。"男人很热心的样子,"欢迎给反馈。"

吴花果扫码付了款,按下洗手液搓了搓手,而后打开包装,拿一块饼干放进嘴里。

"老板,好吃哎。很酥,也不是很甜。"她对背身做饮品的男人大声说道。

男人回身笑了笑:"你再尝尝那盒,应该是不同口味。"

吴花果答"好",打开另一盒包装,直接将饼干递到一旁钟世的嘴边:"张嘴。"

钟世乖乖照做,下一秒饼干就被塞进嘴里。吴花果歪头对他笑:"怎么样?"

"挺好吃的,有黄油味。"

奶茶铺里侧门打开,一个同样穿围裙的女人进来,洗完手便要帮忙:"珍珠快没了吧?"

"最后两杯。我来吧,你别沾手了。"男人拱拱她,"外面客人对你的饼干赞不绝口。"

女人笑着转过身,目光对上正往这边看的吴花果,两人双双愣住。

命运的安排总是匪夷所思。不分时间,不分场合,随心所欲去促成一场见面,准备不了亦无处可逃。

吴花果呆滞地点点头,说了一句"你好"。

"你好。"冯晚霞局促地在围裙上搓搓手,面容有几分尴尬,"是就回来了还是……"

吴花果将自己从过往的思绪中拉出来,极力表现得正常:"休假,回家看看爸妈。"

"哦哦,你父母还在这边是吧。他们身体还好?"

"挺好的。"

男人将做好的奶茶摆到柜台上,店里放着音乐,他并未听清她们之间的对话,此时热络地介绍:"老婆,我说夸你饼干好吃的就是这俩客人。"

"认识。"冯晚霞拽了拽丈夫衣角,"以前游泳队的……"

朋友、队友、同期,都算不上,就只是认识而已。

"那个……"钟世忘记词汇,在奶茶上做了个"戳"的动作。

"吸管。"吴花果替问。

冯晚霞转身去柜子里抓一把出来。因为动作过急,有两根掉到地上,她没有理会,讨好般对吴花果笑了笑:"不好意思。"

"我们先走了,再见。"吴花果抄起两杯奶茶,头也不回地转身离开。

"谢谢。"钟世感受到异样,拿上吸管快步跟过去。

奶茶铺里,冯晚霞的丈夫挠挠头:"怎么这么急,饼干也没带。"

"老公,我和你说过有个特别对不起的人吧。"冯晚霞望着他们的背影喃喃一句,"就是她。"

走远些,钟世将吸管插到奶茶上,向上推推杯子:"有心事?"

吴花果"咕咚咕咚"喝几口，沉默。

钟世也不追问，看看时间："我送你回去吧。"

吴花果猛地抬起头："你不想知道？"

她很清楚自己的问话带有些许怒气，却又说不出这怒气从何而来。

钟世扶正帽檐，低头回应："我猜那是你自己的事，想说的时候自然就会说了。"

对，就是这里。

你的，我的，在隐私这条界限上，他分得太清了。

你的事我不参与，而潜台词是——我的事你也休想深究。

吴花果径直走向路边，拦下一辆出租车。上车前，钟世拉了下她的手腕，但被甩开了，她不发一言，扬长而去。

家里电视开着，母亲还没有睡。吴花果蹬掉运动鞋，像很多年前突破不了成绩那般心事满满地扎进母亲怀里："妈，好累啊。"

"怎么啦？"吴家妈妈轻抚女儿的头发，自进门她便察觉孩子心情差到极点。

吴花果闭上眼睛："我看到冯晚霞了。您记得吗？冯晚霞。"

不会忘的，怎么可能会忘。

一家三口提着厚礼去到对方家里，该说的该做的一样都没落下——就差下跪了的那时。

"她开了家奶茶店，就在市中心。还学了做饼干，应该结婚了。"吴花果在黑暗中摸到母亲的手，用力握握，"您别去找。现在都挺好的。"

花英子女士半生叱咤商场，强势果断，雷厉风行，她唯恐母亲听了自己的话去做理智外的事。

只是太难受，太想找人倾诉，吴花果忍不住。

故乡到底是怎样的存在？这里有最温柔的怀抱、最依赖的呵护，却也有最刻骨铭心的记忆、最不想面对的过往。

吴家妈妈摩挲着女儿的手，欲开口又觉得此时说些什么，声音定是哽咽的，于是张张嘴，用哈欠做掩饰："我不去。都过去多久了，旧事重提没意义。"

是承诺，也是对女儿的劝慰。

父母年不至耳顺，身体康健硬朗，有能力有事业，过往积累亦赋予条件关爱父母兄妹子女。吴花果在外打拼做不到膝下相伴，毕业后提出给生活费也被"你自己留着花我们不用"断然拒绝，她不知道还可以为父母做些什么。

太幸福了，她所拥有的幸福是人世间最常见却又最难被察觉的那一种——方寸天地，岁月温柔，而心有挂牵。

"困了吧？"吴花果坐起身关掉电视，"都让您别等我了。"

"明天不用去店里，晚点没事。"吴家妈妈揉揉女儿的头，宠溺地笑了笑，"这小自来卷，真是随了你爸那头。"

吴花果也笑："现在不如小时候那么卷了。"

"可不。以前总嫌箍得紧，不爱戴泳帽，一出水像小狗似的。"吴家妈妈专注地看着她，眼神慈爱深切，"老家嘛，就这么点地方，指不定哪天就能碰着谁。不爱回来就在北京待着，你爸我俩去看你一样的。"

"妈……"

"我们琢磨过。等过两年你爸一退休，买卖转出去，咱们就举家搬迁。"吴家妈妈淡淡地说着，"到时候凑个首付给你在北京弄套房子，你结婚生小孩我们还能帮着带，人这一辈子很快的，来不及消磨就过去了。"

"好事都被你俩想了。去睡啦。"

吴花果逃一般冲进房间，关起门，她听到客厅里传来的关灯声和母亲轻缓的脚步声。

刹那间泪目。

身体像被抽空，她靠着房门坐到地上，咬着手背任眼泪放肆流淌。

如果有一个人，在本可以站出来的时候退缩了，你会恨她吗？

吴花果的心如撕裂一般，她不得不承认，自己恨过。即便知道冯晚霞也很难，对方也要继续生活因而有不得不去衡量的得失，某个瞬间，她咬牙切齿地恨过她。那个瞬间是——父亲的膝盖几乎触到地面，母亲放下所有，撕心裂肺地哀求。

吴花果恨她、怨她，只为自己最爱的两个人，他们——我的爸爸妈妈已经这样了，你怎么就敢说出那句"对不起"。

后来的后来，她才知道恨的对象其实是自己。

冯晚霞并未做错什么，她完全有权利那样做。吴花果只是幼稚地将恨意转移到对方身上，因为这样自己才会好过一点。

一对再普通不过的中年夫妇，一双世间随处可见的父母，不知道从什么时候起，她变成了他们的全部。什么都可以放弃，面子、尊严、故乡，只要为了孩子，上刀山下火海，哪怕顶着炼狱之痛，他们都甘愿去做。

吴花果恨自己让他们经历这些，也恨自己太晚太晚才明白这些。

第二日下午，吴花果被来电振动叫醒。时小乐带回了好消息——外采一切顺利，县台不仅派车来接而且一路将他们送至机场，刚办完登机牌准备返京。

男生很开心的样子:"素材很足。光荣完成任务。"

"辛苦了,回去好好休息。"吴花果想了想,又交代几句调休事宜。大周末出差,他们接到自己的拜托时甚至没有多问一句算不算加班。

节目开播在即,大家都知肩上重担。

体媒人,有时完全是靠热情和使命感做事。

《我的冬奥故事》总体量为十期,首播定在小年夜,按进度表,在这之前他们需完成 80% 的录制工作。上月项目启动会过后,一周时间里头脑风暴数十次,大家最终认可了常仁飞提出的"人文性"主题,并以此为圆心划定出前五期嘉宾备选。

作为节目总编辑,吴花果与手下三人所组成的小团队对节目中呈现的所有文案负责,包括每期主持人手卡、外采问题、字幕呈现等。编撰校对只是其中最简单的部分,最难也最具挑战性的是在短时间内将大量资料加以整合提炼,在每期四十分钟的播出时长里围绕指定嘉宾,展现最大的知识性,同时创造最大的话题性。

人在休假,可脑袋一刻都没闲下来过。

接下这份任务前,吴花果只是一名普通的体育记者。跟赛、采访、报道,甚至凭借一点小聪明和一份好记性,偶遇"惊喜"也能顺利过关。然而此次她以另一种身份介入一个更庞大的项目,没有 KPI、没有直属汇报上级,也没有人下达清晰指令只待执行,她要对大幅拼图里的某个板块全权负责,落子无悔,不容有失。

目前三期录制已经完成,四五期嘉宾及主题也已确定,只待开棚。她先是校对了明日开录的节目文案,发送确认邮件后,开始查阅资料拟定后几期选题。草稿上摘录了七七八八的新闻,考虑到执行性又打横线去掉一些,删删减减,写写画画,直到提起桌上的烧水壶发觉已经倒不出水,一抬头夕阳余晖入窗,晚霞美轮美奂。

"好漂亮。"吴花果自言自语。

从前训练她就最喜欢这个时候。游泳馆棚顶高,窗户大,落日是红色的,照在水面上,整片池子就会变成粉红,连坚硬的瓷砖壁都成了童话世界里的围墙,仿佛轻轻一推就会像棉花糖一样陷进去又弹起来。通常这时教练会大吼一声"吴花果你发什么呆",场边休息的队友便起了劲向她撩水打趣"哎哟,想谁呢"。

她早已记不起那时的自己究竟在想什么,也许是课堂作业,也许是比赛成绩,也许真是班里的某个男孩,又也许只是单纯被眼前的夕阳迷得晃了神。

其实游泳曾带来很多美好可爱的回忆,只是退出太惨烈,她情愿把与之相关的所有统统抹去。

吴花果闭上眼睛,原来抹不掉啊。

它们只是暂时进了垃圾箱,可人脑又不是计算机,根本没有一键清空的按钮。

钟世发来消息:你在家吗?

吴花果盯着那几个字,好似一股力量将她从悬浮的黑暗中拉回现实。鬼使神差地,她走向窗边。

熟悉的身影出现在视线里。

说不出是怎么感知到的,她就是觉得他来了。

吴花果:在。

她回过去,几乎同时,她看到楼下的人盯着手机屏幕似乎在打字,可新消息迟迟没有进来。

敲门声响起,母亲端着一盘水果进来:"看什么呢?"

"哦,"吴花果挠挠头,"我……我朋友来了。"

"跟你一起回来那个?"吴家妈妈大喜过望,三步并作两步走近窗边,瞧到真人更是掩不住兴奋,"就这小伙子?快让人家上来啊,你赶紧,赶紧去接一下。我让你爸买菜。"

花英子女士充分贯彻了女企业家说干就干的傲人本领,将女儿推出房门的同时麻利地捡起床上散落的脏衣服扔进阳台洗衣机,一边收拾茶几,一边给丈夫打电话:"下班了吧?回来带两条鱼、一斤牛肉,还有洋芋、生姜、西兰花,不能喝酒……带点饮料吧,尽量无糖。让你买就买,有客人。"

吴花果惊得目瞪口呆,回过神母亲已经挂断电话,并且将一盒鸡翅放进大碗,正在进行紧锣密鼓的腌制工作。

也就……一分多钟?

"怎么还没下去?"吴家妈妈回身瞄见女儿傻站着,又因手上沾满调料,只得恨铁不成钢似的用胳膊肘拱人,"下去接接,你爸到小区门口了,超市买完东西就回来。"

"妈,您真……"吴花果惊诧连连,"谁摊上您祖坟冒青烟。"

"干正事!"

吴花果鼓鼓嘴走向阳台,见钟世仍在楼下,打开窗叫一声:"喂,七楼。"

钟世和小区里的行人一起抬头望过来,她顿时有些不好意思,僵硬地招招手:"快点,我妈准备做饭了。"话说完,红着一张脸关紧窗户。

就,莫名其妙生他的气。

你不死守底线不介入别人生活嘛,现在不打招呼找上门又什么意思。

直至门铃响起,吴花果始终不冷不热。

——"进来吧。"

——"换鞋。"

——"洗手。"

——"我妈。"

她用不超三字的表述完成钟世做客的一系列招待，倒是吴家妈妈热情有加："小钟是吧？早就想邀请你来家里，总算见着了。哦，听果果说你中文不是母语，阿姨说话听得懂吗？"

"他可懂了。"吴花果翻了个白眼。

钟世看看她，极为好脾气地打招呼："阿姨，我听得懂，没有事先告诉你们，麻烦了。"

"麻烦什么。你大老远过来，怎么都要来家里吃顿饭的。"吴家妈妈拱着女儿，"沏茶。闹什么别扭。"

"阿姨您忙吧。"钟世笑了笑，"我和她说两句话。"

"聊，你们聊。"吴家妈妈见状去厨房回避，关门前不忘提醒，"果果，沏茶。"

留在客厅的两人对视一眼，吴花果沉着脸去翻柜子，一言不发地拿出红茶，刚要将茶叶倒进茶壶被钟世拦下来："我，我喝水就行。"

她转而将茶叶放回去，接一杯水递过去。

气氛尴尬却微妙。

"你在生气？"钟世拿过水杯放到茶几上，"为什么？"

吴花果不吭声。

钟世猜测可能是因为自己不请自来让她觉得冒犯，解释道："昨晚我不放心，跟你回来知道你家地址。上午林拓那边有点事，下午给你打电话也没打通。"

那个时间，吴花果想到自己应该正与小乐通话。

"不是这个。"她抿抿嘴，却也懒得解释——说什么，你说你将我排除在外？

"那是……昨天奶茶店见到的人？"

吴花果脑海里一闪而过冯晚霞的脸，摆了摆手："算了。"

陈年旧事，不提也罢。

钟世却不放弃："你总得告诉我为什么。"

吴妈拉开厨房门："小钟，忘了问你有没有忌口的。海鲜、姜蒜，这些都能吃吗？"

"都可以，没忌口。"钟世礼貌地作答。

"以前没怎么吃过中餐吧？"吴家妈妈自问自答，"估计也没机会。阿姨店里新来的拉花师在意大利进修过，说欧洲找个地道中餐厅都费劲。"

"我吃得惯。我妈妈是中国人，厨艺很好。"

"妈妈是中国人呀？那你……"手机铃声响起，吴家妈妈擦了手，接起电话"嗯嗯啊啊"几句后挂断，转而支配起女儿，"果果，去楼下迎迎你爸，东西多，他一个人拿不上来。"

"哦。"吴花果面无表情地朝玄关走去，换鞋的工夫递出一句话，"妈，您别问了，又不沾亲带故，打听人家隐私。"

"我怎么就……"吴家妈妈话未说完，传来关门声，她愣了一下，又瞧瞧客人，"今天吃枪药了。"

钟世摘下帽子，潦草地拢拢头发走进厨房："阿姨，我来帮忙吧。"

"不用不用，你别沾手了。"

吴家妈妈欲阻拦，却又听到对方说道："以前没怎么帮我妈妈干过活，应该多做一些的。"

钟世已经挽起袖子："土豆皮是不是要削掉？"

吴家妈妈笑了笑，忽而对眼前的人生出一种莫名好感，她递过锉刀："用这个，小心点手。"

"嗯。"

"自己出来，想家里人吧？"

"偶尔。"

"家里几口？"

"几口？"

"就是家里都有谁。"吴家妈妈关闭水龙头，大力控控青菜叶间残留的水分，"嗐，闲聊天，阿姨没有别的意思。"

"不是，我没有听懂。"钟世有些难为情，"我其实不介意吴花果……果果和你们问的。"

吴家妈妈怔了怔，随后暗自笑了笑。

钟世并未察觉到对方的神态，继续手里的活计："家里就是爸爸妈妈，我还有一个妹妹，叫 Nathalie（娜塔莉），她学中、英、法三语翻译，中文名字叫娜娜。"

"有兄弟姐妹好啊。小时候也吵架吧？"

"没有。"钟世笑着摇摇头，"我们关系很好，除了她嫌我中文太差。"

"这还叫差？阿姨开咖啡馆经常接待老外，你可比他们强多了。"

"娜娜学翻译嘛，我妈妈又是中文老师，她从小就对汉语有热情。"钟世陷入回忆，"以前我妈常说，家里四个人，老爸倒数第一，我倒数第二，正着勉强第三。"

吴家妈妈笑得开怀："小钟，我真应该和你妈见一面。果果他爸年轻时踢球的，总说运动能力他第一果果第二，我倒数第一。我说那不就正数第三嘛，逆向思维，不谋而合了。"

钟世听罢定定地看向她，一不留神，锉刀划进肉里。

他没有吭声，打开水龙头冲洗伤口。

声音引得吴家妈妈的注意，她关了火便凑过来，脸上满是担忧："嗨哟，这孩子，让你别弄。多深的口子，感染可就糟了。"

钟世任由对方拉着走出厨房，他看到她鬓角的银丝，也感受到某种陌生又熟悉的温暖。

明明是吴花果的妈妈，明明是吴花果的家，可他仿佛回到很多年前，那栋菜园青葱总是充斥着欢声笑语的房子里。

"酒精消个毒，忍着点。"吴家妈妈说道。

一股酸辣的疼痛涌遍全身。

钟世几乎将下唇咬出血——我很想你，我真的好想你。

吴家妈妈小心翼翼地用创可贴缠住伤口："哎，你妈要知道，可不得怪罪我。"

"没事，阿姨。"钟世想到一张面孔，可他悲哀地发现，自己并不能想象出她现在的样子。

吴家妈妈眉头紧锁，自责地叹了一口气。

"阿姨，我妈走了。"

钟世抿住嘴巴，忍了又忍，他最终没有让自己哭出来。

吴家妈妈很想告诉女儿自己无意间听到的秘密。

可碍于钟世在场，这父女俩又都喝了酒，早早睡下，她没有机会说出口。

事实上，吴花果凌晨四点开始收拾行李，她听到动静过来询问，只换来一句："台里有急事，我六点飞北京。你们睡吧别担心。"

她火急火燎地把丈夫叫起来送人，嘱咐的话没说几句，父女俩便出了门。

约莫一小时后，吴父独自回来，她紧着问女儿怎么突然要走。吴家爸爸摇摇头："就说上午要开个紧急项目会，具体的没提。"

"开会在哪儿不行，不还有两天假嘛。"

"果果现在转到新岗位，又顶着冬奥会，那成果出来全国人民都看着呢。"同在体育圈，吴父更能理解女儿的心情，于是特意叮嘱妻子，"这段时间孩子压力大，家长里短的话少跟她说，免得分心。"

吴家妈妈点头。年轻人有自己的事业，亦有自己的相处之道。而做父母的，有时只远远看着便是最大的帮忙。

早上九点半，吴花果发来"到了，放心"的信息。

吴家妈妈回复了一句"忙吧，注意身体"，没有提钟世的事。

昨天晚上，工作群里抛出第一期节目成片，随后讨论消息达近百条。那会儿吴花果正在吃饭，钟世的到来让父母很是高兴，她便陪着老吴喝了几杯高度酒。半夜去上厕所的工夫才注意到群里的动静，从头到尾一条条看过去，最后一则关键信息是常仁飞发的：明天十点开会，各板块负责人必须到场。

常仁飞是知道自己休假的，也并未命令一定回京，可吴花果明白自己必须跑这一趟。

有些事，必须当面对质才说得清。

十点整，会议室座无虚席，人人严肃。

常仁飞坐在主持位开口："成片不用再放了吧？大家时间都很宝贵，我们速战速决。"

这正是昨天群里激烈讨论的话题——常仁飞认为节目整体调性出了差错，将话题性放在"运动员克服重重困难终圆梦"，路线煽情，题材陈旧，格局窄小。有人反驳，也有人表示赞同，然而说至最后，矛头直指文案。作为责任人的吴花果又一直没有发声，事情仿佛就这么定了性——节目总编辑思路有问题，言外之意是现在换人还来得及。

吴花果出现，为的就是争这一口气。

"常主任、各位前辈、同事，"她在各色注视下站起来，"成片我看了，大家群里说的我也看到了，但这锅落我身上，对不起，我不背。"

"小吴，你怎么说话呢？开会就开会，带什么个人情绪！"节目统筹拍桌训斥。

总导演对身旁的人使了个眼色："小吴，别的咱们先不讲，就说最后那段外采吧。问题大纲是你这边出的吧？人也是你派去的吧？采访对象说孩子不容易，记者紧着问怎么个不容易，最后不就变成声泪俱下的人间有真情了。"

吴花果一时语塞，而这话题成功引发了会议室内阵阵讨论。

沉默的思考让吴花果找回了一些战斗力，她再次开口："外采是我敲定的，如果这块有问题我认责。可节目思路走向是集体决定的结果，成片调性偏离的锅也不能只扣在编辑脑袋上，这点我不认。"

在场的都有谁呢，导演、导播、统筹、摄像、后期、宣传、运营，吴花果没有特意看向任何一个人，却又直截了当地将枪口对向每一个人。

她正在做一种宣告——我不可能就这么被推出去。

"吴儿你先坐下。"常仁飞压压手，环顾一圈噤声的同僚们，起身阔步走向门口，"小廖你进来一下。"

他叫的是节目组新来的运营实习生。

常仁飞继续："先做个表决吧。我和大家一起闭眼，小廖你来数，拍个照记录一下。"

"好。"

常仁飞带头合目，同时发出指令："认为现在这版成片可以投放的，举手。"

黑暗中，吴花果双手抱胸，听到"咔嚓"一声，过了会儿，小廖的声音传来："常主任，好了。"

"不用给我看。"常仁飞推开对方要递过的手机，"直接说比例。"

众人的目光纷纷集中到这位新人身上。

小廖对着照片核对一通："大概40%。"

视线焦点重新落回到常仁飞身上。

"也就是说，有多一半的同事认为需要改。"常仁飞对小廖点点头，"你先出去吧，照片留好，各位如果有疑问去找小廖确认。"

马楚雯与吴花果咬耳朵："常主任这招，飞机上点灯——高明。"

闭眼是为了消除顾虑，减少不必要的内耗，选择小廖这样一个中立的角色记录，实则摆明自身民主的立场，而举手表决既是提醒亦是警告——决定经由大家共同做出，无论此前此后一直如此。

没个金刚钻，别揽瓷器活。

这时有人直言："常主任，我是举了手的，但我相信这40%里肯定有人和我想的一样。不是说现在这版毫无瑕疵不用改，可怎么改？总不能把人嘉宾叫回来再录一遍吧。"

这番言论立即得到附和："对，即便重录内容，输出也就这样了。"

"就是没法改，资源上执行不下去。"

节目总导演老赵旧事重提："要我说还是结尾VCR的问题，不然就整刀切，换个外采路子。"

"或者就再走一遍，重新出套采访大纲。"

"一共就五分钟，还得去趟人老家？算了吧，又不是一回生二回熟的事。"

讨论着实激烈了一阵，常仁飞摸着下巴静静地听着。直到声音减弱，他才开口："棚内的部分再过一遍素材吧。老李，你们剪辑上费点心，有些情绪放大的地方修修边角。"

"行，没问题。"

"外采我同意老赵的整刀切，大换血。"说到这里，他看看自己人，"眼下这版太突兀，保留没有任何意义。"

吴花果不甘放弃："小乐说这趟备了很多素材，我可以全部再过一遍。明天，明天我给大家答复。"

老李面露难色："吴儿，素材我们都过了。基调大差不差，摘不出更多亮点。"

"整体改动方向就这样。"常仁飞强势止住关于此点的讨论，单手搓搓下巴，提出新思路，"另外，这期往后调吧。换一辑首播。"

负责宣传的同事立刻接话："我正想说顺序调整的问题。首播定基调，可以换志愿者那期。00后，青春靓丽，而且学校方愿意配合宣传，节目整体推广一下就出去了。"

马楚雯赞同："那期应该是录到现在效果最好的。嘉宾里有个小姑娘在网上教人考试，本身就自带流量。"

"教考试？"会议室里的前辈们齐齐发出疑问，从头至尾僵持的气氛至此才稍稍缓和。

"学霸嘛。"马楚雯发挥北京大妞直来直去的本色，"你们别老守着自己那一亩三分地，得拥抱新时代啊。"

这场争执不断的会议最终以马楚雯的打趣结束。

散会后，吴花果与马楚雯在茶水间喝了杯咖啡，两人又说了几句密友间的悄悄话，她便拖上行李箱准备离开。

从身体到精神都很累，此刻的她只想回家睡一觉。

刚进电梯，田淼追出来："有时间吗？一起喝杯咖啡？"

自从心生对对方的猜测，加之近来忙于冬奥项目而减少二部本职工作，吴花果几乎没有与她单独接触过。

"刚才喝过了。"吴花果揣摩着对方的意图，定定神说，"有事直说吧。"

电梯落至平层，还未到午饭时间，大厅里空荡荡的。

"去那边吧。"田淼主动帮忙拖行李箱，吴花果见状也未拒绝，两人齐步走到更隐秘的角落。

田淼停下，手扣着胸前的工牌，犹豫一阵才开口："我……我跟你道个歉，归化报道的事儿。"

吴花果愣住，万没想到是这样的开场。

"之前有次你开会，让我去你手机里找一个联系方式，我无意中看到你和钟世的聊天记录，所以才敢确定他会归化。"田淼低下头，"对不起啊，我太心急了。"

绝不可能无意中看到——她并未将钟世设为置顶，且这消息还是两人刚认识时发出来的，要么一直往前翻，要么刻意搜索，无论如何都不会"无意中"发现。

可吴花果已经无心追究了，田淼既然有勇气道歉认下所为，那便给台阶让对方下了罢。

到底也算真相大白。

"我猜到了。"吴花果有一丝不解,"你到底为什么心急?"

急到不择手段去发这篇报道?

田淼垂下眼眸:"其实我不是非要发报道,更没有刻意针对钟世或者其他什么人。"她做了个深呼吸,"你们都知道我是空降兵吧?没递简历也没做面试,吃了顿饭就进来了。"

吴花果没有隐瞒:"听说过一点。"

"家里人不支持我干这行,朋友也觉得就是小打小闹玩玩,台里……你们应该都是实习转正留下的吧?"田淼无奈地牵牵嘴角,"吴花果,如果你是我,会不会想证明自己,告诉所有人其实我有能力?"

会吧,应该会的。

因为证明不了就会换来一句话——我早就说嘛。

光鲜背后也许是溃烂,一人有一人的难处。

"和你说这些,是想让你帮个忙。"田淼有些艰难地开口,"我想进冬奥项目组。常主任……他可能怕我再犯错,没答应。你那边编辑组缺人吗?不用减少二部的工作量,我可以都做。"

"缺人肯定是缺。我们现在四个人,元旦两人调休,还有一个月就首播了。"吴花果摆出现状,但也告诉她,"可过来最终都要常主任拍板的,我做不了主。"

"能不能……帮我说说?"田淼的眼神几乎变为乞求,"自己选的这条路,我必须告诉他们我没有选错。"

吴花果不知如何回应,默默向一旁扭过头。

而再转回来时,她发现田淼脸上已无乞求之情,转而换作一种不服输似的坚毅。那种被包裹的逞强触动了她。

"我尽量吧。"吴花果不敢给出过多希望,临走前还是补了一句,"就看常主任的决定了。"

睡过大半天的吴花果被闹铃叫醒。她洗了澡,喝下一瓶酸奶,仔仔细细地组织好语言,就等下班时间一到联系常仁飞。

未料,还未等她出手,对方电话先行而至:"晚上有没有安排,出来吃个饭。"

"好。"吴花果应下,"我正要找您。"

"你不找我,我也得找你。"常仁飞的语气并不好,"地址发过来,我顺路接上你。"

吴花果在小区门口等到常仁飞,刚要上车却见对方熄了火,神情严肃地

- 175 -

从车里出来。

劈头盖脸的训斥扑面而来:"上午开会瞎搅和什么？一个马楚雯还不够，现在又多一个你，受丁点委屈非得让全世界知道，吵架有意思？放假放得脑子也放回老家了？"

吴花果埋头沉默。

其实从公司出来后，她就意识到自己太冲动了。可以不满，可以发泄，可以对质，但防守反击不是这么个打法。在一场齐力想解决方案的紧急会议上，的确不该一开始就划分对立面，将内部矛盾衍生扩大。

想到这里，她心里忽地又燃起一团火："他们就是想把我换走，我又没做错，凭什么走。"

常仁飞慢悠悠地从兜里掏出一包烟，拿一根夹在指尖，摆弄两下打火机却没有点："吴花果，你都能看出来，我看不出来？"

他的反问留在空气中，盘旋一阵，飞走了。

吴花果的心里闪过一丝内疚："常主任，给您添麻烦了。"

"站稳脚跟，竭尽全力才不给我添麻烦，懂吗？"

"嗯。"

"我之前嘱咐过你，要大胆表达，相信自己。可那并不意味着愣头青似的非要硬碰硬，能做多少，还能做多少，时间久了大家都会明白。"

吴花果点点头，拿出先前准备好的台词："外采部分我还想再过一遍素材。第一版成片有意走煽情路线，李哥他们做片尾肯定也只截取情绪最高涨的部分。现在节目调性修正，那……"

"先上车。"常仁飞看看时间，掐灭烟头，"路上说。"

吴花果坐进来才想到问他："是不是还和别人吃饭？"

若是上下级间的便餐，常仁飞绝不会专程跑过来。

"对，和芝薇。"

"李姐？"答案着实意外。

"没说什么事，让我带你一起过去。"常仁飞顿了顿，"知道我俩？"

"喔。上次吃饭李姐提了一句。"吴花果说完忽而求生欲爆棚，慌张地摆摆手，"我没跟别人说过。"

电视剧告诉她，泄露领导秘密的人一般没什么好下场。

车内短暂安静。

常仁飞再次开口："别把精力放外采上了。老李他们常年剪片子，直觉眼光都比你老到，说不能用肯定有理由。"

"可是……"

"我知道这趟外采挺折腾。小乐到我这儿申请调休，说了又是车坏半路又是找人帮忙。"常仁飞眯起眼睛看向她，见下属情绪低落，止住话头。

吴花果舔了舔干燥的嘴唇，半晌喃喃一句："我怎么告诉他们啊。"

只因自己一句拜托，两位同事放弃休息时间放下所有私事从北京赶过去，自始至终没有一句怨言，完完整整交出这份素材，他们欢喜地期望着这份辛苦能换来收获——可没有任何用处啊，吴花果说不出口。

常仁飞忽而问道："运动员做了多长时间？"

吴花果识不透他的意思，老实作答："我九岁进省队，十六岁退役。"

"进过国家队？"

"嗯。备战FINA（世界游泳锦标赛）时进过。"

常仁飞这才道出提问意图："吴儿，你更应该知道吧，并不是所有努力都有回报。"

吴花果被一语点透，侧头看向窗外。

过往种种和现实交织在一起，伤病、疼痛、不服，她有过在空无一人的泳池里放声哭泣的时刻——做到极限了，可没办法，就是没办法站上最高领奖台。输，像锁链勒住脖子，她用力捶打最亲近的一汪池水，到底还要我怎么办。

努力只是在为"可能性"创造一线生机，不然世间怎会有"徒劳"一词。

"别觉得讲不出口。以后这样的事多了去了，都是必修课。"常仁飞停好车，"平复一下心情。"

吴花果万万没有想到，钟世会出现在这张餐桌上。

一整天打仗似的过，心思全在工作上，她忘记告诉他自己先飞回来了。

钟世的诧异完全不亚于她，甚至见面直接问道："你怎么在这里？"

碍于常仁飞和李芝薇在场，吴花果闪烁其词："哦，有任务就来了。"

忽而，心里闪过一个声音——你也没说啊。

她只能理解为钟世有私事要回来，而自己并不是他分享悲喜的对象。这念头让吴花果郁闷至极。

服务员过来，呈上一桌餐食。

"随便点了几个菜。"李芝薇爽利地开场，"小钟刚到，我们尽快聊完，放人回去休息。"

常仁飞听她声音有些哑，问了句"感冒了"，也不等答复便拿过茶壶开始倒水，李芝薇接过杯子说"有一点"，他顺势放下茶壶。

吴花果和钟世不约而同地去拿茶壶，手碰到一起，她赶忙避开。

钟世皱眉瞧了她一眼，默不作声地继续先前的动作，给两人都添上茶水。

"哦，对了，你俩第一次见吧。"李芝薇指指常仁飞，"小钟，这是最赛事二部，就是篮网游排大项负责人常主任。认识一下。"

"久仰。"常仁飞起身伸出手。

钟世与他握了握手，说了声："你好。"

李芝薇迅速切入正题："叫你们过来呢，是俱乐部这头刚跟布鲁诺·菲斯签完教练合同，他人在北京，元旦后入队，主带小钟还有我们一个小球员周天宇。老布以前是大卫·盖纳尔的教练，消息迟早要放，出来后可能这点会引发一些动静。"

钟世是 Arsenal 的身份目前只有网球圈小范围内知晓，可随着教练的官宣，嗅觉敏锐的体媒自然会深挖，连带出大卫·盖纳尔，不仅 Arsenal 身份会曝光，从前两名运动员间的相爱相杀也会一并浮出水面。

一位是顶着耀眼光环却乘胜退出的网球天才，一位是大器晚成用后天努力改写命运的当代名宿，少时相伴，昔日队友，现今地位悬殊，这是有太多故事可以去讲述的一段关系。

更何况在刚刚过去的斯德哥尔摩公开赛，大卫横扫赛场，钟世铩羽而归，事实唯一，解读角度却有无数。

常仁飞当下判断出对方意图："消息我们拿独家，条件是什么？"

李芝薇与钟世对视一眼："Arsenal Liard，就是小钟先前打比赛的身份，退出原因是伤病。"

常仁飞沉思片刻："我没问题。"

对运动员来说，伤病是理由，也是最具说服力最小程度减少舆论困扰的理由。

他并不关心钟世究竟因何退出。

"这篇新闻，我希望小吴来发。"李芝薇对吴花果笑了笑，再次看向常仁飞，"他俩有私交，遇到拿不准的点方便讨论。先前也和小吴接触过，我个人信得过她。"

常仁飞对下属挑挑眉，意思是你有什么想法。

"行，我来写吧。"吴花果先是对领导点点头，又对李芝薇说，"谢谢李姐信任。我回去查查资料，稿子出完给你们过一下。"

"尽快。"李芝薇强调，"老布下周就进队了。"

"长报道的话，"吴花果问，"这两天我方便去趟俱乐部吗？周天宇那边需要做个微采。"

"没问题。天宇白天上课，放学基本都会过来。你定好时间提前告诉我。"

"好。"吴花果全程没有看向钟世。

尽管，她感受到了对方投过来的眼神。

原计划速战速决，可没料到进展比预想的还要顺利，李芝薇饶有兴味地看向常仁飞，语气里少了些工作场上的警觉，多了些熟人间的亲切："怎么这么痛快答应下来。"

"双赢嘛。"常仁飞说道，见对方杯子空了，默默地又给她添上些水。

的确是互惠互利的局面——二部拿到独家消息，足够抢先于同行发出这篇引发网球界讨论的新闻，毕竟布鲁诺算得上金牌教练；而对于历史不算悠久，前年才引入职业球员运营的俱乐部来说，背靠体媒界领头羊最赛事，自身的影响力也会一并提升。所以尽管归化事件闹了些不愉快，李芝薇也万不会与常仁飞翻脸。

正这样想着，对面的常仁飞忽然举杯："之前我们这边考虑不周，给两位添了点麻烦。我以水代酒，今后互帮互助，互相支持。"

吴花果见领导这般放低姿态，赶忙端起杯子。

钟世则是看到她有动作，想都没想便把水杯举过去。

三人目光齐齐落到安静吃饭的李芝薇身上。

"呵，弄得我像受害者似的。"她慢悠悠地放下筷子，不情不愿地将杯子抬高一些，"钟世，在中国文化里，碰这一下叫一笑泯恩仇，代表原谅，明白吗？"

她一向是话术高手，既提点到对传统礼节欠缺了解的钟世此举的意义，又敲打了常仁飞先前不守约的行为。

"我明白。"钟世笑了笑，轻抿一口茶。

李芝薇也跟着喝一口，又道："我说过吧，你要的我能给你。"

这话显然是对常仁飞讲的。

许是被对方针锋相对的举动弄得下不来台，又或许被最后这句莫名刺激到，常仁飞冷笑一声，说："我要的你能给？你若知道我要什么我们走不到这一步。"

李芝薇愣了一下，口不应心地暗嘲一句："有意思吗？"

最初，他们喜欢的是对方身上敢冲敢闯的战斗力；最后，他们要的却是对方为自己停下来。

谁都不愿那样做，以至于本该是世上最亲密无间的关系变为只靠"家"这个中心点去支撑的跷跷板，居高者心惊胆战惶惶终日，低位者伺机而动，你压我一成我便也要盖你一次，久而久之家再也承受不住，散了。

吴花果正念着此时说去洗手间会否显得过于刻意，林拓的信息救她一命：小吴记者，钟世和你在一起吗？他手机打不通。

"我出去回个电话，"吴花果借机叫上钟世，"林队医，好像也有事找你。"

并非一定要离席，可常仁飞猜到他们避嫌的心思，将椅子向前挪了挪让出通道。

餐厅门外，吴花果拨通林拓的电话便将手机递给钟世，自己则走远两步，双手插兜百无聊赖地看起夜景。

"没，刚回北京。"钟世举着电话说道，"出来得急，手机忘在酒店了。嗯，酒店前台联系到俱乐部，说明天给寄过来。"

原来如此。

吴花果听到这番话并没有当即做出反应，心情却一下好了很多。

"李姐说体检尽量往前排。对。周末行，那你约好时间、地点发给我吧。"钟世说着朝吴花果走近一步，"我们在一起吃饭。就布鲁诺来发新闻的事情。你找她？"

"这个我不太清楚哎。她在我旁边，你们直接沟通吧。"见吴花果看过来，钟世歪歪嘴角，继续对听筒说道，"不会的。你也太小看她了。"

吴花果"哈"一声。

钟世递来电话："林拓想打听山区运动医疗怎么做媒体宣传，又怕你因为上次他喝多出洋相记仇。"

"什么啊，我早忘了。"吴花果接过电话便是一番数落，"林队医，陈芝麻烂谷子的事，你说咱俩谁记仇。"

这通电话打了一刻钟。

林拓已经与一家医院达成初步合作意向，预计元旦前后组织医生、团队代表和志愿者一起做一次下乡尝试。经提醒，他意识到也许可以借助媒体力量扩大影响力，让项目本身受到关注，也让更多致力于此的人加入进来。

吴花果详细询问了目前情况，得知经费基本靠团队主力借助个人关系去拉赞助，大多数情况还得自掏腰包时，她提出了两条路子：一是联系一二线城市的青少年俱乐部，看是否有机会建立一对一的兄弟关系，同时输出选拔机制；二是继续开拓医疗路径，如医科大学、行业论坛、医师分会等，即便拿不到资金支持，见多识广的专业人士也会对项目发展提供更多可行性建议。

至于媒体宣传，她实话实说："别的地方不清楚，但至少我们这边以官方口径发布此类新闻要过定向审核，毕竟可能涉及广告或虚假消息，而且一旦信息不对等容易造成歧义，还有纠纷风险。"

林拓叹气："我也不认识其他做新闻的人啊。"

"林队医，有个办法。"吴花果与钟世对视一眼，"你不妨问问雯子。她社交媒体粉丝多，而且基本是关注体育的人。雯子可以用自己的账号帮你们宣传啊，效果没准比官方通稿还好。"

那头不作声。

"或者……我转述？"

林拓这才回复："哎，别。你帮得够多了。我……我联系下楚雯吧。"

出乎林拓意料，马楚雯不仅接了他的电话，且在听完请求后一口应下："没问题。到时候你们多拍点照片，哦对，可以问下大家的账号，不介意公开，我发布时圈一下他们。"

"谢谢！"林拓早就关注了楚雯的社交账号，他知道对方偶尔会发商务广告，基于此，他犹豫一瞬，小心翼翼地问，"需不需要报个价之类的？"

"天啊。"马楚雯带着不可置信的语气，"林拓，朋友间搭把手我再跟你要钱，你好意思给我我都不好意思收。我成什么了。"

"抱歉。"

"哎哟，不用。"马楚雯说道，"其实不少运动员都是小地方出来的。有时采访完也会聊几句，他们进入省队、国家队之前的训练资源比之大城市，不说天上地下吧，也差不多。我呢，打心里觉得你们干这活挺有意义的。让更多有天赋、有实力的苗子不会因为伤病拖延折损，能更加科学地从事基础训练，这码事太重要了。"

一日体育人，一生都在为体育的未来牵肠挂肚。

"楚雯，谢谢你。"

林拓不由得涌起一丝感动。见第一面时，他仅仅被马楚雯的外表吸引，而后觉得对方性格好、合得来，所以大胆表达了心意。被拒绝让他着实消沉了一段时间，个中心酸只有自己知道。若非有事相求，他不知道下一次联系是什么时候，也许变为彼此通讯录里可有可无的名字也说不定。可此时此刻，他看到了她时常会被外表盖住的另一面——热忱。马楚雯对自己所从事的事业有热忱。

他们一样，只是在做力所能及的事，不那么宏大，不那么惊天地泣鬼神，一点一点，一步一步，专注而投入地贡献无须对任何人说明的自我热忱。

想到这里，他鼓起勇气问一句："我们……只能做朋友了吧？"

停留于此，不近不远，普通朋友。

通信中断似的，手机里没有传出一丝声音。

林拓不知道对方是在思考可能性，还是只是在寻找一个周全得体的拒绝理由。

而后声音传来："你说什么？我刚才在电梯里没信号。"

他相信她没有撒谎，可自己却没有再说一次的勇气。

林拓收起内心的波澜，笑着问一句："才回家？"

"可不，最近太忙了。"马楚雯道，"下次你们再有活动告诉我一声，顶不济我还能管管后勤呢。"

- 181 -

"那不是大材小用。"

"得了啊,别寒碜我了。"

朋友间的玩笑语调,又好像从头至尾马楚雯与他相处都是这样一种心态,揉不进一丝男女间的暧昧。

林拓失落当下不由得多问一句:"你和高远怎么样?"

"还那样。"马楚雯停顿一下,"也不是。应该说回归到正确的位置了。"

不再别扭,也不再较劲的正确位置。

"什么意思?"

"林拓,其实我想过我们之间能不能更近一些,不管是那时的想法还是之前拒绝你,我不否认,这里面都有高远的原因。"

林拓握紧电话,心中五味杂陈。表白那日,马楚雯并未谈及理由,只是说了好几次"对不起"。他大概猜到她忘不掉高远,却一次都没有奢望过,原来自己只差一点就可以站到对方身边。

"现在高远这层不存在了。可即便你再问我,我的回答还是一样。"马楚雯语气很淡,却又有着磐石难移的坚决,"我很感谢你之前的照顾,也很欣赏你的为人,但……没办法接受你的心意。你一定会遇到比我更合适的人。"

有点像发了张好人卡,却又不太一样。

马楚雯极为干脆,没有留半丝回旋余地。事实上她已经将理由告诉他了——爱情需要一点即燃的心动,她没有,所以她不会勉强自己。

林拓将身体里疯狂翻卷的暗涌压回去,再争取,不过也只是感动自己罢了。

有时,自我感动反会成为他人负担。

"那就祝我们都早日脱单。"林拓开起苦涩的玩笑,"我怎么觉得你会抢先一步呢。"

那头的马楚雯大笑:"比什么不好,非要比运气。"

谁说不是呢,遇到一个人,是运气。

Chapter 07
职业理想

　　俱乐部的培养、年轻球员的追赶、心心念念为之奋斗的目标，任钟世再强大也只是有血有肉有筋骨之躯的人，他会自省、会惧怕，也会崩溃。

　　周五这天下午，吴花果只身一人来到俱乐部取素材。李芝薇热情地迎接了她，同时告知："天宇学校有点事耽搁了，估计要晚点到。我先带你转转。"
　　尽管途经几次，这却是她第一次进到俱乐部内。
　　楼群整体呈倒 T 字形，其中前面为室内场馆，篮球、羽毛球、网球依次排列，各不相通。后面延伸出三层办公楼，为场馆工作人员并用。李芝薇带她从侧门进入，介绍道："这边是我们的接待中心，主要面向非职业爱好者。平时有小班课，也开一对一私教。自己练习走会员注册制，官网约时间约陪练。哦，那边是器材室，感兴趣的话一会儿领套拍子过过手。"
　　"好。"吴花果笑，隔着落地窗，她能看到露天训练场上挥汗如雨的人们，"现在打网球的人好像变多了。"
　　"嗯，这两年有明显增长，尤其是青少年群体。毕竟现在大家接触到的信息足、资源好，也相对有条件做更多尝试。"李芝薇指指外面，"郑教练的儿子小学二年级，练冰球呢。"说到这里，她顾自笑了笑，"换到我小时候，连冰球是什么都没几个人知道，更别提训练比赛了。"
　　"会越来越普及的。"吴花果目光深邃，"总有一天，其他项目也会像乒羽，在世界舞台上一展风采。我相信会的。"
　　李芝薇眯起眼睛，忽而问道："小吴，在仁飞手下做事不累？"
　　"还好吧。"吴花果识不透她的意思，"李姐，为什么这么问？"
　　李芝薇没有立即回答，单手插进西裤口袋，推门出了办公楼。这段路连接室外球场和办公楼，下午四点半，几乎无人通过。

"我决定辞职去美国之前,我们办了离婚手续。这件事就像导火索,把之前种种矛盾集中点燃。"李芝薇目视前方,话语间透出一股淡淡的悲伤,"老实讲,我去就是为了有一天能回来,学学人家的理念,把可取的、值得借鉴的东西带回来。这是我三十五岁之后才悟出的道理,不能蒙眼睛捂耳朵瞎干,要想大行业好,根基一定要科学、扎实。"

吴花果听罢问道:"常主任……不同意?"

李芝薇摇摇头:"他觉得我疯了。网管中心讲资历、看经验,再等等,下个被提拔的可能就轮到我了。"

至此,吴花果已经了然对方因何提问。

李芝薇对常仁飞的感情很复杂,她既欣赏他的魄力与能力,却也对此怀抱某种鄙夷的心态——作为体育从业者,应心怀广阔天地,眼光放到十年二十年后甚至自己都看不到的未来,他们不应狭隘,只被缠绕于这份职业所带来的晋升与个人成绩。

这是两种价值观的碰撞。

吴花果想了想,说出自己的观点:"对我来说,常主任是位非常难得的领导。肯给机会、用人不疑、严厉归严厉,但从来对事不对人。他就像我小时候学游泳的教练,希望在这条路上培养更多的后备力量。李姐,无论我、雯子,还是二部刚进来的新人,至少大家要先证明自己才能做更多吧?"

李芝薇怔了一下,停下脚步看她,而后轻轻点头:"是这样。"

她曾深切质疑过常仁飞的野心,却一次都不曾跳出来去看——对方把本职工作做到极致的野心也会让更多像吴花果、马楚雯这样心怀抱负的年轻人出来,殊途同归罢了。

诗与远方、生活苟且,也许二者之间真的有一个连接点。

遗憾的是,在那场十年相伴的婚姻里,自己和他都没有找到。

李芝薇又道:"那天吃饭我就挺纳闷,怎么还非得过来见天宇?"

照理说,教练变换执教团队,一则快讯足以概括要点,大可不必专程跑一趟。

"喔,常主任之前提过,遇到好的新闻点尽量走深度报道,和其他媒体短平快的形式做区分,也算建立特色吧。"吴花果告诉她,"吃饭那会儿听你说起布鲁诺的执教经历,周天宇又是备受关注的新星,我觉得可以一次发翔实。"

李芝薇朝球场指了指,眉目带笑:"确定不是为他分散火力?"

那里,钟世正在训练。

吴花果看过去,随即将视线避开:"没有。总得公私分明。"她停顿片刻,小声说道,"就怕报道一发,他再受网暴。"

"小钟的承受力可比我们想得都强。"李芝薇拍了拍她的肩膀,"别有压力,万一舆论反馈不好,俱乐部也会帮着将影响降到最低。"

吴花果感激地点点头。

李芝薇看看时间:"天宇估计还要一会儿。练练手?"

吴花果被带到器材室。李芝薇对管理员说道:"小张,拿副拍子,记郑教练。"说罢再次拍拍吴花果的肩膀,朝外面场地正在做指导的人扬扬手,"跟郑教练先学学基本功。我还有个会,天宇这边我都打过招呼了,稍后你们直接对接。"

吴花果道谢,目送对方上楼。

器材室与健身房相连,放眼望去可见均匀摆放的跑步机与一些力量训练器材。这侧落地窗外,四块训练场尽收眼底,均有人员在练习。管理员小张从隔间内走出,递过球拍并做好登记,皱眉盯着她看。

吴花果被对方的注视弄得不好意思,试探地问一句:"要压身份证?"

"哦哦,不用了。"小张迟疑地摇摇头,"结束后把拍子还回来就行。"

"好。"吴花果说罢抄起球拍,推开门朝郑教练大步跑去。

从正反手握拍挥拍到步伐跑动,她学得很快。自小严格的体能训练,灵敏的运动神经加之多年运动员生活塑造的不服输的韧性,量变的积累在新项目的学习中达成质变的转化。

吴花果的到来给郑教练带来极大的成就感,他尝试给她喂球,一左一右,在移动路线中加入正反拍训练。

钟世到来时,吴花果已经站在底线,对面的郑教练正大声指导技巧。她连连点头,很少发问,但发力动作表明她完全吸收了对方所指的要点。

"休息一会儿吧。"郑教练大喊,转身去指导其他学员。

吴花果甩甩汗,去场边喝水。她本就体能好,这个程度的运动量还谈不上多累,只是被半落的太阳烤得太阳穴发胀、脑袋晕乎乎的。

一顶帽子扣到自己头上,她后退半步抬头看,钟世把玩着球拍发出邀请:"练练?"

他没什么表情,如俱乐部里任何一个教练仿佛只是要检测学员的学习效果。

"你带吧。"吴花果欲摘了帽子还给他,却被大手按住。

钟世跑到对面,轻松站定,连接球姿势都懒得摆:"发球。"

瞧不起我是吧。虽然深知专业选手和业余选手之间差距有多大,与她这种初来乍到的小白更是天上地下,但还是不服气啊。于是吴花果集结全身力气,依照刚刚练习的感觉大力挥拍将球发出。

球很正，球速算快，钟世像是探她的底，身子一歪根本没接。

他从兜里掏出一个网球，懒懒地慢速发出，像喂球一般正落入吴花果的击打范围。她想都没想，发力，正手还击。

钟世当然能感觉出球的力量，大步向右一迈稳稳接住，再慢速打还。

吴花果再次用力击打，球速比刚才还要快。

一来一回打了五六下，一次比一次力气大。飞过来的球越发凶狠，他手下稍一用力回击出一记直线球，球飞速过网，笔直地打到吴花果脸上，对面的人瞬间倒下。

"喂！"钟世当下扔了拍子就朝对面跑。

吴花果呈"大"字躺在地上，双眼紧闭，鼻血顺着人中往下淌。

钟世吓傻了，他只是稍微用点力气想逗逗她，哪料她光想着怎么打回去，躲都不躲。

他跪在地上托起她上半身，用力拍她的脸："醒醒，吴花果，醒醒！"

怀里的人缓缓睁开眼睛，目光涣散地抹了下鼻子，手中鲜红一片："你……你怎么打我啊？"

"能走吗？"钟世试图将她拉起来。然而太阳光刺眼，又加上挨这一下，吴花果还没站稳便双眼一黑，脚下一个趔趄倒进钟世怀里。

"小张！小张！"钟世叫人。

管理员小张闻声出来，见这架势也有些慌，等看清伤者后更加慌乱："天啊，是不是假体打掉了？"

吴花果清醒些，这时才知道对方为什么从进场就盯着她看——小张啊，你好好的体育场安保不做，怎么跳槽到这儿了。

"问问林拓在不在医务室，快。"钟世顾不得其他，搀住吴花果的胳膊火急火燎地开始朝医务室走。

身后传来小张打电话的声音："林医生，有人打球受伤了，她鼻子是假的，流了好多血……"

其实并无大碍。

林拓处理好鼻子周遭的血迹，又伸出手指简单做过几项测试，问道："这几天是不是没休息好？"

"嗯。"吴花果揉揉太阳穴。

"可能就是太疲劳了，身体可不能这么透支。"林拓说，"不放心就去医院拍个片子，应该不是脑震荡。"

吴花果晃晃头，感知一番告诉他："没有眩晕的感觉。"

"冰袋就这么放着吧。"林拓指了指脚踝，"估计就扭了一下，这几天注意点，问题不大。"

"好。"吴花果上下捏了捏脚腕，疼，但没到钻心刺骨的程度，还好。

林拓忽而点点自己的鼻子，似笑非笑："没关系？"

人就不能撒谎，胡编乱造的话没准哪天就找回来了。吴花果刚要解释，钟世和一穿校服的少年推门而入。林拓和他们打招呼后，说："没大碍。"

"小吴姐好，我是周天宇。"少年礼貌地鞠了一躬。

"你好。"吴花果下意识去摸身边，却发现随身包在钟世手里。刚才那一下着实被打得不轻，她全然没有好脸色，下命令道，"给我啊！"

这声怒吼吓住了三个人。

她有些尴尬地道歉："不好意思啊，天宇，我的采访本在包里。那什么，林队医，谢谢你。"

钟世恭恭敬敬地呈上背包，小声求原谅："我不是故意的。那球……你知道接不了就躲一下嘛，疼不疼？头晕吗？鼻子还好？"

鼻子你个头。

吴花果从包里拿出手机和采访本，也不理他，直接问林拓："这里一会儿有人吗？我和天宇单独聊两句。"

"这是理疗间，一般没人来。"林拓见状急忙拉钟世离开，"我们先撤。"

想破天也想不出，采访会在医务室做。

周天宇拉把椅子坐到她面前，笑了笑："刚才小钟哥接我说误伤到你，他挺过意不去的。你别生气了。"

"哎，不管他。"吴花果摊开采访本，手机录音打开，瞬间恢复到工作状态，"天宇，之前听说过布鲁诺教练吗？"

当钟世再次进入医务室，吴花果正挣扎着要从理疗床上下来。

他赶忙走上前，想搭手又不知道搀哪里，只得用胳膊虚护着她问了一句："还好吗？"

吴花果已蹬上运动鞋，闷声闷气地回答："你说呢。"

见人要撤，钟世伸手阻拦，说："我从食堂打包了一点东西上来，吃完再走吧。"

吴花果不予理会。

"听林拓说你最近休息不太好，吃完我送你回去，早点睡。"

这人真是奇怪，时而体贴入微，时而又似远在天际。

吴花果仍无好脸色："不想吃。"

"吃吧。"钟世忽而面露委屈，话语间多出几分撒娇的意味，"我都把饭带上来了。"

见对方没有否认，他自顾卸下她肩上的背包，将转椅拉到床边按住人坐下，推着椅背直接挪到桌边。

办公桌上铺了两层报纸，钟世摆出餐盒："也不知道你爱吃什么，随便拿了点。哦，先喝汤吧，小心烫。"

面前的排骨汤还冒着热气，沉在碗底的脆骨和大白萝卜块透过水嫩的汤汁似乎在向她招手，那么友好、那么满怀期待被吃掉。

吴花果咽了下口水，稍作犹豫，拿起汤勺。

钟世这才拉把椅子在她旁边坐下，两人默默吃起饭。

里间的感应灯熄灭了，密闭空间里暗了下来。又过一会儿，走廊的灯也灭了，由玻璃门投射的光线一并消失。

他问："你是不是在生我的气？"

吴花果不作声，夹起一串青菜小口咀嚼。

他又问："因为什么？"

下午的误伤纯属意外，吴花果不会因为这点小事不理人。他隐隐约约有感觉，好像自从休假在她老家就开始了，却又猜不透具体是哪件事惹得两人生分。

钟世继续说："如果是因为我回来没有告诉你，那天我的手机落在⋯⋯"

"我知道。"吴花果打断他，放下筷子，定定地看着他，"你不必事事向我报备吧。"

钟世愣了一下。

"没这个必要，对吧。"她加重了语调。

那股堵塞横亘在心口，她知道此时自己的态度差得要命，甚至有点故意挑起争端的意味。可若要将堵塞打通，必须要一个答案。

钟世并未因此生气。他双手把住她坐的转椅，强势将人挪到与自己面对面："你得告诉我，我才能知道啊。"

要坦白吗？会不会⋯⋯显得小气，又或者显得低微？

不管了。

吴花果抿抿嘴："冯晚霞，就是我们在奶茶店遇到的那个人，我们之前发生过一点过节。那天你看出我情绪不好，为什么不问？是不是在你的认知里，人与人一定要保持距离，没有什么可以越过这段距离？"

应该⋯⋯要这样坦白的。

"所以，"钟世目光深邃，"你希望我问？"

吴花果看着他，点了点头。

我想走进你的世界，可那里有一道或许你自己都不曾意识到的紧锁的大门。钟世，现在，这一刻，我告诉你门的位置，你会不会递出钥匙？

"生气，因为这件事？"

吴花果将视线偏向别处："差不多吧。"

他忽而将椅子拉近，而这突如其来的动作让吴花果不得不再次正视面前的人。

钟世问："那晚你很难过？"

是，很难过。

那天的她太需要一句问候、一个拥抱，吴花果想到自己扑到母亲怀里的情景，鼻子一酸，险些落泪。

倘若钟世问了，或许她在回家前便能平复情绪，不至于让母亲跟着一起难受吧。

她气他怪他，其中也掺杂着自己的懊恼——人的感情，总归多种多样，总归有一片难以描摹的中间地带。

"我不知道你希望我问啊，早说不就好了。"钟世抬手掐了掐她的脸颊，声音沉了些，"对你，我没有所谓界限。可能习惯了吧，不愿别人关心我，所以也就不去关心别人，久而久之就那么去做了。可是……"似乎有些无助，他向上推了推鸭舌帽的帽檐又向下压了压，随着这个无效动作的进行，人也没了声音。

"算了，我明白。"吴花果蹬了一下椅子，离他远了些。

"喂。"钟世轻声唤人。

"真的明白了。"吴花果不看他，拿起筷子继续吃饭，"习惯不是那么好改变的。"

钟世在空气中握握拳，也不知道说些什么，闷闷地挤出两个字："抱歉。"

似乎有人经过，走廊灯重新亮起。

吴花果这时歪歪头，脸上浮起一丝若有若无的笑意："我能等到你打开门的那一天吗？"

"嗯？"

她指指自己心脏的位置。

她知道对方"可是"后面要表达的意思——在努力，努力去表达，也努力去接受。

对于有些人，这种本领近乎与生俱来，他们能热情洋溢地给予抚慰，亦可安之若素地接纳来自他处的关爱；可对钟世来说，习惯孤独自处，习惯日复一日重复同一件事，习惯自我世界里最忠诚的伙伴是网球，对早已习惯这样生活的人来说，太难了。

他曾说起会尝试，只不过吴花果将那肤浅地理解为已经成功，所以她自作主张认定对方理应万事周全。而改变，是从心里接纳另一个自己，绝非一句话、一个举动就意味着蜕变。

好像,太过心急了吧。

"这扇门,"钟世将椅子拉近些,径直拿过她的手按在自己心口上,"你帮我打开吧。"

强有力的心跳借助手掌触感传来,吴花果分不清那是他的还是自己的。

一、二、三、四。

一二、三四。

一二三四。

在彼此心跳变得更快之前,吴花果抽回手:"我,我吃饱了。"

"哦哦。"钟世用报纸卷起餐盒一起扔进垃圾桶,再转过身,吴花果刚将包斜挎到肩膀上,脚步一深一浅地挪动朝门口走去。

里间灯因为这动静再次亮起,她的五官更清楚了,钟世忽而"噗"一声笑。

"干吗?"吴花果不明所以。

"鼻子……"他欲言又止。

吴花果突然惊醒,表情严肃:"钟世,有件事我必须必须跟你说清楚。我这个鼻子,千真万确百分之百保真。抗衰抗打,耐力十足……"

钟世笑容更大:"假的也没什么啊。怎么说来着,爱美之心大家都有。"

"人皆有之。"吴花果习惯性纠正,反应过来事情越发跑偏,单腿跳到他面前,"什么啊。不信你摸,自己验证。"说完也顾不得其他,拽着他的手就往自己鼻子上蹭,"是不是?你别听小张瞎说,我浑身上下全是真的,什么假体不存在的。"

钟世的手停在她鼻子上,心里一软,顺势捏了捏那小小的鼻翼:"别的地方你也打算让我这么验货?"

两人近在咫尺,暧昧游离在小小空间,吴花果瞬间老实,脸绯红一片。

几乎,钟世几乎就更近一步——他甚至相信,吴花果会允许的。

可他停下了。

是某个现实到根本避不开的念头阻止了他——布鲁诺马上入队,他要在这位金牌教练的指导下重回顶峰。吴花果,在我变得更好之前,我没有资格那样做。

钟世抿紧双唇转过身,蹲下去:"上来吧,我背你。"

"不用,我能走。"吴花果没有迎来期望中的场景,掩饰住失落,拍了拍他后背。

钟世借机拉过她的胳膊,稍一起身将人背起来:"家里有冰块吗?"

"嗯,有。"

他关了灯,掩上门,将人向上提提:"睡觉前再敷一下。"

"知道啦。"吴花果趴在他背上,那样宽阔的后背、体温的触感、关爱的语气,所有的所有让她一时间沉下来。

钟世,无论你怎么想,我会等的。

我们算和好了,对吧?

几日的疲惫伴随着心里的笃定统统袭来,吴花果闭起眼睛,双手环住他的脖子,懵懵懂懂地说了一句:"好熟悉啊。"

是梦还是现实,她分不清。

太困了。

然而,钟世却是清醒的。他想到很多年前几乎一模一样的场景,暗自笑了笑:"别的没变,唯独体重变了。"

第二日一早,吴花果猛地惊醒,第一件事便去抓床头的闹钟。

谢天谢地,没睡过头。

而第二件事——昨晚是怎么回来的?

印象停留在钟世去关医务室的灯,那会儿似乎八点多?许久没睡这么舒坦,脑袋贪恋享受似的晕晕乎乎。身上还穿着昨天的毛衣和牛仔裤,吴花果欲下床,低头瞄到地板上的拖鞋,心里忽而变得甜蜜又慌乱——是他帮我换的鞋?

家里没有人走动过的痕迹,大衣和包挂在门口衣架上,玄关整整齐齐摆放着换下来的运动鞋。她转了一圈,终于发现冰箱贴下压着的字条,仔仔细细辨认,花费一分钟才接收到这条信息:你的手机没电了。在马记者的帮助下找到哪一间,钥匙放回包里。

字条是用拼音写的。

吴花果笑着将它重新贴回冰箱上,顺势打开冷冻层,发现那里多了两盒冰激凌。

大包装,一盒蓝莓,一盒香草。

她顿时明白,拿出一盒抱在怀里,去包里翻出手机坐回沙发。

手机连接充电线,冰激凌敷在微微肿起的脚踝上。清晨的日光洒进屋子,吴花果扬起一只胳膊伸个懒腰:"真是好天气啊。"

没一会儿,手机屏幕亮起,她迫不及待地输入密码直奔与钟世的聊天界面:字条和冰激凌都收到了,谢谢。

退出去,马楚雯的头像旁挂着鲜红的数字"10"——整整十条问号、感叹号外加一堆奇奇怪怪的表情包。

吴花果一边笑一边懒洋洋地敲字:昨天去俱乐部顺便打了会儿球,不小心把脚扭了,晚上……

还未打完，新消息进来，她直接退出与马楚雯的聊天框，钟世回复：你冰箱冷冻层空的，去超市也没有买到冰袋。先用冰激凌敷一下，还疼的话赶紧去医院。

吴花果拍了张正在冰敷的照片发过去，想了想又笑着回一条：你打出来汉字照着写不得了，连体字母好难读。

钟世：昨天和马记者发完消息，我的手机也没电了。

吴花果：啊？那你怎么回去的？

钟世：跑步。很近。

一整天吴花果都神清气爽。上午与冬奥项目组关键责任人开了接下来两期录制的穿行会议，因马楚雯今日有线下活动不在公司，她便主动承担起主持串场角色，对于总导演和摄制团队给出的建议及时反馈，重点事项悉数记下留给马楚雯回来后参考。文本方面，大家又提出几处需要修改的点，有道理的虚心接受，认为不妥的据理力争，在这场并无常仁飞庇护、亦无马楚雯力挺的会议上，吴花果独当一面，然而奇怪的是，时间并没有想象的那样难熬。

事实上，会议全程没有出现一张黑脸，大家其乐融融地敲定最终方案。

这让吴花果倍感疑惑，到底是自己心情好规避掉了争吵，还是经过磨合每个人都在适应不同的工作方式？

走出会议室，赵导叫着"小吴等一下"追上来。对方罕见地发出邀请："喝杯咖啡去？我们这层可有好豆子。"

吴花果笑道："您放我去吃饭吧，下午还得出稿呢。"

"不差这一会儿。"赵导用文件夹推着她的后背，"走走。"

演播室外设有独立茶水间，需单独门卡才可刷进去。入职几年，吴花果只来过这里两次，一来无权限，二来最赛事节目组类似独立运营，平日与其他职能部门交集甚少。印象中来那两次还是国外足球豪门应约做专访，她作为陪同人员跟着沾了光。

"其实我们也很少来这儿。看见顶头那吧台没有？还不如你们楼下呢，大小是能关上门的隔间。"老赵打开玻璃橱柜门，"哥伦比亚、阿拉比卡、肯尼亚还是日式炭烧？"

"哥伦比亚吧，口感柔一点。"

"哟呵，行家啊。"

"我妈开咖啡馆的，家里亲戚种豆子，多少知道点。"

"你这从小耳濡目染啊！"老赵从橱柜中拿出豆子放进手摇机器里研磨，边磨边与她说话，"共事一个多月了，还真是不了解。"

毋庸置疑，他指两人，又或者这个临时组建的团队成员之间的关系。

吴花果站到他身边观摩:"慢慢就熟了嘛。"

"小吴,不瞒你说,当初常主任推荐你接这个活儿,我们这边几乎全员反对。"老赵淡淡地说,"后来纯粹是因为老早之前,仁飞还没到咱们这边的时候,节目组跟他打过交道,信得过他的水准才勉强同意。"

吴花果点点头:"我猜到了。"

"嗐,这都项目启动前的事儿。中间嘛,大家各有理念,也有自己独一套工作习惯,人不都这样,和习惯冲突必然就觉得被冒犯。"

冒犯。吴花果品味着最后一句话,不由自主地想到钟世——习惯更改,他会不会也这样想?

见粉末快磨好,她顺手从一旁拿过滤纸垫在咖啡壶上。

老赵停下来对她笑了笑:"今天心情不错?"

吴花果也笑:"还行。"

"看你一上午都喜上眉梢,挺好。"老赵将粉末倒在滤纸上,自饮水机接一杯开水缓慢冲下去,"从项目启动,你都是苦大仇深的状态,当然,大家都理解突然被放到这个位置上,压力在所难免。可不能用实力服众,再多理解都是空话。是不是这个理儿?"

吴花果回忆起这一个多月来自己的种种表现,坦白地说:"我认为自己可以做好,就是不服气你们拐弯抹角要换人。"

老赵哈哈大笑:"那是怕捅娄子啊。我们节目组不是没有好编辑,自己人配合起来多顺手,这跟仁飞让你顶上不一回事儿。"

咖啡冲好,两人各自端着杯子不语。

老赵继续:"但你今天让我们……至少是我,刮目相看。"

吴花果投去不解的眼神。

"小吴是可以心平气和交流的,有想法,有主见,也能虚心接受他人意见。"老赵看着她,"这是我今天的体会。"

被认可的感觉原来是这样。

"之前……"吴花果因为不好意思而垂下头,"我有做得不对的地方。"

"冲动和偏见谁没有?我也一样,大家都有。"老赵抬起杯子与她碰了一下,"过去的就不提了,往下咱们都尽全力做好。"

"一定!"

晚上,吴花果打开门,被访客全身散发出的低气压吓得一激灵。

她的第一反应是:"咋啦?活动出岔子啦?"

"没有。"马楚雯从她身边挤进来,"哐哐"地蹬掉长靴,权当自己家似的去冰箱里拿一罐啤酒,而后筋骨四散一般瘫倒在沙发上。

单论参加活动场次最多的记者，马楚雯在最赛事可谓一骑绝尘。

形象好、口才佳，又具备校园主持经验，还未转正时便小试牛刀做过一些球迷协会的接待活动。之后领域越发宽泛，新品预售、品牌发布会、跨界嘉年华等等，随着新媒体时代的到来，这两年开始触及直播，临场应变本领日益精进。人脉攒下不少，合作方处收到的几乎全是好评，这让公司更加着力朝这方向培养。

今天她参加的是体育及户外用品博览会，每年一届，展商近五百家，观众三万余人，口碑与影响力皆在亚太地区占有一席之地。

马楚雯抵达之后先找到主办方串流程，彩排结束已是下午两点，一小时后活动正式开始。

来不及去更远的地方，马楚雯小跑去往旁边的快餐摊位。本以为早过饭点应该空空如也，可她低估了这场展会的影响力，排在前面的至少有十个人。正盘算着时间是否来得及，她偶然瞥见队伍前端的熟面孔，顾不得其他，当即跑上前大力拍下对方肩膀。

任子延"哎"一声转身，见是她随即笑了："你怎么在这儿？"

"先帮我点个餐。"怕插队行为引得他人不悦，马楚雯靠近些小声说道，"B套餐。"

"咖啡要吗？"

"不用，有免费的。"

"哟呵？"任子延挑挑眉。

马楚雯见前人已经结账，推推他："到你了。"

任子延迅速报出餐名，重新问道："你过来干吗？"

"一会儿颁奖礼，我主持。"

"哦，那个。"任子延了然，忽而又问，"去年，也是你？"

马楚雯惊讶："对啊！你来过？"

"我们每年都跟这个展。有几个做足球用具的是我们老合作方了，过来谈谈来年的主要项目和资源置换。"任子延露出恍然大悟的表情，"我说怎么之前看你眼熟，硬是没想起来哪里见过。"

"太巧了。"马楚雯叹一声，问他，"聊得怎么样？"

餐食备好，任子延取过托盘朝角落扬扬下巴，两人一前一后地走过去。

马楚雯面对一模一样包装的汉堡傻眼："我都拆开？"

"拆呗，还请示上了。"任子延笑，继续刚才的话题，"聊得还行。记得明日绿茵之星项目吧？我们希望给入选小球员每人一套装备，其中球衣为定制款。而后基于个人年度表现由专业教练团队做评级，最后选十人去欧洲参加短期培训。回头得再碰一碰赞助费。"

马楚雯大口嚼着汉堡:"还有欧洲培训?"

吴花果曾与她提过一嘴此事,可也只说到运行模式为足球园平台展示。

"嗯,之前赞助这块出了点问题。有家企业想做独家,后来预算集团没批,就从项目里撤出去了。悬在半空,总不能跟人家足校夸海口做承诺。"

半路撤资,想也知道多大压力。

马楚雯问他:"不生气?"

"气啊,可生气有什么用。本来就在谈判阶段,也没有合同约束。"任子延耸耸肩,"事儿还得继续做。"

"你心态倒挺好。"马楚雯点点头。

汉堡还剩四分之一,她把肉捡着吃掉,面包则一起卷进包装纸里。活动当前,她不允许自己吃得太饱。

她伸手去拿矿泉水,不知是因为指尖有油还是紧绷情绪作祟,扭了两下瓶盖都未打开。马楚雯甩甩胳膊,正要再试一次,却见对面的人隔着餐桌用右手覆盖住瓶盖,她当下按住瓶身,任子延飞快地拧开盖子放到桌上。

马楚雯喝下一大口水,回味着两人刚才的对话,眉头微蹙:"你们来年不是只有这一个项目吧?"

对方过来是来谈年度框架合作的,却只刻意说起明日绿茵之星。

"哦,对。"任子延这才扬手朝后面指了指,"我看见高远了,在C区。"

"他们是展商?"

"C区有一块是开放给相关企业的联合展台,他们支了张桌子,两个人。"

"所以,"马楚雯失笑,"你说这么半天就是希望我把消息递给他,卖个人情?"

任子延也不遮掩:"我不方便直接告诉他。"

马楚雯顿时有些生气:"不说就一视同仁都别说。我啊,我犯不着让你给我俩创造机会。"

"发什么火啊。"任子延亦脸上不悦,"早晨碰到聊几句,他说好像看到你了问我见着没。这不正好撞上你了,你不想说就算了呗。"

"吃饱了撑的!"

"马楚雯!"

"干吗?"马楚雯火气上来压都压不住,"他高远有手有脚有我微信,想打招呼还得雇个助理?怎么着,你觉得他用情至深,我俩可惜,准备助人为乐?"

任子延目瞪口呆地听完这通训斥,呆愣半晌摆摆手:"到此为止啊,我不跟你吵。"

马楚雯将手中的瓶子重重地戳到桌子上,因用力过猛,水溅起一小摊。

她不予理会，侧头转向一边。

任子延并未对此抗议行为做出反击。他扣上盖子拧紧，而后拿过纸巾一点点擦拭掉桌上的水渍。做完一切后，掏出手机看看时间，又将手机塞回口袋，这才慢条斯理地说："在我看来，你们的确可惜。"

"用不着。"马楚雯冷言冷语，"把您的好心收回去，爱给谁给谁，不用给我。"

"行。"任子延撇嘴点头，"我捐希望工程行了吧。"

马楚雯瞪了他一眼。

"火发了，气也撒了。"他说着站起来，"走吧，马记者。"

两人无一句交流，闷声出了餐厅。

电视机照常放着 CCTV-5，这时间是《体育世界》。

吴花果将声音调小些，啤酒打开递过去："你现在的样子特别像刚被人狠批一顿。"

马楚雯喝下两大口，冰凉气泡入喉让她不由得打个冷战。她捏了捏瓶身："不是被批，是我训了别人。"

"哎？"

她将与任子延的对话过程完完整整转述一遍，越说越气，越想越上头，以至于可怜的易拉罐遭受了一轮又一轮的身体摧残。末了，马楚雯总结："说白了他就想劝我俩和好，让我拿条好消息去高远那儿献殷勤，简直脑子有坑。"

"你挺厉害哟。"吴花果对女伴伸出大拇指，"就这样还能把活动顺利主持完。"

"我那是职业素养一口气吊着。"马楚雯愤愤，"真要出差错，我去把他们足球园闹个底翻天！"

"好啦。"吴花果问，"你就真没去和远哥打个招呼？毕竟都在场馆里。"

马楚雯垂眸："想去来着。但活动完我弄稿子，后来主办方又张罗吃饭，没时间过去。"

"子延兄肯定是好意。远哥那头关心你，他指不定当成小情侣之间闹别扭，人家又不知道你们之间七七八八，日行一善成人之美。"

"以为自己是谁啊。呵，还真讲究，给条内部消息让我过去献好，算盘打得倒周全。"

吴花果见怪不怪："他不一向这样嘛。商人思维，献力而后得利。"

听得女伴这样评价，马楚雯一时有些心虚："也不是所有事都这样。其实……任子延人还挺好的，没那么计较。上次外采不还帮你了嘛。"

急忙找补无非是知道任子延的心思——他对吴花果有好感，万万不可因为自己今天这番负气影响他在女伴心中的形象，原本有机会的两个人彻底凉凉怎么办。

思绪到这里，马楚雯暗暗叹了口气——现在自己的想法不和任子延下午的想法一样吗？

这该死的成人之美。

"你回头给人道个歉吧。"吴花果推推女友，"至少在我看来，你冲人家发火没道理。"

马楚雯噘起嘴巴，未答应亦未否决。

"对了，雯子，我下班前跟常主任说田淼托我进冬奥组的事儿了。"

马楚雯惊坐而起："我看你也有大病！她都……"

"总不能犯一回错就把人全盘否定吧。那出监狱的还有重新做人的权利呢，谁没犯过错。"

"常主任怎么个意思？"

"没当场表态。我说可以让田淼进编辑组跟我，眼下人手不足，她撰稿能力有目共睹。常主任就说考虑一下。"

"估计八九不离十。"楚雯据理分析，"之前节目调性重新定位，咱现在进度比计划慢了两期。再加上后四期主题嘉宾都还没敲定，一月份你这边会非常吃重。"

"咱俩又想一处去了。"吴花果看看女伴，"我力争让田淼进来还有一个原因。"

"什么？"

"子延兄的思维。"吴花果狡黠地眨眨眼，"她，或者说她家里，人脉资源可比常主任比我们广得多吧。万一呢。"

马楚雯深吸一口气："英明。"

吴花果歪歪嘴角，不置可否。

"所以说啊，任子延帮助大了去了，你这不就暗暗跟人学会一招。"马楚雯捏着啤酒瓶，眉目带笑地看向自己的朋友，"吴儿，我可知道啊，人家对你表达过……"

"任子延说的？"

"不然咧？"

吴花果目光变得复杂："他……连这都告诉你？"

马楚雯并未深究，一心执着于促成两人好事："你到底怎么想嘛。"

"我？我压根没想过。"

吴花果说这话时带着漫不经心的语气，仿若任子延那场拐弯抹角的试探变成稍纵即逝的风，连落叶都未卷起便过去了。

不知怎的，这样的反应让楚雯有些难过，为任子延的满腔真心被当成熟人间的玩笑而难过。

所以，她用打破砂锅问到底的劲头开口："钟世？"

电视机里已播放起广告，是大卫·盖纳尔代言的某款运动饮料。

二十五秒广告过去，吴花果点了点头。

"可钟世，"马楚雯不甘示弱，"钟世能像任子延这么帮你吗？"

吴花果久久沉默。

"吴儿，不是非让你在两人之中做选择的意思。"马楚雯拉了拉女伴的手，低下头，"我就是……怕你被伤到。"

她最终没有说出口——其实钟世记得你，也记得你说过的话。

那甚至算不上承诺，只是连朋友都算不上的两人之间的口头约定——钟世说他会亲口告诉你，而我的回答是"好"——我必须恪守契约。

吴花果关闭电视，客厅里瞬时静如止水。

"雯子，我有种直觉。当然，直觉并非都是准的。"

马楚雯感觉到对方回握的手，而听到的下一句是——

"钟世一定能帮到我。他会帮我彻底走出来。"

这天晚上，吴花果做了一个梦。

空无一人的泳池，几近溺水的少女，她好像知道所有的技巧，却怎么都无法让自己上来。两条纤瘦的胳膊用力地、用力地扑打水花，双脚悬空，毫无章法地蹬来蹬去。她想呼救，可随着气力的减弱，水一口一口被吃进喉咙里，压迫、窒息、沉沦。

无法再动了。

吴花果猛地惊醒，一身冷汗。

昏暗的灯光下，她看清身边熟睡的马楚雯的侧脸，这才缓缓呼出一口气。马楚雯怕黑，总要开夜灯才能睡着，而今天多亏这盏灯将她拽回现实。

吴花果平躺着，摸了摸自己的上臂。还不够，她握紧拳头做了个提臂动作，肱二头肌撑起，另一只手按上去，硬硬的。

不，那个瘦弱的少女不是我。

时钟指向五点二十分，再无睡意，她拿起手机悄悄走出卧室。

梦结束了，梦里的感觉却仍在。她用冷水洗了脸，没有擦，像在看另一个人那般呆呆望着镜子中的自己。脸是湿的，水滴挂在两鬓头发上，因被自来卷勾住，久久没有落下来。吴花果转过身靠在洗手台上，给钟世发消息：我刚刚做了一个梦。

理智在说不应该这个时候打扰，很可能他都还未起床。可梦仿佛是带着某种征兆的谜,唯有钟世可以解开。

等待不过两分钟,对方回复:好的还是不好的?

吴花果:不好,很坏。

钟世:梦都是反的。

吴花果知道这是安慰人的话,转而问:如果我说是好的呢?

钟世:那就祝你美梦成真。

诡辩逻辑倒有一套。

她刷了牙,重新用温水仔仔细细洗一遍脸,待精神些,又发信息过去:你起床了?

钟世:嗯,准备去跑步。

吴花果便不再多问,扔去一个"加油"的表情。

许久未起这么早,倒有些无所事事。既然思绪杂乱不适合脑力活动,那就做些体力活儿吧。按照过去的传统,家家户户农历年前都要来次大清扫,寓意霉气尽除,万事更新。今年春节估计要值班,吴花果告诉自己,就当提前把坏运气都清理掉吧。

正擦地时传来敲门声,很轻,一共两下。吴花果不由得有些警惕,早晨六点半,着实想不出谁会在此时到访。

犹豫一会儿,她隔门问话:"哪位?"

没有回答。

她右手握紧拖把,左手轻轻打开一条门缝,视野里除了楼道并无其他。将门再推开些,突然从楼梯处传来急促的脚步声。吴花果吓坏了,来不及分辨,下意识将拖把大力顶出去,刚要发出呼叫,听到"哎"一声:"我,是我。"

钟世一身黑色运动装,双手抓着拖把另一头,一副哭笑不得的表情。

吴花果又气又恼:"你大早晨戴什么帽子,这一身黑谁不把你当流氓!"

"哈?"

她抽回拖把,冷静些问:"来我家干吗?"说完,便注意到门口放着的塑料袋,大概刚刚推门动作过猛,袋子散开,露出里面的半截油条。

对方是来送早饭的。

"敲门没开,我以为你又睡了。"钟世指指一侧安全通道,"正打算走。"

"干吗不坐电梯啊?"

"坏了。"

哦对,物业之前发过通知,今日电梯从凌晨至早六点半做维护,期间暂停使用。

"进来坐会儿吧,应该马上就能用了。"吴花果拾起餐袋,"下次来之前发个消息,吓我一跳。再说今天我肯定不让你来,九层楼呢,真当晨练了。"

她忽而停下脚步问他,"你说准备跑步,该不会是……"

"嗯,我从俱乐部跑过来的。"钟世摘下帽子,拢了拢汗津津的头发,"一来一回,差几公里,回去跑步机补上。"

吴花果张大嘴巴。

"你不说做噩梦了吗?"钟世笑着揉了揉她脑袋,"吃饱喝足就能忘了。"

新一天的太阳还未升起,窗外仍漆黑一片。客厅里开着灯,而灯光让吴花果一时分不清日与夜,幻境还是现实。

她上前一步,不假思索地大力抱住他。

衣服带有某种好闻的气味,清新的,淡淡的,不是香水,不是洗衣液——是风、霜露、树木、尘埃。

吴花果用力地吸了吸鼻子:"钟世,你身上有冬天清晨的味道。"

"你,你先放开我。"

吴花果不管不听,环住他腰抱得更紧。

钟世无奈:"那你……能不能先把拖把放下?"

她这才抬起头,此时的拖把棍正紧紧贴住钟世的后背,上端以垂直歪斜的姿态卡住他的脖颈。

吴花果笑着松开手:"抱歉,太忘情了。"

钟世指指拖把:"如果真是坏人,这东西能做什么?关好门不要出来,打1……1……"

在他长大的那片土地上,报警电话是17,他记得这里号码不同,却怎么都想不起数字。

"110。"吴花果替答。

"对,遇事先保护自己,这才是最重要的。"

吴花果点头,低声说道:"谢谢你过来。"

"做了什么梦?"

"泳池,有人溺水。我不知道是不是我,好像是,感觉太真实了;又好像不是,我明明会游泳,游得很好,从来都没怕过水……"

钟世一把将她揽进怀里:"好了好了,是梦啊。"

和过去有牵扯的梦,不知为何再次找上来的梦——梦,它似乎在执拗地提醒,无论多久,只要你走不出来,便会如恶魔让你步步难行。

吴花果紧紧攥住他的衣角,眼泪呼啸而至。

钟世感受到怀里的颤抖,将人松开些,继而单手捂住她的眼睛:"干吗哭啊?"

面前一片漆黑,只有他掌心的温度。

这一世,如果有那么一个人愿意在你哭泣时帮你遮住眼睛,他真的很宝贵。"

"我得走了。"待人平静些，钟世放开手，又轻轻拭掉她残留的泪痕，"元旦后到珠海打比赛，二月我去澳洲。"

"好，那快走吧。"吴花果将人往外推，"路上小心，别受伤。"

钟世回身做了个打电话的手势。

吴花果点头，趁等电梯的工夫又问："你今天怎么起这么早？"

钟世抿抿嘴，还是告诉她："布鲁诺入队，睡不着。"

新的教练新的开始，却也意味着新的压力。

俱乐部的培养、年轻球员的追赶、心心念念为之奋斗的目标，任钟世再强大，也只是有血有肉有筋骨之躯的人，他会自省、会惧怕，也会崩溃。

一步之遥，吴花果坚定地说道："我相信你可以。无论别人怎么看怎么说，我都相信。"

电梯门开启，钟世朝她笑了笑："知道啦，进去吧。"

新年前的最后一个工作日，吴花果收到两个好消息：一是常仁飞同意田森进入《我的冬奥故事》编辑组；二是她发去的关于布鲁诺来华执教的报道得到俱乐部高度赞扬，一字不改即可发布。

当然，也有算不得太坏的坏消息——原本计划6号来录制的嘉宾因档期调整临时改期为3号，对方是一名颇具名气的音乐人，平日酷爱滑雪，刷野道的视频一向是粉丝们津津乐道的热门素材。

常仁飞在下班前召开紧急短会，要求今晚独立校对负责板块，务必校对至细节；明天各模块负责人全员到齐讨论录制流程和互动环节优化，其余相关人员远程待命；至于2号则根据前一天的进度再做决断，不排除加班可能；因录制当天还属假期，职能部门必须到场，其他人遵从自愿原则。

他最后说道："咱们这活儿，大家都不是第一天干。短的四五年，长则有二十来年吧。细想想二十年也就五届冬奥会，能近距离参与一次都值得自夸一辈子，更何况这回是家门口举办的盛事。前两天我小侄子问我，说大伯你参加冬奥做什么啊？我一时都没答上来。"

大家一通笑。

马楚雯快人快语："您就说让他去电视里找，小孩还不好骗。"

常仁飞跟着乐一下，随后继续："我没法向一个八岁的小学生解释具体是怎么参与的。我们不是运动员、教练组、后勤团队，甚至不会去现场。可我想各位都知道，我们是置身其中的。《冬奥故事》这档栏目必须成，这是台里的指示，更是我们，我们这支团队给自己的一个交代。"

会有多少人参加冬奥呢？

吴花果不知道，因为"参加"本身就是一个庞大而笼统的概念。可她知道，仅最赛事一个媒体，一部、新媒体、平台事业部，包括他们栏目组，涉及人数已超百人。他们不会青史留名，甚至只占据某则报道里主报记者后面的一个"等"字，但那又怎么样呢？

丰碑永驻身外事，我只当竭尽所能，无悔这一世来过。

他们有一个共同的标签——心怀荣耀，为这场盛举添砖加瓦的幕后工作者。

许久，总导演老赵大喝一声"好"，带头鼓起掌来。

掌声越发响亮，越发浓厚，越发持久。大家看着彼此，信任、深切、鼓舞，每个人用双手相击的动作传递出同一个信号——这档节目我们一定能做成。

第一次，这支团队融合了。

常仁飞有些动容，他压着手站起来，理性交杂着感性打趣："来台里的算加班，在家的不算啊。"

接替掌声的是一阵笑声。

"行了，都去忙吧。"他发出散会指令，忽而又补一句，"祝大家新年快乐。"

吴花果第一个回应："新年快乐！"

马楚雯声音更大："新年快乐！"

这四个字被重复很多遍，大家用最简单的话语彼此祝福，从会议室内一直延伸到室外。还有不足五个小时，财务会停止收入确认，报销流程会被自动拦截，年度个人KPI的收集进入倒计时——每一个信号都在表明，新的一年即将到来。

灿烂的、缤纷的、充满未知挑战的，新的一年。

马楚雯痛下决心，请任子延吃顿道歉饭。

开始他还百般推辞，"什么得罪不得罪的，见外了""我有约，不去不好""那点事儿我早忘了，你也别放心上"，马楚雯只得放出撒手锏："我和吴儿本来也打算出去吃，多你一个不多，少你一个不少，看着办吧。"

这句话倒也属实。元旦当日开了一天项目会，一群人累得筋骨疲软，为赶进度晚饭更是泡面解决，好在成果喜人，所有细节都落定敲实，第二日只需技术、摄制等部门去演播室做最后调试。于是两个小姐妹当场约好，难得休息，必须吃顿大餐犒劳自己。

马楚雯叫上任子延，一来想为之前同他发火的事道个歉，可单独约又觉太过正式，两人的话题怕是撑不起一餐饭；二来的确也抱了点"创造机会"的念头，就算吴花果心里有人，毕竟还未官宣，多接触接触兴许印象改观，促成一桩好事呢。

钟世直至今天只字未提,作为旁观者、局外人,她没有任何立场去催促他向吴花果袒露心声,只不过在马楚雯的认知里,不交心是交往大忌。

谈感情,谈的是个"诚"字。

"那不然去我朋友开的餐厅吧,地址我发给你。"任子延说道,"吴花果去过,上次一直说好吃。"

马楚雯心急:"你来不来?我怎么都得跟吴儿打声招呼。"

"哎呀,再说。"

事实上,任子延不但来了,还收拾得齐齐整整提早到了。

吴花果对马楚雯的心思只知其一不知其二,开口便和事佬上身两头劝。见两人状态不错,她笑着说道:"我去下卫生间,你俩先点菜。"

她刚离开,桌上的手机便振动起来。马楚雯见屏幕背扣着,又想人马上回来,于是未作理会。

这头手机安静,自己的电话紧跟着铃声大响。瞥到来电人名,她迟疑一下接起:"喂,怎么了?"

"雯子,帮我个忙。"高远语气里尽是急切,"我,我爸。在小区里下棋不知怎么跟人吵起来了,救护车接走的。我跟老翟在东京考察一时半会儿回不去,打吴儿电话她没接,你能不能……"

"人现在在哪儿?"马楚雯站起来,抓上大衣和包就要走。

"说送的北医三院。老翟在看机票……"

"我马上过去。"见吴花果出来,马楚雯捂住话筒一口气阐述经过——高远他爸被救护车接走了,他人在日本回不来,快走。接着放开话筒,边说边朝门外去,"吴儿跟我在一起呢,我们离得不远。你爸叫高明……"

"高明生。哦对,他估计身份证都没带。"高远身在异乡,只剩急得团团转,"我家钥匙……你找开锁师傅吧。进门鞋柜上边,他一般把包放那儿,身份证医保卡应该都在里面。还有什么,他上次体检血压血脂都有点高,不是特别高,别的都没问题。平时喝酒不抽烟……"

"知道。"马楚雯安抚,"你先别急着订机票。我们过去看看什么情况,没大碍你忙你的。叔叔平时身体挺好,不会有事的。"

"好,好好。"

"挂了,随时联系。"马楚雯挂断电话,对任子延说了声"对不住",顾不得其他,拉上吴花果就要去路边打车。

已然了解大概的任子延止住她们:"我开车来的,送你俩过去。这边。"

马楚雯一愣:"谢了。"

"谢什么,快走吧。"吴花果带头跟上。

三人在问诊台打听到信息，一路快跑找到急诊室。报过姓名，护士告知医生正在诊断，家属先在外面等。马楚雯这时说道："吴儿，要不你守在这儿。估计高叔证件都没带在身上，我去趟高远家。"

吴花果朝人来人往的急诊室望望，道声没问题。

眼下，这是最合理的安排——没有人比马楚雯更熟悉高远的家。

"我送你吧。"任子延主动请缨。

人的心态总是微妙而复杂的——他希望在吴花果面前表现出正直仗义的一面，也确实想为高远、为这两个忙前忙后的姑娘搭把手。大事帮不上忙，当个司机跑跑腿的小事不在话下。

马楚雯点头："麻烦了。"

两人并肩走出医院，她再次开口："高远自打退役，和以前踢球那帮人交往就淡了。我能理解他，联系少闲话就少，至少自个儿不听不烦。发小就老翟一个，赶上他俩都在外面，遇到事儿第一个想到的也就是吴儿。"

任子延问："不是你？"

"不至万不得已，他不会找我帮忙。"马楚雯苦笑，"要不怎么说朋友比恋人长久呢。"

高远是个什么性子？

很少，几乎不曾示过弱——吵架时口不择言，哪怕知道话说出去伤人可还是要说，唯恐口舌上落了下风；他表达歉意的方式是偷偷买吃的送穿的，在背后做尽一切对你好的事儿但绝无一句"对不起"；输了比赛可以连续三天不出门，头可断血可流，自己脆弱的样子却不能被人看到。

从小在绿茵场上拼搏，少时父母分开，种种经历塑造了高远的认识——要强，要厉害，老爷们就得打碎牙和血吞，一个人把事儿扛起来。在越亲近的人面前越不能露怯。

马楚雯足够了解他，所以更知道今天高远打这通电话有多艰难，那意味着他在向前女友示弱——走投无路，能帮我的只有你。

任子延推了推眼镜，看向她："展会……我狗拿耗子。"

"没有，这事儿就该我道歉。"马楚雯摆手，"你是好意，我都知道。"

片刻，她又道："可我和高远真就到这儿了。"

"能放下？"

两人已到停车场，任子延打开车门，马楚雯坐进副驾系好安全带。在导航里输入地址，直至车开出医院，她这才说道："好几年的感情，也不是块石头说放路边吧，人就能一身轻往前走。你得把石头敲碎，今天扔两块明天扔两块，慢慢地，肩膀就轻了。"

任子延品味着她的比喻，笑了笑："我还挺羡慕你俩的。至少分开没结仇，更没让身边的共同朋友不好做。"

马楚雯也笑，顺势问一句："你结仇啦？"

"不算，就是没联系了。"任子延目视前方，"刚分手那会儿大家聚会，叫我不叫她，叫她不叫我，想起来也挺那么的。"

"那现在呢？"

"陈年旧账，圈子渐渐就划分开了。"

"这回知道圈子窄的益处了吧。"马楚雯随手朝身后的急诊大厅指指，"其实到现在，和高远我俩走得最近的朋友也就剩一个吴儿。说到底和性格有关系，不是吴儿去二选一站队，而是她值得交，我们都信赖她。"

"得，你就别撮合了。"

"我的意思是，"马楚雯扭头瞧他一眼，"即便到最后你俩没个结果，吴儿也是个值得交的朋友。"

任子延沉默。

路并不远，却有些堵，车流行进缓慢。

马楚雯电话响了，吴花果言简意赅地通报进展——医生说基本没大碍，就是血压突然上来，现在情况已经稳定了。之后还要做几项检查，你们拿到证件就送过来吧。

最后一句是个问句——你告诉远哥还是我和他说？

"你直接和高远说吧。"马楚雯嘱咐，"他还等着订机票呢，不算特严重就别让他回来了。"

吴花果压低声音："雯子，我刚才和高叔聊才知道始末。他有一棋友，儿子升成副总了，人家当爹的开心，又赶上下棋围观的人多，就在旁人面前多炫耀几句。可能话赶话就说到远哥了，那意思就是踢球踢一圈有什么好，被队里开了高不成低不就，现在还得靠爹养着之类的。"

"这什么老头儿啊！"马楚雯一股火上来，"管好自己的家事得了，手伸得倒长！"

"高叔没跟我细说，估计还有比这难听的。"吴花果分析，"两人肯定呛呛来着，不知道动没动手。就是一口气没出出去，血压一下就起来了。"

马楚雯握紧电话，冷静些说道："这事儿先别告诉高远。他那人脾气又冲又硬，知道了肯定坐不住。"

"行，听你的。我给远哥打个电话。"

任子延见她收起手机，这才问："究竟怎么回事？"

"怎么回事……"马楚雯颓唐地靠在椅背上，半合起眼，"老父亲之间比儿子好，人家说高远不争气，高叔听不得这话。"

"人之常情。做父母的，孩子可以关起门来教训批评，但凡别人指手画脚那就得说道说道了。"

"你会觉得高远不争气吗？"

"我？"

"嗯，你。"马楚雯点头，"你是外人，退役的来龙去脉都清楚，也知道他现在在做什么。我就是想知道别人究竟怎么看他。"

这是个严肃的问题，所以任子延并未立刻回答。

许久，他开口："高远是从一级联赛退役的。中超今年，哦，应该说去年了，一共十六支球队，不计预备役，且算每支球队三十人吧，他是四百八十分之一。我们日常报道的、接触的，还有中甲中乙各地青训队伍等等，所以在我看来，他的职业生涯不算黯淡。"

马楚雯未置一词，静静听下去。

"当然，打过首发，后期基本替补，也称不上功成名就。要不要继续踢，退役后做什么，这是个人选择。如果你非要问我的看法，我认为高远没有选错。教练是另一门学问，懂授鱼更要懂授人以渔，并非每个职业球员向这方向转型都能成功。至少目前，高远开头很好。"

"那……"马楚雯似懂非懂，欲言又止。

她不似吴花果，做过运动员，对很多事情有切身体会；她也不同于任子延，圈子广接触多，工作经验多样丰富。她只是在体育院校念了一门新闻专业，毕业后进入最赛事现而今持有体育记者头衔，因为顺利，因为单纯，在很多层面，她又是缺失的。

"我知道了。"任子延对她笑了笑，"你就想要个答案，对不对？"

马楚雯挪动身体侧向他，点点头。

不懂的以后会理解吧，现在的我只想要个答案。

"我不觉得高远不争气。"任子延认真回应。

马楚雯眼神亮了下，脱口而出："谢谢。"

"替高远谢我？"

"不，替我自己。"马楚雯埋下头，"自私吧，我。"

视频是导火索。无论怎么美化、怎么找补，她在高远退役这件事上脱不了干系。蝴蝶效应，一环扣一环，今日高远爸爸为儿子的脸面气到住院，马楚雯没有说，可在心里她认定自己是个罪人。

任子延的话，他站于客观立场的这一句肯定，某种程度上将她从罪恶的深渊里拽了出来。

不作为前女友，不是很多年剪不断理还乱的关系——她只是纯粹地希望高远好，希望他的选择没有错。

"都做圣人,早就世界大同了。"任子延扬起手,拍拍她的肩膀,"自私没什么,不可耻。"

珠海回北京的飞机上,布鲁诺问:"Arsenal,你觉得网球怎么样?"
他仍习惯叫他之前的名字。
钟世手里把玩着一枚小小的球体,抛起接住,如此几下后告诉对方:"网球很宽容。"

职业运动员会被排名,而每周的排名则依据过去52周里所获积分。单站走得越远,积分越多;而从挑战赛到巡回赛再到大师赛,一步步打上来,赛事级别愈高,积分愈丰厚。

每周的排名都在变动,打过的每一场比赛都是积累——积分榜公正而严肃地告诉所有人,在过去的一年时间里,你战绩如此。

杀出重围会被立即认可,偶尔停滞也会被温柔接纳,52周,网球世界赋予了这样一个宽容的期限。

钟世曾不止一次地自问,自己到底喜不喜欢网球。

四岁第一次握起球拍,那天回家后,他兴高采烈地告诉爸爸妈妈,我很喜欢;他开始接受专业训练,放春假时别人都出去玩了,他在场馆里一遍遍练习发球,每发一次心里便会烦躁一分,无聊透顶;收获首个全国少年赛冠军,奖杯很重,可他一点都不觉得沉,高高举过头顶,欢喜得好似要飞起来;状态欠佳被对手打得落花流水,已经够难过了,可教练却丝毫不留情面,狠狠指出赛中出现的种种失误,他摔拍离去说我不打了;站上温网青少年赛冠军奖台,被鲜花、掌声、祝贺包围,他是一路高歌猛进的天才,他想未来有一日,Arsenal会成为网坛最瞩目的名字。

一件事总会因为"喜欢"开始,过程则是在"喜欢"与"不喜欢"之间摇摆,而结论却很难用非此即彼去判断。

对现在的钟世来说,网球是一份职业,就像世界上所有工作一样,那里面有胜负欲,有挫折所带来的失落,也有执意去追求想要完成的一个心愿。

但既然不甘放弃,就还是喜欢着的吧。

布鲁诺饶有兴趣地点点头:"倒是第一次听人这样形容。"

钟世将球握在手里,攥了攥:"若仅仅因为一场比赛决定去留,我走不到今天。"可能复出的火苗还未燃起便永远熄灭。

"昨天比完我有一种感觉。"布鲁诺看向他,"你不应该只拿这样的冠军。"
他们坐在机尾,讲的是法语,说话声音不大——这是一个封闭的谈话空间。

布鲁诺继续:"坦白地说,你比我想的好很多。赛场上头脑清醒,进攻明确,对如何赢有明确的概念。这是职业球员的本能,我很惊讶,也很高兴,远离竞技这么多年你都没有丢掉。"

钟世张了张嘴巴,颇有几分诧异。

布鲁诺见状笑着指指自己的眼睛:"年轻人,不要小瞧老年人的视力。"

他生于70年代,从球员到教练,半生与网球为伴。经验少不得时间助力,在一个行当里待得足够久,只看一场心里便有几分笃定。

钟世坐正了些:"其他呢?"

布鲁诺知道对方要问什么——比之初出茅庐的年轻球员,钟世在心态上更为坦然。

"体能是弱项。这次比赛相对顺利,可如若打起长盘拉锯,你应该知道,未必能赢。回去要加强力量训练,身体如同机器,放置太久,零部件当然会老化,需要重新运转起来。"布鲁诺拍拍他的肩膀,语气加重,"还有一点是意识。"

钟世捏捏手里的网球:"有时很紧张,有时又很放松。我也不知道。"

"可以理解。好的运动员一年要打五十到七十场比赛,更好的甚至会达到八十场九十场,比赛意识是经年累月适应而后建立起来的。"布鲁诺循循善诱,"所谓意识,就是要在紧张和松弛之间找到平衡。你真正的样子,你希望展现给对手甚至裁判的样子,Arsenal,那并不简单。"

钟世恳切地点了点头。离开竞技环境有十年之久,即便几乎没有一天放下过球拍,他对站上赛场的感受已经太模糊了。面对强大对手会紧张,面对实力欠佳的则倍感放松,心态波动完全取决于对手的排名、积分、近来战绩,他被牵着鼻子走,无形中丢失了主导权。这是职业运动员的灾难。

"不要灰心。"布鲁诺从他手中拿过网球,神色极为肃穆,"想想你十几岁,想想为什么会再次开始。"

钟世盯着那枚黄色球体,一时间有些恍惚。

"Arsenal,那时为什么放弃?"

布鲁诺的声音好似自遥远的外太空传来,空灵、直接、清晰。

而这个问题,钟世曾经被问过无数遍。铺天盖地的回忆涌入脑海,声音、画面、场景,无一不是清晰的。他压压帽檐,逃避一般沉默地低下头。

"我来中国之前问过大卫,你们从小一起训练,我以为他能提供一些信息。"

钟世无力地摇摇头:"他不知道。"

纵然曾经是最要好的朋友,心怀同样的梦想彼此支持彼此鼓励,可在这件事上,钟世半个字都不曾对大卫讲过。

会有不被信任的感觉吧——若非前一阵斯德哥尔摩赛场相遇,他们可能毕生都不会再说一句话。

钟世双手捂脸，使劲搓了搓。

"不重要。"布鲁诺像是知道他的心思，和蔼地笑了笑，"既然回归，就尽全力做好吧。"

钟世长舒一口气："嗯。"

布鲁诺将网球举到他面前："Arsenal，你真应该感谢所有知道你退役原因的人。"

钟世愣了一下，接过。

心，狠狠疼了一下。

知道他退役原因的人很少很少，家人、教练、当时跟赛的工作组，钟世没有统计过。

事实上，他从未说过自己因何退役——只是寻常的某一天，结束训练后，他收起球拍走到教练面前，坦言那个许久徘徊在心中的想法："对不起，我……打不下去了。"

他记得那天雾很大，能见度不足五米。走出球场，路上偶尔有车经过，灯开着，速度极慢。他看到一棵又一棵树，一幢又一幢建筑，雾气氤氲下，周边的世界迷幻而虚空。

很想哭，可怎么都哭不出来。

钟世回到房间沉沉睡去。再次醒来已是晚上十一点，客厅的灯亮着，父亲正在读书。听得动静，他合起书本，招了招手。

"佩里克来过，说你不想继续了。真的吗？"

佩里克是彼时钟世的教练。

"嗯。"

"休息一段时间呢？"

"不会好的。"钟世低下头，十指交错握在一起，"我不是不想打，而是打不下去。"

面前的人将手放在他肩膀上，用力拍了拍。

良久，钟世说："对不起。"

"不用道歉，那是你的人生。Arsenal，无论怎么做，她都不会回来了，明白吗？"

钟世侧过头，揉揉眼睛。

"以后有什么打算？"

"不知道。"

"不知道可以慢慢想。但绝不可以一直消沉，一直逃避。我想你应该明白，我和娜娜的难过并不亚于你。我们也都很爱你。"

比之东方世界的含蓄，欧洲人习惯用最直接的方式表达爱。他们会不厌其烦地说，用一个又一个拥抱、亲吻去证实——我们真的很爱你。

一如这时，钟世被面前毫无血缘关系的中年男人拥进怀里，他坚定而恳切地说："那不是你的错。"

母亲已经离开三个月了。

三个月前，钟世问鼎温网青少年赛，成为世界网坛冉冉升起的未来之星。然而就是那天，母亲在来球场的路上遭遇车祸，比分吃紧，赛事正酣，交锋激烈，所以没有一个人告诉他。

那日钟世所经历的，是天堂到地狱的坠落。

不会有人懂，顷刻之间坠落至深渊的滋味。

他不止一次地想，日日夜夜地想，想得发了疯成了魔——为什么偏要让她来？

其实比赛那天母亲有课，可钟世太想让她见证自己的荣耀瞬间——几场下来状态绝佳，他有足够信心拿下冠军。温网青少年赛的冠军啊，打了这么多年，这将是迄今为止最有说服力的成绩。所以赛前他软磨硬泡，只有一个请求："妈，您来现场我才更有底。"

如果不那么坚持，如果她不来——

如果的本质是一种无能为力的假设。

不是我的错吗？

怎么可能不是，从头到尾，自始至终，就是我的错。

母亲走后两周，钟世重回训练场。一切都没有变，可实际上一切都变了——他会重复出现低级失误，握拍的手偶尔会不受控制地颤抖，教练做技术指导而他一个字都听不进去，回家的路上会突然停下来，崩溃大哭。

那年他十七岁，做不到理性，也做不到成熟。

放弃网球，不是不喜欢，只是继续打网球让他痛苦到无法自拔。

布鲁诺住在俱乐部附近的另一处公寓，分开前，钟世告诉他："你说得对，我的确应该感谢很多人。"

即便未表明，可大家心里都知道他放弃的原因。他们默契地选择了守护，没有对外界、对媒体多说一个字。这也成为迄今为止，公开资料上查不到的谜团。

"那就抓住每一个机会，争取尽快说出你的感谢。"

钟世明白对方所指，"嗯"了一声。

需站得足够高，方才能将声音传得更远更广。

"其实最开始，我没有打算来这里。年龄越大越保守，做选择越小心。

完全是李女士和俱乐部的诚意打动了我,"布鲁诺说得直白,"当然,我们都不能否认,这份诚意也是现实的。"

钟世点点头。他并不十分清楚李芝薇如何说服布鲁诺远渡重洋来执教,但毋庸置疑,那绝非一件简单的事。

"我不担心天宇。给白纸着色向来容易,他有充足的时间和精力去试错,甚至这个阶段的失败比成功更加宝贵。但 Arsenal,你不一样。我想告诉你的是,这对我们都是一项挑战。"布鲁诺伸出手,"我希望你对我有足够信任。"

钟世怔了怔,握住那只手,感受到了对方的力量。

只是不知怎的,有些紧张,也有些不适应。

一直目送布鲁诺的背影消失在楼群中,他摊开掌心看了看,这才转身朝住处走去。

刚走出几步,他便听到有人唤自己的名字。

抬眼之间,吴花果出现在视线里,正高高扬起手挥舞着,她在笑。

是幻觉吗?钟世下意识问自己。

他飞快跑上前,用力地、紧紧地抱住了她。

晚上同家里视频时,吴花果从母亲口中听到了一个消息——钟世的妈妈走了。

话题至此纯属意外。最初是父亲问起春节怎么过,吴花果答三十照常上班,晚上估计与楚雯一起去她父母处蹭饭。年初一休息,打算请朋友们到自己公寓,炒几个菜、包饺子之类的。母亲便问"小钟一起吗",吴花果实话实说,看他时间,如果在北京应该会过来。

"人多热闹。上次小钟还说,自他妈妈走后,再没吃过家里做的中餐。"

因为不确定,吴花果特意问上一句:"妈,是我理解的那个意思吗?"

"他没跟你提过?"吴母惊讶当下随即明白,"这孩子,准是来咱家一回,触景生情了。怎么可能不想,是不敢让自个儿深想啊。"

挂断视频,吴花果久久不能平静。她将两件看似不着边际的事大胆做出关联,随后立即向林拓求证。

而林拓在电话中证实了她的猜想——钟世母亲在去球场的路上出了车祸,就在他拿温网青少年赛冠军那天。他过不去心里那道坎,只能选择退役。意外就是意外,可钟世将罪恶感全揽在自己身上,这么多年了,他就是不肯放过自己。

林拓最后说道:"小吴,这件事是钟世的隐私,不该也轮不到我来讲。可你既然猜到了……猜到也是一种安排,对吧。帮帮他,让他放下,让他过得轻松一点。"

如同泰坦尼克撞上冰山的瞬间，吴花果听到一声支离破碎的巨大轰鸣。

平静后的海面上，一块木板，那端是钟世，这端是自己。

我们，好似注定要一起爬上来。

所以吴花果来了。

只是很想他，想要立刻、马上、不顾一切地见到他。

而此时此刻，突如其来的拥抱让吴花果有短暂失神。

钟世的呼吸就在耳边，他一遍又一遍地念她的小名："果果，果果。"

从前她总觉得自己的名字潦草搞笑——吴建章与花英子的爱情之果，纪念意义是有了，可这三字偏与一种热带水果同音，偏这水果最广为人知的功效还是净化肠道，这使得小吴同学成长路上外号就没断过。

可经由钟世叫出来，吴花果觉得不一样了。

多可爱啊，嘴唇鼓圆就能发出的音节——她的存在，是两个人在安然岁月中种下并细心守望的一颗硕果。

吴花果抬起手拍拍他的后背，问："你怎么了？"

钟世脑袋蹭了蹭。

她看不见他的表情，猜测那是代表不愿谈论的摇头动作。

"比赛不是赢了嘛。"吴花果不放心，从钟世怀里挣脱出来，直视他的眼睛，"打得不顺利？又受伤了？还是……"

"都没有。"钟世嘴唇翕动，没有继续说下去。

路灯映出两人长长的影子，远处天际传来一声闷雷。

"要下雨了哎。"吴花果望着天空，脚下却没有动。

好似无论风雨，都无法阻挡她来见他。

钟世看着她，声音带几分沙哑："我刚刚正在想你，你就出现了。"

话有些没头没尾，可吴花果听懂了——拥抱，只是对不确信的验证而已。

面前的这个人啊，他背着十字架负重前行，要受罚，要赎罪，要付出代价，所以他根本不敢奢望，也不相信会有任何一件好事降临在自己身上。

又或者，是怕，怕自己过得太好，怕自己忘记需要承受痛苦。

一种触不到底的疼席卷住吴花果，她踮起脚，双手捧起钟世的脸，吻了上去。

雨珠落下，滴在衣服上、头发上、鼻翼上。

很轻、很薄、很柔。

钟世僵了一瞬，闭起眼睛，身体不受控制地开始回应。

吴花果被引导着，却也沉沦着。他们就像暗夜森林里两只受伤的兽，在一方隐蔽的安全角落，小心翼翼地舔舐彼此的伤口。雨丝变得密集，气息是唯一的暖流，不问也不用说，这一刻之所以如此，是我之于你的本能。
那是一种难以描摹的复杂情愫。
旁边篮球馆走出一群人，大家激情洋溢地讨论着去哪里吃夜宵。声音划破街道的安静，也让钟世顷刻间停了下来。
他双手握住她的肩膀，垂下头，剧烈地呼吸着。
未等吴花果做出反应，钟世摘下帽子扣到她头上，他说"对不起"。
不该这样。
至少，不是现在。
吴花果默默摇了摇头，不由自主地打了个喷嚏。
"冷了吧？"钟世说着就要去脱大衣，拉链拉至一半时手腕被拽住。
吴花果定定地看着他："你抱我。"
钟世抿抿嘴，继续将拉链拉到底，而后轻柔地将人揽进怀里。他用大衣裹住她的同时听到声音："不用现在，我也一样。"
他们都还未与过去讲和，没有学会正视曾经那个遍体鳞伤的自己。爱人是一种基于自爱的能力，爱，应该是明媚的、爽朗的、心无旁骛的。
钟世，我们慢慢来，好不好？

Chapter 08
那句表白

这种痛对钟世来说,是褪去全身伪装的束手就擒——他放弃抵抗,将最差的那个自己原原本本放置在她面前——除去这份心意,吴花果,我什么都给不了你啊。

小年夜这天,《我的冬奥故事》第一期正式上线。然而点播数据出来后,所有人都像被打了一记闷棍。

刚过及格线而已,与预期相差甚远。

要知道,这是刻意调整过播出顺序、承载诸多殷切目光、铆足劲蓄势而发的第一期,无论是最赛事自身平台还是相关合作方,从前期预热到上线后宣传,每一项工作都做得无法更充盈。事实却是,受众反馈结结实实地给了他们一耳光——缺乏吸引力。

当然,没有热度不代表不好。可对制作方来说,好不好是主观臆断,热度与数据却是实绩。

按常仁飞一贯唯结果论的行事风格,报告出来是定要开检讨会的。意料之外,整整一天他都很安静,只在临下班前往群里扔了一段中规中矩的话,大意是宣传组多留意网上反馈,下期节目播出前整理出一份观众意见与建议汇总;后两期待录制要尽快敲定选题,群策群力,各职能部门及时沟通;节目调性与大框架不变,细节可以做微调。

无一句批评,也没有"已经很好,再接再厉"的安慰鸡汤。

马楚雯背上包蹭到吴花果桌前,空手做了个"喝一杯"的提议。

动作被正路过准备收工回家的田淼和时小乐看在眼里,时小乐默不作声地示意"带上我俩",四人对个眼神,便一起出了办公室。

职场低压气就像打喷嚏,能在密闭空间里以最快速度传播开来。

刚进电梯,遇到从楼上下来的老赵,得知几人小聚,当下决定加入。

公司不远处即有一商务酒吧,为周围几所办公楼上班族们的聚集点。时小乐正要带头朝那边走,被老赵挡在前面,他扬手指指相反方向:"换个地儿吧。"

"姜还是老的辣。"马楚雯打趣,一把勾过时小乐的脖子,"学着点。真碰到常主任自己喝闷酒,你打不打招呼。"

时小乐并不在项目组群里,却也听说了节目播出效果不理想的事,尴尬地吐吐舌头。

吴花果与马楚雯、时小乐走在前,闲聊间说起全国游泳冠军赛。自毛维瞻离职后,马楚雯的搭档本应由时小乐接棒,可来年二部着力拓展活动资源,马楚雯自然是不二人选,各类线下活动已排至五月份。这意味着她很难做到离京出长差,同样意味着吴花果将代替她的角色去与小乐搭档跟赛。

对此,马楚雯是有些内疚的。

二部日常做篮游排网四大项赛事报道,从内部分工看,篮排两项皆属大球类,相关同事协作密度更高,所以在实际执行层,部门下又有篮排、游网两个平行分支。吴花果最初从一部调过来没有明确指向,但恰恰因为那段时间自己身体抱恙,而吴花果又顶住压力展示了出色的职业素养,久而久之,她便不言而喻地被分配到网游分支。

正因马楚雯知道好友因何放弃游泳,也知道那些过往对吴花果有着怎样的伤害,她觉得现在这样的安排太残忍了。

有时在情感面前,立场和理性都是苍白的。

"那什么,游泳冠军赛还是我和小乐去。"马楚雯拢拢头发,故作轻松道,"具体时间不是还没出来么,大不了来回跑两趟。"

时小乐接话:"雯子姐,我估计你费劲。听说这次推迟到四月中,NBA球星嘉年华不也在四月,常主任不说让你跟全程吗?"

吴花果当然明白马楚雯是为自己考虑,感动的当下又觉得朋友间说煽情的话太多余,于是用力挽住对方的胳膊:"到时再看。"

几人围方桌坐下,酒水点完,气氛忽而低迷下来。

他们所认定的节目好,与大众所能接纳的好,两者间隔仍是未知数。这正是让从业者们备受打击的一点。

时小乐环顾一圈人,打破沉默:"为什么数据这么差呢?"

"也没差到地底下。"马楚雯纠正,"不算理想吧。"

吴花果默默叹了口气:"其实我也想不明白。深度、广度、趣味性、知识推送,一档节目可以覆盖的全都有了,整体节奏也不慢……"

"你看小吴,你还是制作方思维。"老赵循循善诱,"观众看一期视频,还会分析你的节目属性?"

马楚雯赞同:"这倒是。就咱们自己人才会带着分析心态。"

"说实话,今天数据出来我也受打击,但不像你们这么……激进。"老赵亲切地笑笑,对一群年轻人说道,"节目最初定位就不是比赛、竞技、你争我抢,我们关注的,是一群最不受关注但不可或缺的人做了什么。从这点来讲,仁飞做的决定很有魄力。"

后辈们专注而安静地听着。

"这就像从前我们唯金牌论,只为榜单上的第一名欢呼。现在呢,不拿奖牌又怎么样,精神才最值得歌颂。"老赵感慨着说下去,"有些观念啊,认知啊,是要一点点改变的。《冬奥故事》这档节目既是一种革新,也是一种引导。我们希望发出一个声音,那就是盛事之所以叫盛事,不单因为镜头前的画面,还有背后所有强大的支撑力量的付出。"

酒水上桌,马楚雯激动着率先举杯:"敬盛事繁荣!"

时小乐站起来高呼:"敬国泰民安!"

田淼一时想不起词汇,可微微颤抖的手却显示着内心的波澜。

老赵安抚般拍拍她的肩膀,杯中酒碰上去:"我这杯,敬我们自己!"

大家一起看向最后发言的吴花果。她笑了笑,视线一一扫过面前这帮共进退的同事:"敬今朝,也敬明日!"

"打个样啊,干了。"

马楚雯爽快地就要开始喝,舌头刚沾到清甜的梅子酒就被吴花果拉住:"当无限畅饮呢,悠着点。"

在场人纷纷笑起来。

吴花果的手机忽而振动,陌生号码发来一条短信:小吴,我是冯晚霞。不好意思打扰你,想请你帮个忙。

信息至此结束,似乎在等回复,对方并未说明缘由。

吴花果听着大家你一言我一语的聊天,余光瞥到手机屏幕暗了下去。

应该回复吗?需要回复吗?她说不清心中的天平更偏向哪一方。

又一条短信进来:不用了,已经解决了。抱歉啊小吴。

吴花果盯着屏幕看了一会儿,没有回复,默默将号码存为联系人——冯晚霞。

常仁飞原本是想独自去酒吧喝一杯的。

为此,他特意避开大家常光顾的场所,选择了相反方向。第一家在举办小型演唱会,摩肩接踵,人满为患;第二家大门紧闭,告示牌上写着"春节休假,来年再会";走至第三家,推开门便注意到吴花果一伙人、老赵、楚雯、小乐、田淼,不知聊到什么有趣话题,嬉笑声隔老远都能听见。迟疑片刻,他退了出来。

挺好。他告诉自己，没膘眉耷眼、死气沉沉，两伙人也逐渐建立起团队信任，无论从何种层面看，都挺好。

只是这种好，不属于他。

自早晨节目点击数据出来后，这一整天都没消停过。对内他需要认责，向上级汇报接下来的工作计划与改进方案；对外面对赞助商与协作单位，他需要解释数据低迷的成因，倾听他方意见，在适当的范围内做出妥协。

是人都会累。

任凭常仁飞再强势、再理性、再稳重，他也只是个五脏六腑俱全的普通人，整整一天不间断的消耗，他累到几乎麻木。

从最初组建团队，到中间一场又一场头脑风暴，再到录制、剪辑、播出，每一个环节他都有参与，大方向亦由他拍板敲定。而今结果不尽如人意，他难辞其咎。

没什么好推卸的，职位越高，决定权越强，责任必然越大。

北京街头，他漫无目的地开着车，鬼使神差就到了俱乐部楼下。李芝薇，现在要叫李经理了吧，她所任职的网球俱乐部。

常仁飞下了车，点燃一根烟，望向还亮着灯的那几间办公室。一股巨大的失落感猛地砸来——婚姻结束，家散了，父母身体频频亮红灯，事业上备受质疑，回望这么多年，孑然一身，一无所有。

就连想独自喝杯酒的自由好像都被剥夺——怎么就变成这样，从什么时候开始变成这样？

他踩灭烟蒂，掏出手机给最熟悉的那个人发出一条消息：在俱乐部吗？

过了十分钟，李芝薇回复：在。有事儿？

办公楼一盏灯灭，与此同时，常仁飞与自己打了个赌——若接下来出来的是她，我会将心里话全部说出来。

好似上天听到他的乞求，片刻，李芝薇低头摆弄着手机从大楼走出。

"芝薇。"常仁飞唤一声，挥挥手。

不远处的人抬头四望，目光相接，李芝薇同样挥挥手，阔步前来。

"你怎么在这儿？"相隔几米，她开始问话，"家里有事？"

维系他们的，是一场亲朋好友皆不知道的、假模假式的"婚姻"。

常仁飞摇头，以一句最寻常的问候开场："吃饭了吗？"

"嗯。晚上有私教课，和教练组凑单点了外卖。"

"课结束了？"

"都几点了。"

"我看球馆灯还亮着。"

李芝薇回头望一眼:"哦,健身房。估计有队员在加练。"
　　"最近忙吗?都到这时间才回去?"
　　李芝薇见对方顾左右而言他,于是将包挎到肩膀上,双手习惯性插进西裤口袋:"有事找我?咱俩之间犯不着绕来绕去,直说吧。"
　　有一刻,常仁飞是打算离开的。
　　因为他觉得自己很可笑——无处倾诉,找来前妻这里,可人家凭什么要听呢。如今李芝薇在事业上做得风生水起,这更加印证了她当年决策的正确。面对一个曾经试图阻碍自己的人,她没有居高临下奚落自己已是最大的礼貌。
　　常仁飞刚要打招呼走,抬眼见钟世正朝这边来。李芝薇也顺着他的视线回过身,叫声"小钟"。
　　"李姐。"钟世看清人,小跑靠近后认出常仁飞,于是点点头,"常主任。"
　　"干吗去?"李芝薇问。见他上身羽绒服下身却只穿条短裤,猜测这套行头是刚运动完出来,又叮嘱道,"注意点别感冒,马上就打比赛了。"
　　"嗯。我就去前面超市买点日用品。"钟世回答。
　　"里面还有人吗?"
　　"没了。小张在做整理。"
　　"行,快去吧。"
　　"好。"钟世注意到一旁面色沉重的常仁飞,顿了顿还是说道,"常主任,我刚跟吴花果打完电话,她说大家都很有信心。"
　　这话来得直白而意外,以至于常仁飞一时间不知该用何种立场去应对。还是李芝薇帮他解了围,她推推钟世:"再晚超市关门了。"
　　钟世"啊"了一声,长腿迈开转身离去。
　　人走远些,常仁飞回过神:"小钟和吴儿……"
　　"怎么,你们台里有这方面限制?"
　　常仁飞急忙摆手:"要知道他代小吴来安慰我,我刚才就说声谢谢了。"说到这里,他避开李芝薇的注视,"专题节目播了,与预期差得太远。再这么下去,后几期随时可能被叫停,一群人的心血,我给不了交代。"
　　李芝薇望着昔日的枕边人:"你为这个来?"
　　常仁飞苦笑一下,模样颓然。
　　她忽而觉得他沧桑许多,大约印象一直停留在过去的某段时间里——三十出头,有精力亦有能力,神采飞扬,正是大展身手干事业的时候。老家亲戚以他为荣,职场后辈视他为榜样,领导看重,朋友信赖,他在所有关系中都游刃有余。可事实上,时间对所有人平等,他们的年纪马上就要以四起头了。
　　忍字头上那把刀更为锋利,挥落也更无情。

"这件事我帮不到你什么。"李芝薇上前半步,替他松松领带,"但是仁飞,能休息的时候就让自己休息一下吧。你可以这么做。"

路灯映衬出她柔和的脸,光芒盖住眼角细纹。

常仁飞压住她的手,声音抖着问道:"芝薇,你怪我吗?"

"没有,也没有过。"李芝薇迟疑一下,抽回手,"我们都有责任,各占一半。"

如果那时没有走,或许他们现在已经有了一个可爱的孩子,组成偌大都市里随处可见的幸福三口之家。这是常仁飞的愿望,李芝薇偶尔会想,可能也是自己的愿望吧。人生哪有回头路,鱼与熊掌又怎可兼得,到最后说服自己的不过是一句——一种有一种的好。

两人又聊了几句,而后各自上车,一前一后启动。分岔路口前,常仁飞打开大灯晃了两下。随后,李芝薇打开车窗,一只胳膊伸出来,用力挥了挥。

他往东去,她朝西走,这个夜晚便这样沉默地进入尾声。

第二日一早,钟世发来消息提到在俱乐部碰见常仁飞的事,特意强调"我安慰他,说你告诉我大家都很有信心"。吴花果回复一串省略号,心里无奈痛骂,你个二傻子哟。

这不等于当面揭人短,顺道还把友军卖了——钟世那点眼力见全用在赛场上了,场下简直称得上超级猪队友。

吴花果一整天都惴惴不安,唯恐被常仁飞揪进办公室审问。六点一过,她以百米冲刺的速度从工位逃离。

坐上出租车直奔俱乐部,好在李芝薇还没走,吴花果省去寒暄开场就是道歉:"李姐,昨晚的事我听钟世说了。我俩正好之前在打电话,顺便聊了几句……"

李芝薇何等聪慧,笑眯眯地反问:"特意跑一趟,怕我棒打鸳鸯?"

"不,不是。"吴花果的脸瞬间涨得通红,慌忙否认,"没到那一步。"

"俱乐部没有这方面限制。球员的感情生活是个人私事,我们可不管集体分配。"李芝薇风趣地做出回应,大家长似的瞧着吴花果乐。

"我们没有……"吴花果越发害羞。

"好啦,小吴。如果来是问这个,尽管放心。"李芝薇认真些,"你和钟世怎么样由你们自己负责。我只有一个要求,公私需分明。"

"明白。"吴花果点点头,沉思片刻,又问,"昨天常主任有没有……"

李芝薇一下笑了:"来我这里探口风?怎么不自己问他?"

"他是我领导嘛。昨晚几个同事小聚,说到节目数据,其实大家都挺理解常主任的,好坏一起担,本来就不是一个人的责任。哎,都怪钟世多嘴……"

"小钟直白,他是好意。"李芝薇饶有兴趣地感叹,"说实话,我还挺惊讶,和小钟共事这么久,头回见他安慰别人。特别是,仁飞和他至多点头之交。"

吴花果不语。

"总而言之,"李芝薇继续说道,"仁飞确实有些低落,能看出来。有些想法你们不妨与他直接交流,我相信他其实很想听到你们的心声。鼓励也好,意见也罢,他会期待听的。"

"李姐,谢谢你。"吴花果投去感激的眼神,"很多。"

"客气什么。我又不是你上级。"

李芝薇的笑容有一种独特的感染力——你知道她很体面,无论表述还是神态,她始终站在某个位置上,理性而清晰;可她又是真挚的,这种真挚会化为一种莫名的亲和力,让她变为一个值得信赖的对象。

吴花果甚至在想,十几年后的自己若能变成她,那多完满啊。

与此同时,心里冒出一个声音——常主任该有多后悔,错过这样一位佳人。

晚上七点,室外球场灯火通明。

钟世擦擦汗,回味着刚才布鲁诺提出的技术要点,低头朝休息区走去。伴随突如其来的一声"嘿",他条件反射后退两步。

吴花果笑得直不起腰:"你不怎么经吓啊。"

钟世气急败坏地将手里的毛巾扔到她脑袋上。

吴花果摘下毛巾,脸上仍笑嘻嘻的:"我找李姐,顺便来看看你。"

"等多久了?"

"一小会儿。"

"过来也不提前说一下。"

"你有安排?"

"没。"钟世"咕咚咕咚"灌下半瓶水,抬手抹抹嘴角,"知道你来,我就早点收工了。"

他站在灯光下,未被擦净的汗珠顺着鬓角流下来,凝结在腮边。吴花果仰头看着他,有一瞬间仿佛看到站在领奖台上振臂欢呼的少年,那个闪耀着光芒的少年。

我多想你再次站上那个位置。

钟世察觉到她的注视,胡乱搓搓脸:"我脸上有东西?"

"有。"

"啊?"

"有魅力。"吴花果一本正经。

她开始喜欢逗他，也喜欢看他被中文语义弄得捉襟见肘的模样。

正如此时，钟世无奈地叹了口气："马屁精。"

她问："还练吗？"

晚课即将开始，交接时段球场空旷安静。

"不了。林拓交代这段时间要避免过量消耗。"钟世揉揉肩膀，整理起球拍，"你有没有想吃的？一起吧。"

"我都行。"吴花果弯下腰帮忙，语气关切，"肩膀要注意一点，小毛病积累多了就是伤，再受伤可怎么办。"

钟世扬手揉揉她的脑袋："知道啦。"

两人正说着，一句清脆的呼唤传来。未等吴花果回过神，一位年轻的棕发姑娘大步跑近，而后直接跃起跳到钟世身上。

她这才看清对方的容貌——眉眼精致，鼻头微翘，皮肤白皙，而那一头棕色长发正随晚风飘扬着，似一幅美轮美奂的动态图画。

姑娘刚刚唤的名字是——Arsenal。

钟世将人放下来，脸上根本掩饰不住惊喜，问题更是一连串——可他们之间的对话，吴花果一个字都听不懂。

她站在一旁，完完全全被冷落了。

这人是谁？他们是什么关系？看上去很熟，不，是熟悉到不能更熟悉。

姑娘可以肆无忌惮地抱着钟世，而钟世则丝毫没有抗拒，仿佛拥抱是他们之间时常发生的动作。

吴花果难掩失落地转过身，打算退出这场容不得第三者的相聚。

"果果。"钟世叫一声，拉着姑娘的手腕走近。

他们近一步，她退一步，无头苍蝇似的翻找理由："哦，我突然想起来还有点工作没做完。我，我先回去了。"

钟世放开拉住姑娘的手，跨出一步挡在她前面："不是说好一起吃饭吗？"

"你有朋友在……"

"朋友？"钟世皱了皱眉，随之自顾自笑起来。他双手把住她的肩膀，带动吴花果转了个身，大声招呼一米开外的女孩，"Nat，打个招呼。"

比之不明就里的吴花果，姑娘却心知肚明一般。她先是朝钟世挑挑眉，在得到对方点头答复后，规规矩矩地站到吴花果面前做自我介绍："小吴姐姐你好，我是娜娜。"

中文发音字正腔圆，配上一张外国脸，使得吴花果半响说不出话来。

钟世这时推了推吴花果，笑意从眼角渗出来："傻啦？这是我小妹，

- 221 -

Nathalie。"

"哎？"吴花果发出一个音节，来回看看两人，惊诧齐齐写在表情里。

"我记得和你说过啊。"钟世也变得不确信，"在你家，没有吗？"

他的确混淆了——那日聊起小妹情况时，只有吴家妈妈在场，吴花果对此一无所知。

倒是娜娜反应灵敏，她迅速站到吴花果身边，指着兄长的鼻子挖苦道："一定是你忘了。贵人多忘事嘛，不奇怪。"说罢，与吴花果相视一笑。

钟世气急："你是不是讽刺我？"

"你猜。"娜娜一边扮鬼脸，一边朝吴花果身后躲，"说了你也不懂。"

这场久别重逢的惊喜在林拓从办公楼里出来后，瞬间被推上顶峰。

娜娜眼睛瞪圆，双手捂嘴，林拓也是一副不可置信的模样，两人僵持一会儿，随即来了个大大的拥抱。

直至松开，林拓还未从惊喜中回过神："多久没见了？四年？五年？学校放假啦？过来看你哥？"

钟世替答："她下学期来北京做交换生，年后开学。"

林拓随即将矛头指向钟世："你也真是，好歹提前说一声。"

"你问问她给我机会了吗？"钟世不服气，"连我都不知道。自己都办妥了，专程过来通知的。"

"这才有惊喜嘛。"娜娜嘿嘿笑，"我特意让爸爸不要告诉你，他这次很守约。"

球场里开始有人流涌入，无疑，异国长相的漂亮女孩吸引到诸多目光。

钟世见状推着一群人往外走，极为罕见地啰唆起来："制造惊喜？胡闹还差不多。想头不想尾，就应该在机场就把你遣送回去，到时候看你惊不惊喜。"

吴花果听着身旁的人一路喃喃，哭笑不得地拽了拽他的衣角。

钟世叹了口气，这才朝前面的背影挑挑眉："我俩完全不像，是吧？"

"你指长相？"吴花果歪头想了想，打趣道，"你妹妹更好看些。"

"哈！"钟世笑，掏出手机开始翻找，"给你看看我们小时候的照片。"

背景大概是某处森林公园，父母骑一辆双人自行车，一前一后探出头对镜头笑；他们旁边的少年钟世戴着头盔，单脚撑地；而看上去五六岁模样的娜娜则调皮地站在后座上，单手扶住他的肩膀，另一只手呈扬起姿势。

照片拍得很有感染力，一家人的欢喜透过屏幕好似要溢出来。

吴花果凑近放大图像，评价道："你小妹很像你妈妈。"

"嗯。小时候她头发和眼睛都是黑色的，脸也圆乎乎的，我妈妈总开玩笑说爸爸的基因不争气。"钟世神色黯淡下去，"你听没听过一个理论，在一起时间越久,样貌就会越偏向对方?"

吴花果点头,隐隐猜到他要说什么。

"自从我妈妈……"钟世抿抿嘴,"林拓说你都知道了。"

"你别怪林队医。是我执意要问,他才告诉我的。"

"不会。"钟世牵牵嘴角,目光在照片上短暂停留,收起手机继续说道,"我妈妈走后,有段时间我从家里搬了出来,一周或者两周回去一次。Nat和爸爸一起生活,长相好像也渐渐发生变化。"

"中国有句老话叫女大十八变,很多人长大后都和小时候不一样。"吴花果拉住人停下,静静看向对方,"钟世,不要做那些没有意义的联想,更不要将所有事情的成因都放在自己身上。"

她是理解他的。

一个决定酿造出一个结果,这个结果又像藤蔓延展,不断分叉出新的枝节端点。因为太多、太杂、太乱,索性将全部起因落在最初的最初。对于决定的懊悔变成一剂毒,每每念起,戳心锥骨。

"我真的……"钟世仰头望向天空,久久后才说了四个字,"非常后悔。"

这厢林拓面对眼前这位意外的访客,忽然有种时光倒流之感。

第一次见还是在钟世家里,他受邀与他们一起过平安夜。房子有些年头了,木质的楼梯踩上去"吱吱呀呀",客厅里有壁炉,火烧得正旺。钟世父亲准备了一桌大餐,向来吃不惯奶酪的他却觉得那日的奶酪醇香可口。出国之后,林拓真正放松下来的融入,那是第一次。钟世父亲是药剂师,他们有不少共同语言;还在读中学的娜娜好奇心很强,听大人们聊天,不断地提出五花八门的问题;钟世则像黏合剂,话不多,却时时刻刻照顾他的情绪。五彩斑斓的圣诞树带着松香偶尔袭来,他们吃完主菜又一起烤了布朗尼,香喷喷的巧克力味,林拓至今记忆犹新。

那时的他只是一个普普通通的留学生,辗转于医院与出租房之间,有时想前路,有时想论文,偶尔也会想家。世上常道利先于情,可林拓自问,钟世以及他们一家在他身上图不到一丝利益,自己只是无比幸运地交到一个朋友,孤独时光里被善待着被关爱着。

至于娜娜——熟悉后,林拓便成了她的中文老师。小姑娘有天资亦肯下功夫,HSK(汉语水平考试)模拟题一套套做,高中阶段便过了六级。成绩下来那天,林拓发去消息说恭喜,娜娜却小大人一般告诉他——我学中文是想让妈妈放心,更想让哥哥不那么自责。

再后来,林拓回国,换了号码,WhatsApp几乎不曾上线,与钟世倒靠邮件保持联系,和娜娜则自然而然地切断了。

娜娜的到来似乎是一种命运的提醒,她将过去真切地带到林拓面前,让这段时间一直低落的他心情明朗了许多。

"林,"娜娜忽而说道,"有另外一件事 Arsenal 也不知道。"

林拓竖耳倾听。

娜娜先扭头看看身后——钟世与吴花果落后几米距离,两人停了下来。她收回视线,表情也变得不自然:"我爸爸交了女朋友,很合得来。他本来是要告诉 Arsenal 的,被我制止了。"

"为什么?"林拓不解,"你哥听到一定很高兴。"

赛场上逼抢对手、寸步不让是一回事,钟世内里其实很宽和。对于母亲的离世,他只是暂时过不了自己那关,绝不会要求别人独守原地止步不前。多年的朋友,在这一点上,林拓极为确信。

"我相信他会很高兴,会祝福爸爸。可是林,"娜娜脸上闪过一丝不易察觉的伤感,"我很怕 Arsenal 觉得孤单,好像那已经是一个新的家庭了,没有他的位置。我怕他以后和爸爸疏远,甚至和我也疏远。"

女孩的心思,总归细腻些。

"可迟早有一天钟世要知道的。"

"你看,你现在都叫他的中文名字,可我还是习惯叫 Arsenal。"娜娜垂下头的同时,眼圈一红,"他有了新的开始,以后会生活在这里,和过去的联系越来越少。他已经离开我们了。"

林拓摸遍口袋也没有找到纸巾,见小姑娘眼泪已经下来了,只得安慰似的揉揉对方的头:"称呼就只是一个称呼。你学那么久中文还不知道嘛,换在这里你都应该叫他'大哥',也该称我一声'林哥',哪有直呼其名的。"

娜娜这才破涕为笑:"哦,你原来也想要个身份。"

"'要身份'这词以后别瞎用。"林拓急忙纠正,稍作沉思又道,"春节过后钟世去澳洲打公开赛。这场很关键,是赛季第一个 250 级别,也是布鲁诺执教后首次国际亮相。正好这段时间你把自己开学的事情安置安置,等都弄好了,他也回来了,那时候再说吧。"

"好。"娜娜赞同,"你方便的话,帮忙……"

"探探口风。我知道,放心。"

两人正聊着,钟世与吴花果赶上来。钟世问小妹:"你学校宿舍现在可以住吗?"

还是经吴花果提醒他才知道,寒假期间大学会封校,若非提前申请或特殊情况,宿舍一般是不开放的。

"当然不行了。"娜娜眨眨眼,反问大哥,"你的公寓不行吗?"

"我那边就一张床,不方便。"

"啊，我以为可以和你一起住。"小姑娘随之将求助的目光转向更熟悉的林拓。

"我家？"林拓慌忙拒绝，"我更不方便。"

"你也只有一张床？"

"不是这回事。你应个急，一天两天住我那儿行，离开学怎么还得两周吧？那咱俩……"他就差把"孤男寡女"说出口，又觉得对方可能压根没想到这一层，直接挑破未免太尴尬，于是直接下结论，"不合适。"

娜娜噘嘴："小气，你又不是没在我家住过。"

冤大头林拓无奈地朝钟世摊摊手。

小妹考虑不周，可钟世完全懂林拓的顾虑——成年男女朝夕出入一户，且小妹的混血长相本就引人注意，传出去流言蜚语定是针对她居多。再者，生活起居，异性间总有诸多不便之处。想到这里，他掏出手机："我给你订酒店。"

屏幕被吴花果盖住，一直没怎么开口的她这时提议："要不然去我那儿？这么长时间住酒店，费用应该也挺高的。"

娜娜眼神一亮："可以吗？"

"可以啊。我反正平时就自己一个人住，有两间卧室。"吴花果笑了笑，扬手指了指不远处的地铁口，"地铁过来三站地，很近，我一会儿告诉你怎么坐车。"

"好呀！好呀！"娜娜连连道谢，转头抛给林拓一个白眼，"还林哥呢，学学人家。"

林拓有结结实实被怼到，一副吃了哑药的表情。目送姑娘们上车，关好车门，他这才摸着脖子问钟世："她，她什么时候中文变这么强了？"

"你问我？我都不知道问谁。"

"不是。那你俩不总聊天吗？"

"她嫌弃我，从来不和我讲中文。"

"是不是交了华人男朋友啊？"

"有这个可能。"

"要是这样，你更得问清楚啊。别是图人家练手，动机不纯。"

"她谈恋爱，两个人都愿意就行了，我有什么好问的。"

"你是她兄长啊！再说，要是被别人骗了怎么办？"

"从小到大，都是她骗别人。"

四人一起吃过晚饭，车临停在吴花果小区外，林拓没有进电梯便回去了。钟世与小妹聊天，许是习惯，许是不想被第三人听见，他们之间讲法语。吴

- 225 -

花果并未打扰，默默做起迎接客人的活计。

正忙活着，钟世唤她："可不可以送我一段？"

又不是第一次来找不到小区出口，这倒新奇。

娜娜对此却喜闻乐见，一手拉过一个，推两人出门："快去快去，我正好和爸爸视频。"

吴花果拿上钥匙，临走前不忘告诉娜娜无线网的密码，而后随钟世走出家门。

月光皎洁，树影婆娑，可冬天的夜风总归强硬，她不由得裹紧大衣。

钟世停下来，替她拉上羽绒服拉链，接着一声不响地握住她的手，一起放入自己大衣口袋。

吴花果也没有说什么，只觉得他的手暖极了。

两人相顾无言地走了一段，钟世开口："刚才在车上我想了下，娜娜住进来肯定会添麻烦，不然还是让她去酒店吧。"

吴花果眨眨眼："展开说说，什么麻烦？"

"你家只有一个卫生间，两个人要错开用。她本来就喜欢晚睡，刚到又有时差，只会睡得更晚。还有日常打扫清洁……"钟世用另一只手抓抓头发，"总之，各种各样的不方便。"

"你刚才在交代做客之道？"

钟世用沉默表示了肯定。

吴花果"喔"一声："怪不得不让我听呢。"

"不是。"钟世担心对方多虑，赶忙澄清，"用中文我怕讲不明白，也怕娜娜不理解……"

"所以娜娜怎么说？"

"她？她说都知道，都记住了，不会给我丢脸。"钟世笑一下，"大概就这意思吧。"

"你小妹可比你通透多了。"吴花果用食指戳戳他的胳膊，"为什么不能麻烦别人呢？人活着又不是一根独木，总有需要帮助的时候，可也少不了提供帮助的时候啊。"

钟世停下，在口袋里捏捏她的手："你确定OK吗？别管其他，说实话。"

"我OK的，完全没问题。"吴花果脸上带笑，郑重地点点头。

"那我转……"

未等钟世说完，吴花果立刻知晓意图，手从口袋里抽出来按住他的胳膊："这阵子我有点忙，抽空让林拓陪娜娜去办银行卡吧，他开车也方便些。等办好你直接转给娜娜就行了。"

钟世努努嘴："你可真'卜未知先'。"

"卜……那叫未卜先知！"差点被绕进去的吴花果一跺脚，"钟世！禁！用！成！语！"

待回到家中，娜娜已经结束视频，正坐在地上，将行李箱中的衣物拿出整理。

吴花果敲敲敲开的房门示意，小姑娘欲站起来却脚下一滑，侧身倒下的瞬间，胳膊结结实实地撞到床棱上，吴花果惊吓之余赶忙上去搀扶："磕到哪儿了？我看看。"

"没关系啦。"娜娜揉着胳膊朝她笑，表情有些不好意思，"本来就粗枝大叶。"

哈！吴花果心里偷乐，怪不得钟世遭嫌弃中文不好呢，对比之下，高下立见。

她扶娜娜坐到床上，递过手里刚买的冰激凌："你哥说你喜欢吃甜的，尝尝。"

"他总算懂我一次！"小姑娘也不记疼，拆了冰激凌的包装咬下一大口，含含糊糊地评价，"好吃。"说完拱了拱吴花果，"你们约会都这么快？"

"哪有。"吴花果笑。

"小吴姐，其实 Arsenal 给我发过你的照片。"娜娜比画两下，"但是今天在球场你换了发型，我没有认出来。"

"我的……照片？"

"嗯。"娜娜说着便开始找手机，衣服堆、床头、行李箱，四处翻一遍仍是未找到，倒真应了"粗枝大叶"的自评。本人也不在意，坐回床上继续与吴花果聊天，"手机不知道放哪里了，下次再给你看。哦，还有，你进门那里挂的帽子，喜欢吗？"

帽子？

想起来了，钟世送的那顶渔夫帽，因为绿色的缘故她平日很少戴，却又觉得看着心情很好，就一直挂在玄关衣架上。

娜娜这时拍拍胸脯，一副骄傲的模样："我挑的。"

"你？"

"去年 Arsenal 回来过一次，比赛输了，他心情不太好。后来快要走的时候说要帮朋友带东西，我陪他去商场，别人的很早就买完了，他还一直要转。"娜娜转述着当时的情形，"我走得腿都要断了，他才说想送个礼物给你。"

吴花果问："为什么是帽子？"

"Arsenal 习惯戴帽子，我想他会希望你可以更了解他，去感受他的习惯，所以就选了一顶。果然，买完之后才觉得他心情好了些。"

- 227 -

吴花果想了想，还是告诉对方："绿帽子在中文环境里，有其他含义。"

小姑娘倾心于中文，之后又要在此处学习，特定符号多知道些，免得被曲解。

"啊？不好的吗？"

"不算好吧。"吴花果笑了笑，"但是礼物我很喜欢。"

娜娜点点头，眼神忽然木了一下："拼音和汉字学起来都不难，可自从妈妈离开后，这种东西就很难学到了。"

她是钟世的小妹，她同样失去一位至亲。而那时的娜娜更年少，生命中与母亲相处的时光亦更为短暂，再度回味那些稀薄的记忆，她该有多珍惜。

吴花果一阵心疼，又不知如何安慰，扬起手轻轻拍她的后背。

"小吴姐，你知道失去的感觉吗？"娜娜仰起头，定定地看着洁白墙壁与屋顶交接处的直线，"妈妈去世我记得，可那时还小，只是很伤心很难过，看到别人和妈妈在一起，我回家就会钻进衣橱里哭，我想她。后来有一天，Arsenal给我们留了一张字条，说他要出去散心。我们不知道他去了哪里，没有一个人知道，电话打不通，信息全没有读。那个时候，我才知道失去的感觉。我觉得自己失去他了。"

"你没有啊。"吴花果揽过小姑娘的肩膀，"他现在好好的，你们都没有。"

娜娜像只温顺的小猫伏在她肩头，吸吸鼻子说道："我记得四天还是五天后才接到他打来的电话，他说自己在拉萨，一切都好，想看看妈妈走过的地方。"

吴花果的心顷刻间被吊起，继而又缓缓落下。

"那次爸爸非常生气。因为开始我们只觉得他心情不好，需要自己的空间。但一直联系不上，差一点就要报警。Arsenal回来后，爸爸和他发了很大的火，以前从来没有过，之后也再没有了。"娜娜止住回忆，声音沉下去，"其实直到现在我都不知道他为什么去西藏，可我想那是Arsenal的秘密，也许是和妈妈之间的约定。"

夜已经深了，只有客厅里的饮水机偶尔发出"咕咚咕咚"的声响。

吴花果握握娜娜的手："你还要倒时差，洗个澡赶快休息。"

小姑娘推让："你先吧，你明天要工作。"

吴花果笑："你哥刚才这么指示的？"

"嗯，让我不要干扰你的作息。"娜娜调皮地眨巴两下眼睛，"他很关心你哟。"

"这个人，哎。"

"小吴姐你先洗吧，我反正要收拾行李，还要找手机。"娜娜大大咧咧地朝她做了个飞吻，"晚安。"

"好，晚安。"

吴花果在浴室里愣了一会儿神，今晚娜娜这番推心置腹的讲述让她想起很多自己以为早已记不得的细节。浴室的岩灰色大理石砖上有着黑色泼墨花纹，目之所及，两道不相干的纹理向前延展着，在下一块瓷砖上却合并为一，之后再次分开，各自去往不同方向。吴花果着迷似的看下去，身体几乎转了半周，惊奇地发现那两条轨迹又一次出现了交叉。

她揉揉眼睛，头有些晕，便也不再探究这些岔开交错意味着什么——虽然总觉得，命运好像要将她推到一个光亮的地方去了。

第二日一早，吴花果准备出门时，娜娜还未起床，她便留了张简易字条放在茶几上，告知冰箱里有早饭，以防万一，将俱乐部地址和家里地址一一写明。各处翻一遍，零零总总找到两百多元现金，悉数放在字条旁，这才放心出了家门。

上午是一部、二部全员参加的年度总结会。会议由两部门负责人谢宏伟和常仁飞共同主持，对过去一年的各项工作及相关经验进行归纳，同时也按时间线对来年的重要赛事做出大致梳理。

十一点多，老谢有事先行离席，由常仁飞完成最后收尾。马楚雯这时递来字条：今年二部预算增加，能进来两个人头。你要不要调回一部？

吴花果"唰唰"写下：你听谁说的？

马楚雯很快再次将本子推过来：财务啊，消息热乎保真。

随后她将食指放在唇上，做了个"嘘"的动作。

吴花果点点头，心里不由得有些波动。

一转眼，她调过来已经四个多月了。这四个多月里发生了很多事，第一次跟网球赛、游泳赛险些捅娄子、老毛离职、进入冬奥项目组从不被认可到逐渐适应，若将个中细节一一想遍，恐怕要埋头苦思到明天早晨。吴花果说不清一部和二部哪里更好，就像谢宏伟和常仁飞，前者宽厚平和，凡事愿意手把手教授；后者激进有野心，坚信困境更能激发潜能——各有优劣，各有特色。

从承接的工作内容看，回一部接着干足球赛事报道，驾轻就熟，且一条线做专，升职潜力巨大；相比而言，二部由于门类小众，涉及宽泛，包括近期又做冬奥项目，未来方向始终有些模糊。她可以继续做记者，通过此次学习也有机会转岗到幕后，选择变多，人也就有些犹豫了。

直至会议结束，吴花果都心不在焉。

她决定找老谢谈谈。谢宏伟既是恩师，又是父亲的朋友，对方或许不会给出答案，但定能指点一二。

已至午饭时间，谢宏伟办公室仍关着门，看样子像在会客。周边同事纷纷离开，待人走得差不多，吴花果才告知马楚雯自己的想法。马楚雯当然支持："谢老师看问题一向长远，信息肯定也更多，是该多听听意见。"

虽然会加人，但那是建立在吴花果仍属二部的基础上。而一旦她调回去，马楚雯承接的工作势必比从前更多。所以，马楚雯是不带任何一丝私心将消息告诉她的，她甚至没有为自己考虑——她想的只是让吴花果远离游泳赛罢了。

"人估计没这么快到，万一我走了，这段时间你怎么办？"她没琢磨的，吴花果却替她想了。

真挚的友情，永远是互相着想，互相成就。

"车到山前必有路，船到桥头自然直。困难见我小马都得靠边走。"马楚雯欢快地打了个响指，"请叫我'马好运'。"

"叫你'普世马观音'得了。"

"嘿，鬼机灵还得是你。"

"哦，对。"吴花果告诉她，"钟世的小妹来了，现在住我那儿。这几天你要过来住，提前打个招呼。"

马楚雯大惊："钟世还有妹妹？不是，为什么住你家啊？"

"同母异父，混血小姑娘，可漂亮了。"吴花果笑了笑，"她下学期过来做交换生。学校不是放寒假还没开嘛，钟世公寓住不开，林拓那边又不方便，先来我这里凑合两周。"

马楚雯"啧啧"两声，撇撇嘴道："你才是救世观音，吴大弥勒佛。"

"反正就我自己住，又不耽误。"

"谁说不耽误！耽误咱俩喝酒啊！"

两人正说着，谢宏伟办公室的门打开，而先走出来的那位让吴花果和马楚雯齐齐吓一跳。

任子延同样注意到了她们，挥手打招呼："还没去吃饭？"

"认识啊？"老谢带上门跟上来，忽然一拍脑门，"瞧我这记性，小吴你俩应该早就认识了吧。"

这话让其余三人皆是不解。

"大二你们新闻系做实践活动，搞体育知识普及，嗨，我联系的，我都忘了是哪儿了。"老谢和蔼地笑着，"那会儿小任还在《体育青年报》吧？去现场报道来着，还写了新闻稿，你们几个人汇报时拿了优秀实践集体。"老谢瞧着几个年轻人的样子，反应过来，"敢情都不记得了。"

吴花果与马楚雯对视一眼，继而大彻大悟般"啊"了一声："当时谢老师找的我,但后来我没去成,就拜托你去的,想起来没?"

"哦哦哦,有了有了。"经这番提醒,马楚雯终于记起,"前一天你发烧了,我们出发前还碰见你去校医院输液。"

"对,就那回!"吴花果颇为不可思议地看向任子延,"这么一说,还真是。"

任子延笑着点点头:"我也想起来了。楚雯,我们那会儿确实见过。"

"你们这些小的,一个个记性还不如我呢。"老谢一挥手,"走吧,一起吃饭去。"

马楚雯一个箭步跨过去,直接拉起任子延的胳膊:"谢老师,我俩老相识先去叙叙旧。你们自己解决啊。"说罢,朝吴花果使了个眼色。

吴花果立刻接收到,看向谢宏伟:"谢老师,正好我有点事情想和您聊。"

马楚雯将任子延一路拉至电梯,刚欲解释,有相熟的同事进来,开口即是玩笑话:"嘿,小马家属来啦?"

马楚雯自来接得住玩笑,嘻嘻哈哈回过去:"嗯,我儿子,长得像吗?"

"快别逗人家了。"同事瞄了一眼任子延,倒显得不好意思,急忙转移话题,"听说你们项目组今年春节不休啦?"

"是啊,要赶物料。"

"得,再坚持坚持就熬出来了。"同事出电梯前单手握拳做了个"加油"的动作。

行至一楼大厅,人流散开,任子延挑眉:"儿子?"

"哈!"马楚雯讨好地笑笑,"说你是我爹不显得岁数大嘛。"

任子延"哼"了一声。

"咱俩随便吃一口?"马楚雯看看时间,"下午我还有个会。"

"没事,你要忙就先上去。"

"反正我也得吃饭,旁边咖啡厅吧。"马楚雯带路,出公司大楼才告诉他,"吴儿原先在一部,干得挺好的。后来是因为我动手术,休了个长假,二部实在没人就把她借调过来了。"

"你动什么手术?严重吗?"

"我?"马楚雯没有料到对方会针对自己提问,稍显惊讶地歪歪头。

"哦,随口问问。"

"就是……怎么说呢,把身体里没用的东西摘掉一些。"马楚雯继续说下去,"总之现在有机会重回一部,吴儿想私底下先听听谢老师的意见。"

任子延点头:"明白。"

最赛事人多视线杂,即便是内部岗位调动,私密谈话确实也需要一个安

- 231 -

静空间。

"你今天过来什么事？"

"我们想开一档女足接力的专题栏目，聚焦老中青少四个年龄段。目前构想是球场上的隔代对谈，项目策划书已经出了，有足协背书，赞助商也谈得差不多。实操上考虑有协办单位资源会更丰富，所以过来和谢老师聊聊。"

马楚雯听罢，大力肯定："很好哎，有传承的感觉。"她问，"谢老师怎么说？"

"栏目意向能达成一致。"任子延坦白相告，"可毕竟没有天上掉馅饼的事，涉及两方资源置换，角色定位还需要再讨论。"

马楚雯"哇"一声："真想不到老谢能跟你聊到这步。我进台里没在他手下干过，印象还停留在他给我们讲大众传播学呢，心无旁骛，教书育人，就像昨天的场景。"

"不在其位不谋其政吧。"任子延倒显得十分理解，"谢老师现在是部门负责人，对上对下都要有交代，光出力不成做慈善了。"

"你……"马楚雯伸出食指对向他，脑子里闪过一个形容词，却又怕说出来被对方理解为贬义，不由自主地卡住话头。

"怎么，想说我挺现实？"任子延嘴角歪了一下，"我可不觉得现实点就要被鄙视。"

马楚雯怔了怔，相识的时间不长不短，可此时此刻，仿佛他们第一次有了不浮于表面的、能探究到彼此价值观的、触及个人观点与认知深处的交流。

"我也不觉得。"她看着他，"谁活着不是一地鸡毛，有人上有老下有小，有人起早贪黑努力奋斗，大家不都是为了点什么去争取嘛，这就是现实。"

任子延刚要说些什么，眼见点餐队伍挪出一大截空当，于是推着马楚雯的后背向前走几步："看看吃什么，速战速决，别耽误你开会。"

马楚雯哀号："要了命了，到底谁发明的上班啊！"

吴花果在回家路上收到钟世发来的消息：林拓带娜娜去办银行卡，他们在外面吃。我来找你？

她在聊天界面敲回文字"别过来了，怪麻烦的"，想想又逐一删除，改换成一个"好"字。

其实她偶尔也会想——现在的关系算什么呢？

恋人间的进展通常要经过几个既定程序——相识、好感、暧昧、表白。吴花果对此的了解，其一来源于影视剧，其二则来源于身边切实发生过的马楚雯和高远。大差不差，八九不离十，绝大多数情侣都是这么过来的。然而她与钟世却像例外中的例外，没有一见钟情，没有不打不相识，更无酒后乱性的戏码,就是很久之前见过,而后重逢,不紧不慢就到了今天这一步。

至于那句表白,说与不说好似都无关紧要了。

敲门声传来时,吴花果正在看丹·布朗的小说《失落的秘符》,正值关键情节,突然间的声响吓得她一激灵。她将书扣在茶几上,说着"来了",前去开门。

钟世今日一身休闲打扮,似乎刚洗过澡,头发蓬松着,身上有种淡淡的沐浴露清香。见她笑一下,递过手里的包装袋:"我骑共享单车过来的。到小区外才想起带晚饭,随便买了点。"

"共享单车?你自己弄的?"

"对啊。其实很方便,就是第一次用,不太熟,耽误了一会儿。"

吴花果夸了句"有进步",一边从包装袋里拿出比萨,一边朝卫生间扬扬下巴。

钟世得令撸起袖子进去洗手。

待出来,吴花果已布置好简易餐桌。比萨盒在茶几上摊开,房间里渐渐充溢着芝士香;电视打开至体育频道,声音不大;地毯上铺了垫子,她盘腿坐着招呼他吃饭。

已经许久许久,没有过这种感觉了。

无非是一个再普通不过的夜晚,一间屋,一餐饭,一个人,可这一切让钟世感到久违的,久到甚至有些生疏了的——安定。

说不上从什么时候起,他就像一只风筝无头无尾地飘着。飘过山川河流,飘过雷电雨雪,飘过一个又一个四季。其实他知道地上有人盼着自己下来,可一旦尝试便成了急速坠落,那种失重感让他害怕——他融不进被包裹的热闹里。无所依靠的飘荡反而变得安全,他一度以为这就是他之后的人生。

可吴花果抓住了那根线。她悄无声息地进入他的世界,而后又缓缓地、轻柔地给出一个信号——下来吧,有我在。

一如此时,她扯扯他的衣角:"就在茶几上吃吧,方便看电视。"

钟世答"好"坐下,又伸长胳膊去够身后餐桌上的包装袋。一个不稳,袋子打翻,眼见里面两瓶水落地,出于职业反应,他迅速下腰,以半躺在地上的姿势去接——一瓶是接住了,另一瓶重重砸在地板上滚落到吴花果脚边。

"玩脱了吧。"全程观览这出好戏的吴花果大笑,捡起瓶子直接打开。

"是气……"

钟世话未说完,惨剧已经酿成——吴花果的牛仔裤湿透一片,她一手举着还在涌水的瓶子,一手是无辜的瓶盖,呆滞的脸上隐隐可见哀怨。

钟世用尽力气才憋住笑:"我买的气泡水。"

"哦，气泡水是吧。"吴花果瞧着他幸灾乐祸的模样，盖紧瓶盖一阵猛摇。

意识到危险来临的钟世欲起身躲开，可腿不知怎的被她钳制住，只得一边求饶一边再次躺下去，双手抱头远离"爆炸源"："吴花果你别，我，我刚才提醒过你……"

太晚了——她半压在他身上，瓶子撑着他的脸打开，只听"嘭"一声响，火力值达到巅峰的气泡水犹如小喷泉般涌出，加之两人一个进攻一个躲闪，打闹之下，大半瓶水已经消耗完毕。

"没了是吧？"钟世拢拢前额湿透的头发，单手抓住她两只手腕，另一只手则威胁似的摇晃起包装完好的水瓶。

吴花果大呼不好，忘了他还有一瓶。想跑却被对方大力抓回怀里，硬的不行只得来软的，她蹭着脑袋可怜兮兮地认错："我有眼不识泰山。小玩笑，小乐趣，别，你别晃啊，咱俩干杯不好吗？"

钟世看着人笑，怕她乱折腾撞到桌角，于是放开一只手护住对方后脑。手腕终于解放的吴花果显然没有注意他的良苦用心，反过来便去抢瓶子。两人本就躺在地上，这一抢胳膊肘顶上钟世的肩膀，他不由得"嘶"了一声。

"怎么了？弄疼你了？"听得动静的吴花果瞬间止住动作，她支撑着坐起来，"对不起啊，我没注意。"

钟世抬着肩膀也坐起来："我没事，干吗道歉。"

吴花果垂下头："我，我不是故意的。"

对运动员来说，旧伤好似定时炸弹，一旦爆了再无挽回可能——这点她比任何人都清楚。

而内疚是因为——不是第一次了，她好像总会忘记，总会伤害到他——生理上的，明确而直接的伤害。

"不要紧啊，你看。"钟世做两下伸展动作，"这不好好的嘛。"

"对不起。对不起。"吴花果小声说着。

她甚至不敢想，澳洲公开赛在即，钟世如此看重，铆足力气想要冲一把的比赛，若真因为自己打不成或者造成失误，到时该怎么办。

应该无法面对他吧。

钟世听着一句又一句的道歉，心里阵阵发紧——怎么就不能忍一忍，为什么要被察觉。而内心深处一个更为复杂的想法忽然闪过来——他是不是给不了她想要的，哪怕只是恋人间寻常逗闹嬉笑的欢愉。

"果果。"他哑着嗓子唤一声，却又不知道说些什么。

吴花果将电视声音调大些，刻意躲避对方的视线："吃饭吧，都凉了。"

"果果。"

"嗯。"

体育频道正在播一场足球赛,解说员无比遗憾地发出感慨——这个球太可惜了,前面的传接可以说相当漂亮,可惜啊可惜,就只差那么一点点。

钟世喉结动了动,侧过身去,轻轻吻上她的额头。

我很怕,我们也差那么一点点。

"我真的不是故意的。"吴花果的声音带些哭腔。

吻应该是甜的,可此时的她只觉得苦。

钟世,有很多次我告诉自己,另一半绝不可以是运动员。因为我经历过,比赛、压力、低谷、伤病,以及无可奈何。所有所有,我不愿余生仍要分担这些。遇到你之后,很多事很多想法都变了,我甚至觉得那样也可以。

但是,好像不行对不对?

想爱你,真的……好难啊。

四目相对,钟世顿了顿:"在西藏……"

敲门声盖住他的声音,吴花果猛地站起来:"娜娜回来了。"

后半句被生生咽下去,钟世清清嗓子:"嗯,她从小就马马虎虎。"

"小吴姐,我忘带钥匙了!"娜娜欢快地闪进来,一边换鞋一边密集地叙述着今日经历,"怪不得都说北京速度呢,效率也太高了。去银行,等待不到半小时银行卡当场就办好了。然后林带我去吃火锅,上菜超级快。我们还去了书店,这个时间竟然还有书店营业哎。"

"买了什么?"

"喏,《唐诗选》《三国志》,还有一本地理文化方面的。"娜娜一一向吴花果展示,抬眼看到钟世,两人便用法语沟通起来。

说几句,钟世打断:"你讲中文吧,我听得懂。"

娜娜"嘿嘿"一乐,贴近吴花果耳边:"我说他偏心,陪我出门不愿意,跑来你家倒积极。"之后拉开些距离,推着吴花果的肩膀坐到茶几旁,"你们赶快吃饭吧。吃完某人要走哦,不方便留宿。"

钟世瞪她:"还不是因为你。"

"小吴姐你听听,"娜娜噘起嘴巴撒娇,"他是不是偏心。"

吴花果笑着与钟世对视一眼,捡起一块比萨大口嚼起来,心情忽而明朗许多。

娜娜注意到茶几上反扣的小说,眼神一亮,问:"小吴姐,你也喜欢丹·布朗?"

"我就闲着无聊,随便看看。"

"他的书我基本都读过。之前还用《达·芬奇密码》做过我的课业选题呢。"娜娜眨眨眼,"既然你还没看完,就不告诉你结局了。我先去洗澡。"

小姑娘蹦蹦跳跳地跑开,钟世这才问:"你喜欢读悬疑题材?"

- 235 -

"也没。"吴花果摇头,"心神不安,就想找点能一口气看进去的。"

"怎么了?"

要说便要从头说起,可老谢的建议、部门间的利弊,以及职场上那些七七八八,钟世未必能理解。想到这里,吴花果再次摇摇头:"没什么。"

年三十这天,吴花果随马楚雯一起回她父母家,四人欢欢喜喜吃了一顿年夜饭。团圆佳节,只身在外,吴花果一度认为自己一定是有点难过的。可事实上,叔叔阿姨热情周到,她丝毫没有孤独的感觉。

马楚雯在开明包容的环境下长大,积极乐观、大大咧咧,却也恋家。偶尔,吴花果也会羡慕女伴。并非因生在大城市,比之他人自来拥有更多选择,而是楚雯一向潇洒——心里定下一条标准,规规矩矩按标准执行。哪怕周围浮现出各种声音,哪怕标准抹杀了诸多可能性,可她不听不在乎,便也省去纠结的烦恼,乐得其所。

可吴花果不一样,许是从小浸泡在运动场,打比赛争冠军,心里时时拧着一股劲儿。这股劲儿就像烙印刻在骨子里,不服输不认栽,做就要做到能力上限的最好。她羡慕马楚雯的随性洒脱,却也知道自己永远不会变成那样。世间性格千万种,存在只代表差异,绝不代表高下。

随着阅历的增加,认知也变得丰富而深刻。

春晚播放期间与父母视频,爷爷奶奶以及小姑一家,今年都聚在一起,圆桌挤得满满当当,那头年夜饭仍未结束。母亲说起接下来几天走亲戚的安排,吴花果看着他们,听着吵吵嚷嚷熟悉的乡音,一时间变得无比充盈。

被惦记,被关爱,永远都在被保护着,人生海海,此时此刻,她很知足。

马家父母撑过十二点便去睡了,两位年轻人做完最后收尾,头对头躺在床上。

小区外有人叫喊着"春节快乐",一呼百应似的,愉悦欢快的声音阵阵袭来。随后便安静了,完完整整的一年再次迎来世人颇具仪式感的告别。

马楚雯单臂作枕,轻轻问身边的女伴:"吴儿,你有什么新年愿望?"

"我?"吴花果想了想,摇摇头,"我没有。"

"怎么可能没有呢?就说一个。"

"那……希望大家都身体健康吧。"

马楚雯"喊"了一声。

"你呢?"这次换吴花果提问。

马楚雯翻了个身平躺下来,小夜灯的微光打在她侧脸上,映出立体精致的五官。稍作沉默,她说:"我希望高远越来越好,感情上有新的开始。"

她把唯一的愿望给了高远。

-236

"吴儿,这样说可能有点那什么。"马楚雯继续说,声音如静水般温柔明澈,"但高远就像我的亲人,他有困难,我会不遗余力去帮。我希望他过得比我好。"

"如果未来,你的或者他的另一半介意呢?"

"我没想过。"马楚雯叹了口气,"不过你说得对,以后大家各有归宿,就各走各的路了。"

吴花果已非常倦了,闭着眼睛将手伸出被子,胡乱地在她身上拍拍:"别想了。以后的事,就等以后来了再说吧。"

"对了,明天我叫了任子延一起过来。他们春节期间要值班,他没回老家。"

早就说好,大年初一在吴花果处聚聚。

"好啊,人多热闹。"

马楚雯听出女伴声音里的困意,有些不忍打扰。然而不知怎的,翻来覆去就是睡不着。斟酌再三,她又问出一句:"吴儿,你觉得任子延这人怎么样?"

回答她的是一阵均匀的呼吸——吴花果睡得很沉。

马楚雯自言自语:"他明明和高远完全不一样。"

第二日一早,她们先去超市买食材,接着说说笑笑回到吴花果的公寓。

弄饺子馅的工夫,第一支小分队到达——林拓抱了一箱啤酒,钟世提着卤味和水果,娜娜则一手拿一瓶大包装饮料,三人浩浩荡荡地进了门。

马楚雯同林拓打趣:"串亲戚也不知道带两盒点心?"

"还真有。我买桃酥了。"林拓指了指娜娜,"就这个,吃了一路。"

他说完便给二人做起介绍。

昨夜,钟世兄妹随林拓去了他父母处,娜娜本就开朗,加上第一次经历地道的春节,兴奋劲未过,叽叽喳喳地同马楚雯叙述起种种见闻。钟世听上几句便默默退出来,走进厨房,站到吴花果身边,也不说话,只把袖子撸上去乖乖等候调遣。

吴花果正忙着往饺子馅里加调料,见状一下笑了:"你要干吗?"

"听你的。"

"那,拍两根黄瓜吧。"

钟世立即行动,从旁边购物袋里翻出黄瓜,洗净,突然有些犯难。稍作犹豫,他拿起一根,小心翼翼的,一只手举着,另一只手以扇巴掌的动作抽打起来。

可怜的黄瓜啊,想破天也想不到平生会经历这样的暴击。

而终于看到这一幕的吴花果，直接笑到泪花出来。

"你，你别动啊。"她本着分享精神将客厅里的人全部叫进厨房，而后使劲憋住笑，"钟世，你再表演一个拍黄瓜。"

钟世这才察觉出异样，眉头一皱："我不。"

"来嘛，就像刚才那样，挺好的。"

"不，肯定不对。"

"老天爷啊。"娜娜夺过他手里孤苦伶仃的蔬菜，情景重现一般打一下，又打一下，边打边笑，"你不会这么拍黄瓜的吧。"

果然兄妹同心，只有娜娜能理解他的思路。

吴花果笑得直不起身："一模一样。"

谜底揭晓，加之娜娜夸张的演绎，看客马楚雯和林拓同样乐得前仰后合。

林拓大呼："钟世，你是不是傻！"

马楚雯实在看不过眼，边笑边道："放菜板上，用刀。"

"啊？"钟世丈二和尚似的拿起刀左右看看，"这怎么拍？"

"小吴姐，你教他吧。"娜娜拽着其他两人出去，急忙撇清关系，"我和他不一样啊，我聪明着呢。"

厨房里重新安静下来，吴花果做了个深呼吸止住笑，手覆盖上钟世的手，将刀翻了个面："用刀背，这样拍两下，再切成块就行了。"

钟世噘嘴："你就是故意的。"

吴花果放开手，转而捏捏他的脸："因为你真的太好笑了。"

"我会了。"钟世被这动作弄得脸一红，"很简单嘛。"

"不好意思啦？"

"没有。"

吴花果忍不住逗他，像摸小狗似的挠挠钟世的下巴："吃一堑长一智嘛。乖，再拍两头蒜，不许打啊。"

"喂！"

敲门声响起，马楚雯去开，见高远和任子延一同出现，顿时卡了壳。

一位是前男友，另一位是……她也不知道自己怎么了，就觉得这两人同时站在面前，怪怪的。

高远先一步踏进来："楼下碰到子延兄了。吴儿呢？我带了点海鲜，得赶紧处理一下。"

"在厨房。"马楚雯说着，见任子延原地未动，上手拉了他一把，"进来啊，今天没外人。"

任子延有些拘谨："要换鞋吗？"

- 238

"不用,回头我们再收拾。"马楚雯注意到他手里的鲜花,愣了一下,"百合啊,好香。"

她一直认为对方是个现实的人,现实在某种层面上意味着刻板、实用、规矩,那和一束浪漫的百合花太不相称。

任子延瞄着对方的神情将花背到身后:"你花粉过敏吗?"

"没有。"马楚雯恢复自然,热络地招呼起来,"人都齐了,你先坐,我去找找花瓶。"

大家互相介绍,一群人随即热热闹闹地聊起天。虽是主人,可吴花果并无父母在家中宴请那般正式,一会儿指使这个洗菜,一会儿又命令那个看锅。说到底,他们之间并无任何诉求,不过是北京这座城将所有人聚集到一起,天南海北,彼此由生疏到熟悉,借节日共同喜乐罢了。

只身在外,伙伴就变得弥足珍贵。

时至八点,最后一盘饺子上桌,吴花果举起酒杯,清清嗓子故作严肃:"感谢大家光临寒舍,值此新春佳节,祝愿各位……"

话未说完,马楚雯没忍住笑出声,随即板起脸:"请小吴记者继续发言。"

"哎,情绪都被你带偏了。"吴花果随着她笑,"就一句话,祝大家心想事成。"

高远带头附和:"心想事成!"

高脚杯、水杯、马克杯互相碰撞,没有人在乎形式,这是一群可爱而真挚的人。

吃饭期间,娜娜提议:"我们玩点什么吧。成语接龙?"

钟世正在喝水,听得这话被呛了一下——给大哥挖坑,自己这妹妹可太有一套了。

林拓朝他使了个眼色,出其不意地率先开始:"花好月圆。"

坐他右侧的任子延迅速接话:"可以谐音吧,冤冤相报。"

"报?"马楚雯将四个音节悉数过一遍,实在想不起,欲蒙混过关,"保您满意。"

"喝酒喝酒。"吴花果最先听不下去,"雯子,咱新闻系的自尊呢!"

大家齐声爆笑,马楚雯叹气:"多顺溜啊。"说着喝下一大口,继续道,"我先开始了吧?口是心非。"

说这话时,她不由得望向任子延,却见对方笑笑:"顺时针,该吴花果。"

吴花果未加思索:"非比寻常。"

下一位娜娜反应灵敏:"畅所欲言。"

"言……掩……"钟世脑子里有个词语在盘旋,可怎么都拼凑不起那四个字,他下意识地向吴花果投去求助眼神,与此同时捏捏自己的耳朵。

吴花果当即明了，用口型做出提示。

钟世打个响指："对，掩耳盗铃。"

坐在两人中间的娜娜拍桌子："你们作弊！"

"行了，算过吧。"林拓笑呵呵地说道，"你哥要没了小吴，今天非得喝个水饱。"

高远也为两人说话："也就是吴儿，换别人都不知道他想说什么。我继续啊，另辟蹊径。"

接力棒交到林拓手里，他脱口而出："镜花水月。"

众人目光齐聚在将接龙的任子延身上，他想了一会儿，干脆认输："那什么，我自罚一杯。"迅速喝光杯中酒，像怕被人看出心思，又像怕扰了大家兴致，任子延几乎没有停顿开始新的一轮，"我说了啊，三人成虎。"

马楚雯接下去："虎虎生威。"

下一名吴花果先对娜娜笑了笑，而后说道："为所欲为。"

鬼机灵娜娜当然识得其中奥妙，重复接道："为所欲为。"

"不对！"钟世终于抓到小妹的漏洞，满脸自信断言，"错了，你们是一样的。"

高远故意不予理会，跳过他继续接龙："为所欲为。"

钟世这才反应过来，慢半拍似的"啊"一声："这游戏原来可以这么玩啊。"

酒足饭饱，大家七手八脚一同收拾完餐桌，吴花果将客人们推出厨房，自己留下收尾。娜娜张罗着打扑克，一局结束，马楚雯刚要去帮忙却听见钟世说"我去厨房看下"，恰在此时高远声明要先走，她便也顺势站起来："我送送你。"

高远答"好"，依次和众人道别，又在厨房门口与吴花果聊了几句，与马楚雯一前一后地离开。

关上门，他才说道："我爸自己在家。早点回去，省得他孤单。"

换作从前，他可讲不出这样的话。

也是这时马楚雯才发觉，今日自打高远进门，他们几乎就没有单独相处过。马楚雯很想说句"你变成熟了"，又觉得这几个字讲出来未免矫情，话到嘴边还是换成另一句："走吧，路上慢点。"

高远拉住她的胳膊，叫了声"雯子"。

"嗯？"

高远用力握了握那纤细的手腕，而后很快放开。他仰头看看楼上："不是林拓，是子延兄，对吧？"

马楚雯怔了怔，没有回答。

她当然知道对方指什么，连吴花果都不曾看出的那些心思，可以瞒天过海却瞒不过高远。

他们关注过彼此太多年，明里暗里，一个眼神一个动作都会暴露——正如此时，对方的沉默让高远明确了答案。

他忽然得到一种释然，如同虔诚的朝拜者见到心中的圣殿，所有飘忽都随风消失在这广袤天地间。这种感觉很复杂，是放松的，却又是失落的——已然到了尽头，没有什么可以再争取了。

高远的放手比之马楚雯，的确晚了很多。

"自打师兄婚礼，你说完那些，我总会想起以前的事。"高远低下头，静静叙述着，"有时也琢磨，是不是原先我退一步，或者后来我进一步，咱俩不会到今天。老翟说我戾，说我想得多做得少，说我计较最不该计较的。当局者迷，雯子，以后想起来别怨我。"

马楚雯望着他，眼泪簌簌而下。

高远也红了眼眶，喃喃重复："别怨我。"

这是一场关于漫长初恋的告别。

远方天际一声响动，他们同时抬起头，烟花照亮夜空，灿烂着、灿烂着，而后熄灭了。

"走了。"高远扬扬手，迈出一步又转过身，将面前的人拉进怀里，"雯子，我希望你过得比我好。"

马楚雯目送高远的背影消失在小区拐角处，一回身，任子延从楼口闪出来。他有些尴尬地清清嗓子："我，下来抽根烟。"

"听到多少？"

任子延扬扬手："高远让你别怨他。"

他的确只听到这一句——出于避嫌，任子延刻意在楼道里转了几圈，再看过来时高远已经走了，见马楚雯呆立不动，这才上前欲表达问候。

两人保持着一米的距离，谁都没有说话。

马楚雯沉默着拿掉头发上的橡皮筋，秀发落下遮住脸，绕过他朝电梯口走去。任子延踌躇一瞬，追上来："干吗哭啊？"

太明显了，一双眼睛都是红的，发丝根本遮不住。

莫名而来的难过包裹住马楚雯，她蹲下去，双手抱住膝盖，不管不顾地放声哭起来。

高远说，我希望你过得比我好。而就在昨晚，她对吴花果讲过一模一样的话。他们用尽全力放开对方，却也将所有心愿给了对方。这段感情有始有终，两个人的故事在烟花绚烂的这一晚画下句点。

"有件事,高远一直不知道。"马楚雯似对他说,又像自言自语,"我做过一次流产,分手后发现的。是啊,我当然应该怨他,甚至刚才应该说出来,让高远但凡想起都会自责后悔,让他觉得对不起我。"

任子延万没料到自己会听到这些,他一时有些分神。

可很快,一种异样的情绪盖过了震惊,他缓缓蹲下去,扬手拍了拍马楚雯的后背。

"如果说会让你觉得好受,那就告诉他。"

汹涌的爆发稍纵即逝,如同台风过后,只留下一些落寞的破碎。马楚雯将脸埋进膝间,过了一会儿,轻轻摇了摇头。

当时没有讲,是高傲的自尊不允许乞怜;而现在不说,则是给予告别最后的体面和成全。

"我交往过七个女朋友。"任子延忽而道,"长则有几年,短的两三个月。对外一律声称三个。"

马楚雯猛地抬起头,不解他为何讲这番无头无尾的话。

"去年公司做三级梯队培养,我有个竞争对手,关系深,资格老。后来我托朋友私下把领导的人送出国念书,这样把对手从培养名单上挤了下去。

"其实抽烟不用下来,小吴说阳台上就行。可我……觉得今天来有点自取其辱。"

马楚雯明白了,面前的人正在做一种"等价交换"——他知晓了自己的秘密,所以将最不堪的一面也拿出来,好似一个不够,那就再来一个,这种对等置换便是任子延做出的安慰。

"不应该叫你过来,我本想……"马楚雯欲言又止。

任子延攥紧手中的烟盒:"挺好的。没出丑,没尴尬,以后见了面大家还一样。"说完这话,他站起来,"上去?"

马楚雯点头,刚欲起身却一个屁股蹲坐到地上,四脚朝天的架势:"我,我腿麻了。"

场景有些好笑,毕竟前一秒的他们正在交换彼此内心深处最沉重的部分。心灵鸡汤喝完也保不住卡了鸡骨头,生活最擅长打碎梦幻。

任子延双手去拉她的胳膊,边笑边道:"要不然干脆说你从楼梯上摔下来,我送你去医院得了。"

马楚雯借对方力气才勉强站住,定定地问出一句:"可以吗?"

眼睛是红肿的,妆面已经全花,此时的她披头散发,要多狼狈有多狼狈。这番样子出现在朋友们面前,她不确定可以编出完美谎话。

逃避,不过是要一丝喘息的空间罢了。

电梯门"叮"一声响，大约是楼内另一场聚会结束，六七人说笑着前后脚涌出。任子延下意识地将马楚雯往自己的方向揽了一下，一只手虚盖住她的脸。

周遭声音减弱，直至完全消失，马楚雯听到声音："那走吧，我送你回家。"

吴花果收拾完厨房，接到任子延来电，他说马楚雯喝得有点多，自己顺路送她回去。吴花果望向墙角的五个啤酒瓶，且不说今日高远、娜娜和林拓也都喝了些，就这点量对马楚雯自己都是九牛一毛。但她没有追问，只嘱咐几句开车小心便挂断电话。

林拓张罗玩升级，扑克一轮轮打下去便到了深夜。直至娜娜哈欠连天，林拓也酒劲上头双眼皮打架，吴花果拱了拱身边的钟世："让他们在这里休息吧。"

钟世点头，随即拉起小妹："回房间去睡。"

娜娜半梦半醒拉住林拓的衣服："我们睡一间，你和小吴姐一间，抓住机会。"

吴花果听得这话羞涩地别过脸："你负责他们俩，我去打个电话。"

钟世刚要说些什么，却又听小妹自语："你喜欢她就要告诉她啊。"

好在吴花果已经进了房间，他长舒一口气，生硬地拉开小妹抓着林拓的手："还你们一间，想得美。"

吴花果掩上房门，先给任子延发条消息问是否平安到家，却不想对方直接打来电话："楚雯把包忘在你那儿了，手机和家里钥匙都在里面。我们住得不远，她现在在我家。"

尽管惊讶，可吴花果并未直接表露——若任子延有乘人之危的想法，他绝不会打来这通自证清白的电话。

她问："雯子呢？"

"睡了。"任子延说道，"本来我想折回去取东西，但她心情不大好，路上都昏昏沉沉的。"

"怎么回事？"吴花果回忆着一天的情景，只能将猜测定格在她最后下楼的一幕，"是不是和远哥……"

"可能吧，具体我也不太清楚。"任子延顿了顿，"小吴，高远知不知道楚雯曾经为他……算了，没什么。"

吴花果何其聪明："远哥不知道，雯子也不想让他知道。"

任子延握紧电话，苦笑一下："你放心吧，我明白。"

他们之间的交流仍似第一次见面,无须点透,彼此的言外之意清晰明了。可任子延也终于发现,吴花果之所以这样做,并非源于去考验两人间的默契,而是她始终对他怀抱一种试探的心态——正如此刻,因为不够相信,不能断定自己是否会透露楚雯的秘密,吴花果用试探的语调让他做出承诺。

或许,最初的最初,就是一场自作多情的想象。

吴花果又一句嘱咐:"雯子有点夜盲,你方便的话给她开盏台灯。"

"好。"

"子延兄,谢谢你。"吴花果正说着,听到轻微的敲门声——钟世端着水站在房门口,她用眼神示意他进来,指了指听筒。

钟世将水递到她手里,欲出去,可那句无意中听到的"子延兄,谢谢你"却让他挪不开脚步,于是心一横,干脆靠着床边坐到地上。

"对了,小吴,上次你听楚雯说你想调回一部?"

"还没决定。"吴花果猜对方已知晓大概,便告诉他,"以前我在一部干的活儿已经有人接手了,谢老师的意思是,出于团队稳定考虑,他很难把我再放回去,让别人出来。"

"是这样,那天我不是去你们那儿了嘛……"任子延将女足接力的策划案挑重点阐明,两人一问一答,最后他说道,"这项目若成,肯定要专人来对接,况且我听老谢的话音,未来他希望男女足分开作业。你有兴趣,不妨朝这路子使使力。"

"你希望我来和你们对接?"

"那样最好。"任子延笑了笑,"至少交给你,我心里有底。"

吴花果也笑:"我可不确定跟你搭伙是好事。"

"好了,快休息吧。"任子延听得卧室有响动,急急挂断,"我去看下楚雯。"

"记得开夜灯。"吴花果说完便陷入安静,发烫的电话已自动关机。

打电话时她一直面向窗外,转过身发现钟世正看向自己,一下笑了:"你怎么不去睡觉?"

"睡哪里?"钟世没好气——娜娜占了一间房,林拓独霸沙发,而吴花果一通电话打了二十分钟,想到这里,他故作漫不经心,"你们聊什么聊了这么久?"

"工作上的事。"吴花果打个哈欠坐到床上,又觉得乏累,干脆躺下来,"我发现哦,任子延其实挺靠谱的。"

在楚雯一事上,处理得算得上正人君子;对于自己的困境,意见更难得中肯。大约一直戴着有色眼镜看他,主观意愿轻易覆盖住很多客观事实。

"我也靠谱。"钟世小声回一句。

"不一样。"吴花果还沉浸在刚才的通话中，任子延关于女足项目的建议像一盏启明灯，让她蓦地开始去畅想更多可能性，也对调部门有了更为宏观的思考。她朝钟世的方向蹭了蹭，"哎，你知道吗？我很早之前就提过一个策划案，关于非知名运动员的成长对谈，但各种原因吧，台里没有过。子延兄他们足球园在做女足专题，可其实每个体育项目里都有杰出的女性运动员，由于生理条件限制，最简单的，比如例假，她们的付出……"

吴花果越说越兴奋，忽而瞥见钟世的表情有点怪，她揉揉他的脑袋："你不会不懂例假的意思吧？就是……"

"我懂。"钟世转过脸不看她。

吴花果瞧着他神色越发低落，止住刚才的话题："怎么了？"

"没有。"

"说嘛。"她摇着他的肩膀，"快说。"

钟世坐在地上靠着床，姿势本来背对她。这时收起腿，将身体转过九十度，他轻轻拉过吴花果的手，头仍低着："我就是觉得，给不到你想要的。我很嫉妒任子延。"

窗外不知何处又开始放烟火，姹紫嫣红，美轮美奂。光亮与房间内的台灯混合打在钟世脸上，一阵阵忽明忽暗。吴花果就这样看着他，唇角弯起，眼含星辰。许久许久，她问："钟世，你是不是喜欢我？"

烟花熄灭，城市再度进入睡眠。

吴花果原本以为他们之间不差一句肯定，很多事已然表现得太明显了，所有的欣喜、好奇甚至此时此刻的嫉妒，可她忘记肯定是相互的——她要知道，更要让他知道。

钟世一遍遍告诉自己，不应该是现在，不要回答。这份心意太宝贵，吴花果亦太宝贵，他期望有一天能堂堂正正地站在她面前，带着荣耀，带着真挚，带着重担卸下的轻松，也只有那样，他才配得上这样一份喜欢。

可现在的他，一无所有。

吴花果等了又等，没有听到意料之中的答案。有一瞬间，非常短暂的某个瞬间，她以为自己会错了意。

直觉会出错，表象会骗人，都是有可能的，对吧。

她黯淡地别过脸，然而下一秒，钟世的吻直接落了下来。似洪水决堤，似海浪翻涌，似风暴席卷，指尖拂过她的耳根随后穿进发丝里，吴花果的身体软了下去，她看到干涸的沙漠里开出了一朵朵花。

原来吻，真的会上瘾。

"果果，不应该是现在。"钟世停下，额头顶上她的，似乎叹了口气，他说，"可我真的……很爱你。"

声音带了些颤抖，眼神却是从未有过的——

吴花果此时才知道，痛其实和泪水一样，会从眼睛里流出来。

而这种痛对钟世来说，是褪去全身伪装的束手就擒——他放弃抵抗，将最差的那个自己原原本本放置在她面前——除去这份心意，吴花果，我什么都给不了你啊。

吴花果捧起他的脸："钟世，你在我心里永远都是最好。"

钟世望着她，沉默地摇了摇头。

吴花果抿抿嘴，从床上跳下来，坐到他身边。犹豫片刻，她重新拉起他的手，抚摸着由于常年运动积攒下来的掌心的茧："我，可以陪你一起输。"

巅峰之上，总有人喝彩祝福；低谷之下，却鲜有人陪伴左右。

吴花果给出的，是一句不离不弃的庄重承诺。

钟世反扣住她的手，十指交错，绕指成柔。而后他将她的手背放到唇上，留下一个清清淡淡的烙印。

吴花果笑："傻不傻。"

钟世却没有一丝笑意，他微微昂起头转向窗外："如果我一直这样呢？"

打不出来，爬不上去，随着年龄增加，体能只会越来越差。钟世甚至不敢想，不上不下是否就是自己职业生涯的终点。

"你不会的。"吴花果看着他的侧脸，"天赋、能力、运气，前两点你都有，最后一点，我的加上你的，所以钟世，你不会一直这样。"

Chapter 09
不那么真实的我

吴花果忽而记起《巴黎的忧郁》某一章里描述过的——我不满所有人，也不满自己，在这黑夜的寂静与孤独中，我真想救赎自己，以求得些许安慰。

整个二月，钟世都在比赛中度过。从澳洲至阿根廷再到新加坡，成绩不错，状态良好。作为单打选手，状态是可以从球风上看出来的——他逐渐显现出了少年 Arsenal 的影子，快速、凶狠、不留情面。经时间沉淀，在技巧的运用上也变得更加游刃有余。当然，短板也绝非一朝一夕便能攻克——新加坡公开赛单打四分之一决赛，他在局点出现失误，心态未能及时调整，以至于做出反攻时大势已定。回京之后，布鲁诺对照比赛录像一帧一帧同他分析几处关键节点，站在第三视角的钟世这才发觉，其实原本可以赢的。

对手排名靠前，可这场的表现只算得上中规中矩。他输在意识上，一如布鲁诺说的——太紧了，落后情况下若绷得太紧，失误只会变本加厉。

比赛意识是个很虚幻的词，它集合着专注、心态、信念、技巧。然而建立比赛意识没有捷径，只能靠日常训练提高能力，接着一场一场打下去，让赛场上的自己最大程度保持训练水准。当然，超常发挥是理想化状态，可那毕竟是小概率事件——比赛打到最后，比的是一个"稳"字。

钟世的职业路径实属个例，因为比之他人，他有过一段漫长的空白期。而今要做的，就是在最短时间内将这段空白填满，适应赛场，习惯比赛节奏，重新找回身处竞技体育的状态。

他很急，越急越紧，由紧生变，布鲁诺给出的建议是——学会放松，正视网球，它是伙伴而绝非敌人。

钟世回京后的首个周末向吴花果发出约会邀请："去踏青吗？"

- 247 -

这通电话于周五晚上打来，吴花果正在饭局上——《我的冬奥故事》十期全部播完，就点击率来说，这着实算不上一场"庆功宴"。可常仁飞还是履行了当初的诺言，项目组成员聚集一堂，有酒有肉，觥筹交错，至少，他们需要给自己一点抚慰。

因楚雯恰好在身边，吴花果于是提议："大家一起？你叫上林拓，我问下雯子娜娜……"

"别。"钟世打断，"就我们两个吧。"

吴花果暗自笑一下："也好。"

钟世知她有聚餐便也不多打扰："明早八点我来接你。回家注意安全。"

电话挂断，吴花果想了想，在两人聊天框中发去一排红心表情。

马楚雯这时推推她，小声说道："这顿饭是常主任自己请的。"

"哈？"

"我刚才去洗手间碰到常主任结账，他没要发票。"

吴花果下意识地瞄一眼餐桌那头的人——常仁飞正与赵导耳语，面色无恙，全然看不出心思。她问马楚雯："怎么回事？数据不好，台里卡预算？"

"不能吧。"马楚雯撇嘴。一部、二部外勤任务多，无论平日报销还是员工补助，最赛事一向本着以人为本的原则——既然出了力，理应得到相应补偿。

那就只有一个原因了。

两个姑娘对视一眼，不言而喻——常仁飞那骄傲的自尊心被狠狠地摔了一下，他没有脸面再去提其他要求。

酒过三巡便到了自由发挥环节。大家起身交换位置，找想说话的人一诉衷肠。间歇总会传来一个字——快。的确太快了，立项会好似昨天发生的事，一转眼冬奥便过去了，节目亦落下帷幕。吴花果仍记得初来乍到，自己被挑衅、被质疑的一幕又一幕，不是没有过放弃的念头，可她最终扛了过来并交出一份完整干净的答卷。想到这里，她端着酒杯走向常仁飞，待周围人散开，才说出那句压在心底的话："常主任，谢谢您。"

如同一场旅行结束，回望路上风景，总要记得感谢那个当初介绍目的地的人。

"挺好。"常仁飞拍拍她的肩膀，"你们觉得有收获，那也算值了。"

未等吴花果开口，他又道："田淼之后要转去节目组。新人来之前，你这边一定要撑起来。"

吴花果愣了一下，而后迟疑着点点头："好。"

她本来要提自己打算回一部的事，分秒之差，就晚了一步。

吴花果不怕闲言碎语，也知道突然离开，二部最多困扰一阵但绝对能做

-248

到正常运转。但她不愿让帮助过自己的人心寒,再者,走的意愿其实只压过留下一成,至于目标,事已至此,就慢慢靠近吧。

她一向不是心急的性格。

回到座位,马楚雯便挤眉弄眼地示意,轻问一句:"没同意?"

"没说成。"吴花果欲讲来龙去脉,却见田淼朝这边来,当即止住话头。

"小吴,我刚才看你和常主任说话。"田淼稍作停顿,"你知道了吧?"

坐在旁边的马楚雯一脸蒙:"知道什么?"

"我申请调去节目组,做编导。"田淼看看她们,"下周交接一周,之后就搬到楼上了。"

"这么突然,怎么想到要调部门啊?"马楚雯瞄一眼吴花果,终于明白对方所谓的"没说成"为何意。

田淼笑了笑:"就这次做项目下来,感觉对节目制作更有兴趣。之前和赵导聊过,他们那边正好缺人。"

马楚雯干笑一声,话说得绵里藏针:"二部也缺人手啊。你至少私下先打个招呼嘛,捂得真紧。"

田淼当然听得出不悦,解释道:"当时也不知道能不能过去。"

"那是别人,你不一样。"

马楚雯话音刚落,便收到吴花果的信号,她听到女伴说:"恭喜你啊田淼,也算得偿所愿了。"

"谢谢。"田淼说完,起身离开座位。

最赛事时有内部调岗,如吴花果这般临头顶上被动调整的自不必多言,而主动申请的,至少最低部门单元的人应该提前知晓。原因很简单,体育赛事几乎全年无休,特别是冲在报道最前端的一线岗位,一个萝卜一个坑,大家都需要准备充分才可保证出现在镜头前万无一失。提前透露消息并非义务,却是一种约定俗成的做法——团队协作,一旦我离开请你准备好顶上去。

照常仁飞的风格,若一早确认定会有所行动,所以这件事,他知道的时间并不比她们早多少。换句话说,田淼是瞒着所有人转去另一个部门的。

她的另一层身份,让她具备这样做的能力。

这段时间,论接触吴花果与田淼实属最多,一起吃饭,一起加班,一起改稿,纵然不是亲密友人,可她自认为两人关系是超过一般同事的。然而这餐饭之前,她一丝风声都没有听到。吴花果不理解,这样一件异常简单的事,对方为什么使它变得复杂。

"田淼啊,"马楚雯摇晃着酒杯,眯眼评价一句,"心思太深了。"

早晨八点，吴花果准时出现在小区门口。钟世已等在这里，见她来，将身后车子的副驾驶门打开，吴花果一下乐了："你换驾照程序合法吗？"

"那当然。"钟世说着绕回驾驶位，递给她后座上的早餐袋，"不过确实好久没开了。租辆车先跑跑路况，没什么问题再考虑买。"

吴花果拿起牛奶吸溜几口："敢情拿我当小白鼠。"

"哎，你可是这里第一个坐我车的。"

她又笑："怎么突然要买车啊？你又没代步需求。"

"总不能一直麻烦林拓吧。现在娜娜也来了，假期还能带她出去转转。"钟世淡淡说道，"以后生活在这儿，有辆车会方便。"

这样一句漫不经心的袒露，却让吴花果蓦地高兴起来。

他们，正在开启一场充满希望的恋爱。

"困就休息一下。"钟世见她呵欠不断，扬手摸摸她的脑袋，"到了我叫醒你。"

"嗯。"吴花果闭起双眼，歪头寻到一个舒服的姿势，"要不是和你出来，今天我肯定睡到中午。昨天吃完饭又去唱歌，我还提前走的呢，到家都快两点了……"

这觉睡得舒适又香甜，然而待睁开眼睛，顿时哪儿哪儿都不好了。不好到吴花果甚至以为自己在做梦，吓得浑身一冷。

她指向窗外，带着极不可思议的神情问一句："我们，不是去踏青吗？"

他们正飞快驰骋在高速路上，两侧尽是绵延的山峦。春寒料峭，景色光秃秃的乏味。

"对啊。"钟世点点头，"去坝上草原。"

"坝……"吴花果差点一口气背过去，"踏青去坝上？"

"我问过高远，他说你们念书时就想去，但一直没去成。路线也是他告诉我的，说不远，一脚油的事。"

高远，你没人性，哦不，没文化！你家三百多公里叫一脚油门！

"快到了。"钟世看看她，用询问的语气说，"到了再吃饭吧？"

"我不饿，你让我缓缓。"吴花果在心里念了几遍"南无阿弥陀佛"，确定自己可以接纳眼前的事实后，她开始提问，"你怎么不提前告诉我？"

"嗯？昨晚我说了呀。"

她这才记起昨天通话时，钟世的确在发出邀请后说了句什么。但餐厅太吵，她那会儿又惦记叫上朋友们，这么一来就把目的地忽略了。

可谁会想到踏青踏的是大草原啊！

吴花果认栽，又问："晚上怎么解决？"

这距离绝无可能当天往返。

"酒店订好了,明天下午返程。"

得,安排得很妥当。

吴花果倒吸一口气,忽而想到最重要的问题:"我,我什么都没带!"

"昨天很晚你还没回来,我就让娜娜帮忙简单收拾了一些。在后备厢。缺少的到地方再买吧。"钟世说罢瞧她一眼,"娜娜没进你房间,阳台上正好有换洗衣服……"

"不是这个。"吴花果摆摆手,身体侧向他,"你昨晚来了我家?"

"嗯。出发早,怕你来不及整理。"

"几点?"

"几点……"钟世眨眨眼,"十一点多吧。娜娜说你还没回来,我就……"他忽而看向她,不明所以的语调,"怎么了?"

吴花果摇头,伸手挠挠他的下巴:"觉得你很好。"

"哎?"

"字面意思,就是很好。"

钟世几乎把一切都想到了,没有催促,没有抱怨,任由她去完成自己该完成的事,继而默默做出安排。若非这场意料之外的出行,吴花果根本不知道,甚至不会期待他是这样一个人。

他真是天上砸下来的惊喜啊。

坦白地说,这时节的草原并不好看。

冬雪刚融化,暖春尚未到来,放眼望去一片土黄色,脚下尽是干枯的草梗,更毋庸提凛冽的寒风吹得腮帮子生疼。钟世颇为失望,甚至有些自恼地告诉吴花果:"和想象的完全不一样。"

吴花果却摇摇头:"我很喜欢啊。"

这句评价绝非安慰,要知道,在钢筋水泥的城市森林里生活惯了的人,偶尔被抛进大自然,那种喜悦无从遮掩。

仰头是清澈见底的蓝天,低头是厚重沉着的土地,山峦绵延,一望无际,连风都是质朴而纯粹的。吴花果拉过他的手,知道自己此时或许冻得脸鼻通红,全无形象可言,可还是提议:"我们走走吧。"

当然也可以回酒店补个妆,在喜欢的人面前时刻精致玲珑,可她不想那样做——她知道钟世并不在乎这些。

钟世照例将她的手放进自己大衣口袋,两人顺着风,时而正面迈步,时而背过身前进,时而干脆停下来,没有特定方向,好似他们都心知肚明,只要朝一处去便足够。

吴花果浅浅淡淡地说着话,说昨晚饭局种种,说他刚结束的比赛,也说

- 251 -

起大学时与楚雯、高远计划来此处却未能实现的经过。直到她提及:"娜娜和林拓是不是一直关系很好?我发现……"

"发现什么?"从抵达就兴致缺缺的钟世一下来了精神,长兄姿态全写在脸上,"他们在恋爱?"

吴花果故意卖关子:"终于有精神头了。"

"不是。"钟世伸出手揽过她的肩膀,神情低落,"跑这么远带你来,还不如在家休息。"

吴花果半真半假逗他:"只要你一句话,去喂鲨鱼我都愿意。"

钟世渐渐习惯了她的无厘头,歪嘴笑了笑。

"没有安慰你,我真的喜欢这里。"吴花果将手伸进他大衣里面,环住对方的腰,"可能太空旷了吧,感觉人特别渺小,很多在意的也都变轻了。钟世,我需要这样的减负,谢谢你。"

夕阳将落,无垠草原似进入一场休眠,周围无半点声音。吴花果仰头看他,继而踮起脚,轻轻亲了下他的嘴巴。

爱情啊,是平淡生活里抑制不住的心潮澎湃。

双脚落地,她笑了笑:"这次看不到的,下次再来看,反正又不急。"

钟世沉默,低头顶了顶她的鼻尖。

这一刻,只有大自然见证的这一刻,他有种终得偿还的释放感——世间所有的神都原谅了他的过错,所以他们才将吴花果送到自己身边,她的出现变成一个隐喻的信号——你也可以幸福。

钟世将面前的人揽进怀里,头抵在她脖颈间,很想说些什么,可最终一句话都没说。

"喂。"吴花果揉揉他脑袋,"刚才的话题还没结束。"

钟世直起身,摸到一只手凉得似冰块,忙不迭揽住人往回走:"娜娜啊,她和林拓有情况?"

吴花果断言:"至少有火花。"

"他俩……"

"学校都开学了,她还往我这里跑,肯定宿舍关门回不去呀。"吴花果抽丝剥茧,"之前问不是和林拓吃饭,就是看展或者见朋友,人家叫你了吗?"

钟世呆呆地摇头:"没叫我。"

"我倒觉得娜娜和林拓很般配。两人都有点文艺的小情趣,共同话题很多,林队医又会照顾人,所以即便娜娜有些地方不够成熟,他方方面面也可护到。"

半晌,钟世回一句:"我没有往那方面想。"

"怎么?"吴花果笑他,"不想和林队医做亲戚?"

"林拓当然值得信任,只是……"钟世不经意地皱下眉头,"娜娜学期结束就要回去,一旦开始,可能两个人最后都会伤心吧。"

"如果娜娜留下来呢?"

"她……"钟世苦笑,"我已经要在北京生活,娜娜如果也在,家里就剩爸爸一个人。我们没有聊过这件事,可我觉得她不会的。在娜娜心里,家人比什么都重要。"这番话讲完,钟世脸上掠过一抹若隐若现的惆怅,"不应该把难题推给她。"

天色暗下去,风更劲了些。

吴花果这时扬手指向远方:"快看。"

层叠的山峦间,落日被彩霞簇拥着,正在以肉眼可见的速度急剧下沉。广袤的草原全无遮挡,半边天都变成了绚丽明艳的粉红色。大地似乎也融入这饱满的色泽里,迎着夕阳,沉默地颂出一首最为磅礴的咏叹调。

吴花果依偎在钟世怀里,两人看得如痴如醉。

他们都接受了大自然所给予的抚慰,而那不过是一种温柔的提醒——难题无时无刻不在发生,而世间万般事,终逃不过每一场日出日落。

"钟世,你知道吗?"吴花果望着远方,喃喃说道,"我这人特别执拗于答案,凡事一定要个解释。可其实很多答案都不是及时的,它会在很久很久之后才浮出水面。就因为如此,绕了好多弯路,差点儿把自己绕进去。"

钟世回应她:"我偶尔也会这样。"

"认识你之后,病好了些。"吴花果笑。

钟世没有听懂这个比喻,神色紧张起来:"你生病了?"

"没有。"吴花果戳他的脑门,"傻不傻。"

北风凛冽,以至于她眼睛里仿佛噙着一汪眼泪,亮闪闪的。钟世担心对方身体抱恙,将人往怀里揽得更紧:"赶紧回去,不然真要生病了。"

老话讲说什么来什么,南方姑娘吴花果当真就没扛过这场草原之风,晚上就病倒了。

钟世问清最近的诊所地址,偏偏赶过去诊所又关了门。将车里暖风开到最大,一路驱车去往医院。好在镇子不大,七拐八拐约一刻钟抵达,可吴花果已经软得撑不住,钟世将自己的大衣脱下来套在她身上,背起人就往医院里冲。

对常人来说,就医并不复杂,然而钟世却像只无头苍蝇,根本不知从何下手。来北京后,他一直在队里生活,头疼脑热有队医,伤筋动骨有理疗师,就算外出体检也都有统一安排,自己只照做便好。此时此刻,他甚至听不懂"挂号"的意思。

- 253 -

吴花果拍拍他的肩膀，示意将自己放下来，随后掏出身份证，指指一侧窗口："你去那边，说发烧挂号就好。"

钟世赶忙跑过去，交了钱拿到单据，问上几遍才懂后面的意思——直行左转，第一个看诊室，有医生在。

吴花果烧到三十九度半，加之有些水土不服，轻微腹泻加剧了炎症。她被安置到病房，点滴打下半瓶，精神才稍有恢复。见钟世只穿件卫衣，又是取药又是买水忙前忙后，她心里一阵难过："你冷不冷？"

"不冷。"钟世坐到床边，摸了摸她的额头，叹一口气。

"怎么啦？"吴花果用另一只手揉揉他的脑袋，"不严重，感冒发烧不是常有的嘛。"

钟世中文再不好也听得懂三十九度半，那是高烧，迟些就诊会引发并发症的程度。

"我就是觉得……算了，没什么。"

他很内疚，很多很多种。跑这么远却让她遭受风寒，医生所说的注意事项一知半解，处方单上的文字更是不认得几个。甚至，打听一大圈才知道取药流程，真若因自己耽误，后果不堪设想。

他的内疚，源于一种深切的无力感——越想照顾她，越发事与愿违。

吴花果撑着坐起来，凑近些瞧瞧面前的人，小声说一句："你已经做得很好了。"

无须解释，她也能识破他的心思。

"现在这样，其实在我的愿望清单上。"吴花果歪头笑了笑，"你或者我生一场病，当然啦，不能是绝症，我可舍不得离开你，更不能让你抛下我自己快活。"

钟世勾了一下她鼻尖："没听说过生病会上愿望清单。"

"长生不老，永远无病无灾的那是神仙。"吴花果拉过他的手，低下头摆弄起指尖，"我想和你做很多无关紧要的事，好的一起分享，坏的一起承担，无聊的一起无聊。钟世，我没有谈过恋爱，你是我第一个男朋友。我真的很高兴那个人是你，我觉得我捡到了。"

话音未落，钟世迅速在她嘴巴上啄了一下。

吴花果推开人，忍不住咳嗽一声："感冒会传染。"

"没关系。"钟世再次靠近。

吴花果笑着躲闪："喂，公众场合。"

钟世环顾四周，隔两张病床，有一人同样正在输液，对方专注地玩着手机，并未看过来。

他抄起床尾的大衣盖在头上，一只手顶着衣服，一只手挽过吴花果的脖颈:"这样呢?"

暗下来的空间里,只剩他的眼睛清澈明亮。

吴花果害羞:"我的愿望清单里没有这条。"

"可我的有。"钟世说罢闭起眼睛,坚定而忘情地吻了上来。

两人回到酒店已过凌晨。吴花果还未完全退烧,拖着病恹恹的身体爬上床,这才想起赶人:"你快回房间,我没事。"

钟世却只当听不见,背身将矿泉水倒入烧水壶:"把衣服脱了再睡,我不看。"

"哦。"吴花果乖乖照做。明日回京,后天又要上班,她容不得自己病情加重。

一阵窸窸窣窣的声响过后,钟世听到声音"我好了",他这才转过身,拿起一杯兑好的温水坐到床头:"吃药。"

吴花果调皮劲上来:"哥哥,吃哪个呀?"

"好好说话。"钟世被这称呼弄得脸一红,因为紧张,手里的药盒落地。捡起来看了半天,突然反应过来,"你又逗我。"

药盒上的文字与火星文无异,他知道该吃哪个才怪。

吴花果"扑哧"一声笑,抠了一把胶囊药片放在掌心,就水咽下。

"哥哥,苦。"

"不许撒娇。"

"要喝水水。"

钟世无奈,起身又去兑杯温水,黑着脸递给她。

吴花果终究是恋爱新手,演到一半自己先出戏:"抱歉,我实在……"

钟世喉结动了动,目不转睛地看着她:"你知道我现在在想什么?"

"我怎么知道。"吴花果本来在笑,对上他的眼神,表情瞬间木了。

深夜酒店房间,成年男女,自己的牛仔裤和毛衣皆在被子外,加之刚刚似有若无的"调戏",他还能想什么。

钟世找回主场似的凑近她,声音魅惑低沉:"应该知道呀。"

"我不想知道。"吴花果靠在床头,因为急着推人,被子不经意落到腰间,而她对此全无察觉。

这番场景却让钟世燃起一团火,他眼疾手快拽过椅子上的抱枕,深吸一口气。

遮挡,因为此时不妥,也怕吓坏她。

吴花果注意到这番动作,迅速缩回被子,像个蚕宝宝将自己完全裹起来,闷声说道:"你快回去。"

周遭静静的,处于黑暗中的她听不到任何声响。

五秒或十秒,她小心翼翼地探出头,见钟世还在,以迅雷不及掩耳之势再度缩回去。

"出来吧,我不会。"钟世拍拍被子。

"你回房间。"

"我能忍住。"钟世带些好笑的语气,"乘人危险的事情我不会做的。"

"那叫乘人之危。"吴花果习惯性纠正,想了一下,将一双眼睛露出来,心头不知怎的有些失落,"那种事……可以忍住吗?"

"傻瓜。"钟世搓搓她的脑袋,怜爱的语气,"因为是你,忍不住也要强忍啊。"

"不会有后遗症吧?"

钟世彻底无奈:"瞎想什么。"

吴花果定定地观察一会儿,揽着被子坐起来,张开双臂:"抱抱。"

钟世笑一下,继而温柔地环住她:"可以等到你想的时候,嗯?"

"嗯。"吴花果咬住他的耳朵,"谢谢。"

这举动让钟世刚刚落下的焦灼瞬间又腾起,他推开她,声色严厉地警告:"老实点。"

吴花果双臂乖乖落下来,羞涩地回应:"我知道啦。"

"睡觉。"钟世别过头,"你睡着,我回房间。"

"这里一晚多少钱?"

"干吗?"

吴花果拉住他的手:"浪费一次可以吗?我……我不想让你走。"

钟世怔了怔,俯身亲下她的额头:"快睡吧,我不走。"

果果,是爱情牵住了我,而你,就是爱情。

这一生我都不会走的。

三月伊始,第二届"悦享杯慈善运动会"开幕。

"悦享"当数国内龙头运动品牌,从器械到服装再到各式体育周边,加盟店遍布全国。创始人为第一代击剑运动员出身,有情怀亦有头脑,去年轰轰烈烈推出"慈善运动会"项目,邀请诸多演艺界人士与职业运动员参与,娱乐为主,比赛为辅,筹集到的所有资金皆用于青少年体育人才培养,口碑声誉与实际贡献齐飞,这也使得第二届刚刚公布赛程,便成为大众广受追捧的焦点。

"野心家"常仁飞自然不会错过一等一的宣传时机。

周例会上,他有条不紊地分配任务,目标只有一个——最赛事一定要抢占先机。引用常仁飞的原话:"我不管你们具体怎么做,在守住新闻报道底线的原则下,最大程度去引导大众习惯,即想到体育赛事第一个来找最赛事的报道。"

而马楚雯今日的任务便是篮球赛场下报道。

当她走入母校篮球场的那一刻,回忆追赶着密不透风地袭来——多年前就在这里,高远曾手把手教她三步上篮,"一、二、三,投""马楚雯,你专心点行不行""你,你怎么还顺拐啊""步子迈大,看篮筐,对喽"……很多声音,很多画面,很多场景,都关乎着同一个人。

马楚雯看着场上激烈正酣的比赛,狠命摇摇头,她在心里重复采访问题,一遍又一遍,可着了魔似的,怎么都无法抽身。

救星吴花果这时到来,身后跟着钟世。

"田径比完了,我来友情探视。"吴花果紧挨着女伴坐到身边。

马楚雯强打起精神说笑:"阵仗够大的,家属都来了。"

"他正好今天休息,带过来长长见识。"吴花果回头的同时见到马楚雯惨白着一张脸,心一下悬起,"你咋啦?不舒服?"

细密的汗珠透过毛孔渗出来,马楚雯怕花了妆,用手背沾沾额角:"昨天不是开打大排赛嘛,昌明自己顶不住,常主任昨晚打电话说让我过去。看资料看到早上五点。"

全国大学生排球联赛原本是田淼在跟的项目,由于对方突然转岗,其他同事皆有安排,便定下由实习记者李昌明出现场。这样做有赌的成分,有人天生胆子大心理素质强,独自放出去练手进步反倒更快,却也有人需要前辈在侧指点一二,自由发挥则乱了阵脚。毫无疑问,李昌明是后者。

时至今日,她们都有带新人的责任,命令一到,马楚雯义不容辞。

吴花果问:"什么时候走?"

大排赛地点在河北,距离不算远,但总归是出差。

"那边正打着呢。常主任说这头结束就出发。"

瞧着马楚雯脸上两道厚粉底都遮不住的黑眼圈,吴花果夺过她手里的纸质文档,顺势将自己的包塞到旁边钟世怀里:"快,交代一下重点关注对象。这边我来,你赶紧去休息一会儿。"

钟世从两人对话中听得大概,默默从她包中掏出笔,递了过去。

走出篮球馆,马楚雯伸个懒腰,与此同时打了个大大的哈欠。

亏得吴花果救场,此刻的她精神涣散,脑袋昏沉,困到原地都能睡着。

拍着嘴巴睁开眼——确切来讲,眼睛被生理挤出的泪水糊了一层,她看到任子延正在一米开外盯着自己乐。

"笑什么笑。"马楚雯怼一句，没忍住又是一个哈欠。

任子延走近："怎么着？昨天没睡？"

"差不多吧。"

"喝酒去了？"

"我们可不像某些公司，任务在身滴酒不沾。"

任子延听出话语间的同行相轻，抢着表明立场："我们也正规单位好不好。"

马楚雯问："你怎么在这儿？"

"悦享的五人制足球赛啊。"任子延回怼，"就兴最赛事协作媒体，别人不兴来呗。"

喊，小心眼。

马楚雯用手指指地面："我是说，这儿。"

任子延摸摸脖子，这才吐出三个字："找厕所。"

"足球场没有？"

"在维修，不许进。"任子延环顾四周，"你们学校卫生间也太难找了。"

他知道这是我的母校——他在关注我。马楚雯不动声色地弯弯嘴角，随即指点方向："进去右转，走到头小门进去，男厕所在左边。"

"好。"任子延走两步停下，"你……回家吗？"

"嗯。"

"开车没？"

"没。"

只睡了三个小时，唯恐路上出意外，她早晨是坐出租过来的。

"等我下，我顺路送你。"任子延说完便闪进篮球场。

马楚雯拍拍尘土，直接坐到花坛的石头围栏上。春天好像一下就来了，阳光洒满校园，偶有唇红齿白的青春面孔从跟前经过。她听到他们说某某大课这节点名，说中午去三食堂抢鱼香肉丝。马楚雯一时间有种大师姐的穿越感——很多年前，自己同他们一模一样。

母校自始至终是温柔的存在，它见证了无数人最为自由生长的那四年——有歇斯底里的大哭，有肆无忌惮的大笑，有求助无门的彷徨，亦有不可一世的骄傲。现而今故地重游，马楚雯想，还好，虽然虚度过一些时日，可记忆活色生香，足以带给自己长长久久的富足。

任子延出来时正见她双手撑住花坛晒太阳，眼睛闭着，模样懒懒的。

要知道，无论是在采访镜头下还是个人社交平台，马楚雯的形象皆可用"光彩精致"来概括。通过这段时间接触，他对她最先有改观的便是"形象"——偶尔颓然，偶尔气恼，偶尔也会像今日这般松弛自在。形象是外在的，但借此延展出来的心境却又带着某种值得探究的玩味——当一个人在另一个人面前无意识地丢弃形象，至少说明彼此变得亲近了吧。

任子延走过去，坐到她旁边。呢子大衣不经意地贴到马楚雯的手背上，他往回拽了拽衣角。

他任时间静悄悄地滑过几秒。

"我太困了。"马楚雯说。

任子延扭头，见她眼睛仍闭着，又转过头，说："刚才进去看到小吴和钟世了。"

马楚雯眼球动了动，"嗯"了一声。今日明星球星云集，篮球场看台几乎坐满，他怎么就发现了吴花果……他们呢？

任子延的第二句话是个问题："你对篮球场很熟？"

"以前老陪高远来。"马楚雯懒懒地打了个哈欠，"他其实篮球打得还行，怕受伤，不敢特别吃力。"

"也正常。"任子延心不在焉地评价一句。

两人的坐姿没有变化，然而这样一番不经意的对话，好像又把对方推离了些。

任子延摸到口袋里的烟盒，想拿出来，却又觉得地点不合适，于是烦闷地将烟盒重新放回去。

"我快睡着了。"马楚雯感觉到自己的上下眼皮黏住般怎么都睁不开，干脆将脑袋歪向一边，寻到一个更省力的姿势，"走吗？"

"你，要不睡一会儿吧。"任子延说着，不由自主地将肩膀向她一侧沉了沉，"不着急走。"

马楚雯闻到他身上烟草夹杂着古龙水的气味，很特别，也……很诱惑。那是一种来自异性强烈气息的诱惑。

带着五分倦意、五分理智，她说："你过来一点。"

任子延稍作迟疑，而后收起大衣衣摆，向她挪了几厘米。

马楚雯全程未睁眼，却准确地找到他的肩膀，靠了过去。

他们没有再交谈。

似乎都知道这样亲昵的举动代表什么，似乎又都不愿探究那里面究竟有几分真几分假。

篮球赛后采访结束，吴花果急急拉钟世跑出场馆："我得赶紧找地方把稿子赶出来，你先回去？"

"我陪你。"钟世忽而笑一下，"你之前采访我，也都是这种状态？"

今日，他第一次站在旁观者的角度完整体验了记者小吴的一天。一丝不

- 259 -

苟地研究资料也好，跃跃欲试地准备采访问题也罢，又或者像现在脚下长了风火轮似的，七转八拐就将自己带到室外。这一切对钟世而言都是新鲜的，如同春日里顽强破土的一抹嫩草，鲜活而饱满。

"差不多吧，吃的就是这碗饭。"吴花果也笑，一刻不停地拽住他的手腕开始小跑，"走走，去图书馆，那边网快。"

然而，吴花果刚进图书馆大门就傻眼了："这破玩意什么时候装的啊！"

几年没回来，她的面前是几道电子栏杆，如同地铁站刷卡乘车，没学生证一切免谈。

"发达了，开始算计起自己人了。"吴花果恨恨。

钟世见大厅不远处摆着几张写字桌，像是方便学生们就餐等人的区域，揽过她的肩膀转换方向："走吧，毕业生。"

吴花果一步三回头，语气恋恋："我堂堂新闻系奖学金一等奖获得者，咋连个图书馆都进不去。母校啊，你欺人太甚！"

两人找一张空桌坐下，吴花果一边拿平板电脑一边问他："你做什么？会不会太无聊？"

钟世摇摇头，瞄到身后的饮品站："饿吗？我去买点东西吧。"

他们原本计划到篮球场打个卯便去吃饭，天算不如人算，忙活完到现在已经快下午两点。

说饥肠辘辘也不为过。

吴花果顺着他的视线望去，言语间有几分歉意："还说要带你去吃南门那家烤肉的，我……"

钟世笑着打断："好啦，我们晚上去。"

很多时候，他都会展现一种难能可贵的包容——理解她的处境，支持她决定，也尊重着她那即便在父母眼里都有些"过"的事业心。吴花果不知道这样一份包容源自何处，也许是从小的家庭教养，也许是中西方在某些观点上的认知差异，抑或钟世本身就是这样一个人。她知道的是，自己感念遇到这样一份包容，很心安地将所有喜欢都给到面前这个人。

"那就这样？"她只听到后半句询问。

"好。"吴花果抬手掐掐他的脸——你买回来的，就算再难吃再难喝，我也一定执行光盘守则。

决心不过几分钟，毕业生小吴举双手投降——很奇特，说不上哪里不对，但三明治就是难以下咽；至于咖啡，好似老板打劫了糖贩子，甜得一口进去，两排牙即刻倒地阵亡。吴花果苦着一张脸看向钟世："我在校那会儿比这好吃多了。"

"喂！"钟世迅速捂住她的嘴巴，表情诡异。

吴花果这才意识到，自己戴着耳机听采访录音，以至于说话的声音比能感受到的大出数倍——周围，包括饮品店店员，大家正在齐刷刷投以注目。

呵，真人版社交死亡现场。

钟世揉揉她的脑袋，摘掉一侧耳机小声说道："我也觉得难吃。没关系，就当他们不存在。"

吴花果尴尬得恨不得原地消失，头扎进臂弯，久久不肯示众。

手机进来消息，本以为是马楚雯又想起什么事宜交接，所以吴花果依然扎着头，胡乱摸到电话在桌下查看。

可下一秒，她直接坐了起来。

"怎么还激动上了？"钟世见状打趣。

"哦，没。"吴花果将电话扣过去，又觉遮掩的意味太明显，于是故作如常说，"干活了，晚上去吃烤肉。"

"好啊。"钟世未作留意，也戴上耳机——红土赛季将至，他会遇到更为强悍、更有经验的对手，通过比赛视频研究技术打法是最为基础的准备。

两人并肩而坐，沉浸在各自的世界里。

虽然吴花果心里始终装着那条收到却没有理会的信息。

周围学生换了几拨，阳光也渐渐微弱。吴花果发了新闻，回复了几封邮件，处理完手头七七八八的事宜，这才重新拿起电话，犹豫要不要回复。

刚打出两个字，对话框下闪进新的短信息：知道你忙，不用费心了。不好意思小吴。

发信人是冯晚霞。

而经过与上次几乎如出一辙——第一条请求帮忙，随即又说解决了，不需要了。

稍有不同的是，两个月前那次对方立刻发来第二条，而现在，吴花果看看时间，相隔近四个小时。

吴花果着实猜不透，连相熟都算不上的她们，究竟对方摊上何种事情需要自己去帮——借钱？要来北京发展？还是奶茶店经营不顺，抱着广撒网的心态，能搭上的关系统统问一遍？

无论何种，吴花果对此是有些不齿的。

对，就一个原因——关系。

这些事若摊在马楚雯身上，她想都不用想便会出手。能出人出人，该出力出力，朋友嘛，锦上添花可以退居身后，雪中送炭却要一马当先。

可你冯晚霞算什么。

吴花果恪守礼貌，发去一行字：既然你能解决，以后就不要联系我了。

一周后,吴花果刚进办公室就发现自己桌上躺着一个信封——"运动你我,悦享助力"慈善晚宴诚邀最赛事媒体代表出席。

这是本届的新增环节,主办方下定决心打造口碑品牌,从运动会组织到比赛视频播放再到后续宣传,悦享需倚靠媒介及时树立积极形象,而像最赛事这种体育媒体亦可借此机会丰富报道宽度,吸引多层次用户,双赢的买卖。

吴花果拍下邀请函照片给钟世发过去:请问你受邀了吗?

过一会儿,钟世回复:现场是不是要装作不熟?

这家伙。

吴花果:随便!后天见。

这下钟世秒回:还要等后天才能见?

端茶杯经过的常仁飞这时敲敲她的桌子:"来下我办公室。"

吴花果答"好",拿起邀请函跟了上去。

虚掩上门,她晃晃手里的信封:"常主任,怎么让我去啊?"

坦白地讲,晚宴这种福利大家都愿意出席。有事业心的可发展人脉,玩心重的去广交朋友,再不济打扮得漂漂亮亮发条朋友圈也能骗一堆赞。

"去了别光想着玩,回来交作业。"常仁飞没有直接回答,转而问道,"我听说你想回一部?"

"之前的确和谢老师聊过一次。"吴花果诚实相告,"但田淼去节目组了嘛,咱们这边人手也不够。我自己的话,一部、二部没有特别大的差别。"

常仁飞点点头,放下茶杯:"老谢和我讲的时候,我还挺惊讶的。"

怎么形容呢,这种感觉就像背着现任去找和平分手的前任聊业务,结果现任和前任统一了业务指标——吴花果颇为不好意思地干笑一下。

"我是觉得,既然想走,一定说明现在的境况不够理想。老毛、田淼,都一个道理。"常仁飞亦话语坦白,"打定主意要走的留也留不住。但还没有做出决定的,至少我们都有改进的空间,对吧?"

吴花果"嗯"了一声。

"那说说吧。直说。"

"就……偶尔感觉工作太杂了。"吴花果迅速组织好语言,端正地对待这样一场上下级谈话,"在一部时职能比较固定,跑比赛、出报道、跟新闻,我知道标准,也知道哪里可以提升。可调过来后,大概因为做的事情多吧,标准好像一下没了。常主任,我清楚组里人手不足,也明白您对我有意栽培……"

"我以为你不知道呢。"常仁飞笑着打断,"还有没有别的原因?"

"那个,待遇上……"吴花果欲言又止。

"今年的涨薪名单刚报上去,有你。"常仁飞回答得很痛快,"至于幅度,回头约 HR 单聊吧。"

"谢谢常主任。"

常仁飞摆摆手:"有问题解决问题,有需求解决需求,这是做事的态度,很好。"他顿了顿,接着又道,"小吴,如果你个人倾向于继续做一部的事情,我是指职能固定的事情,这个没有问题。这两个月会陆续有新同事入组,人员调配上,你可以专做赛事报道。"

吴花果未加思索:"您什么意见?"

"我?我觉得都很好,两条路而已,没有对错。"

吴花果低头看看手中的邀请函,沉默片刻,问道:"常主任,您为什么让我进冬奥组,还有……这个?"她扬扬手里的信封,眉头微微皱起,将不解抛给常仁飞。

这两件事,未必非得是她。

常仁飞摸摸下巴,语重心长地说:"在我看来,你很全面。基本功扎实,有责任心,而且身上有股体育人的劲。就算身处劣势,也要想方设法搏上一搏。小吴,私心上讲,我是把你当徒弟带。我希望你能多接触多学习,真正了解一个部门是怎么运作的,各部门间如何协调协作,甚至一家体媒如何去拓展自己的广度和深度,在时代中留下声音。"

吴花果的眉头随着这番话逐渐舒展。她原本认为这些机会都是单一选择,却从未想过,或许它们在未来的某一点会合并成一体,而自己,会站在那最耀眼的中央。

"当然,专研一门钻成专家也很好。"常仁飞重述观点,"这是两条职业路径,没有高下之分。"

吴花果笑了笑:"我觉得能做您徒弟很荣幸。"

"这回不在背后说我常非人了?"

"非也非也。"吴花果拨浪鼓似的摇头,"我们那都是明贬暗褒。"

"不管怎么样,专业不能丢,至少要有一门拿得上台面的手艺,我这么说明白?"

"明白。"

常仁飞在开门前拍拍她的肩膀:"你还年轻,不用急着给自己设定边框。年轻就要敢想敢做,就是用来冲出边框的。"

吴花果点头,将最后这句牢记于心。

慈善晚宴选在城郊一处高档会所,隐蔽性强,便于安保。吴花果独自驱车前来,导航显示还有 200 米时车辆排起队伍。夜晚已至,远远可见一片灯火通明,火热地在半黑的天空撑起一片白昼。

按门童指示停好车，邀请函确认登记后，她走进了乐园里。露天游泳池蓝盈盈见底，泳池至主厅入口被落地灯圈出一片区域，几张圆形高桌，雪白桌布似少女的裙摆随晚风荡漾。面带微笑的服务生稳稳托住餐盘在人群中穿梭，盘中高脚杯像被黏住，红白酒水反射出晶晶亮的光芒。人群三三两两地站着，有人正交换名片，有人笑得前仰后合，有人举杯一饮而尽。

吴花果有些不自在。倒不是没有经历过这样的场合，而是每每在这样的场合她都会不自在。她自小与水为伴，生活是游泳队写着自己名字的更衣橱，是教练手里分秒不差的计时器，是朝夕相处的一张张熟悉面孔。也是日复一日的训练，是比赛场的心跳，是一切结束后淋浴间冒着热气的花洒。她以为此生都会过那样的生活，别人看来简单枯燥，她却自得其乐不与外人道。

"吴花果。"

听到有人叫，她转头寻找声音出处。

叶如珍穿着黑色礼服裙，在十米开外挥着手。吴花果有些尴尬，直勾勾地看着对方朝自己走来。似乎不适应脚下的高跟鞋，叶如珍走得歪歪扭扭，猛地被裙摆绊住，身子往泳池扎下去，旁边人眼疾手快地拉住她的胳膊，惯性作用下叶如珍整个人扎进对方怀里。

这个小插曲引起一阵带着喝彩的骚动，英雄救美的主人公也在这一刻落入吴花果的视线——黑色西装，熟悉的挺拔身影，是钟世。

钟世随即放开人，阔步走近："给你发消息怎么没回？"

"我在开车。"吴花果回一句，见叶如珍也过来，轻轻唤了声对方的名字。

叶如珍先对钟世道谢，而后看看两人，目光最终落到吴花果的脸上："单独聊两句？"

钟世听罢，说了声"我先进去"，转身离开。

"认识？"如珍问。

"嗯。"吴花果抿抿嘴，没有再说别的。

如珍回身望望钟世的背影，再度转回来打量面前的旧友，亦没有说话。

直觉告诉她两人关系不一般，无论交谈的语气还是对视的眼神，可吴花果沉默的举动让她有些气恼——曾经无话不谈彼此间没有任何秘密的朋友，而今连自己的喜悦都不愿分享丝毫。

对叶如珍来说，造成这样的局面，皆是吴花果一人之责。

两人撇开头，各自沉默。片刻后，吴花果试探着问："你最近还好吗？"

慈善运动会上，叶如珍与演艺界新秀梁乙搭档混合游泳，而后被拍到一同吃饭耳语的照片，因为这件事，叶如珍无缘无故遭受了一些类似"心机女"的指责，可算得上飞来横祸了。

"你假客气什么？"叶如珍的语气仿佛带了刺，"你今天才看到新闻？

才来问？"

"我不是那个意思。"

"吴花果，"叶如珍冷冷地看着她，"我们一起进省队，住一个宿舍，打接力你是我下一棒。可我最近常常在想，我算不算……曾经算不算你的朋友。"

最后一句，她的声音在抖。

吴花果刚要说些什么，现场工作人员过来打断："抱歉，打扰两位。叶小姐，稍后您要做品牌伙伴上台，我们跟您沟通一下流程。"

叶如珍点点头，抛来一个极为复杂的眼神，而后提起长裙，在工作人员的指引下离开。

吴花果盯着面前的一汪水蓝，记忆被再度拉回十六岁——

提交退役申请那天，她特意转到馆里去看最好的伙伴。训练刚结束，叶如珍平躺在水面上舒展身子，像正在晒太阳的美人鱼，那么悠哉，那么享受。吴花果远远看着，捏紧口袋里的纸——那是一封道别信。很多歉意，她的离开必将让对方压力加倍；很多惭愧，她们曾热血地约定一定要破个世界纪录，而自己却中途放弃；还有很多羡慕，但凡有一丝一毫的可能，拼了命她都会坚持，就像水中自在的伙伴一样，心里有信念，眼里有未来。

可她做不到。完完全全做不到。

那是她们最后一次在训练馆见面。叶如珍游到池边，嘴里动着，手里比画着，吴花果猜对方要表达的只有四个字——等你回来。

对彼时的叶如珍来说，最重要的，就是等她回来。

吴花果在媒体代表桌找到最赛事的牌子坐下，不由得环顾起四周。主办方按各方关系分桌，而入场灯光又比较暗，走错方向找不到位置的大有人在。她挺直腰杆，脑袋变成监视器左一圈又一圈地绕，眼瞅要把自己绕晕，耳边飘来一个声音："找我？"

回头的瞬间，心里莫名笃定。

钟世单手撑住桌沿，另一只手搭上椅背，呈半环绕的姿势与她说话："刚才那位是朋友？"

"嗯，以前的……"她想了想，还是未提及"队友"二字。

直至现在，她都没有确认过钟世是否记得彼此曾见过。确定关系之前，曾一度被疑问纠缠到失眠，那里面有好奇，也有隐隐的怕——就像楚雯说的，怕他别有用心，拿着自己的秘密做文章。然而确定关系后，吴花果有种自欺欺人的念头，不问不提便就当他不知道——永远不知道是最好的结局。

她的退役，一点都不光彩。

吴花果刻意岔开话题:"我可看得一清二楚,你抱了她。"

钟世刮下她鼻尖,又问:"你们聊什么,这么久才进来?"

"就,一点私事。"

钟世嘟嘟嘴:"连我都不能知道?"

场内广播恰到好处响起——请各位嘉宾朋友尽快入座,我们的活动马上开始。

吴花果借机推推人:"快回去,结束后再说。"

人群落座完毕,主持人上台,舞台灯光豁然亮起。钟世坐在舞台正下方的圆桌旁,借着光亮一下低头一下抬头,无聊的样子有几分可爱。吴花果在隔三张圆桌的后排,偶尔看台上,大多时候则在看他的后脑勺——转身,转身啊傻瓜。

大约念叨得太猛,钟世忽而扭头看过来,隔着灯光与人群,他们相视一笑。

微信有消息进来,常仁飞问:"钟世和叶如珍什么情况?"

正纳闷,同行 App 推送抵达——网坛泳坛金童玉女将跨界谱写恋曲?抓人眼球的标题,配图正是刚刚发生的英雄救美一幕。

文章没有实质内容,三言两语的描述性报道加上笔者自行推测,然而俊男美女组合外加有图为证,短短半小时访问量过千。

她回复领导:一点插曲。

常仁飞意有所指:其他家也出新闻稿了,看样子热度能起来。

吴花果立刻翻看同行新闻,已经有人发出两人耳语聊天的高清图,主题如出一辙。就在这个厅里,甚至就在这张桌子上。对媒体从业者而言,这里就是开放性的大型战场,谁更敏感谁更快谁就是赢家。

她再次望向舞台下那张桌子,一时间被一种好笑却又酸楚的情绪裹挟住——如果继续游泳,坐在他身边的会不会是我?

金童玉女,跨界恋曲,这才是大众眼里般配的组合吧。

即便,即便那个人爱着我,一个诚惶诚恐怕秘密被发现,不那么真实的我。

常仁飞又一条消息发来:回去理一下以往运动员同项目或跨界恋爱的资料,钟世和叶如珍的着力点放在这两个青年运动员的现状,标题必须吸引人。最好今晚就能出稿。

指尖就在键盘上,可吴花果犹豫了。

新消息进来,常仁飞问:你和小钟私下有情况吗?

他的确把她视为徒弟,在这样一场紧锣密鼓的新闻战里,仍不忘关心。

吴花果只回复了一个"好"字。

她是这场晚宴第一个离开的人。

一路飙回家，换身衣服坐到电脑前开始工作。案例很多。运动员职业所限使得他们不似其他行业可接触多种多样的人，目光所及最信赖，也最容易生情的便是自己的队友或同类。相同的经历，相似的情绪，不可否认他们会更好地理解彼此。而天底下最幸福的事，不就是找个理解自己的人去过这一生？

她写得很快，写到最后，自己累了也失望了。

她甚至说不清，为什么答应常仁飞，为什么出这样一篇荒唐至极的报道。

钟世直到晚宴结束都没有再见到吴花果。回头几次不见人，以为她只是暂时离开，为此他还借着去洗手间的名义特意出去找了一圈，餐食未动，座位空空，一件随身物品都没留下。走出庄园，发了数条消息，打过三次电话，然而一直无人接通。钟世想不明白，晚宴开场一切正常，怎么就突然失联了？

这时林拓电话进来，笑嘻嘻地告诉他："你火了。"

他从没想过自己以这样的理由冲进搜索榜。

钟世不在乎绯闻。本就无中生有，大家喜闻乐见，过阵子也就忘了。让他在意的是热度最高的那篇报道——《强强联合，他们会谱写下一个体坛爱情故事？》。

来自最赛事，笔者匿名。

每一字，每一句都让他想到吴花果。

无名怒火几乎从胸腔里喷薄而出。

他们确认过心意，诚实而认真地确认过——他们是一对恋人。

可这样一篇新闻稿让钟世整个人乱了，文章里有很多字不认得，读下来磕磕绊绊，他更为不理解的是，吴花果为什么这样做。

谁都能写，她，不行。

这个夜晚，同样不平静的还有叶如珍。

事实上，她刚刚经受过一场不大不小的网络暴力——大众所能见到的指责实属轻微，有激进粉丝找到她的社交账号，各种私信谩骂不堪入耳。

她安慰自己，好在梁乙并非当红偶像，这点火力勉强可受得住。

晚宴结束后，钟世找到她，叶如珍这才知道自己又一次变为新闻当事人。他们并没有过多交谈，钟世只表达了两个意思——后续处理由俱乐部负责，以及，吴花果是他的女朋友，他不理解对方这样做的意图。

叶如珍说"好"。虽然她想，自己也许知道吴花果为什么这样做。

回到酒店，叶如珍将所有相关报道都读了一遍。毫无疑问，最赛事发布的那篇热度最高——文章有盘点性质，内容翔实，主题明确，里面提及数对终成眷属的运动员组合，因其中不乏知名运动员，自然能脱颖而出，引发大众共情。钟世与她的名字只出现在文末，叙述了两人在这场晚宴中的交集，提出一种"或许"的可能性。

至于评论，几乎清一色叫好祝福。有人甚至列举了她与钟世过往的种种战绩，大家得出的结论出奇一致——两方都很强，若真有后续，喜闻乐见。

这样一篇报道出现在这样的节点，它如同一双隐形的手，将叶如珍从舆论旋涡中拉了上来——不会有人再去追究她和梁乙，因为体育圈的强强联合显得更真实，亦更为匹配。没有戾气，没有指摘，所有出现的声音都是温和的、积极的，那意味着即便日后否认，大众心中或许遗憾，但绝不会因此贬低任何一方。

吴花果借用钟世，为自己巧妙地挡了一下。

叶如珍将手机甩到一旁，直愣愣地望着屋顶发呆。朝夕相处那么多年，她知道吴花果是怎样的人。

猛地坐起，在通讯录中找到女伴的名字，打出电话。

等待音响过三遍，对方挂断。

再打，一声后即被挂断。

叶如珍皱皱眉头，想起什么似的，打给另外一个人。

此时，吴花果正在陌生的酒店房间里，与冯晚霞相对而坐。

空调开得很大，以至于她穿着毛衣，身上还是泛起细汗。

冯晚霞坐在床边，双手搭在膝盖上，不时抓抓运动裤。大多时候她是垂着头的，余光偶尔扫过吴花果，像不敢对视似的，只一下便回避视线。床脚放着单薄的行李，一只黑色布面登机箱，边缘因为褪色显得发白。床单平整无痕，两小时前刚刚抵京，她还没有躺下过。

吴花果手机屏幕亮起，因为调了静音模式，她没有注意。

冯晚霞这时说道："一直有人找你，挺忙的吧？"

吴花果去看手机，瞄到钟世的名字，眉头皱了皱，没有接。她记不清这是今晚的第几通电话，意识到夜已经深了，按下红色挂断按钮。犹豫片刻，她发去一条信息：我现在有点事情，明天说吧。晚安。

她很清楚钟世要问什么。

"小吴，"冯晚霞叫了一声，埋下头，"对不起啊，我是真的没办法了。"

今晚这场会面亦由这句话开始。

晚宴中途离开，吴花果在路上打好腹稿，回家查了些资料一气呵成写完报道。发布动作经由常仁飞完成，因为那时她接到冯晚霞的电话："小吴，我到北京了。能不能和你见一面？"

吴花果本就因报道心烦意乱，满脑子想着该如何对钟世解释自己这番荒谬至极的行为，所以语气也十足不耐烦："什么事非要见面？"

"王维友找上我了。对不起啊，我是真的没办法了。"

大脑仿佛一下被冰冻住，待反应过来，面前的文稿中已经多出一串毫无意义的符号。

吴花果打了个激灵，手肘撤离键盘，删除一串乱码，保存文档并关闭。这才深吸一口气，问道："你在哪儿？"

来酒店的路上，客户端推送出新闻。似是怕她难做，常仁飞选择了匿名发布。吴花果将手机调到静音模式，她认为自己是理智的——事有轻重缓急，尽管尚不清楚将会面对什么，可直觉告诉她，冯晚霞的事情紧急且异常严重。

吴花果将手机扣过去，继续刚才的话题："所以到现在，你总共给他转了八万？"

冯晚霞低下头，"嗯"了一声，话音里已带些哽咽："我实在拿不出更多了。这钱是我们……我和我老公攒着养宝宝的，奶茶店有开销，我俩还有房贷……"

"你怀孕了？"

"四个月了。"冯晚霞说完抬起头看她，脸上在笑，可眼里有泪，"看不出来吧？都说我不显怀。"

吴花果咬紧下唇，几乎是逼问的语气："为什么不报警？"

门铃声在这时响起。

两人对视的当下，吴花果明显看出冯晚霞抖了一下。

"他找不来这里。"吴花果安慰一句，起身走到门口，屏息未动。

一阵急促的敲门声伴着话音传来："是我，叶如珍。晚霞你在吗？"

吴花果皱皱眉，随即打开门。

叶如珍见她并无意外，直接闪进来："你们果然在一起。"

这样的老队友会面倒让吴花果始料未及。

冯晚霞也露出惊讶的表情，她抹抹眼睛："如珍，你怎么找到这里的？"

"我联系了你老公，他说你来北京看个朋友，把酒店地址告诉我了。"叶如珍径直沿床边坐下，看向吴花果，"之前晚霞问我你的电话，我就觉得奇怪，后来又说联系不上，是不是换号码了，昨天又问你这几天在不在北京。"叶如珍来回打量两人一番，"你们俩……谁出事了？"

吴花果刹那间明白："就是说你第一次给我发消息时，他就……"瞄到如珍，后半句被咽了回去。

房间内静如止水。

- 269 -

许久，冯晚霞打破沉寂："小吴，我没关系的，看你。"

吴花果咬紧下唇，愣了几秒，做了个深呼吸："那，我来说吧。"

十六岁的吴花果曾打过一场官司。

性骚扰案，她是原告，被告是她彼时游泳队的教练之一，王维友。

事情开始于一个最最普通的训练日。因为即将开始国家队选拔，那段时间大家都像上了发条一般，紧张又激动。吴花果也不例外，手握含金量相当不错的大赛荣誉，状态稳定，速度亦有提升空间，对此次选拔，她志在必得。然而之于运动员，光有志气远远不够，竞技体育，成绩是唯一标准。按制度规定，训练结束后馆内是不许留人的。可吴花果太迫切，迫切到会偷偷溜回来加练——门卫是从小看她长大的师傅，禁不住她眼泪汪汪的恳求，睁一只眼闭一只眼，警告最多多留一小时。她练了很多天，然后在某天淋浴时突然发现门口有一个人正在看着自己。

吴花果吓坏了，吓得大叫，吓得手足无措，吓得整个人僵住，无所适从。万幸门卫师傅恰好进来巡馆，听到她"有人，有人"的吼叫立刻追了出去，只是体力悬殊，对方没有追到人，又或者说，一个人影都没看到。

这件事便成了谜——门卫师傅无法证明的确有偷窥者，馆内监控年久失修，而大门监控并未拍到有人出去，除了吴花果的说辞，没有任何证据能够佐证她一方的说法。

性骚扰官司，立案难，取证更难。

父母多方打探，请了当地最好的民事律师，而对方也确实找到了突破口——游泳队里有个叫冯晚霞的姑娘，原本成绩尚好，可不知怎的三个月前状态突然萎靡，数日前干脆选择退役。其中蹊跷在于，但凡王维友指导训练的场合她都会缺席，甚至因为无故缺席收到队里警告，当事人冒着被劝退的风险依旧我行我素——律师给出的建议是，你们不妨私下先接触接触，若真是想的那样，多一个证人多一些证词，这场官司有赢面。

第一次登门吴花果没有去，父母带回的消息很积极——这姑娘虽然没有正面承认，但说考虑考虑，肯定不是第一回了，人渣不得好死；第二次吴花果随父母一同去了，可事情急转直下，冯晚霞变了口风——我退役是个人决定，与任何人无关，你们回去吧。

吴花果听着父母的声声恳求，看着他们几乎下跪去请求冯晚霞出庭，心如刀绞，可什么都做不了。她，什么都做不了。

官司输了，输得毫无悬念。

尽管所有人都已尽力，律师、父母，还有在庄严法庭上一遍遍痛苦地回顾事发细节的那个自己。

后来，不甘心的父母将举报信递到省队。或许担心影响不好，又或许这并非第一封举报信，省队选择冷处理——王维友离队，对外声称是个人主动离开。这期间，吴花果生出一场意外，彻底终结了职业生涯。

再后来她知道，冯晚霞退役不久便将父母接到省城，迅速开了一家奶茶店。奶茶店位于市中心黄金地带，且不说租金，加盟费都有大几万。

普通运动员能赚多少薪水。

吴花果没办法让自己不怨她。

叶如珍难以形容此刻的心情。很复杂，就像一件质量并不好的衣服，摊开内里，处处是胡乱生出的线头，潦草又毛躁。她很想对吴花果说声对不起，很想抱抱她说都过去了，很想，很想再回到过去。

其实是有信号的——当年的吴花果是国家队选拔的种子选手，因一个似是而非的"伤病"理由便离开了；那段时间队里明令禁止闭馆后加练，巡查力度比以往大上很多倍；馆内外重新装了一套监控系统，淋浴间、更衣室、宿舍楼，边边角角的地方都挂起摄像头，队里给出的说法是严防外人进入，做好安全保障；教练主动离队一般会选择两条路，要么经商，从事体育产业相关的生意，要么从政，转去游泳中心或体育局做管理，可王维友音信全无。

其实是有很多很多信号的。叶如珍想。

她甩甩头，让自己尽量集中在眼下的问题上："晚霞，你确定王维友手里有你的照片？"

冯晚霞痛苦地点点头："他给我发过一张，在我洗澡时偷拍的，说还有。"

"败类！你怎么那么傻，就没想过他会留后手？"

"我不知道，我那时真的没想过。"

叶如珍见对方单手一直抚在小腹上，心软了些："我们一起想想办法，你别怕，会吓到宝宝的。"

吴花果冷冷地看着她们，重复刚才的问题："为什么不报警？"

叶如珍没有理会，继续问道："他说只要把当年给你的十万要回去，就会删掉照片，是不是这样？你还差多少？"

"凭什么给他？"吴花果眉头紧蹙，叶如珍说这话无非是打算破财消灾，她直接双手抱胸站起来，"这根本不是一借一还的问题！他现在朝你要一分钱都是敲诈，是犯罪，性质完全不一样。我不明白你为什么不报警，好，就算你收过他十万封口费，那时候你十七岁，还属于未成年，再说就算必须还这笔钱，也是法律让你执行，不是他王维友来威胁。"

"果果，你先坐下。"叶如珍无意中叫出她的小名，耐心地说，"我知道你心里有气，晚霞确实做错了，可你的立场……"

"我什么立场？怎么，你们以为我说报警是想为自己翻案？"吴花果怒火中烧，将愤怒齐齐发泄出来，"冯晚霞，你摸着良心问问自个儿，我今天为什么来。这件事我必须管吗？跟我有一毛钱关系吗？他王维友就算有我的照片怎么不敢找上来？因为当年我打官司了，他现在敢留照片就是自寻绝路！人都要为自己的行为买单的吧，你买的就是自己没有站出来的单！"

"吴花果！"叶如珍大喝一声，揽住冯晚霞的肩膀，"她是孕妇！"

吴花果喘着粗气，一言不发地将头转向窗外。

"我没关系。"冯晚霞拍拍叶如珍的手，仰头看向吴花果，"小吴，我知道你是念着过去的队友情分才过来。你想帮我，想让那浑蛋被惩治，我都知道。"她摸摸肚子，苦笑一下，"为什么不报警是吧。我……最初练游泳是体校教练到老家走亲戚，看见我在湖里跟人比憋气，特意跑来家里说我有点天资可以朝这条路试试。他说能申请贫困生，每月还有补助，这样我才进了体校。我也想争一口气，可我能力就在那里了，再上也上不去了，争气就变成想让家里人过得更好。"

吴花果听到微弱的哭腔，转过头，冯晚霞已泪流满面。

她从包里掏出纸巾，抽两张塞到对方手里。

"谢谢。以前在队里都没和你们说过这些，我……"冯晚霞擦擦眼泪，"当初王维友是拿着现金找过来的，他说是比赛奖金，家里人都信了。我本来就不是读书的料，唯一会的就是游泳，除了去游泳馆当教练我不知道自己能做什么。上面有大姐要结婚，下面有小妹要中考，哪里，哪里都是要钱。我知道这钱收得昧良心，但是小吴，十万对我来说，对我们家来说……太多了。退一万步，就算不收，我也不敢保证自己能站上法庭。大家都以我进省队为荣，做证就是鞭子抽在我身上，抽在我爸妈脸上，他们这辈子可能都抬不起头。"

"好了，好了。"叶如珍见她哭得实在厉害，将人揽进怀里，对吴花果轻轻摇了摇头。

她甚至知道吴花果要说什么——知道孩子受了委屈，天底下没有哪个父母会袖手旁观。

吴花果抿抿嘴，将落在嘴边的话咽了回去。

冯晚霞拍拍脑门："我怎么报警啊？一旦走法律程序，我老公会怎么想？宝宝再有不到半年就出来了，他要发现自己的妈妈……小吴，如珍，我没法报警。"

"我理解，我们理解。"叶如珍极力安抚，似对吴花果说，又似一句无奈的感慨，"一个决定做出来，牵扯的不单单是自己。"

大夜已至，昔日共同奋斗过的三个人在安静的酒店房间里各自沉思。

"小吴,真的很对不起。"冯晚霞最后说道,"这几天我一直在想,如果当初没收那笔钱,如果我能像你一样勇敢地站出来,今天,我们是不是都会不一样。"

这晚,吴花果和叶如珍都没有回去。一来聊到最后时间太晚,二来她们都有些担心重压之下的冯晚霞会做傻事。

三人挤在一张床上,黑暗的空间里时间仿佛失去了意义。不知过了多久,吴花果听到如珍的声音:"睡了吗?"

"还没。"吴花果坐起来,低声回一句。

睡在两人中间的冯晚霞动了一下,轻微的鼾声很快再次响起。

叶如珍便也坐起来,将头转向吴花果的方向:"为什么不早告诉我?"

队友、朋友、闺蜜,任何一种关系都可以做到分享秘密。如珍认为,那些年的她们是三者之和,或者,只能更甚。

不发一言地离开才是最残忍的告别。

"打官司那会儿正赶上国家队选拔,之后你又进了大名单准备去集训。"吴花果静静地说,"后来……你是现役,成绩一直很好,知道这些没好处。"

"怕我对队里失望?"

"有一点吧。事情尘埃落定,这几年关于运动员的保护措施也在加强。"吴花果同样转过头,尽管黑暗中她只能看到一个靠床而坐的轮廓,"如珍,你没遇到过这种事吧?"

"没有。我……可能运气好。"叶如珍自嘲一通,"这算什么,不够努力的躲过一劫,努力的反倒遭受痛苦。"

没人说得清为什么。

"果果,对不起啊。"

"我才该说对不起。"

"那时候你不退役,现在应该能拿奥运金牌了吧。"

吴花果轻笑一声:"嗯,可能就没你什么事儿了。"

叶如珍也笑:"咱俩当时差不多好不好,队内成绩算总数,你估计还差我一点。"

"王婆卖瓜。"

"实事求是。"

"自吹自擂。"

"正视现状。"

两人小声斗着嘴,时光仿佛一下倒流回那些年——她们手挽手走出场馆,天那么蓝,阳光那样明媚,梦想一天比一天更确定。

短暂沉默后,叶如珍的声音更低:"你到底出了什么意外非要退役?"

吴花果闭上眼睛,过往如同碎片化的画面一幅一幅闪过。她说:"官司打输后,我失聪了。就是……听不到任何声音。"

两天后的傍晚,吴花果收到钟世发来的消息:到家了吗?我们见一面。

这日是周一,早晨例会上常仁飞布置了多项任务,责任到人,吴花果正在办公室赶一份二三季度赛事汇总。

她犹豫片刻,回复过去:要加班,你晚点过来吧。

整个周末,他们没有任何联系。

对恋人来说,这样的频率意味着彼此之间出了问题。

吴花果是知道的,可这两日皆在想着冯晚霞的事情,也清楚钟世因为报道在怄气,她分不出精力去维护自己的感情。

情绪很微妙,在安全与不安全之中来回摇摆。

安全感源于笃定,她相信钟世对自己的真诚;不安全则是自我质疑,会不会有那么一天,得知一切的他失去对我的信任,所有的所有,都是自己搞砸了。

吴花果叹了口气,发泄似的狠狠摔了两下鼠标——不要想,不能想,先把手头事情解决掉。

见到钟世那一刻,吴花果有种土崩瓦解的溃败感。

他等在楼下,天知道等了多久。表情是颓然的,甚至可以形容为魂不守舍。一身黑,帽檐压得很低。什么都没有做,没有玩手机,没有被路人的吵架声吸引,没有看向任何一个地方,他只是在等待而已。

图什么呢,干吗折磨自己又要折磨他。

吴花果走过去,顺着后背抱住人——如同守护生命里最珍贵的宝贝,她环住他的腰,手久久没有松开。

路灯豁然亮起。

钟世用些力气挣脱开这个拥抱,语气淡淡的:"上去说吧。"

从等电梯到进入家门,他们之间没有一句交流,亦无任何目光接触。在如此沉默中,这场会面蓦地多出一层意味——走下去,或者,我们到此为止。

吴花果脱掉外套挂在衣架上,故作镇定地询问:"你吃饭了吗?喔,应该还没有吧。我,我煮点速冻饺子,冰箱里应该有。"

不等对方回答,径直去准备晚餐。

要生分了。她想。

很多话,很多念头在心里,它们错综地搭起一张网。吴花果忽而记起《巴黎的忧郁》某一章里描述过的——我不满所有人,也不满自己,在这黑夜的寂静与孤独中,我真想救赎自己,以求得些许安慰。

过去对她太残忍,那些记忆在回望时变成了碎玻璃,直接生硬地、不留情面地扎进一寸寸肌肤。她以怨恨做动力坚持许多年,可到头来发现怨恨也变得虚无,要怎么自救才好。

水烧开,灼热地翻滚着。吴花果拍拍额头,叹了口气,将冷冻的饺子整袋倒进去,火力调小。她回身朝客厅望望,想找些无关紧要的事与钟世聊几句,却发现他去了阳台,似乎在打电话,表情凝重。

重新将火力调大,有几颗饺子沾到锅底,吴花果用勺子拨弄两下,破了。来北京这么久,很多生活习惯都跟着变了,可她还是不大会煮饺子。

钟世收起电话,稍作犹豫,走进厨房。熟门熟路地从橱柜中找出餐具,盘子放到她手边,拿起碗筷又走了出去。

没有说话,甚至没有看吴花果一眼。

绝非刻意冷漠,他这次是真的生气了。

吴花果将饺子端出来放到茶几上——整整一盘,对两个人来说量并不大,因为她知道自己毫无饥饿感。

谁都没有动筷。

吴花果等了一会儿,夹一颗到他碗里:"快吃吧,再不吃都坨了。"

钟世闷不作声,他在等她的解释。

为什么发那样的报道,为什么不接电话,这两天到底发生了什么,如果他不主动,是不是就一直这样算了。

疑问很多,而每一个他都不知道答案。

吴花果问:"刚才和谁通电话?看你好像心情不大好。"

"林拓。"钟世摘下帽子,胡乱地抓抓头发,"我爸爸交了女朋友,想结婚。"

"娜娜让林拓告诉你了?"

钟世猛地看过来:"你知道?"

"嗯。"吴花果点头,顿了顿,"你前段时间一直在打比赛,娜娜可能在等合适的时机。她很在乎你,怕说了你们兄妹之间会产生距离,所以不知道怎么开口吧。"

钟世听罢,冷冷地回应:"原来很多事你并不愿意和我讲。"

吴花果很清楚这是一句质问,默默侧过脸。

"你当我是什么?"钟世穷追不舍,语气变得更冷,"有兴趣就叫过来,没心情就躲着不见。哦,新闻素材吗?"

"我没有!"

"现在取材结束了，该知道的都知道了，接下来我是不是要从网络上看到自己的故事？"

"钟世，我没有！"

吴花果几乎吼出这句否定，眼泪在下一秒呼啸坠落。

我从来，从来都没有那样想过啊。

你在我心里很重要，就像我最爱的爸爸妈妈，因为太珍视，我不敢去做任何一件可能会伤害到你们感受的事。

吴花果深吸一口气，擦掉眼泪，让自己冷静些："报道……连我自己都觉得荒谬。可如珍眼下被好多人质疑，发出去的是假设，俱乐部澄清你可以全身而退的，我只是太想帮她。"

吴花果的预判没有错——报道经历一晚发酵，李芝薇叫上公关团队与钟世开了一场内部会议。公关组极为专业，用演示文稿清晰展示出各方关系及应对策略，钟世也是在那时才知道，叶如珍与演员梁乙之间正在传绯闻，规模不大，但在后援会里却血雨腥风。

吴花果指的"质疑"，应该就是这些了。

可钟世仍感到心寒，他静静地望着她："帮朋友，就可以什么都不管把我推出去？"

"对不起。"吴花果的视线聚集于面前的一盘饺子上，煮破的那几颗皮开肉绽，面容极为狼狈，她呆呆地盯着它们，"李姐经验很足，之前归化的事，俱乐部官方也处理得很妥当，我相信他们有能力应对。钟世，我根本没有把你推出去，牺牲你去救别人这样的想法。"

饺子粘连在一起，仿佛在用这种方式报复食客的冷落。

钟世苦笑："李姐、俱乐部、官方，没有我，你想的没有我们。"

"不，不是。"吴花果看向他，久久道出一句，"是我觉得，无论做了什么，你都会原谅我。"

这是她最为宝贵的安全感。

钟世低头，下颚线却清晰分明，那是牙齿咬紧的动作。

他并没有肯定她的想法。他的沉默让吴花果觉得自己的安全感变得飘忽——就像一颗被放置在池底的球，随着水流的不断涌入，球体逐渐上浮，自身重力压不过浮力，它变得心惊胆战，摇摇晃晃。

那个瞬间，吴花果有了这样的念头——不然就算了吧。

在没有更深入了解之前，在关系没有变得更差之前，至少，以后工作上打交道不至于恶言相向，各自退回到最初的位置而已。

这念头让她沮丧到无法自持，刹那间身体像被抽空一般。

钟世在这时问道："这两天你在忙什么？"

"嗯？"

吴花果怔了怔，犹豫的神色被钟世捕捉到，他定定地看着她，口气里忽而生出一股巨大的落寞："是不是无论我怎么做，都没办法被你完全信任？"

那双眼睛是迷茫的、无助的、迟疑的。

他眼里带着伤。

吴花果被这种伤狠狠刺痛了。

与其说恋人间彼此坦诚互诉衷肠，不如说她只想做些什么，不计后果地将那段最不堪的回忆、最耻辱的自己放出来，只为换得知道真相的他会没有那么疼。

钟世，我怎样都可以，但我不想让你再被伤到。

"冯晚霞来北京了，"吴花果极力压制声音中的颤抖，"在我老家你见过的，开奶茶店……我之前的队友。我们之间有过一些矛盾，是……"

"和你退役有关？"

这句问话如一声惊雷，吴花果猛地意识到，也许，也许钟世记得——自己的所有症结，他都是知道的。

"果果，"钟世唤她，喉结轻微动了动，"离我们第一次见，有十年了吧。"

Chapter 10
百转千回，就是你了

这个晚上，她得到一股力量。

来自爱情，亦来自友情——她丝毫不怀疑，那股力量会一直支撑自己，万般险阻，尽管来吧。

十六岁的吴花果干了一件大事。

她瞒过身边所有人，只给父母留下一张字条，背着一个大双肩包，跟着旅游论坛上素未谋面的几个驴友去了西藏。

至于为什么选西藏，少女吴花果自己也似懂非懂。她就想换个地方待一阵，哪里无所谓，但是越远、人越少越好。

到拉萨时是七个人，两天后有人离开去了纳木错，有人去了那曲，有人干脆找个当地人家住下来，喝酒、吃茶、晒太阳。他们逐一与她告别，到底殊途容易而同归难。该打卡的地方都随大家玩遍了，五颜六色的城市景观也不再新鲜。吴花果在街上漫无目的闲逛时，旅行社门口一位当地模样的中年大叔拦住了她，藏语夹杂着三两句生疏的普通话。见她不为所动，对方指指身后珠峰大本营的海报，又示意她看向停在不远处的一辆丰田越野车。

吴花果明白了——他在揽生意，旅游淡季，各有各的难处。

于是她问："多少钱？"

大叔伸出几个手指，嘴巴动了动。

有点贵，可生意人花女士的谆谆教诲立刻浮现：一分价钱一分货。

吴花果朝他点点头，大声说："我要回旅馆拿行李。"

大叔嘴巴在动，之后拽起她就往车的方向走。还没反应过来，她已经被按进后座。

副驾驶已经坐了一个人，黑色棉衣、白色鸭舌帽，稍稍侧头看她一眼，又恢复目视前方的姿势。

大叔启动车子,她在内视镜里看到他的嘴一开一合。

是不是被绑架了?光天化日之下团伙作案?现在要打110吗?当时的吴花果又怕又蒙,十六岁的年纪还做不到机敏警惕。

这时副驾驶的人转过半个身子,完完全全回过头与她说话。

在前排座位的夹缝中,吴花果第一次看清钟世的脸。健康的肤色,偏瘦,五官单拎出来只算中等偏上,组合在一起却让人挪不开眼——除了满脸写着的不耐烦。他的嘴巴动了动,可在吴花果的世界里这些都是无声画面。

她双手指指自己的耳朵:"我听不见。"

钟世有瞬间发愣,随着车子轻微颠簸,即刻恢复正常。内视镜内大叔的眼神多了些悲悯。

吴花果已经适应这种同情,不在意地耸耸肩:"也许很快就好了。"

她说的是事实,可于听者,这句话则带着乐天的绝望。

钟世从自己的包里翻出纸笔,写了很久才递过来,用的是拼音:你住哪里,去拿行李。

而后,他自然地递过纸笔给她。

吴花果皱眉,一则因为好笑,我听不见又不是不会说,干吗用写的;二则因为奇怪,凑在这辆车里的三人——一个是完全听不见的聋子,一个是普通话够差的藏族大叔,最后一个则是长相无异却写不出汉字的年轻人——百年难遇,奇葩至极。

她于是将纸笔推回去,大声报出旅馆地址。

驾驶员点点头,对钟世动了动嘴巴。

又一行拼音跃然纸上:他说太好了,本来自己普通话就不好,说了你也可能听不懂。

自失聪以来听到的最可爱的安慰。

越野车驶离拉萨。吴花果一觉醒来,面前仍是宽阔的马路,她揉着眼睛问话:"还没到大本营?"

钟世半扭头回了一句,可说完即刻意识到交流障碍,赶忙又开始写:你不知道行程吗?

吴花果懵懂地摇摇头。

钟世这才察觉出哪里不对,先将手里的地图展开,标注几个位置,而后拼音夹着英文在纸上阐明:我们先去林芝,再去日喀则珠峰大本营。去五天,包车,费用一人一半。

吴花果傻了,藏民大叔那几根手指不是费用,是天数啊。

天色渐暗,平坦的马路上很久才能遇到一辆对头车,根本回不去。眼下最重要的问题她讲不出口,于是夺过纸笔抛出疑问:大哥,咱俩一人一半是多少钱？你还价了吗？

　　她写的是汉字，钟世仔细辨认一番，忽而笑出来——"大哥"这两个字写得可真用力，但也真难懂。

　　他回去数值，想想又补上一句：OK for you（你觉得可以吗）？

　　那是他第一次对吴花果产生同情的感觉——全无听力的小姑娘，只身一人，因为沟通障碍未能理解行程，倘若对方有困难，自己可以多担负一些。

　　同情、怜悯，抑或只想帮她一把，完成某种心愿而已。

　　即便就为看风景，也是一种心愿罢。

　　吴花果从大背包里拿出随身包，又从随身包里掏出一个信封，A4 信封展开里面是钱包，仔仔细细数了数。钟世盯着她进行一连串烦琐的操作，终于等来一个字："够。"

　　很坦率，钟世那时想，应该会是个合得来的旅伴。

　　事实证明，吴花果确实是个不错的旅伴，守时，事少，体力还不错。不会因为哪顿饭吃得不好就挑挑拣拣，也能在并不舒适的住宿环境下苦中作乐。钟世没有问过她的年龄，看着比自己小就是了；他们亦没有交换过名字，她叫他大哥，他若唤她一般通过在面前晃晃手或者拉拉背包带；他们也没有问过彼此为什么独自前来，萍水相逢，分别陌路是已知答案。

　　司机叫扎西，某日行车的路上，吴花果在后座睡着，他忽而对钟世说起："我有两个孩子，小女儿同她差不多大。后天变成这样的话，父母的心会疼到发紧。"

　　钟世明白对方指听不到的事，疑惑地问："怎么知道是后来变成这样？"

　　扎西耐心地解释："如果生下来就听不见，很多人连讲话都不会，不懂得怎样发出声音。她普通话多好，一定是出过什么事情伤到耳朵。小小年纪，真可怜啊。"

　　钟世回身望望后座上的人，大约是睡冷了，吴花果双手抱紧背包，身体在座位与门的夹角中蜷缩成一团，宽大的卫衣帽子几乎遮住整张脸。他将盖在腿上的羽绒服拿起来，想了想，座椅向后调整到最大，用最轻微的动作把衣服罩在她身上，而后不动声色地再次将座椅调回来。

　　扎西对他笑了笑。

　　这让钟世有些不好意思，于是说道："我有个妹妹，还在读小学。"

　　"出来几天啦？"

　　"快一周。"

　　扎西又笑了笑："开始想家里人了吧？"

　　钟世将头转向窗外，雪山绵延，寂静广袤，他感觉自己正身处另一个时空。

一个与现实完全切断的时空。

"嗯,有一点。"他说。

吴花果的不适感随着海拔的上升越发严重,终于在珠峰大本营的帐篷里达到顶峰。头痛欲裂,呼吸道像被什么堵住,躺着难受,坐起来更难受,这大概就是别人描述的溺水感吧,她做着毫无意义的类比。

翻来覆去睡不着,借着手机屏幕的微光穿好鞋子、套上大衣,站起来时一阵天旋地转。吴花果在绝境边缘想到了钟世,在这五千多米海拔的高原上,他或许是唯一会竭力救自己的人,毕竟说好承担一半车费还没结账。

有那么一瞬间,她想到了死。

活着算什么呢?

官司打完后的某一天早晨,洗脸时太阳穴一阵疼,突然就听不见了。开关水龙头十几次,双手使劲拍打耳朵,掐住脖子可以感受到喉咙发声时的震颤,吴花果急得放声大哭,可就连自己的哭声都听不到。

医生说她由于外因刺激导致失去听力,恢复状况难以断定。或许一两周,或许从今以后一直如此。

活着到底算什么?

所有方法都尝试过了,已然再无可以做的,那个人依旧逍遥法外。然而她却要放弃游泳,让渡出梦想,守着这双根本不知道会不会好的破耳朵度过这一生。

多么悲惨,多么荒唐。

如果只有死才能换得正义,吴花果想,我可以就这样死掉。

帐篷外是另一个世界。满天繁星下,有人嗑瓜子,有人喝啤酒,有人背起手慢慢挪步,也有恋人相互依偎在看夜空。那场景像极了晚饭后小区里的花园,一个个帐篷变成一栋栋楼,这些风尘仆仆的游客也变成隔壁老王和对门老张,他们是亲切的、熟悉的、温馨的。

多美好的人世间,可吴花果却有种形容不出的难受,仿佛五脏六腑都被装进压缩包,随着空气吸出,每个器官都在渐渐干瘪,走向看得见的消亡。

胳膊被拉住,钟世的脸出现在视线里,他的嘴巴在动。

吴花果猜对方在问自己的情况,于是点点胸口:"喘不过气。"

钟世架着她的胳膊,从大衣口袋里掏出纸笔,写好递过来:我去问问有没有氧气瓶?

这下换吴花果拉住他,她摇摇头:"不需要。"

钟世皱眉,欲写字又觉麻烦,摸遍两个口袋,将钱包举到她面前,那意思是——你不要担心钱。

于他看来,这小姑娘强撑的唯一原因就是担心山上氧气瓶太贵。

吴花果再次摇摇头,指向不远处一片空地,说:"你可不可以扶我过去坐一下?"

高原让距离变成假象,看上去只几步远的空地,他们走了一会儿才得以避开人群。两人在安静处席地而坐,吴花果张大嘴巴呼吸几口,环望四周,某种巨大的震撼刹那间油然而生。

深夜的雪山变成视线里一道道暗影,天空是极致的深蓝,月亮懒懒地藏在云后,而那些星星却调皮地斑驳闪耀着,一颗一颗你来我往,忽明忽暗,流淌成河。原来这就是星河,让任何伟大的画作都黯然失色,比世间所有的摄影作品都更加生动,充斥着野生的自然的力量,此生或许只有一次可以看到的星河。

吴花果看呆了,钟世也看呆了,只有被高反折磨得痛苦难耐的人才能获得这样珍贵的馈赠,谁说上天不公平。

"可你就是不公平啊。"吴花果望着天空,自言自语。

她转过头面向钟世,看到他羽绒服口袋里露出的笔记本一角,手指点了点。

钟世收到信号,掏出纸笔递过来。

吴花果摊开本子的空白页,按动圆珠笔几下,笔头一伸一缩的声音在夜里格外清脆。雪山映着星光,四周并不暗,她在纸上郑重其事地写下四个字,而后举到钟世面前。

钟世皱眉,最关键的那个汉字并不在自己的储备库里。

"我的遗书。"吴花果念出来,脸上笑嘻嘻的,"就是人在死之前,给世界和最亲爱的人留下的一些话。"

之前办理入住时,钟世出示了护照,再加上这几天两人书面交流他一直用拼音,所以吴花果猜到对方并不理解。

"我不要氧气瓶,不是因为觉得贵。"她低头抚摸着那四个字,"是因为我觉得死了也很好,应该比活着轻松。"

钟世猛地拉过她的手腕,四目相对,他很轻、很缓地摇了摇头。

他在说——不要那么想。

事实上,这一刻钟世是有些怕的。几天相处下来,他对吴花果方方面面印象都很好,乐观、积极、阳光,他无论如何都想不到,面前的小姑娘实则怀揣着这样一个沉重而痛苦的念头。

那些表象蓦地变成某种掩饰,似乎成为她欲留给人间最后的印象。

人在绝望时会流露出一种特定的眼神,这样的眼神钟世曾在照镜子时读到过,他知道吴花果没有撒谎。

吴花果盯住他的手,那双手正紧紧压住自己的手腕,因为用力,血管和筋骨都十分分明。她就这样任对方拽着,静静说下去:"我是练游泳的。前不久在队里洗澡时发现被人偷窥,我的教练,男教练,岁数和我爸爸差不多。也许他想进来,我……我也不知道。

"没证据,官司打输了。他说那天晚上根本没回游泳馆,他的律师说我压力大产生幻觉,可笑吗?这种事情拿到法庭上讲,是我的幻觉。"吴花果指指自己的耳朵,"再后来一觉醒来就听不见了。到现在三个多月,一个聋子,发令枪响都听不见,还想过冲击奥运金牌,我真是天底下最大的笑话。"

钟世用另一只手拿过纸笔,写下又划掉,反复几次依旧没有递过来。吴花果这时说道:"你不用安慰我。安慰的话,我早听够了。"

钟世没有理会,只顾埋头写字。

吴花果拍拍他的手示意放开:"大哥,如果我命薄到不了明天,你就是最后一个见过我的人。至少可以帮我把遗书带回去,也……至少有个人会知道,我已经很努力在活着了。"

被逼到绝路的十六岁的少女,她拿不出华丽辞藻去修饰自己的过往。她的怨恨、不甘、愤怒、委屈,在一天又一天,在无声世界里被磨平为深切的绝望——我已经很努力在活着了。

钟世将本子递过来,上面是一串拼音:我也想过死,但如果有一个人、一件事值得留下来,那就不要。

吴花果读完,侧头看看他。

钟世点头,随后指尖停留在下面那句,是一句很俗套的英文:Tomorrow is another day(明天是崭新的一天)。

吴花果沉默一会儿,仰头望望连绵的雪山,当太阳从山那头升起,新的一天便又到来了。

"我也不知道。"她双手抱胸,明明没有想哭的感觉,眼泪不知怎的就流了出来,"交给老天吧。"

那天晚上,她是被钟世背回帐篷的——很冷,头很疼,高反着实厉害,走一步整个人轻飘飘的像踏进云彩里。吴花果趴在他的背上,昏昏沉沉就睡了过去。

她抗拒着没有吸氧气,用这种幼稚而固执的方式向老天寻一个答案,而老天却也回答了——你怎么能倒在这里,你的路还很长。

第二日离开,老板娘对她说了一些话,可吴花果听不到,表示完感谢便下山了。

随后返回拉萨，清缴完车费，她郑重其事地向司机扎西大叔和钟世道谢。钟世写下最后一个问题：名字？

"吴花果。"

陪他们一路的扎西听完笑了，钟世笑，她也笑。吴花果想，也许他们以为自己不愿透露真实姓名，把真的当成刻意隐瞒的玩笑了吧。五光十色的交往可不就是真真假假，半路相逢，各自回到轨道，回忆有朝一日也会随着时间变得单薄。

扎西送钟世去机场，她去火车站，山高路远就此别过。西藏之旅结束的最后，是一场没有眼泪也没有拥抱、平和而礼貌的告别。

餐盘里的饺子已经全部粘在一起，晚风透过窗缝涌进室内，阳台上晾晒的衬衣轻轻摇摆。

春天正在吟诵一首小夜曲。

吴花果问："西藏的事，你都记得？"

"记得。"钟世答，"记得很清楚。"

"为什么不说呢？"

"怕你在意我记得。想过一阵再告诉你。"

"钟世。"吴花果定定地看向他，"你在乎吗？"

"指什么？"

"就……所有。"吴花果沉思片刻，"冯晚霞是另一个受害者，当时打官司找她做证人，她没有出席。这次来北京是……王维友拍了她的照片，以此做筹码要钱，她走投无路才来找我。"

钟世蹙眉："报警了吗？"

吴花果摇头："我也这样建议，可她有她的难处。"

钟世双唇紧抿了一下，没有继续追问。

"如果那个人手里……也有我的照片，"吴花果咬紧下唇，"你，在乎吗？"

这是个难以启齿的问题。

冯晚霞的遭遇让吴花果有种类似兔死狐悲的感受，她知道即便有照片，王维友也不敢更不可能拿出来，可又控制不住去猜，若他真有该怎么办？钟世又会怎样想？

整整两天，这念头像针尖似的，时不时就会冒出来戳她一下。此时此刻，吴花果是将自己，一个卸掉所有防备，褪去所有光鲜的自己放到钟世面前，她将选择权交了出去。

钟世的眼眸深邃不见底，他看着她，而后毫不犹豫张开双臂，将人紧紧拥入怀中："我在乎的，只有你。"

果果啊,我才知道你在想什么。"
钟世贴近她耳边:"这件事情你是受害者,受害者不应该觉得耻辱,站起来反抗那些错的、不公正的已经足够勇敢。果果,在我心里,你很了不起。"
吴花果的眼泪像断了线的珠子,簌簌而下。
她抽泣着否认:"不,我一点都不勇敢。钟世,我很害怕。"
人类是进化到生物链顶端的物种,思维更加敏锐,情感更为丰富,记忆力更为卓越,很多事情之于人才会留下长长久久的印记。孤独环境下长大的孩童对突如其来的关心存疑,枪林弹雨中活下来的人被血淋淋的噩梦袭扰,经历过残忍惨痛的分离变得不再相信"永远"——心灵是很难被治愈的,受伤的心不是一场药到病除的感冒,它是一座看似坚固却千疮百孔的房子,暴风天修修屋顶,下雨天补补墙壁,要在漫长的时间里一直修补、一直呵护,这座房子才会变成坚不可摧的庇护。
吴花果环住钟世,她想,我现在多了一个帮手。
"对啊,怕就说出来。"钟世揉揉她的脑袋,怜爱的语气,"当时在西藏,你就什么都不说,我真以为你半夜会突然跑出去寻了断。"
记忆被拉回珠峰大本营那晚,吴花果叹气:"那时候小,找不到活着的意义,干脆想一了百了算了。"说到这里,她猛地抬起头,"你守了我一晚?"
钟世耸耸肩:"助人为乐呗。"
原来,离开时帐篷老板娘说的是这件事;怪不得,第二日回拉萨他在车上睡了整整一路。
细节串联成闭环,吴花果的思绪被牵引着,最终在心里形成一股滔天巨浪。
她仰头吻上他的唇,吮吸着、感受着、沉沦着,那是一种尘埃落定的宿命感。

钟世,谢谢你。
百转千回,就是你了。

这天晚上,钟世没有回去。
一切都刚刚好,春夜、晚风、月亮、亲吻、触摸、抚慰,他们将自己交给对方,带着原始的冲动、澎湃的情感,以及无限的珍视。除了——钟世突然停下来,表情有些为难:"安全措施。"
对于过夜,他在此前全无想法,好像自然而然就到了这一步。
吴花果歪头想一下:"客房有。"
"客房?客房不一直是……"
没错,客房一直是娜娜在住。

钟世神色严肃："她带人到你这里？"

"没有，没有。"吴花果赶忙否认，"娜娜从来没带朋友来过。"

"那就，还好。"钟世的表情松弛下来。

吴花果一下笑了："原来你在意的是这件事。"

"这是你家，她最多算借住。"钟世挠挠眉毛，"其他的……娜娜是成年人了，应该有自己的生活。有所准备，知道保护自己，我觉得很好。"

"喔。"吴花果意有所指，"比某人强。"

"嗯？"

"有人可毫无准备。"

"我怎么知道……"钟世话说一半，用被子裹起人就往客房去，"下次注意。"

吴花果受到惊吓，"喂喂"着扎在他颈间抱怨："你自己去拿啦。"

第二天醒来，枕边已经无人。

钟世留下一张字条，歪歪斜斜的汉字：队里有集训，下次一起吃早餐。

吴花果想象着对方先用拼音输入，再对照着一笔一画，小朋友似的认真抄下这行文字的模样，心里忽而软了一下。

钟世始终在尝试配合她的习惯、口味、作息、怪癖，又或者只像现在这样让她读起来更方便。配合亦是一种决意，他用这样的方式表达着想要融入她生活的努力——天阴天晴，磕磕绊绊，两个人在一起无非是你包容我，我理解你，而后用爱与信任去对抗时光漫长。

钟世比她先参透了"在一起"的真谛。

午休时间，吴花果赶去叶如珍下榻的酒店。路上随意打包了两份盖浇饭，刚至房间，叶如珍大呼"好香"，不客气地先选了一份自己更喜欢的，两人头对头狼吞虎咽。

吴花果问："几点的飞机？"

"四点十分。"叶如珍说着扬起手，"不用送，回去上你的班。"

北京的活动全部结束，她将回省队备战全国游泳锦标赛。

"本来也没想送你。"吴花果拇指和食指在下巴处比个"V"字，"我，最赛事二部的顶梁柱，行程繁忙。"

叶如珍故作鄙夷地"嗤"了一声，随后收回表情，筷子敲敲吴花果的餐盒："晚霞的事，怎么办？"

多年队友，她做不到熟视无睹。

吴花果问："你答应借她钱？"

"没。"叶如珍摇头，"晚霞没开口。"

"钱能打发一时，打发不了一世。"吴花果淡淡地说，"无底洞怎么填得满。"

叶如珍扣起餐盒，言辞恳切："以前在队里，教练就夸你聪明有脑子。果果，你想想办法，帮她一把。"

吴花果埋头咀嚼，没有做出回应。

"晚霞有自己的苦衷，你我都不是她。"叶如珍轻轻叹了口气，"立场对换，我们也不敢保证不会那样选，对吗？"

吴花果没有做过这样的假设，可她知道，很早以前就知道，站出来做证对冯晚霞来说，既非责任又非义务，对方有拒绝的权利。

见吴花果一直不表态，叶如珍换了话题："你听力什么时候恢复的？现在还有影响吗？"

如果帮忙实在为难，那就算了。她不愿逼迫她。

"大约持续一年吧。"吴花果像叙说家常般告诉她，语气里没有任何波澜，"中间在看中医，扎针灸什么的，后来慢慢就恢复了。现在没什么影响。"

"很难受吧？"

"哦，还好。"

吴花果没有对任何人提起过那一年是怎么过来的。哪怕最初楚雯问起，她也只打趣说想知道啊，你戴上耳塞试一天。无声的世界要怎么描摹呢，就是安静而已，安静到让人窒息。

一日日，一重重，回看尘土似前生。她厌恶回忆。

两人又聊些比赛工作之类的话，分开前，叶如珍抱了抱她："你当时离队，我特别难受。但是果果，我现在真的很为你高兴。"

人生路径既然已经岔开，那就各自往前吧。

"如珍，我也是。"吴花果拍了拍她的后背，真诚地回应这个拥抱。

马楚雯晚上八点出差归来，未回自己家，先杀到吴花果住处。

一进门便机关枪似的开始输出火力："你这几天动静闹得挺大啊？钟世八辈子不联系我一回，这两天发的消息都够愚公移回山了。哎，这哥们急得都问到高远那儿去了，高远绕一圈也来问我。小吴同志，你给我咨询费了吗？我都成你新闻发言人了。"

吴花果有些不好意思："都解决了。"

"是，再不解决本小姐都跟着折半条命。"马楚雯风尘仆仆地放下行李，径直去冰箱里拿出两罐啤酒，大衣一甩往沙发上一坐，"快说，到底怎么回事？"

"晚宴报道……"

"这茬跳过,你们小情侣分分合合的。"马楚雯打开易拉罐,"咕咚咕咚"喝下几口,不由得打个响嗝,"说你队友。"

周末马楚雯曾来电问为什么玩失联,当时吴花果正和叶如珍一起送冯晚霞去车站,便随口提了一句。马楚雯是知道当年事情全貌的,可外地工作尚未结束,只得约好回京见面详细聊。

吴花果明白女伴担心自己,而自己也的确需要一个人出谋划策,于是一五一十将冯晚霞的遭遇告知对方。

描述是冷静的、客观的,那种理性甚至让听完后的马楚雯觉得心疼。她捏紧手中的易拉罐,语气甚至带出一丝不易察觉的责备:"吴儿,她这样不是报应嘛,你干吗要管啊。"

"你就当我圣母心吧。"吴花果自嘲。

"你圣母?"马楚雯哼笑一声,"你问问那谁,之前一部被你训走那小伙儿叫什么来着,人家同不同意。"

"雯子,昨儿钟世来了,我们聊到晚宴报道的事,我说我总觉得自己做了什么,你都会原谅我。"吴花果抠着易拉罐上的商标,"可他说不是。钟世说每个人都有自己的原则,不触及原则的才能被原谅。"

"这话完全正确,我举双手赞同。"

吴花果笑了笑:"以他的中文能力能讲出这些,是不是天理难容。"

马楚雯莫名被喂了一把狗粮,咳了两声:"正经点。"

"你们都说被我训走那个,写篇报道三番五次出错别字,连队员租借还是转会都能弄错,这是工作态度问题,是原则问题。"吴花果喝下一口啤酒,"可冯晚霞不一样。人不为己,天诛地灭,那时候她就是做了自己认为正确的,我可以原谅。不,其实都谈不上原谅,现在的我能够理解她。"

马楚雯拢拢头发,"哎"了一声。

她想到了很多事,比如大学时吴花果坚决不逃专业课,比如英语六级考试前小吴同学发疯似的复习将分数刷到六百加,再比如世界杯结束同行间口耳相传最赛事有个"拼命吴三郎"。

吴花果一向清醒,知道自己该做什么需要做什么,她已然将所有都想得很透彻了,她只是在犹豫。

"打算怎么办?"楚雯问。

吴花果将双腿盘到沙发上,定定地看向她:"雯子,凭我自己办不到。你,能不能帮我?"

两周后,最赛事的一篇深度报道引发体育圈轩然大波——《我是运动员,我对性骚扰说"不"》。

独家记者署名为马楚雯。

文章配以视频，以化名、变声、打码的自述形式翔实列举"性骚扰"的种种表现，言语、肢体、环境，男性或者女性，在役或者退役，大众无从知道受访者究竟是谁，除了当事人、吴花果和楚雯，以及报道的最终敲定者——常仁飞。

这是一篇备受争议的报道，它撕开了皇帝的新衣，将运动员的生存现状展示于公众面前，将奖牌背后的所有丑陋与不堪集中于几千字的描述中，它如同一道闪电唤醒了人们对某一特定群体所遭遇事态的深度反思。

公众号阅读量达到十万加，马楚雯个人社交媒体评论达几千条，直播平台的意见领袖纷纷发表个人看法，最赛事客户端的下载量一夜之间冲到顶峰。以及，常仁飞作为负责人被高层叫去谈话——出来后拉了一个小群，只有他、吴花果和马楚雯，表达的意思再简单不过——有人问你们，往我身上推。

群是在微信上拉的，刻意避开台里的内部沟通软件。

马楚雯看过消息将椅子拉到吴花果跟前："万一被辞了，咱俩去老毛那儿找口饭吃？"

吴花果撇嘴："毛哥怕也泥菩萨过河。"

毛维瞻作为网络大V力挺了他们的观点——家丑不可外扬，然而丑才是美的参照物。

这是一场蓄谋已久的策划。

那日，吴花果告诉马楚雯自己的反杀计策——动用舆论力量，让个体遭遇变为大众关心的话题，就从我开始。

马楚雯被深深触动，这里面既包含新闻人特有的社会责任感，也包含对女伴说不出口的敬佩——吴花果决意作为当事人出镜，将当年遭遇的所有事情无巨细地提起。基于此，她不可能再成为报道记者，而这个身份，只能由自己担任。

在这两周里，她们说服了冯晚霞，也让叶如珍帮忙打探消息，用尽人脉去推动这篇报道的落地。过程很难，却足够值得，每一字每一句都是费尽口舌换来的，毫无夸张地说，报道的任何一个标点，都饱含着她们的专注与努力。马楚雯甚至在想，若有一项成就去概括自己的职业生涯，只能是这篇报道吧，那是她拼上前途去奋力一搏的热血气概。

"王某"被推上风口浪尖。叶如珍私下告诉吴花果，队里有人猜出了王维友的身份，虽然大家表面上都三缄其口，背地里却免不了一传十、十传百地互通消息。老家地方就这么大，游泳圈更小，要么大张旗鼓地跳出来"维权"，要么灰溜溜地避开躲到一边去，两条路看他怎么选了。

吴花果回复："我倒希望他跳出来。"

现在的她有帮手，有底气，褪去了那份受害者本就不该怀揣的"耻感"，她可以做到气定神闲地站上法庭去拿回属于自己的公正。

"他啊，站出来是打脸，装哑巴躲着是坐实。"叶如珍说，"吴花果，这一仗你打得漂亮。"

三天后，冯晚霞收到一条消息：照片我删了，钱我也不要了，以后我们各走各路。

吴花果在工作日的下午收到这条截图，以及冯晚霞传来的三个字：谢谢你。

她将图片分别转给马楚雯和叶如珍，远在老家省队的叶如珍回"没白忙活，你照顾好自己"，楚雯则晃着转椅挪到她身边："看邮件。"

十分钟前，公共关系部门给最赛事所有员工传达了《人民日报》官方发布的最新评论——保障运动员权益，毒瘤须根除。

吴花果一字一句地读完，长舒一口气。

神清气爽，从未有过的畅快。

他们顶住压力做了一件事，因为将某种散发恶臭的腐烂直接推到大众面前，几乎抱着鱼死网破的心态，前途未卜，结果未知。一石激起千层浪，而今，这件事收获了远高出预期的成效，它或许会推动一场变革，或许不会，又或许现在不会而以后会，无论如何，它实现了最初存在的意义。

马楚雯点点桌上的工作证："咱们也算对得起这身份了吧。"

新闻人，为正义和自由发声是肩上之使命。

做到了，哪怕只有一点点。

吴花果将工作证挂到脖子上："走，庆祝去。"

"上着班呢，庆祝个毛线。"

"走啦。"吴花果拉起她，"至少得喝杯咖啡庆祝啊。"

马楚雯扣上电脑，笑着跟上去，握拳敲敲心口："Girls help girls（女生们互相帮助）！"

这件事由吴花果发起，马楚雯协助，而叶如珍，包括最终决定出镜自述的冯晚霞皆是参与者。

吴花果轻笑，挑眉看向常飞仁的办公室："也有 Boys 的功劳吧。"

"Boys？"马楚雯故作惊吓，夸张纠正，"Men，The men."

"单数！"吴花果好笑地与女伴斗嘴，"That man！"

楚雯"哇哦"一声："没良心啊。你家钟世没出力？"

钟世确实出了力，以一种无心插柳的方式——是他告诉她原谅的准则和意义。"

吴花果甜笑回过去："The men 的话，你家子延兄也帮了不少。"

"任子延……"马楚雯反应过来当即否认，"什么叫我家子延兄？"

"你一开口，人家分文不取帮咱们寻觅访谈对象，又提了不少中肯意见，怎么不算帮忙。"吴花果说着打开订餐软件，"你叫上他，明天大家一起吃个饭。地方我发给你。"

事实证明，防火防盗防闺蜜的意思可不止一种。

马楚雯赶到餐厅，眼见服务员将自己带到一张两人桌跟前，顿时傻眼："这……是吴小姐的订位？"

"是的，女士。"服务生拉开座椅，做出邀请手势，"您现在点餐还是等等？"

"我那个……"马楚雯犹豫间隙，见另一服务生引着任子延阔步前来，眼睛瞪得像铜铃，"怎么就咱俩啊？"

任子延也颇有些意外，随即笑了下："被放鸽子了呗。"

显而易见，他们被机灵鬼吴花果摆了一道。

两名服务生耳语一番，一人走开，另一人则递上餐单："先生女士，我们店里现在有情侣套餐……"

"不不，不用。"马楚雯迅速扫过餐单，"我要澳洲牛排，七成熟。"

"配餐的话，有薯条、土豆泥、沙……"

"沙拉，谢谢。"

任子延则根本没有看餐单："一样，谢谢。"

"好的，两位点了我们的情侣套餐。"服务生面带微笑地说明，"套餐本周做活动，赠送一瓶勃艮第红酒。已经帮您下单了，请问还需要别的吗？"

是福不是祸，情侣套餐躲都躲不过。

任子延见对面的人不说话，于是对服务生说道："加瓶气泡水吧，谢谢。"他记得上次在篮球馆外，马楚雯的包里揣着瓶一升的大包装气泡水。

"好的。稍后为您上餐。"

周边静下来，任子延将电脑包放置在脚底，听到马楚雯咬牙切齿的声音："吴花果这孙子。"

他笑："你们北京人是不是特喜欢骂人孙子？"

马楚雯果断地回击："你们东北人还喜欢骂人彪呢。"

任子延瞧着她的模样，似笑非笑的语气："怎么，我们大东北惹到你了？跟谁学的？"

"这年头，谁还没几个东北老铁。"

"我算不算？"

马楚雯一愣。

"我，"任子延歪歪嘴角，重复刚才的问题，"算不算？"

餐厅位置闹中取静，他们又坐窗边，侧头看即是华灯初上，有着无穷生命力的鲜活北京。

马楚雯将胳膊肘顶到桌上，单手撑住下巴："那你先说明，'老铁'是什么意思？"

"就，关系亲近能靠得住的朋友吧。"

"所以你想当？"

这下轮到任子延语塞。

可他很快笑了，漫不经心地转移话题："你们那篇报道可受到通报表扬了，有个人嘉奖吗？"

他和马楚雯进入了一种很奇妙的状态。彼此都知道有些什么在蔓延，甚至两人有意无意都在煽动它的疯狂生长，可他们又不急于揭开谜底，就好像……都在等。等待那个东西更真切、更清晰、更庞大，等候一些落地，也等候另一些破土而出。

马楚雯拢拢头发："我倒想啊，没丢饭碗就不错了。"

"足球园大门随时向马记者敞开。五险一金高于行业标准，差旅补助多，岗位自由度高……"

"你直接照着招聘广告念得了。"

任子延正色道："我知道，发这么一篇挺难的。"

同为体媒人，某些困境与压力只有自己人知道。

"牵头准备都是吴儿做的。"比之心安理得地接受夸奖，马楚雯更想让他知道事实，"虽然表面风光归我，但的确是吴儿在冲锋，我最多算打辅助。"

"在结果不明的情况下，皆大欢喜是风光，反之能被看到名字的那个就是众矢之的。"任子延双臂搭到桌子上，眼睛炯炯有神，"小吴很棒，楚雯，你也是。"

马楚雯被对方这番严肃表述弄得有些不好意思，打趣道："又要念招聘广告？"

"哪有，我真心的。"

"谢谢你帮我们介绍资源，出主意。"

"嗐，那些算什么帮。"

"任子延，我问你个问题。"马楚雯着重强调，"请诚实回答。"

"你说。"

"这事，同样的选题、同一件事，如果是别人找你，你帮吗？"问题没有经过深思熟虑,聊到了,想知道,就问出来了。

马楚雯在想,如果对方的回复是"为什么这么问",那她就会说"算了,不重要"。

然而,任子延没有反问。他舔舔嘴唇,一个不经意间流露出的正在思考的小动作,随后认真地告诉她:"大概率会,但方式、程度、路子可能都不一样,分情况,看是谁。"

"你还真挺……"马楚雯顿了顿,"考虑得比较多。"

任子延并未将这句评价放到或褒或贬的两极,他推推眼镜:"又不是学龄前儿童,凡事照心情来。"

马楚雯"嗯"了一声,转头看向窗外。

任子延倒笑了:"你说的讲实话,实话就是下里巴人总比阳春白雪多。"

马楚雯朝窗外扬扬下巴:"大部分人都是这样吧,带点理想主义,但又逃不走,生气还会骂几句街。"她转过头对他眨眨眼睛,"我觉得这样挺好的。知道生活是什么,然后知道该怎么活,最后让自己在生活里活得幸福一点。"

"这篇报道对你,触动很大?"

马楚雯没有否认:"方方面面吧。"

任子延静静打量她,在对方即将看过来时却又避开视线。

服务员呈上两份牛排,而后托举起红酒瓶倒下标准量。马楚雯转转杯子,小口品了品,而后对服务生点点头。

高脚杯中注入醇厚的红色液体。

待服务生走远,任子延说道:"能喝出来?我对红酒真是一窍不通,完全喝不出好赖。"

表情带有诚实的困惑,马楚雯"扑哧"一声笑。

任子延身上有种难以描摹的魅力,这种感觉自两人第一次见面马楚雯便隐隐察觉到了——与他相处很自在、很舒适,这种感受无关性别吸引,无关同行关系,甚至最初相识两人带些互相利用的念头,可所有相处依旧是轻松自然的。现在她知道了,魅力的源头其实是——真实。

会就是会,不会就是不会;懂就是懂,不懂就是不懂。任子延很真实,甚至他的技巧、手段、城府都构成了他真实的一部分,他从不打算遮掩自己是个怎样的人。

"其实我也分不出好坏,但好喝不好喝总能分得清吧。"马楚雯晃着高脚杯挑眉,"但前提是你得尝尝。"

任子延扭头乐一下,而后狼牙山壮士似的撸起袖子:"来吧。不管了。"

吴花果此时正在钟世的公寓里,外卖刚刚送到——两份皮蛋瘦肉粥、三碟小菜。不算丰盛,但味道绝佳。

两人头对头吃着,钟世问:"马记者没来消息?"

吴花果戳下手机,见并无新信息,笑一下:"没。说明没发火。"

她的确预订了四人位,但在下午临时改成两人。坦白地说,准备这篇报道时吴花果根本没有想到任子延,毕竟题材敏感,除去常仁飞,连二部自己人都没有透露。集中资源阶段处处碰壁,马楚雯于是提出找任子延试试看,对方扎根体媒圈数年,人脉路子都有一套。任子延当时没有松口,含糊地表示可以帮着问问。是后来接触访问对象时,她们才知道任子延从中做了诸多周旋,几乎倾尽所能在助她们一臂之力。

吴花果完全理解对方的做法——任子延出手,源于内心深处的新闻人良知,他愿意去为运动员遭受的不公平发声;而所处的位置与身份又让他无法大张旗鼓去支援,换言之,即便这事砸了,他亦可片叶不沾全身而退。

成年人当然要有所权衡。

吴花果之所以不出现也是权衡过后的考量——对方既然欲低调处理,聚会未免张扬,让马楚雯做代表去表示一番感谢,心意到了。再者即便传出去,相熟的两人吃顿饭自然好解释得多。

作为马楚雯的闺中密友,她也想到了一些别的。但,缘分天注定,那就看他们之间的化学反应了。

钟世这时说:"上午你们常主任来俱乐部了。"

吴花果"哎"了一声。

"来办会员卡,说要打球。"

吴花果笑:"醉翁之意不在酒。"

"什么意思?"

"表面来打球,实际看李姐呗。"

"周末李姐一般不在。"

这一根筋的脑袋。

"哎哟。"吴花果使劲地搓揉两下他的头,"你们打招呼了?"

"嗯。他说之前晚宴报道是工作任务,让我别怪你。"钟世胡乱整理下头发,"你告诉他的?"

"对啊。以后我男朋友再传什么绯闻,眼线不就多一个。"

钟世挑挑嘴角:"他还问我知不知道你以前的事情,我问什么事,他就说你曾经做过运动员。你们常主任,人很好。"

"喔……"吴花果内心久久感动。

未经打码变声的视频源素材经由楚雯汇报给常仁飞,所以他当然清楚自己是当事人之一。可常仁飞什么都没有表露,甚至没有过问一句。作为上级,作为前辈，作为师父，他用自己的方式默默守护了吴花果的秘密。哪怕之于钟世，因为无从判定，他同样选择了守口如瓶。

这也意味着，那些和吴花果一样出现在视频里的人，他们的秘密都在被守护着。

人间真情，往往来自陌生你我他的一份善意。

吴花果看着他眨巴两下眼睛，而后放下筷子，身体端正："钟世，我一直没有问过你。那个时候……为什么自己去西藏？"

西藏在钟世心里是个特殊的存在。

他听过一个发生在这里的爱情故事：女孩子师范毕业后响应号召到偏远地区支教，机缘巧合认识了来此地考察的地质队队员，两人一见如故，坠入爱河。两个月后，地质队结束考察任务返乡，半年后女孩支教期满也重回故里。科技不发达的年代，一封封手写信飘散于大江南北，一字一句皆是两个年轻人炽热滚烫的思念。他们一直处于异地，似乎从未在一起生活过，然而，爱情何时惧怕过枷锁，打破世俗才是恋人们最引以为傲的标签。一场赴约，一个冲动，一时云雨，短暂相聚后男人离京，自此杳无音信。女孩去找过，去家里，去单位，去问每一个可能知道的人，老家的人以为他在北京，北京的她以为他回去了，总之，人就是失踪了。

这是钟世母亲讲的故事。后来钟世想，也许结尾并不是真的。

他自有记忆就知道家里那个棕眼睛棕头发的男人与自己并无亲缘关系，太明显了，即便装作不懂，周围人的行为还是会告诉他。

可钟世没有经历叛逆期，又或者说，他根本来不及去搞一场翻天覆地与家人反目的叛逆便开始打球了——训练辛苦，竞技残酷，输赢仅在一念之差，网球霸道地融入了他的生活，一占就是许多年。

其他的，好像自然而然就没那么重要了。

被叫作"爸爸"的男人，会在雷雨天守在场馆等他一起回家，会在赢球后亲吻他的脸说"你太棒了"，会和他一起看比赛，一起做家务，也会告诉他不要在意闲言碎语，生活是自己的。钟世只有一个父亲，不可取代，只此唯一。

是在母亲离世后，这个爱情故事才又一次被翻出来。

那段时间没了网球，他心里总会莫名地空，什么都填不满的那种空。去西藏更像是寻找一个答案，他想看看母亲生活过的地方，也试图找到些蛛丝马迹，赋予故事一个可信的结局。

吴花果是行程中的意外。清秀的长相，可爱的自来卷，水汪汪的眼睛满是灵气，可耳朵听不见——人生第一次，钟世接触到了一个失聪的人。

到林芝那天，她沿湖跑出去很远拍照。乌云席卷，扎西师傅提醒要赶紧离开，免得路上遇到暴雨。钟世在她身后，大声喊了许久却没有反应，顷刻间雨点便落了下来。他又气又急地跑到跟前拽上人，刚要训斥却对上吴花果笑吟吟的一张脸，指着手背上的雨滴兴奋大呼："你看，下雨啦。"那一刻，钟世才真切地揣测出听不见是怎样的感觉——身处无声世界，她只能借用"感触"去想象声音。雨滴打在手背上，寒风吹到脸上，急刹车造成身体惯性前倾，泛着油渍的烤串烫得舌尖酥麻，吴花果借用这些感知幻想着声音，她所拥有的，是带着哀伤的快乐。

已经感受过美妙的声音却又失去这种能力，相比从未拥有，哪个更残酷？

钟世不知道。就像他站上过那么耀眼的领奖台，可现如今成绩、奖杯、荣誉，连母亲都变成遥不可及的存在，是不是最开始就不选择这条路会过得更幸福。

她总会让钟世想到自己，过往的，现在的，将来的，甚至连放弃生命的念头都一模一样。

Tomorrow is another day.

他用这句话鼓励她，而就在那个晚上，这句话也变成了他此行找到的答案。

吴花果将空空如也的餐盒叠在一起，钟世递过垃圾袋，这番动作过后，两人都有些沉默。

"想问就问吧。"钟世说。

"你的父……故事里的男主人公，"吴花果修正说法，"后来有消息吗？"

钟世摇头。

"不好奇？"

"以前会。我甚至觉得，我妈妈是知道他怎么样的。出了意外，或者变心，和其他人组成家庭。可她并不打算把结局告诉我，她不希望我执拗于这件事。"钟世拉过吴花果的手，低下头，轻轻地揉捏起掌心，"她大概想告诉我，我所拥有的已经是最好的。"

果果，这是在西藏遇到你之后，我找到的答案。

人生多奇妙，穷途末路对上妄自菲薄，万念俱灰对上忽忽不乐，所有丧的、坏的、绝望的，在一场不曾料想的境遇下野蛮地碰撞在一起，没有人知道，这是另一个故事的开场。

"钟世，"吴花果反扣住他的手，眼睛亮闪闪的，"你愿意的话，我们搬到一起住吧。"

搬家这天出了一点意外。

钟世的东西不多，况且本就离吴花果公寓近，因此未请专业搬家公司，只把林拓叫过来帮忙，两趟下来基本搬完。由于吴花果早前预订的衣柜今日送货，她便抓住壮丁让两人把旧的卸掉，等新的一到再顺带装上，大功告成。

林拓一边干活一边抱怨："又不是新房，至于还得换个大衣柜吗？你俩真是逮一个朋友可劲造。"

钟世逗他："这次干得好，换新房时候还叫你来。"

"绝交吧。立刻，马上，就现在。"

吴花果在一旁整理钟世的行李，刚将箱子清空竖起来放，一枚玉坠滑出箱口，她捡起来看了看："这个好眼熟。"

两名男性劳动力齐齐看过来，林拓顺口回答："娜娜有个一样的。"

"是。"钟世接话，"娜娜出生的时候，姥姥寄过来的，我俩一人一个。"

吴花果与钟世对视一眼，心知肚明地点点头，而后问道："林队医，你最近是不是经常带娜娜出去玩？"

"她带我还差不多。"林拓抄起矿泉水"咕咚咕咚"喝了几口，"小丫头点子多的是，今天这儿明天那儿，看什么都新鲜。"

"你们在约会？"

林拓险些被呛到，咳嗽着对吴花果猛摆手，随后看向钟世："你啊，你快买车吧，把这担子赶紧接过去。不然误会大了。"

钟世用些力气拆掉一块木板，揉揉肩膀站起来："如果你对娜娜有什么，不用在意我。"

林拓笑了笑，口气却是认真的："我这么跟你说吧，我对娜娜的感情和你对她一模一样。你今年比赛多，训练忙，平时各方面顾不到她那么细。我完全就当自己是她大哥，做不到有求必应，但尽力而为。"

吴花果在这时听到客厅里的响动，急忙打开卧室门出去，两名送货员正将新柜子放下，其中一人拿出签收单："您好，麻烦签个字。"

"哦，好。"吴花果迟疑着签上自己的名字，抬头瞥见玄关柜子上的钥匙，一下了然。

她在关门前多问一句："给你们开门的姑娘走多久了？"

"刚走。就您出来前。"

他们三人都在卧室，为拆卸方便关了门，加之"叮叮当当"响动大，谁都没有注意到有人进来。

林拓的声音再次传来："前些年在国外，你和娜娜你们一家一直很关照我。现在我就想多做点把这份情还上。没别的。"

娜娜没有再回来取钥匙。

吴花果与她通过一次电话,小姑娘乐呵呵地表示住学校习惯了,况且不好意思打扰二人世界。她们未提及林拓,那天的事也变成一场心照不宣的假装——娜娜装作没有听见,吴花果则装作不知道对方的心思。

事实再简单不过,一方动心,一方无意。

后来钟世说起,搬家之后,娜娜就再没拉林拓单独出去了。

吴花果问:"林队医呢?"

"他挺开心的。说娜娜肯定已经交到新朋友,能融入这里的生活了。"

可吴花果总觉得林拓是想过的,哪怕只是瞬间的念头。可能不敢,可能怕结果不好两败俱伤,也可能因为那份感觉不够厚重,干脆在萌芽前就扼杀掉,思虑越成熟的人总是越谨慎。

总之,这件事便这样过去了。

吴花果无暇关注朋友们动态的另一层原因是,工作多到难以分身。

六月将举办世界游泳锦标赛,四月正是全国赛开启暨选拔的关键阶段;网球方面,红土赛季开始,五月又将迎来球迷们翘首以盼的法网,对体媒人来说,准备工作须走在比赛之前;二部新同事正式来报到,作为老员工,各项培训交接任务皆落在吴花果肩上。

如果说这些已经足够饱和,那最后一项纯属吴花果自找——她在筹备一份项目策划案。

受之前报道启发,加之更早前便隐隐有了模子,吴花果决定以"女性运动力"为专题做一份策划。主旨在于展示女性运动员的生存现状,引发社会大众对于这一特殊群体的关注。

想法只与马楚雯探讨过,吴花果在她的建议下,在访谈的基础上增加跟拍"运动员一天"的设想,无论宏观上的主题阐述与项目构想,还是执行落地层面的候选人、节目形式、协作单位等,文稿与PPT经数次修改,最终于四月底将完整策划案递交到常仁飞手里。

两天后,吴花果被叫进常仁飞办公室,两人就此项目进行了一次深入沟通。

常仁飞的提问极具引导性:"得到社会关注之后呢?小吴,你记住,任何项目的启动都需要一个十分明确的目的。所以你的目的就是让普罗大众了解到这样一群人的不容易?"

是,似乎又不完全是。

吴花果被问住,不知如何作答。

常仁飞继续启发:"再往深了想想,最理想的状况会怎么样。"

他的确是一位称职的师父，不急不躁，循循善诱。而吴花果一经这般启迪，格局与视野统统被打开："我们希望通过大众关注度的提升，在政策与制度层面为女性运动员争取更多权益，无论从事的体育项目是大众或者小众。"

"拿回去改吧。"

"Yes Sir！"吴花果欢天喜地走出上级办公室，从未有一次，她被否定得这样开心。

然而，事情在一周后急转直下。

这次的谈话发生在下班后，地点在谢宏伟的办公室。房间里有常仁飞与谢宏伟两位新旧直属领导，她的策划案端端正正摆在桌上。

"小吴，坐。"谢宏伟开口，与此同时端来一杯咖啡。

"谢老师，这个点儿喝咖啡，晚上我别想睡了。"吴花果打趣。

之所以放松，是进门就看到了自己的策划案，她猜测会收到一个正式宣布的好消息。

选题没得挑，项目可行性强，加之上级的肯定与指导，吴花果十拿九稳。

然而抱胸站在窗边的常仁飞却说："估计你今晚怎么都睡不着。"

"过啦？"吴花果喜形于色，她完全没有听出对方语气里的情绪。

"是这样，小吴。"谢宏伟坐到她对面，"你这个案子，包括纪录片形式啊对谈啊，都需要节目组配合落地。仁飞今天就先拿着去和他们那边碰了一下，得到的回复是，撞了。节目组已经在着手做一档《新势力对话》栏目，内部评审、执行团队包括赞助商都已敲定。台里呢，部门墙的确比较厚，咱们这边不知道启动消息。"

吴花果听得一头雾水："怎么会撞呢？我做过调研，女性运动员的主题没有媒体深入做过。"

谢宏伟摇头："不是选题的问题。"

"那……谢老师，访谈形式大家都在用，根本不能算撞吧。"吴花果急于辩解，"再说这部分，还有候选人，好多都是从我去年被否的那个案子直接挪过来的，您记得吗？我本来想做非知名运动员对谈的……"

常仁飞这时打断："老谢，甭绕弯子了。"说完这句，他看向吴花果，眉头皱了一下，"我跟节目组要了《新势力对话》的项目策划案，除去主题，和你的案子重合度有70%。我就把两样东西一起拿给老谢看……"

"常主任，您怀疑我？"吴花果的嘴唇在抖，她已经串起事情的全貌。

谢宏伟压压手，示意她冷静："去年你提非知名运动员那个案子时，仁飞还没到二部。他不清楚来龙去脉，两个案子摆到一起，别人的在先，你的在后，有所疑惑很正常。"

- 299 -

"明明是我的东西被别人占用了,你们凭什么怀疑我!"吴花果脸涨得通红,她已经顾不得面前两人是自己的领导,气到无法自持。

办公室内一阵死水般的静默。

片刻,常仁飞道:"知道你心里委屈,但这件事……下午我跟老谢专门跑了趟节目组,人家那边已经启动两周了,对上对下都要负责,不是谁一句话就能撤回不干的。"

"我知道了。"吴花果冷冷地说道,用残余的理性让自己站起来,"谢老师、常主任,没其他事我就先回去了。"

"小吴,"谢宏伟叫住人,与常仁飞交换了个眼神,"关注女性运动员这个选题我们都觉得很好,再等等,形式上我们也再看看有没有改进方案,别心急。"

吴花果木讷地点点头,走出几步回身问:"《新势力》策划,谁提的?"

常仁飞抿抿嘴,吐出一个熟悉的名字:"田淼。"

明枪易躲,暗箭难防。

回家路上,吴花果脑子里不断涌现出这几个字。怅然、失落、恼火、无奈,情绪阵阵交替,头痛欲裂。

而打开家门见到钟世那一刻,坚挺的理性骤然倒塌,她扑进他怀里放声发泄:"你怎么才回来啊!钟世,我干不下去了,我要辞职!"

钟世不明所以,揉揉她的脑袋:"怎么了?发这么大脾气。"

吴花果蹬掉运动鞋,饱含怒气地将策划案被人盗用的前因后果叙述一通,说到最后竟生出几分自嘲:"我算哪根葱,没关系、没背景还想跟人硬刚,以卵击石。"

钟世静静地听完,倒了一杯水递到她手里:"先消气。"

吴花果一饮而尽,抹抹嘴巴看向他,眼睛里的那团火烧着烧着仿佛就熄灭了,取而代之的是一片迷茫的黯淡:"我真不想干了。太憋屈了。"

去年那份项目案是被提交至台里决策层的,那意味着除去老谢,有很多人知晓这是她的案子。所以他们不会不清楚,《新势力》策划的基底就是那份《非知名运动员对谈》。但所有人都选择了装聋作哑,而普普通通的二部记者吴花果,变成一个彻彻底底的牺牲品。

她的努力,她一字一句修改熬过的深夜,她心里那抹明亮炽热的理想之光,这些又算什么?

吴花果的失落源于,她发现在现实的裹挟下,除去束手就擒、乖乖就范,她其实什么都做不了。

钟世坐到她身边:"辞职可以,我相信以你的能力,再找工作也不会困难。即便什么都不做,我也能负担起我们两个人的生活。"说到这里,他握了握她的手,嘴角弯了一下,"没开玩笑。"

吴花果双手捂脸,沉沉地叹了口气。

"果果,你知道前天比赛我和谁一组吧?"

钟世刚打完意大利公开赛,最后一场对手是马特加林,世界排名前十的男子单打选手。他输了,止步八强。

吴花果点点头,心里闪过一丝内疚:"我还没有安慰你。"

钟世笑:"你不发信息让我再接再厉嘛。结果在意料之中,不用安慰。"他顿了顿,"其实,赛事级别越高,对手就越强。只要还想打,还想往前走,这样的对抗就躲不过去。"

吴花果看向他。

"这种时候我想的,其实不是晋级。而是对方给过来的每一个球,我都要拼尽全力打回去。打回去不一定能赢,但是不接,一定会输。"

钟世极少谈论起自己的比赛心境,因为早就习惯一个人战斗,独自钻研,独自消化,独自领会。而此时此刻将这些告诉吴花果,是因为太了解她——这样一走了之,她会后悔。

"打回去。"吴花果喃喃自语。

"最差结果无非是离场。你连离场都不怕,还有什么可顾虑的?"

吴花果又叹一口气:"钟世,我不甘心。"

"其实大多数比赛依旧是公正的。"钟世摸摸她的头,"果果,不要冲动,更不要因为一件事就否定所有。"

临睡前,吴花果思来想去还是将这件事告诉了马楚雯。

马楚雯是火暴脾气,在电话里将"盗窃者"骂个狗血喷头,当然,吴花果也未能免去被训斥一番:"我说什么来着,让你防着点她,防着点防着点!不打你三百大板不知道肉疼,你不吃亏谁吃亏!

"你凭什么走啊!你是工作失职还是别的地儿年薪百万要挖你,吴花果,把你脖子上那破玩意好好用用,真当演连续剧呢,冲冠裸辞为清白。没人为你的清白惋惜,现实是啥,是你前脚走,后脚就会有人把你女性运动员的策划也给用了!"

吴花果被这番露骨的言辞直接骂醒。

钟世委婉地用"不要否定所有"劝她思量,而马楚雯则用无法否定的事实给她当头一棒。

走、辞职、撂挑子不干,又能怎么样?

有争斗的地方就有江湖,有光明的地方就有阴影。普通人活这一世,无

- 301 -

非是离离原上草，即便被轻视、被践踏、被摧残，而春风吹又生。

"我就当你喝了假酒大晚上放屁。"马楚雯说道，"睡一觉，明天想想怎么把属于自个儿的东西要回来。"

吴花果"嗯"了一声。

"要回来多少算多少，就算一点没有……"

"就算一点没有，我也得让她知道这东西是我的。"

吴花果选择"打回去"的方式是直接摊牌。

她向常仁飞要了《新势力对话》的项目策划书，乍一看的确既有深意又足具宣传点——田淼将主题定义为"新生代运动员的成长历程"，大方向符合"我辈青年担重任"的社会价值观，候选对谈名单里的人有的已小有名气，有的只在本身从事项目内受到关注，有的甚至还没有全国大赛成绩，然而无论男女，无一例外，个个都有张漂亮面孔。互联网语境推出了"颜值"一词，而它也成为抓住大众眼球的敲门砖。

吴花果做的案子里没有这点考虑，因为她觉得那是在走捷径。

媒体有引导大众认知的责任，如果连媒体从业者们都争相用"脸蛋"做噱头轻轻松松达到吸引关注的目的，他们存在的意义又是什么？

并非所有逆势而为都是清高。

吴花果盯着面前的策划书，拳头握紧。

周五收工前，她给田淼发了一条信息：有时间吗？我想和你聊聊。

田淼是聪明人，拖了一会儿才回过来：我手头还有事情，不着急的话晚点我过去找你。

正值下班时间，周围同事陆续收拾起东西互道"周一见"离开。吴花果经短暂思量，回去一个"好"字。

马楚雯见她迟迟未动，直接凑上来耳语："还在琢磨那谁的事儿？"

吴花果环顾四周，见办公室里人走得差不多，从抽屉里拿出《新势力对话》的项目书，撇撇嘴。

"敢情今天对决。"马楚雯说着快速翻动几页，随即手下速度放缓，一目数行粗读过去，愤愤道，"这连访谈问题都雷同啊！别说，她还真动脑子了。问题这东西大同小异，调整下顺序，换个说法，谁都没法给定性。"

最初筹备策划案时，吴花果曾请教过经验更丰富的马楚雯如何做访谈递进。马楚雯给她推荐过两本工具书，也发了几个国外运动员深度访谈的链接，吴花果做了取其精华的功课。

这些是马楚雯压箱底的东西，记得比报销单都牢靠。所以粗略看过去，她便知道田淼这份案子究竟"借鉴"到何种程度。

"吴儿，不好弄啊。"马楚雯合上策划书，面露忧色。

策划案无法靠查重软件给出的数据一刀切下结论。不可否认的是，人与人之间的判断、想法、理念就是会重复，归属同一领域，见地与经历相似，重复的概率便会更高。换句话说，她们根本无从知晓田淼是在何种情况下接触到吴花果的策划案，倘若对方咬定压根儿没看过，就是想一块去了，当事人也只能哑巴吃黄连，自认倒霉。

"雯子，你信不信要想人不知除非己莫为？"

"我当然信。可问题不是你或者我……"

"那就行了。"吴花果眯起眼睛，目光落到策划书上，"老虎不发威，真当我是病猫。"

晚上八点，田淼来到二部办公区。

整层楼灯火通明，只有吴花果一人还在座位上。迟疑一瞬，她走上前："小吴，不好意思，我那边才收工。"

"知道。"吴花果扣上笔记本电脑，站起来笑了笑，"《新势力》启动嘛，当然忙。"

她就是要给对方下马威，单刀直入，目的明确。

"忙，忙得连饭都吃不上。"田淼亦笑着从容地回答。

暗流在两人的对视下涌动。

惺惺作态的对话一两句便足够，吴花果将两份策划案直接推到对方面前："《新势力》项目书和我去年提的一份很相似，我的那个，你看过吗？"

"是吗？"田淼轻飘飘地扫过桌上的文件，"咱俩想一起去了。"

"咱俩。"吴花果轻蔑地哼一声。

她从内心觉得好笑——事实摆在眼前，你知我也知，戏却非要硬着头皮演下去，滑稽过头了。

"这个，"吴花果用力戳了戳面前的文档，"看没看过你自己知道。"

"证据呢？"田淼如同居高临下的审问者，带有胜利者独有的骄傲，"说我看过，证据呢？"

戏既然不能演，又没有围观者，那就扯下面具撕破脸皮吧。

"要证据。"吴花果点点头，翻开《新势力对话》项目书的某一页，指向其中一处，"白纸黑字，你做的，对吧。"

那页是田淼列的候选运动员名单。左侧为头像，右侧是名字和简单的职业背景介绍。

田淼眉头不由得蹙起："邓俞媛，江苏游泳队的。怎么了？"

"俞媛。"吴花果冷笑一声,"真是巧了,错别字都能错到一起。"

田淼看着她,心里猛地一沉。

吴花果在手机搜索界面敲入三个字,而后将人物百科界面举到对方面前。口气中尽是嘲讽:"再仔细看看,这名字怎么写?"

百科中的人物姓名是——邓渝溰。

"八岁那年训练,她脚下打滑,脑门磕泳池边上了,有人说要有水庇护才能得水,所以她爸妈就把名字换了,带三点水的两个字。"吴花果冷静地说下去,"十四岁全家搬到江苏,进到江苏省队,十六岁青少年世锦赛自由泳单项夺冠开始出头,现在全网找不到她之前的名字,田淼,你是怎么知道的?"

田淼听罢这番话脸色惨白,咬牙挤出一句:"吴花果你耍我?"

"耍你?"吴花果克制住一触即发的怒火,"照搬我的东西,你看都没看吧?"

田淼咬紧牙根。

"哦,想问我怎么知道?"吴花果抄起自己的电话,翻出通讯录举到她面前,"因为我从小就这么叫她。"

通讯录里备注的名字是,俞媛。

去年提交的项目策划书上,吴花果罗列出十名可以跟进的访谈对象,其中就包括邓渝溰。细数起来,对方算是她师妹——年龄小三岁,由同一教练挖掘,虽项目不同,但省队训练场馆在一片区域,照面打多了自然便会熟悉。吴花果习惯用小时候的称呼唤她,平日打字聊天、通讯录备注也都这么叫,所以在写策划案时,输入法自动带出的便是"邓俞媛"。

田淼僵在原地,只有紧握包带的那双手发出的微微抖动证明人还在思考。

忽而,她双眸垂下,语气带出几分哭腔:"小吴,我的事情你是知道的,台里也只有你知道。转去节目组,因为节目组受众更广,做出成绩能被更快认可。我每天压力大到……"

"这些话,我就不用再听一遍了吧。"吴花果淡淡地回了一句。

那里面究竟几分真心几分假意,她已不想再去分辨。

"你要说出去?"田淼收起刚才的示弱姿态,深吸一口气,"《新势力》不可能停的。下周第一期开录,每一个环节我都参与了。就算你告到大老板那儿,也不会有什么改变。"

"节目不变,人可以变吧?台里的路走不通,总有最赛事管不到的地方吧?"吴花果目不转睛地看着对方,"田淼,我干记者五年,时间不算长但也不算短了。这件事我就要为自己讨个说法,你觉得我能不能办到?"

"你威胁我?"

吴花果没有对这句质问做出回应。

一张张办公桌如同一个个肃穆的观众,它们沉默地等待着这场争论的最终结果。

田淼死死地盯住她:"你要什么?"

吴花果此前没有想过这个问题——与田淼对峙的目的只是想让对方承认"抄袭",而就在刚刚你来我往的言语交锋中,她有了主意:"这是我的案子,我有堂堂正正参与的权利。你不用走,项目进程中我不会难为你。"

条件这样提有两个原因,《新势力》不可能叫停且大框架不会再更改,既然如此,也只得让它变成履历上的一项成绩;更长远的考虑是,吴花果希望借助这次参与,了解专项体育节目的运作流程,她并不想放弃《女性运动力》,她要为它日后的上线积蓄能量。

无论是人脉支持,还是专业储备。

半晌,田淼说道:"周一上班时我问问。"

在对方转身离开前,吴花果叫住人:"田淼,为什么针对我?"

她想了很久,将记忆中所有共事的点滴都拿出来过了一遍,可是没有,没有矛盾,没有过节,没有任何得罪之处,吴花果不明白对方的敌意从何而来。

田淼没有回头,声音在空旷的办公室里格外刺耳——

"因为……你太一般了。"

心事重重地打开家门,迎接她的是朋友们熟悉的欢闹声,马楚雯大呼:"怎么才回来,烤串都凉了!"

高远坐在沙发上懒懒地晃晃手:"好久不见啊,小吴记者。"

吴花果目光扫过三人,最后落到马楚雯的脸上:"你跟他俩说了?"

自打分开,马楚雯有意无意都在避着高远,而今天来之前,她一定与钟世通过电话知道高远也在。即便如此,人还是来了,理由不用猜都知道——马楚雯担心她吃一鼻子灰心里委屈,怕她难受。

"马记者说了。"钟世替答,与此同时揉揉吴花果的脑袋,"快洗手吃饭。"

四人在餐桌前坐好,高远最先开口:"吴儿,就当走路上被人绊一脚,谁还没遇到过几个乱找碴的。甭往心里去,是金子总会发光。"

吴花果对他笑了笑,又看看其他两人:"敢情你们都以为我出师未捷。"

"啊?"马楚雯听这话大惊,"怎么着?田淼认了?"

吴花果点点头。

"你行啊!"马楚雯激动地使劲晃了两下她肩膀,"怎么做到的?不是,那大小姐不得气得撞墙。"

"我原来那份策划书上有个名字写错了,估计她直接复制粘贴,不认不

- 305 -

行。"吴花果将结果言简意赅告知大家,"我说要进项目,估计下周就有答复了。"

马楚雯仍是不可置信的模样:"这么顺?她没打你吧?"

"怎么会。"

"策划书上啥名字啊?人名?怎么写错的?她直接认了还是……"马楚雯问题一连串,因为太高兴一时又有些没头绪,干脆停止问话,"回头你跟我好好说说。"

"嗯。"吴花果笑着自饮一口。

"别自己喝啊,一起吧。"高远举起啤酒罐,"我们仨还商量怎么劝你呢,白忙活了。来,庆祝吴儿沉冤得雪!"

吴花果见钟世也要碰杯,急忙阻拦:"你喝果汁吧。"

钟世将瓶身转过来,指指酒精含量为零的标识:"高远带过来的,口感和啤酒差不多。"

吴花果眨巴两下眼睛,打趣道:"远哥,你什么时候这么细心了?"

"也不看谁教出来的。"马楚雯傲娇地随手撩拨下秀发,"话怎么说,前任栽树,后任乘凉。"

"谢谢您对我这棵小树苗的悉心栽培。"高远故作俯首称臣的架势。

时间终会给出答案。

那些原本以为永远都不会修复的关系,永远怨恨或记挂的人,永远放不下扔不掉的情感,也在一天又一天的作用下发生了变化。

即便仍有伪装,可若伪装会让彼此更坦然,那就暂且掩饰下去吧。

放下酒杯,马楚雯热心张罗:"你们快尝尝这鸡翅,他家的招牌。钟世你吃这边的吧,吴儿说你不吃辣,这边应该都没放辣椒。"

"谢谢。"钟世先捡过一串辣的放到吴花果面前,打量她一阵,没有说话。

见吴花果吃了两口便开始愣神,心不在焉的模样。钟世柔声问道:"还有别的事?"

"嗯?"

"你……不太开心。"

聊得正投入的马楚雯和高远听到这话纷纷抬起头,马楚雯赶忙应和:"是哦,你一进门就腠眉耷眼。都解决了怎么还无精打采的?"

吴花果将嘴里的东西咽下去,放下烤串,双手搭到膝盖上搓揉两下:"你们觉得,我一般吗?就是……很一般,非常一般,因为点儿正、运气好,才能做到现在这样。"

"田淼这么说你?"马楚雯当即反应过来,"她是不是有病!有大病她!"

吴花果想到两人分开时的场景,苦涩地说:"我问她为什么针对我,她

- 306

说……因为我太一般了。"

"吴儿,别听无关紧要的人瞎评断。"高远气急,"你怎么就一般了?之前我视频爆出来,那不都是你帮忙解决的。上大学那会儿,你年年拿奖学金,我和雯子谁拿过?在一部也是,我记得有次你发着高烧还去跑记者会,事儿都是一点点干出来的,别人有什么权利指手画脚瞎嚷嚷。"

吴花果苦笑一下:"远哥,我知道你站我这边。"

"不是!"马楚雯拍桌否定,随即语气缓和下来,"吴儿,不是因为你是朋友,我们偏袒你护着你才这么讲。咱俩一个学校一个专业同期入职,她田淼怎么不说我一般,你想过没有?"

吴花果迷茫地看着她,抿了抿嘴。

钟世却在望着她:"因为看上去,马记者什么都很好。"

"对。"马楚雯指指自己,"我,生在北京,家境不赖,有车有房,长相还行,所以看上去,我不一般。高远,土著,一线俱乐部待过,新闻里出过名字,退役后做培养事业,看上去也不一般。还有他,"马楚雯指向对面的钟世,"外籍华人,年少成名,归化有过讨论,可最终大众反馈是积极的,哦,不一般。吴儿,你挺聪明的啊,怎么偏偏中这种低级的圈套?"

吴花果挨个扫过三人,犹豫之下,手被钟世握住。

"看上去就只是看上去而已。"他注视着她,换成十指交错,"内在比看上去重要得多,我们了解你的内在,所以你才不一般。"

马楚雯点头,暗自叹息道:"就是会有那么一些人,他们在心里早早定义好阶级,自作主张认为努力可笑而可耻,他们才是笑话。"

吴花果紧紧握住钟世的手,喃喃自语:"努力也很可贵,对吧?"

"应该说努力更可贵。"高远喝一口酒,"我们学校好多孩子,起早贪黑训练,就是想进国家队,想为国足争点颜面。心里有盼头,努力做好自己可以做到的事儿,吴儿,你就和他们一样,很优秀很耀眼。"

钟世用另一手掐掐她的脸:"我再总结一下?"

"您那中文水平,大可不必!"马楚雯叫停,拱拱吴花果,"姐儿几个说到这份儿上,明白?"

未等吴花果说话,高远用纸巾攒成团扔过来:"姐儿几个,大哥还在这儿呢,没礼貌。"

马楚雯立刻起身对钟世鞠一躬:"Sorry!"

"退下吧。"钟世扬扬手。

马记者听得这话,一副见到 UFO 的表情,再次拱拱吴花果:"你家小钟,这套都从哪儿学的?"

吴花果笑了,是发自肺腑开怀的笑。

这个晚上,她得到一股力量。

来自爱情,亦来自友情——她丝毫不怀疑,那股力量会一直支撑自己,万般险阻,尽管来吧。

因为有了你们,我才更不一般。

晚上十点,马楚雯和高远并肩从吴花果住处出来。

马楚雯问:"你怎么回去?"

高远却按下电梯键,看着楼层变换的数字问她:"你遇到过吴儿这种事吗?"

"这么棘手的,没。"马楚雯拢拢头发,"但被人挑战、质疑能力,还有背后说小话的,哪个公司没有。"

电梯门开启,高远单手挡住门,示意她先进去。

大门闭合,楼层数字以一成不变的节奏稳准地变化。他们各自靠一边站,仿佛即便有人进来也不会挪动位置,仿佛目的便是要被人理解为他们只是在这间电梯里偶然遇到,并不相熟。

与前任保持距离,一不小心就变得上纲上线,背离本意。

可事已至此,再去做些什么又显得多余,所以两人都没有说话,沉默地等待电梯落至一层。

马楚雯好笑地想,此桥段落在偶像剧里,电梯应该要适时地晃动一下吧——如果接下来的情节是主角们需要复合的话。

但现实是,她长这么大,乘坐过的电梯数不胜数,半次事故都未曾经历过——生活没有剧本,推动恋人们复合的不是跌宕起伏的情节,往往是一句前思后想才敢鼓足勇气说出口的"我后悔了"。

电梯门再次开启,两人一前一后地走出几步。高远回身停顿,待马楚雯赶上来说道:"我好像第一次问你工作上的事儿,对吧?"

他们的恋情停留在大学阶段,毕业后分手随即进入焦灼的拉锯期。他只知道楚雯在最赛事二部,跟赛、采访、追新闻、出报道、偶尔也主持活动,而关于什么时候需要加班,食堂最受欢迎的菜是哪一道,同事里谁性格活泼谁又有些难相处,高远对这些时时环绕对方的日常一无所知。

他忽略的好像是最不应该忽略的部分,因为那些和他所了解的合并在一起,才构成马楚雯实实在在的生活。

"对哦,还真是第一次。"楚雯自顾自笑了笑。

有些路,绕上一圈还可回到起点;有的却只能一直往前,走得远了,连起点的路标都不复存在。

马楚雯又道:"今晚你表现抢眼,安慰起人来一套一套的。"

高远牵牵嘴角:"吴儿就你一个朋友啊?再说我跟钟世还是哥们呢,论关系比你近。"

"嘿,之前都不知道你跟钟世那么熟。"

"我老去他们俱乐部那边踢球,经常约个饭什么的,一来二去就熟了呗。"

马楚雯抿抿嘴,侧头看向他:"以后我跟别人在一块……高远,咱还能像现在这样吗?"

有共同的朋友圈,她不想变成任子延说的那样,大家约这个就不能约那个,朋友们因为他们左右为难。

这个问题的本质是,你介不介意看到我和其他人一同出现。

高远反问:"你呢?"

马楚雯想想,摇头:"我不会。"

高远双手插兜,垂下头,脚尖来回蹭两下路面:"前阵子去老翟家吃饭,我说我想做个好前任。他问我怎么着算好。我说大概就是不打扰不掺和。你知道老翟媳妇怎么评价?"

马楚雯眨眨眼。

"她说那就还是惦记,刻意躲着避着。真正的好是自己往好了过,也希望对方能遇到合适的人。等岁数大了儿孙满堂了把这段拿出来,老子年轻时也遇到过别人,但归根结底都不如你妈。"高远说罢,看向她,"那天回家路上,雯子,我一下觉得开阔了,就……感觉心里特敞亮。"

惨烈的分开有万千缘由,但能和和气气道声再见的却大同小异。

他们之间没有双方父母阻挠,亦无错综的利益交缠或触及底线的血海深仇,只是一对曾相爱的人发现"不合适",于是去寻找另一种关系相处,他们可以成为彼此的"好前任"。

车停到跟前,高远报出手机尾号,打开后座门让楚雯进去,自己则坐到副驾驶。

他告诉司机:"劳烦您先去这个地址,之后我再换个别的。离得不远。"

马楚雯望着前面人熟悉的侧脸,在高远看过来之前,将头偏向窗外。

不,那些都是外因。

确信自己和对方都能成为好的前任,最重要的内因是,他们都愿意这样做。

错付过一场爱情,但是高远,我一点都不后悔遇到你。

Chapter 11
有些相见，其实是重逢

他们并肩站着，看微风拂过杂草，看云彩时聚时散，也看夕阳罩住大地。

自足球园与最赛事在女足接力专题项目上达成协作关系，任子延露面的次数多了些。时间多为上午十点，基本上他会与一名同事同来，有时被前台带去老谢的办公室，有时则不经办公区直奔会议室。基本上，马楚雯会提前收到消息：明天我去你们那儿。

消息后面会写上具体时间。

就一句话，既不提见面也不发出邀请，倒有点像报备的意思。

马楚雯则会回过去，"那点儿我有会""明天我不在办公室"或者"好"。

她没有刻意避开他。早上十点是会议频率最高的时间段，加之近期线下活动集中外勤增多，连吴花果都感叹见马记者一面太难。至于单单回复一个"好"字——对方既然只是发出通知，接收者确认信息收到即可。

这种情况下，他们只在台里碰到过两次，连单独寒暄的机会都没有。

彼此释放好感的阶段，互相牵制亦是一种平衡。

而打破平衡，该由首先沉不住气的那一方来做。

其实任子延周末是可以约她的，一条消息，一通电话，简单到根本不用过大脑。可他这人就是太喜欢用脑子了——非亲非故，又不是青梅竹马蓝颜知己的关系，这样根本没什么理由的见面发生在成年男女之间，算什么呢。

工作场合的相见则会让一切顺理成章——我不是单独来找你，正好过来了又都没什么事儿，不然一起喝杯咖啡吧。

怪只怪他运气太差，算盘打出去十步，赶上的却偏偏是第十一步。

就这样过了一些时日，某天，马楚雯从洗手间出来经过小会议室，无意中扫过去，发现投影幕布下讲话的人像极任子延。

说像是因为对方正好背对她站着，从衣着和身形判断，马楚雯觉得是。可她并未提前收到任子延说要来的消息，况且此时是下午五点，并非他们一贯开项目会的时间。

马楚雯未作深想，回到工位。后天她要主持一场运动手表的新品发布会，品牌方请来数名世界冠军站台，环节多，流程复杂，个中细节皆需兼顾。楚雯没有一份前辈经验的工作指南，只能靠自己学习摸索，吃一堑长一智，过一场便累积一场的经验，她就是这么摸爬滚打着走到现在。

临近六点，吴花果和时小乐一同从常仁飞办公室出来。马楚雯懒懒地问道："小会开完了？"

他们明晚航班开赴法国，将搭档报道今年的法网赛事。

"完了。"吴花果晃晃手里的笔记本，"重点事项记了整整三页。"

"雯子姐，晚上咱一起吃饭？"时小乐提议，"我叫上毛哥，我们非常需要跟你俩取取经。"

吴花果在一旁大力点头。

上届法网是马楚雯搭档毛维瞻去跑的，亲身经历过，多少能提供一些帮助。马楚雯看看时间，爽快地应下："我去洗个杯子，回来就撤吧。你俩早吃完早回去休息，到那边基本就得连轴转了。"

还未走到茶水间，任子延和老谢一行人自走廊那头说着话迎面而来。

惊讶在马楚雯脸上一闪而过，她随即叫声"谢老师"，侧侧身子让出通道。

"准备下班啦？"谢宏伟同她打招呼。

"嗯。"马楚雯笑了一下。目光扫过任子延，他推了推眼镜，这个动作遮住了他的表情。

跟在后面的同事有的挥挥手，有的说"拜拜"，马楚雯应和几声，快走两步推开茶水间的门。

还真是他。

她这样想着便去倾倒杯中喝剩的枸杞，踩开垃圾桶，却发现里面空空如也。马楚雯放下杯子，去橱柜里寻找垃圾袋，找了一圈终于在最下面的抽屉中摸到，随着若有若无的一声响，周围突然一片漆黑。

即将入夏，这时间段天本还是亮的。但今早开始下雨，到傍晚雨停却仍乌云密布，茶水间的百叶窗平时又都放下，此情此景对于有夜盲症的马楚雯来说，实在不友好至极。

她直起身，额头"哐"一下磕到上方的橱柜门——刚刚翻找时自己忘了关——又气又疼又烦，她忍着泪花使劲拍了下柜门。

就在这时,一道光照过来,她听到任子延的声音:"还好吗?"

马楚雯循声望过去,茶水间的门被打开,外面的自然光线投射进来,然而更明亮的那道光是由他手机打出来的。

那一瞬间,她久违地听到了自己的心跳声。

马楚雯并不清楚任子延是如何知晓自己夜盲的,她只知道此时此刻的这束光,变成了某些心意的证明。

"停电了。"任子延走上前,见她手里攥着一卷垃圾袋,把手机递给她的同时将袋子换过来,快速扯下一个铺进垃圾桶,而后又把杯中的残余倒了进去。

马楚雯目瞪口呆地盯着对方一连串动作:"你怎么知道?"

"你不准备下班吗?"任子延打开旁边的水龙头,杯子里外冲洗一通,"哎,没纸吗?你们平时都怎么擦啊?"

"我们就……甩干。"

任子延笑道:"最赛事的后勤保障很一般啊。"

"又来攀比。"马楚雯用手机电筒晃他,"我们环保!"

这一晃,任子延却看出异样,直接夺过手机将照明灯打到她的脑门上:"楚雯,你这儿都流血了,怎么弄的?"

马楚雯刚要去摸却被对方拉住手:"先别碰,有个小口,不深。是不是凿到哪儿了?"

"刚才没注意,磕到柜门角上了。"马楚雯懊恼,"我明晚还有个品牌发布会,破相可完了。"

"不至于。"任子延说这话时一直拉着她的手,"这里也没消毒的东西,先……"

"有有!"马楚雯说着就去拉抽屉,"茶水间应该有医疗箱,之前行政特意通知过。得赶紧处理一下,这节骨眼上我真不能破相。"

任子延听罢二话不说便也跟着翻找起来。

走廊里人群不断经过,欢笑声阵阵。因为停电被迫按时收工,对上班族们来说简直如天降大喜。

"这儿呢。"楚雯很快在最里面的柜子中找到,放至台面上打开,消毒棉签、纱布、创可贴,以及各类常用药一应俱全。她朝任子延挑眉,"最赛事的后勤保障不一般哦。"

"还贫。"任子延取出消毒棉签,单手正了正她的额头,"光往上打点儿,我看不清。"

马楚雯举着手机,乖乖照做。

一丝凉意夹杂着点点微痛渗入肌肤,而后传来的是比暖风更轻更柔的触感。

他在对她的伤口吹气。

吹一下,马楚雯的心便漏一拍。

她闻得到他身上熟悉的烟草味,看得到他偶尔动一下的喉结,他的西装袖口蹭到了她的耳朵——

要命。

任子延将创可贴贴上去,一边收医药箱一边说道:"回家看看,止血了就拿下来吧。伤口晾着兴许恢复更快。"

"好。"马楚雯深吸一口气,"看得出来吗?"

任子延转过身,打量她一番,抬手将她额前的碎发拨了拨:"勉强能遮住。"

马楚雯将脑后的发夹拿下来,鼓弄两下刘海:"这样呢?"

手机光束自一侧打到她脸上,让原本立体的五官变得婉约柔和。任子延怔了一下:"很漂亮。"

马楚雯同样一愣,头歪了歪:"我吗?"

"嗯。"

"你可从来没说过我漂亮。"

任子延拿过她手里的电话,像被什么追赶似的急忙往外走:"回家。"走出两步停下,他转过身拉起她的手腕,"走了。"

马楚雯跟在他身后:"今天为什么这时间来开会?"

任子延却略过问题:"小吴说你们晚上一起吃饭?"

停电前他曾碰到吴花果,顺势闲聊几句近况。吴花果告诉他明天将开赴法网,晚上同事小聚,要同楚雯取经。

"对,吴儿明晚飞……"马楚雯话说一半直接傻眼,六点多的最赛事何时这样过,整片办公区半个人影都没有。

她急急奔向工位,先将手机打开照明,随即打开聊天软件,吴花果的消息于一刻钟前发来:看到子延兄进茶水间了,我和小乐先走,你完事联系我吧。

后面跟着一个土得掉渣的表情包,配文是"把祝福送给你"。

"神经病。"马楚雯笑着说一句。抬起头,正见任子延朝自己走来,遗落在茶水间的杯子被放到桌面上——他刚刚去做了这件事。

马楚雯忽而有种很奇怪的感觉,说不上是心酸是惋惜还是高兴,她只是想到那天自己对高远说的话——前任栽树,后任乘凉。

任子延的细心,大概也源于哪个姑娘潜移默化的引导吧。

某人恨之入骨或恋恋不舍的前任,有一天就变成了另一个人眼里珍重有加、熠熠生辉的现任。

爱情实则联动着数不胜数的关键词，适合、理解、真心、包容、共同语言、灵魂伴侣、携手与共、甘苦同担，那其中最易被忽略的一个是——时机。

正在或者已经改变的我遇到了当下的你，一切就像齿轮咬合，凸凹此起彼伏。我看着你，就连阴沉的下雨天都变得浪漫。

任子延在她面前晃晃手："带伞了吗？"

马楚雯看向窗外，雨滴砸到玻璃上，汇成一道道笔直向下的流线。

"我车在地库，用不着伞。"马楚雯定定地看着面前的人，"但我不想开哎。"

"正好。"任子延笑了，"我也希望你不想开。"

五月中旬，吴花果和钟世先后抵达法国。

两人航班错开三天——吴花果与时小乐肩负法网报道任务，资格赛开始前就已就位；钟世今年则是持外卡进入正赛，与布鲁诺、李芝薇和林拓随后赶到。

虽然酒店相隔不远，一对恋人却只能靠手机联络——各有各的安排，他们自始至终都理解对方的工作性质。

第一天比赛结束，钟世发来语音消息："回酒店了吗？我和教练聊一下，之后过来找你。"

吴花果发去房间号，又补一句："钟选手今天打得很松弛啊。"

或许回归熟悉场所心态平和，钟世今日经历两个抢七局，不慌不乱，稳扎稳打，整场比赛持续近三个小时，有惊无险晋级下一轮。

新闻一经发出，热议不断，可吴花果知道，对于钟世来说，他绝不满足于此。

他还会往前走。

钟世回复："见面说。我大概一小时。"

吴花果发去一个小兔子活蹦乱跳的表情，放下手机，照常处理起工作邮件。回复过两三封后，时小乐来敲门，问及两周后世界游泳锦标赛的人员安排。今年举办地为布达佩斯，原本拟定吴花果与时小乐共同前往。白天马楚雯在群里主动提出自己可以去，那会儿他们在球场跟赛，没有来得及确认。

"六月底还有温网，我就怕都跟两头衔接太密，来不及准备。"时小乐对她笑了笑，"不过和你还是和雯子姐搭都一样，我听组织安排。"

由于马楚雯近来工作重心向活动类偏移，跟赛有所减少，吴花果与时小乐作为捆绑搭档基本等同于原先马楚雯和老毛的配置。

她深知女伴这么做的目的，于是告诉时小乐："我一会儿给雯子留个言，

-314

如果她那边排得开，你就去跟世锦赛吧。温网再看。"

时小乐比赛跑多了，能力亦肉眼可见飞速提升，现而今完全称得上得力拍档。

"行，那我这就把世锦赛的出差申请提了。明早七点半下去吃饭？"

"早十分钟吧，打出点余量。"

时小乐做了个"OK"的手势，带上房门。

吴花果拿过手机，想了想给马楚雯发去一条消息：你要是前后都接着活儿就别勉强了，出趟差回来都不够休息。游泳比赛我能跟，总捡网球跑，常主任不得说我公费恋爱。

国内此时已过凌晨，马楚雯应该已经休息了。她放下电话，写完最后一封邮件，再次看看时间，抄起床头的睡衣准备去洗澡。

五月底的法国已经很热了。洗头时，吴花果记起，这次出来她特意带了钟世送的帽子，明天又是大晴天，正好可以戴上遮阳。

况且那颜色，全媒体区恐怕挑不出第二个。钟世一眼就能看到自己，也算是种鼓励吧。

今天就应该戴着去球场的。她懊恼地想。

洗完澡穿着睡衣出来，拉开浴室门的一刻，吴花果猛地撞上一个正向浴室里探头的人——是个陌生男人。

恐惧和惊吓让她不由自主地放声尖叫，大脑空白之际下意识大力推开对方，踉跄着冲出房间。

住在隔壁的时小乐听到尖叫声第一时间冲到走廊，见吴花果穿着睡衣面色惨白，身后跟着一个异国面孔的男人，慌慌张张地询问："小吴姐，这是谁啊？你，你怎么了？"

男人使劲摆手，说着他们听不懂的法语。

时小乐情急之下用磕磕绊绊的英文提问："Who are you？ Why……Why you……（你是谁？怎……你怎么……）"

两方僵持不下时，钟世赶到。他自出电梯便听得响动，认出吴花果后，几乎百米冲刺的速度飞奔过来，而后一把将吴花果拽到身后，声色严厉地用法语质问："你是谁？为什么在这里？"

男人如同见了救星，紧张地连连鞠躬致歉："对不起，实在对不起。经理让我给这个房间即将入住的客人摆放欢迎礼品，我进去之后听到浴室有声音，就想确认一下……"

对方身着白色衬衣、黑色西装，西装左胸口处别着带名字的胸牌。

时小乐认出钟世，此情此景也顾不得其他，一股脑地将看到的悉数抖出："我听到小吴姐叫声出来，这人就跟在后边。他到底是谁啊？为啥有别人房

- 315 -

间的房卡？"

钟世单手将吴花果揽进怀里，轻抚她的后背说着"好了好了"，而后告诉小乐："酒店的工作人员，要放欢迎礼品，进错房间了。"

"这怎么能进错！我们都住好几天了！"时小乐撂下一句"我去找前台"，气呼呼地跑向电梯口。

服务生涨红了脸一直道歉："对不起，我真的不知道已经住人了，更不知道这位女士正在洗澡。我只是听到声音想看一下，什么都没看见……"

"你还想看见什么？"钟世向来沉稳，可触碰到怀里的吴花果——她的身体失控般抖得厉害，火气不由得上来，"不会敲门？不知道按门铃？不打电话提前确认？"他指向房间内，"行李箱就摆在那儿，你眼睛瞎了？"

争论声引得其他住客围观，然而刚探出头就被钟世吼回去："看什么，没事情做！"

吴花果虽听不懂，可从住客们不满的表情中猜出大半，于是轻轻拉了拉钟世的衣角，摇摇头。他比赛还未打完，此时招致负面新闻是大忌。

钟世这才意识到自己反应过激，单手举起用法语说了声"抱歉"。

时小乐带着大堂经理和另一名工作人员匆匆赶来，还未站定，经理便开始致歉："先生、女士，实在不好意思。前台弄错房间号，他们都是新员工，一个系统操作不熟，一个也缺乏意识没有再次确认，我代表酒店真诚地给各位道歉。"

旁边的工作人员赶忙附和："一场误会。"说罢，用英文再次解释前因后果，最后面向吴花果特意强调，"理赔上您有什么意见尽管说明，我们会尽力满足。"

吴花果尚未完全从惊吓中缓过来，听到这样的单词，别过脸去。

误会什么时候成了万能开脱词。

时小乐气不过，用不娴熟的英文与他们争论："我们又不是今天才入住，房间怎么能搞错？再说听到里面有声音就应该出来，万一……万一……如果人发生什么事，你们怎么负责！"

"抱歉先生，是我们的工作失职，以后一定注意。"对方连连鞠躬，与经理对视一眼提议道，"这位女士的房间我们会做升级，稍后我把房卡送上来。另外酒店将送您两张晚餐券，楼下所有餐厅都可以用，您的朋友有其他需要也可以随时联系我们。"

吴花果觉得自己正站在飓风中心，明明是这场战局的起源，可那些声音从头到尾都来自与她全不相关的另一时空。她什么都听不到，也什么都不想听。她对时小乐说了声"随便吧"，在众人的注视下沉默地走进房间。钟世未作犹豫地跟上去，关门前对时小乐点点头。

-316

酒店经理这时问道:"您这位朋友是不是打网球的……"
"不是,只是长得像。"时小乐当即否认,而后告诉他们,"房卡送到我的房间吧,我来转交。"

吴花果面无表情地沿着床边坐下,没有哭,没有闹,甚至没有一句抱怨。那双平日里忽闪着仿佛总在释放热情的大眼睛此时像被糊上一层膜,空洞而黯淡。

心疼。

钟世感觉自己的心被什么搅住,死死地一圈圈来回搓揉,不知从哪里来的力量要把整颗心都揉碎了。

没有那么容易过去。

这件事若换了其他人,受到惊吓发泄一通便结束了,可之于吴花果,那是残忍至极的旧日重现,是拼命想要忘记的却在毫无准备之下被推到面前,她怕够了。

钟世站到跟前,将她的头贴到自己的腰间,轻轻环住她:"想哭可以哭,我不看。"

吴花果张开双臂抱住他,紧紧的,好似一放开对方就会消失。脑袋里不断闪过刚才的情景,嘴里却一句话都讲不出来。她更怕的是,自己是不是真要背负一辈子,这一生都在阴影之下,做不到像正常人一样生活。

"我来之前不是去见布鲁诺了嘛,"钟世拉把椅子在她面前坐下,笑一下,"他和你评价差不多,说我今天松弛有度,节奏很好。"

吴花果的注意力被成功转移:"第二个抢七局好惊险,尤其你丢了两个破发点,好在最后赢了。"

"嗯,这场漏点挺严重的。"

"但是你一发成功率和一发得分率都高……"吴花果这才露出笑模样,"都百分之六十几,我忘了。"

"不说是人肉计算机吗?刚写的新闻稿就忘啦?"

"谁会记那么细。你一天就打一场,我每场都得报。"

"那我还得谢谢小吴记者专门记得我的比赛数据喽?"

两人正说着,敲门声响起,时小乐自报家门:"小吴姐,我。"

钟世起身去开,随后侧侧身子:"进来吧。"

刚刚只顾与酒店理论,时小乐同学的好奇心这下才真正被点燃,几乎顶在爆破边缘。

"小吴姐,酒店把你的房型升级了,现在就能过去。"时小乐递过房卡,与此同时偷瞄一眼钟世。

"谢谢，刚才……麻烦了，"吴花果接过，"不好意思啊。"

"你跟我客气什么。嗐，就语言有障碍，回去我得好好学学英语，要不然吵架都吵不利索。"时小乐摸着脖子笑。

"哦，重新介绍一下。"吴花果反应过来，指指钟世，"我男朋友。"

"我去！"时小乐大呼一声，看看钟世又看她，"我说怎么钟选手正好出现，原来你俩……啥时候的事啊？你们也太低调了。"

"有一段时间了。"吴花果在嘴上做了个"拉拉链"的动作，"回台里，明白？"

"懂！非常懂！"时小乐兴奋之余握拳顶顶胸口，"咱们那儿都有谁知道啊？雯子姐？不是，你好歹给我点儿信息，我……"

"就雯子和常主任知道。"吴花果笑了一下，"你就暂且忍过这段。"

钟世接话："反正早晚都会知道。"

"天啊，我竟然是第三个知道的，我……我太开心了！"时小乐笑得嘴角咧到后脑勺，"这是娘家人待遇啊。"

他的情绪感染到吴花果和钟世，两人交换一个眼神，皆笑眯眯地瞧向时小乐。时小乐沉浸在自己的幻想中："小吴姐，听说你之前练游泳的吧？那你俩以后有小孩，运动细胞得多发达啊，这小朋友出来简直天降紫微星。"

吴花果一时害羞，推着人出门："快回去休息，明天不干活啦？"

"走走走，我这人最大优点就是特有眼力见。"时小乐一边往外走一边传递鼓励，"那个，钟选手，小姐夫，下场加油啊！"

钟世笑着比个"OK"回应。

新房间在楼上三层。商务小套，整体面积不大。但好在办公区配套设施齐全，宽大的实木桌上贴心地放了盏护眼灯，吴花果感叹："也算因祸得福。"

钟世刚放下行李便收到逐客令，吴花果自知这些天万不能影响他的作息。他在她脸颊上轻啄一下，说句"晚安"便带上房门。

出了酒店，钟世没有立即返回。

明天的比赛在下午，许是环境熟悉，他全然没有紧张或焦虑的感觉。若干年前就在这里，罗兰加洛斯球场，他一路高歌挺进青少年赛四强，自此开始所谓的"天才"之路。后来钟世常常自问，像他这样的人——打球比别人早了些，训练比别人多了些，运气或许也更好些——到底算不算得上天才。

天才的意思是，在某一领域具备超出常人的嗅觉与敏锐，花费更少的时间达到不可企及的高度。

他不确定，可也……不重要了。

重新开始，和过去的自己告别，这才是他的功课。

吴花果的房间灯光尽熄，钟世望着窗口，像被某种力量牵引，再次走进酒店。

电话无人应答，敲门没有响应，吴花果并未出酒店——能去哪里呢？

他站在大堂愣了一会儿，想遍所有她可能去的地方，接着快步去往楼顶。

夜间健身房空无一人，穿过运动器械区往里走，推开玻璃门，一股消毒水味道的温热气息扑面而来。

蓝得见底的泳池里，吴花果正闭着眼睛肆意徜徉。上半身腾出水面，白嫩的胳膊在空中画一道弧线，浪花四起之时整个人又扎进那片蓝池，并拢的双腿像鱼的尾巴，毫不费力忽上忽下，几下工夫人已划出几米。一圈结束，蹬池翻转，尚未看清动作，人已换了方向，循环往复。

钟世第一次见吴花果游泳，她让他想到儿时看过的一篇童话——海的女儿。

她仿佛天生就属于这片池。从容、漂亮、自信、放松，水波与她共舞，水花同她歌唱，她放心地把自己交给这汪静水，她也被水温柔拥抱着。

游累了，吴花果睁开眼睛，寻着池边休息。从朦胧到清晰的视线里，钟世逐渐显现。她有些惊讶，更多的是不自在。胳膊搭上池边，身体还留在池中，她问你怎么回来了。

没有戴泳帽，头发湿漉漉的，自来卷更加俏皮地弯曲起来。水珠顺着白净的小脸滚到那汪蓝水里，似乎铁了心维护这片静默，没有触动一丝波澜。吴花果揉了揉眼睛："喂，怎么回来了。"

钟世伸出手欲拉她上来，动作被无视。他干脆双手卡住她胳肢窝，蛮力一起，吴花果被硬生生拎上岸。

拿过浴巾盖住她的头，钟世边替她擦拭边提问："明天不跑新闻了？"

"六点半起来就来得及。"

"六点半。"钟世强调。

吴花果接过毛巾胡乱擦两下头发，双腿伸直，盯着自己的脚尖："游几圈，累了好睡觉。"

她睡不着，可又必须休息好，除了让自己生理疲惫全无办法。

"我刚才想了下小乐的问题。"钟世说。

"问题？"

"以后有小孩，运动细胞应该很好。"钟世歪头看她，"走职业从小就要引导，和我们一样。那……你觉得小朋友专攻哪项比较好？"

吴花果表情夸张："哈？"

这个设定根本不在考量范围，她只当小乐活跃气氛开个玩笑而已。

钟世掐掐她的脸:"睡不着干脆想想人生大事,傻瓜。"

他在分散她无从排解的情绪。

吴花果抬眸:"你想这么远?"

"嗯,比这还远。"

"那……如果随你个子高,篮球排球都可以,足球可以打高中锋,也不是不行。"

"都是集体项目啊。"

"有队友,心理上有依靠。"

"和你一样身高有短板呢?"

"喂!"

"假设。"

"重心低有重心低的优势嘛,体操、乒乓球、举重,还有冰雪项目,田径也可以,身高又不是决定因素。"

钟世笑:"好了,回房间想想吧。"

吴花果这才意识到对方的意图,身体先于理智做出反应,她环住他的脖子,没有说话。钟世轻抚她潮湿的后背:"果果,不容易也要往前看,对不对?"

吴花果抵在他脖颈,点点头。

"有我在,别怕。"

"嗯,我知道。"

往前看,不用急,也不用对自己恼火,只要往前看就好。

这是他们共同的功课。

钟世打至第三轮出局,这意味着在今年的法网赛场上,他是男子单打前三十二分之一。

海外媒体对他的描述是"这位于法国出生却在巅峰时刻销声匿迹的中国选手,而今正带着令人震惊的毅力重新向山顶攀登"。在赛场上,荣誉是有归属的,国界、区域、球队,可体育运动本身却只属于人。我们会为初出茅庐的小将打破纪录而欣喜若狂,也会因一名老将在告别赛上亲吻大地而湿润眼眶,会为不甘放弃的绝地求生捏一把汗,亦会被精妙绝伦的精妙配合所折服。所以,在同行将这样一场赛事的报道着力点定位于"钟世以新身份取得突破或成中国男网新旗帜"时,吴花果却另辟蹊径,把关注点放在钟世身上。

她在最后写道:竞技体育的实质是关乎人的比拼,与自己比,与对手比,与自然所设定的人类极限去比。它受制于年龄所带来的体能下沉,却也无法阻挡梦想所带来的信念感和一腔孤勇。而这,正是竞技体育的最大魅力。

钟世结束比赛后决定回家休息几日，吴花果也是在这时才知道，他的父亲带女友这些天一直在现场观战。作为女朋友，她认为不见面稍显失礼，为此还埋怨了几句。钟世却考虑得更周全："跟赛本来就忙，多一件事都会分散精力。等你这边结束看能否晚回去一天，我来接你到家里坐坐。"

女单及女双皆有中国选手晋级下一轮，另有二十岁刚满的欧洲小将以黑马之势一路高歌，谁将问鼎本年度法网单项冠军，球迷们对此更是翘首以待，比赛进行至此，记者小吴仍任重而道远。

"回头我问下常主任，如果台里任务太重……"

"那就下次。"钟世极为笃定，"反正早晚都会见的。"

到底还是马楚雯了解她，吴花果还未与领导告假，马楚雯便已做好工作安排："我去跟游泳锦标赛，常主任已经批了，这样你也不着急回来，晚两天就当调休周末，该处理的人生大事都趁机办一办。常主任理解，说咱们内部协调好就行。"

听女伴这样说，吴花果倒觉得亏欠："雯子，你串得开吗？"

"串得开。六月中那场线下是15号，到时候我就不回北京，直接从上海飞布达佩斯。刚好两头能接上。"

"会不会太累？不然……"

"我出差申请都报上去了。"马楚雯爽朗地笑两声，"吴儿，不瞒你说，我看中一家新入星的米其林餐厅，就在东直门，等你回来对吧，正好抽一天给我饯行。"

"米其林？马楚雯，出差申请请你现在就撤回来！"

归功于各方的协调支持，法网结束后，吴花果踏上去钟世家的路。

钟世信守承诺来酒店接人，两人一路向西开。吴花果曾在女足世界杯时来过一次法国，那会儿她对这个国家的印象是，似乎这里的人都不太着急——火车发车前五分钟，仍有人在站台上悠闲地抽烟；街角露天酒吧，两人两杯啤酒便能坐上小半天；博物馆外排起长队，可大家像都习以为常，等待也变成期待的一部分。想到这里，她问钟世："你能适应北京的生活吗？"

钟世正在开车，偏头看她一眼又迅速转回去："为什么这么问？"

"每个城市都有自己的节奏嘛。像在我老家，你去过应该能感受到，和北京完全不一样。"

钟世点头："我还可以。"想想又补一句，"如果中文再好一点，应该适应得更快。"

吴花果笑。

"我爸爸他只会讲简单的'你好''谢谢''吃饭'这些。"钟世目视前方，

- 321 -

口气很温柔，"沟通有困难不用紧张，更不要觉得尴尬，叫我就好。"

"他叫你 Arsenal？"

"Arsenal。"钟世用法语说一遍自己的名字，似看透她的心思，"想问名字和阿森纳俱乐部有没有关系？"

"对啊。我查过，它好像不是常见的欧洲人名。你老爸是铁杆球迷？"

"没有。他就只支持本地球队。"钟世笑一下，"我爸爸是在海布里向我妈妈求婚成功的，然后……你知道，没多久我就出生了。那年阿森纳势头很猛，他们希望我也能有好运气，就取了这个名字。"

"温格执教的最后一场比赛，我当时在家，大半夜对着电视机哭。"吴花果将车窗打开一条缝，"虽然出新闻稿立场要保持中立，但这么多球队，我最喜欢阿森纳。"

他们已经下了高速，路旁是大片油菜花田，如梦如幻，美不胜收。

"那倒简单了。"

"嗯？"吴花果举起手机，对着窗外连拍几张。

"你最喜欢的球队和人，以后变成同一个了。"

吴花果没有回头，可她在笑。

只有那片油菜花田看得到，她笑起来有多可爱。

钟世爸爸以一顿丰盛晚餐迎接吴花果的到来——不仅煎了牛排，为照顾她的口味，特意从当地中餐厅打包回几个炒菜——这细节让吴花果真切地感受到，自己是被欢迎的。

同时出现的还有钟世父亲的女友，Celine（赛琳娜）。Celine 在当地一家酒店做前台接待，许是平日常与各地游客打交道的缘故，性格开朗健谈，讲一口流利的英文。她聊起两人去观战法网的经历，打趣道明明买了全天票，所有比赛都可以看，但这位 Liard 先生因为儿子出局，整个下午都闷在酒店，完全没有普通观众的观赛精神。钟世爸爸在一旁全程蹙眉，到最后才迟疑地问一句——你是不是在说我坏话？

很有趣，就像隐藏在每个幸福家庭背后那独独属于家人间才懂的密语，在这张餐桌上，吴花果仿佛被某种力量牵引着，不费吹灰之力就融了进来。她知道，自己正在融入钟世的生活。

一餐饭结束，钟世爸爸将他们赶去楼上。虽然没有听懂，但吴花果从对方的表情和动作中识别到那层意思——带她去你的房间看看。

钟世牵过吴花果的手来到二层，径直推开一间房门。

吴花果跟随他进去，当即感叹一声："东西好多。"

房间不算大，被各种物件塞得满满当当。床、桌椅、衣柜这些基本家具

-322

都是古典欧洲制式。靠窗一角堆砌着运动器材，靠墙这侧是两面书柜，柜子顶上横摆两副球拍，上面几层发挥原本作用排满书本，下面几层则被放置在地上的画框挡住——一幅是小镇风景，画风有些像莫奈；另一幅则是写实风格的人物画，一个双手背在身后正看向远方的小男孩的背影。

吴花果指着画中的人："这是你？"

"嗯，爸爸画的。"钟世走近说，"娜娜也有一幅，在她的房间。"

"完全看不出来！"吴花果想到刚刚餐桌上那个朗声大笑的男人，对方的样貌与她印象中的艺术家截然不同。

钟世笑道："就是兴趣。以前周末送完我去球馆，他就会背着画板去个什么地方，训练完再来接我。偶尔衣服上蹭上颜料，回家还要被批评。"

吴花果蹲下身意欲仔细观看一番，双手扶住画框，忽而注意到画框背后书柜下面几层摆放的东西——大大小小形状各异质地不同的奖杯，以及半盒子挂袋缠在一起的奖牌。

这些荣誉被当事人放在最不起眼的位置，好像他根本不愿再碰它们。

她仰头回看背后的钟世。

钟世有些无奈地笑了下："都在这儿了。连社区比赛的他们都留着。"

"他们"，应该指他的父母。

吴花果将画框轻轻放回去，站起来，随即转换话题："书还挺多的嘛。家里这么满，之前住俱乐部公寓不觉得空？"

"幸亏东西少，不然搬到你那里房子都要挤爆了。"

她"嘿"一声，目光扫过书架，在诸多外文字母中一眼便看到了一册中文书籍。吴花果直接将那本抽出来，捻着内页翻了翻，带着不可思议的神情问钟世："你怎么会买这个？"

那是一本诗集，名字叫《如若声音消失》。

"这个是……"钟世顿了顿，回答道，"我妈妈写的。"

吴花果感觉全身的气力都被抽空，不，绝不是疲惫或者无助。她只是觉得命运和自己玩了一场捉迷藏，这场游戏从很早以前就被铺垫着，没有任何预兆，也无半字提示，而就在此时，它以一种颇为惊险的方式揭开谜底。

一分钟之前，如果她没有站起来，如果不是目光扫过书架，如果不曾留意到这本书，那这个谜底或许就永远搁置了。

钟世见她愣神，问了句："怎么了？"

"你妈妈叫？"

"钟婉。"

"晚风。"吴花果轻抚着封面上印刻的作者名字，告诉他，"我听不见那段时间，最常翻的就是这本书。钟世，我一直很想知道作者长什么样子，是怎样的人才能写出这样的语句。我……我想对她说声谢谢。"

失聪于花季少女算得上致命打击。那时的吴花果走到哪里都带着一副耳机,仿佛只有借用这样拙劣的把戏才能骗过众人——我不是听不见,我只是在听音乐,声音很大而已。父母将她的情况反馈给学校,许是同情,学校同意开辟特殊通道——月考和期中、期末考都要参加,只要成绩不算太差,便可正常升学。那意味着,在其他科目上,吴花果至少要多考出英文听力占据的比重。她拒绝了父母请家庭辅导教师的提议,有什么用呢?在纸上写写画画教授和自学没有任何差别。她很清楚自己选了一条并不好走的路,可事实是,她根本没有做出选择的资格。

某日去书店买学习资料,恰逢店里做活动,热心的店员会拦住每个在辅导书区域徘徊的人,大力讲述活动规则和限定条件。这让吴花果倍感尴尬,于是径自绕过那片区域,逃也似的选了一个几乎没人在的地方,原本计划等上几分钟,趁人少店员休息时再独自过去选购。这一等,人越聚越多,无聊之下她环顾起周边——现代诗歌区。不抱任何期待的她一目数册看过去,而后便被一个名字吸引——《如若声音消失》。

那个下午,她在角落里读完这本书的四分之三,而后乘人不备匆匆选上几本教辅书,连同诗集一同买回家。

晚风,应该是个敏感而温柔的人吧。

她在《荒野与文明》中写——我穿过城市,内心一片空白,我才是荒野,俯视着日新月异的文明。

她在《少年》中写——两个少年比拼徒手摘星,一个说晚上去海边,它们会落到海里;另一个说你看星星,我看你的眼睛。

她在《无声》中写——云不说话,山不说话,彩虹不说话,大地不说话,声音消失的世界,表达变为永恒。

有的很长,有的只有一两句。吴花果自认不算多喜欢文学,老师布置的课外读物都鲜有读完的时候,可这本书她翻看了太多遍。清晨、午后、深夜,在每一个对自己生气,对周边无限倦怠的时刻,这本书里的文字如一泓清泉潺潺划过心间,给到她莫大的鼓励与慰藉。

有些相见,其实是重逢。

"我妈妈有位同学在出版社工作,知道她平时喜欢写诗,就让她整理了一部分发过去。"钟世沉思片刻,继续道,"从定稿到书印出来中间有一年多,她最后……没有看到。"

吴花果怔了一下,脱口而出:"好遗憾。"

钟世看向窗外,没有说话。她以为自己又触动到对方心里那隐隐作祟的负罪感,刚要说些什么找补,却听见钟世说:"我妈妈如果知道她的诗集真正鼓励过一个人,她会高兴的。"

吴花果仔仔细细拂掉书页上的灰尘,重新将它放回原来的位置:"知道晚风是你的妈妈,我也很高兴。"

他们互相看对方一眼,而后各自笑着别过头。

那是一个默契的信号——过去是需要告别的,向无法挽回的遗憾与失去,向纠缠自己的怨念与不甘,所幸,现在的我们正在做着这样一件事。

在法国停留的最后一天,钟世带吴花果见了一个人。

起初他只形容为"一位老朋友",待驱车来到球馆,吴花果着实有些惊讶,因为在这里等着的是大卫·盖纳尔。

本季法网大卫止步半决赛,说起来有些可惜。他的对手是风光正好的西班牙小将,亦是最被看好的新晋黑马,两人血战四盘,由于体能限制,最后一局大卫底线连续失误,抱憾离场。

这正是竞技体育的"悲壮"所在——老将对战新人,一场比赛有时宣告的实则是一个时代的落幕——总有人正年轻,总有人跃跃欲试向山顶进发。而迭代是无人可以阻挡的自然力量,如同一场又一场的科技革命,兴起必然对应着淘汰,出局永远是冷酷而决绝的。

钟世将吴花果介绍给大卫,用词是"Girlfriend(女朋友)"。大卫同她握手,说了一句话,吴花果没有听懂,可从对方的表情和钟世的反应判断,那很像哥们间打趣的论调。

随后,大卫背上装备去了右半区,钟世则边拿球拍边告诉她:"我们打一场。"

吴花果笑问:"过手还是计分?"

"看心情。"钟世开始做准备活动,"你无聊的话可以去咖啡厅。"

"特意把我薅出来,怕我和叔叔阿姨单独待着尴尬?"

他是带着家伙什儿来的,显然这场球已提前约好。

钟世停下来,一只手拿上拍子,另一只手勾勾她的鼻尖:"怕你一对二招架不住。"

"快去吧,加油。"吴花果将人推上场。

陌生环境,钟世始终在照顾她的感受。这种关爱和保护渗入进数不胜数的一言一行中,这让吴花果倍觉窝心。她忽然很想给父母打个电话,没什么要紧的事,就是告诉他们,我很好,现在非常非常幸福。

钟世率先发球,没有技巧,没有出力,他和大卫默契地用一来一回和平球做热身。几轮过去,大卫单手抓住那枚小小球体,习惯性在掌心转了转,与此同时看向对场。钟世心领神会，正正帽子，挪动到接球位置。而后大卫摆出单手托举姿势，重重将球抛向上方。

击球过网，比赛正式开始。

两人一上来就进入到各自保发的节奏中，在大卫完成前两个发球局保发2:1领先后，吴花果向场边中线处挪了挪，用英文报出比分。调入二部半年多，现在的她早不是连几局几盘都弄不明白的愣头青，在这样一场私下切磋中，担任裁判绰绰有余。比赛双方很快接受了她的新身份，钟世奋起冲击大卫的发球局，战况也随之变得激烈。

这样打下两盘，总比分战平。中间吴花果去了趟洗手间，因场馆不熟悉，很久才找回场地。待她回来，双方已进入第三盘。奇怪的是，节奏似乎又慢了下来，他们仿佛不约而同地放弃了执着于比分，转而采用一种更技术流的打法去探寻对方的能力。吴花果被晃得眼花缭乱，心里感叹数次，好精彩啊。

这样的对抗——她甚至不知道可否形容为对抗——此前从未看到过，或许之后也不会再出现了罢。

一球落地，大卫比了个停止动作，两人同时走向场边。

钟世经过吴花果身边时说了句"等我一下"，便朝大卫小跑过去。他们面对面站着说话，声音不大，偶尔比画起动作，偶尔相视而笑，影子被傍晚的太阳拉得老长。最初，吴花果想，还是两名小小少年的他们应该就像现在这样吧。打完一场球，出了很多汗，然后一边喝水一边聊些有的没的，约定好明天见各自回家。

有些情谊其实比我们想的还要坚固，甚至我们以为它已然折损在了岁月的冲刷与曝晒中，可一旦双方都秉持着找回的心意，它便会立即展现出盎然的力量。

就像她和如珍，也像钟世和大卫。

回去的路上，钟世开着车，轻轻哼起一首听不出音调的曲子。吴花果笑道："心情就那么好？"

"嗯。超级。"钟世咧嘴，脸颊两侧出现一对书名号似的笑纹。

他并没有打算多解释，他相信吴花果全都懂。

"那怎么不约大卫一起吃晚饭？"

"他要回去休息，之后备战温布尔登。"

"所以你们要温网见了？"

钟世点头，然后打开右转向灯，开上一条小路："带你去个地方。"

娜娜在这时发来视频邀请电话，吴花果划开屏幕，先将镜头对准钟世，还未说话，那头立刻大呼："小吴姐，我要看你！"

吴花果笑着将屏幕转回来:"终于想起我们啦?在学校吗?"

娜娜是朋友圈大王,昨天吃了网红冰激凌,今天和同学参观美术馆,周末要去北戴河看海,一天发一条动态都是少的。她过得丰盈充实,以惊人的速度彻底融入北京。

"我在宿舍,刚和爸爸视频完,他说你们出去约会了。"娜娜眨眨眼,"你们要去哪里?"

"我也不知道。"吴花果再次将镜头转向钟世,"请 Arsenal 发言。"

"保密。"钟世半侧过脸对着手机,"你兼职还在做吗?怎么总是晚上工作?"

娜娜长着一张俏丽的外国脸蛋,加之中文沟通完全没有障碍,不久前自己找了份网店服装模特的兼职,短短时间邀约不断,干得风生水起。

"这学期白天好多课,就晚上有时间。再说又不像某人身体零部件金贵,我熬得起大夜。"小姑娘怼起人来也似北京大姐。

"你不用指……指着……"钟世半晌憋出一句,"指树骂人。"

吴花果"噗"一声笑,将手机转过来对向自己:"他的意思是指桑骂槐。"

"天,出门还得带个翻译。"娜娜同吴花果打趣,"小吴姐,你不烦他?一瓶子不满,半瓶子咣当。"

钟世这下倒明白了,气得用法语大声回一句。

"训我呢,别理他。"娜娜撇撇嘴,转而一拍脑门,"哎呀,差点把正经事忘了。小吴姐,我是找你。我打算申请研究生,看了几所学校,你帮我参考参考。专业要么中文要么就翻译学,我倾向于去实践项目或者外部合作比较多的地方,可能方法不对,这方面没查到太多资料。"

"你要在国内读研?"吴花果不由得看向钟世。

钟世却耸耸肩,一副由她去吧的模样。

"对呀。刚才和爸爸说了这件事,他很支持。"娜娜低头一阵鼓弄,"我把学校列表发给你了。"

"好。"吴花果应下,"我下周给你答复。"

"拜托啦。"

通话结束,吴花果立刻打开娜娜发来的文件。上海、南京、成都、西安、广州、武汉,既有综合性大学也有专业语言类学校,可无一所学校在北京。

吴花果有些意外:"娜娜本意是离开北京啊?"

"嗯?"

"学校都挺好的,但是都很远。"吴花果边看文件,边回想身边有谁对这类学科更了解。

"她和林拓有阵子没联系了。"钟世冷不丁地说一句。

"昨天我看他们朋友圈还互相点赞呢。"

"点赞,不能算联系吧。"钟世修正表述,"像之前那样联系。"

"娜娜和你说过因为林队医?"

"她怎么可能告诉我。"钟世笑了笑,很温和的笑,不带有任何一丝不满或急躁,好似兄妹间早已习惯这样的相处模式。车开进一条小路,两旁是郁郁葱葱的树,树很高大,识不出品类,粗壮的树干彰显着它们的沧桑与稳重。

钟世停车,吴花果便跟着下来,闭起眼睛深吸一口气。

清爽的乡间味道。

"赛前娜娜问我打完会不会回家,提到她想多留一阵子,说可能读书也可能找个什么工作做做。"钟世拉过她的手慢慢往前走,继续刚才的话题,"她今天同爸爸视频,估计是知道爸爸很好,我也很好,彼此之间相处没有问题,她才下定决心吧。"

"娜娜平时马马虎虎,可心思挺细腻的。"吴花果评价,想了想又道,"不管是不是因为林队医,换个城市生活,多一份体验,也挺好。"

"况且她学语言,自己又喜欢。"

吴花果将他的意思补充完整:"走南闯北多感受些人文的异同,对今后会有帮助。"

两人相视一笑。

树荫退去,视野里出现一座古典的欧洲城堡。外面的围栏已经生锈,院子里亦杂草丛生,可这些仍抵不住十几米开外那座建筑物的恢宏。它矗立在那里,它就是沧桑历史。

吴花果"哇"了一声:"这是什么?"

"好像是以前这片区域统治者的住处。"钟世指指他们来时的方向,"以前我特别喜欢来这儿。从球场过来六公里,再从这里回家差不多也六公里。跑着来跑着回去,正好是中间休息的地方。"

"这里地势似乎高一些。"

"嗯。从远处看,它其实在山上。"

"以前的人,推开窗户就能看到芸芸众生啊。"

"那个时候我就盼着这扇门打开,有人整理院子,这样我就能趁机进去。"

"有吗?"

"没。一次都没有。"

吴花果朝他笑笑。

"可现在我觉得也好。"钟世望着远处的城堡,"心里有座山,才会想知道站上山顶能看到的风景。"

"你,应该算见过了吧。"

"人就是这样,见过一次却又想见第二次。"

他们并肩站着,看微风拂过杂草,看云彩时聚时散,也看夕阳罩住大地。没什么要说的,可又觉得已经和自己和对方说了很多话。那些话如同教堂里的钟,寺庙里的鼓,带着深邃和肃穆,也仿若带着神的旨意。

我终会遇到你,也终会和这样的你相爱。

这一刻,吴花果牵着钟世的手,好似望尽了平淡却饱满的余生。

出发去往上海前,马楚雯终于和任子延吃上一顿饭。

说"终于",是因任子延在此之前约过她三次。但由于二部人手着实匮乏——要补充进岗的另外一名新同事迟迟未到,此前来的那名业务还不够熟悉,加之实习生因处理留学签证问题要提前离职,再加之吴花果身在法网赛场,远水难解近渴,大大小小的事务全都压在马楚雯一人肩上,她从未觉得这样累过,以至于完全分不出一顿饭的时间给任子延。

直到吴花果回归,情况稍有缓解,马楚雯念着此次上海活动之后直接接上游泳锦标赛,再次见面就要到七月初了,于是一口答应下来。

两人将时间约在周五晚上,地点定在任子延朋友开的那家东北菜馆。

马楚雯因加班迟到了半小时,待她赶到时,任子延正坐在门口最靠窗的一张桌子上,面前摆着笔记本电脑,和周遭热烈的气氛有些格格不入。她打了声招呼坐下,任子延随即收起电脑,摘下眼镜揉揉太阳穴:"出门前有点活儿没干完。"

"我不是说要晚会儿吗?"马楚雯一边从手腕上摘下橡皮筋绑头发,一边看向他,"你弄完再出来多好。"

"怕你等。"任子延随口回道,向左手边扬扬下巴,"去拿凉菜吧。"

餐馆正中有一片自选凉菜区,背靠墙的长桌上摆放着七八个大盆,这也将空间分割成前后两个区域。马楚雯说:"你先去,我上个洗手间。"说罢回身迅速从包里拿出一片卫生巾塞进口袋,未料背后桌的食客恰好起身,椅背相撞,她的包整个倒扣摔落,东西撒了一地。

对方赶忙道歉,刚欲帮忙捡,却被快一步的任子延止住。他蹲下身将一地零碎悉数塞回包里,递还给马楚雯时小声问一句:"肚子疼不疼?"

刚刚在桌脚下他摸到一包卫生棉。

"有点儿。"马楚雯裹紧衣服,"我去洗手间。"

例假肚子疼算老毛病了。之前以为手术后取掉肌瘤会好一些,奈何这症状真是顽疾,到期提醒堪比信用卡还款短信。昨天吃下止痛药还好,今天硬挺着,发热贴和热水齐上阵,疼痛感变得忽轻忽重。

洗手间里有个年龄与她相仿的女性正靠着水池打电话,听话音似是工作中受了什么委屈。马楚雯进去时听到"不能因为我能喝酒就让我去陪客户啊",再出来时对方已眼圈通红,两人匆匆对视过,马楚雯从旁边的抽纸机里拿几张纸巾递过去,没有其他交流,她便先退出洗手间。

回到座位,桌上摆好了两碟小菜、一壶茶。任子延倒好一杯茶推到她面前:"这是柠檬片泡的,不影响睡眠。菜我点了几个,吃完早回去休息。"

或许年长几岁的关系,他更细心、体贴,也更懂得去站在她的角度想问题。

"哦,差点忘了。"任子延说着从背包里拿出一个手提袋,"上次看你桌上的枸杞快见底了,这里面有枸杞、柚子茶、玫瑰,反正每样都有点。早就想给你,这不一直也没见着。"

马楚雯接过,见瓶瓶罐罐有五六种,包装都不大。她顺手拿起一罐,笑了笑:"这点估计很快就喝完了哎。"

服务生前来上菜,任子延把热菜和凉菜换个位置,热的摆到马楚雯跟前,与此同时说了一句:"所以你得经常和供应商见面。"

他的神色没有一丝波动,算得上亲密的一句话从嘴里冒出来就像在讲一件稀松平常的事,仿佛他已经把她视为生活里不可缺少的一部分。

马楚雯说了声"谢谢",又补一句:"确实好久没见了。"

两人边吃边聊些琐碎日常,直至任子延邀请:"下周末出来看电影?我过去接你。"

"哎?"马楚雯抬头,"我从上海直接飞布达佩斯去跟游泳世锦赛,七月初回来。没跟你说是吧?这阵儿事情太多,都过糊涂了。"

"世锦赛?之前不是说小吴去吗?"

"原本定吴儿去跟,我主动申请换她。"

任子延蹙眉:"你们内部还能换来换去?"

马楚雯未察觉到对方的微表情:"朋友嘛,能搭把手就帮一把呗。"

"我知道你们关系好,可是楚雯,工作和私下关系怎么能混为一谈?"任子延放下筷子,"如果团队里每个人都这么干,你顶我我替你,且不说其他人怎么看你们,这对工作本身就有失尊重。"

这番话说得马楚雯有些蒙,她盯住对方:"你什么意思?"

"你太意气用事。该小吴做的事情,为什么你主动申请去做?"

在一场谈话中,马楚雯会被言辞之外的因素极度影响。换言之,哪怕对方说出的话是中立的,可表情、动作、语气、语调,这些环绕言语的外部因素但凡有一个不对,马楚雯就会像只斗鸡,一瞬间战斗值拉满。

她认为,这些才会表露出一个人真正的态度。

"我和吴儿的关系,用不着其他人揣测。"马楚雯抿一口茶,重重放下杯子,"我也从来没有轻视过自己的职责。"

-330

"你先别……"任子延并不打算争吵,刚欲解释,一位穿着短袖Polo衫的高大男子叫着他的名字过来,两步走到跟前,随即拽起任子延的胳膊,"我刚办完事回来,还找你呢。赶紧的。"

"干吗?"任子延被拉起来,看一眼马楚雯,匆忙介绍,"老杜,这儿的老板。"

"你好美女。"老杜拉起人急匆匆就往里走,"赶紧的,先过来。你怎么坐门口了,找你一圈……"

约莫两分钟,老杜自己回来,先道声不好意思,打量马楚雯一番,忽而问道:"哎,你是不是那个……就前段NBA球星嘉年华……"

马楚雯笑:"嗯,我是最赛事记者。"

"我说怎么看着眼熟!"老杜见窗台上放着笔记本电脑,"跟子延过来聊事情?你们可真是,大周五的工作都整餐馆里来了。"

马楚雯朝里面探探头:"任子延呢?"

"嗐,别提了。我家里水管爆了,这刚解决完来店里,员工就说里面有个姑娘,边喝边哭,就自个儿一个人。我寻思过去看看吧,好嘛,熟人,以前跟子延好过。正劝着呢,偏就店里有小伙儿认识子延,过来跟我说任哥坐窗边那桌。"老杜摆摆手,"直接炸了,哭得上气不接下气要找子延让他帮忙想办法。没辙。"

马楚雯心里一沉。

老杜摇头叹息:"这工作当初是子延给牵的线,说不愿意做文职,想做销售锻炼。你做销售又不想喝酒,这事儿别人帮得上吗?也就是都认识,我不好瞎咧咧。得,帮忙帮出售后来了。"

正说着,任子延将半醉的姑娘搀出来。马楚雯看过去,正是之前在洗手间打电话的人。

老杜三步并作两步迎上前,欲搭手被旁边的食客拦住,立刻换作笑脸应和:"得嘞。三瓶百威,马上来。"

马楚雯循窗而望,一双背影正往主路去。她收回视线,肚子开始莫名绞痛,疼得好似浑身都在打战。她从包里翻出止痛片,就水咽下。

很快,任子延回座,轻描淡写地解释一句:"认识。喝多了。"

马楚雯暗自用拳头抵住小腹,掩饰住表情:"老杜说了。"

任子延点点头,继续未完的话题:"我刚才没有说你或者小吴工作失职,好,我承认我有点生气,但那……"

"任子延,"马楚雯定定地看着他,"我不是你的同事,更不是你的下属。甭用带你自己团队那套来管别人,你不觉得管得太多?"

任子延瞬间僵住,没有作声。

"我吃完了。"马楚雯抄起包站起来,"没喝酒,开车来的,不用送。"

当天晚上,任子延给楚雯发去一条消息:话说重了,别往心里去。

他猜她在怄气,便也没期待立刻收到回复。

第二天下午,任子延又发一条:明天我送你去机场?

依旧石沉大海。

就这样过了一周,求助无门的任子延一通电话打到吴花果手机上。

吴花果正和钟世在超市排队等待结账,看到屏幕上的联系人先是疑惑地"嗯?"一声,而后接起:"子延兄,怎么想起给我打电话?"

"小吴,"任子延听得那头有杂音,问一句,"说话方便吗?"

"方便。怎么啦?"

"那什么,楚雯这两天跟你联系了吗?"

"昨天通过电话。你知道她出差了吧?"吴花果捂住手机话筒,对身后的钟世比个"楚雯"的口型。

钟世心领神会地笑了一下,指指门口,示意她找个安静的地方接听。

吴花果点头,边走边用手按住另一只耳朵,任子延的声音这才清晰些:"知道。她去上海前我们吃了一顿饭,有点不愉快,整整一周都没回消息。我不太放心。"

"怎么不直接打电话?"

"怕打扰她工作。本来行程就紧张,我也知道跟赛比坐办公室累。"

吴花果笑:"人好好的,那你还不放心什么。"

"我怕她情绪不好,心里赌气总归不是好事。"任子延轻微停顿,"那天吃饭我们聊到她换下你去跟赛,可能我话说得重了,让楚雯觉得我在挑拨你们之间的关系。但小吴,我完全没那个意思,我就是觉得团队里大家各有分工,不该把个人情感带入工作。"

吴花果从任子延的表述中猜出大概,虽然马楚雯没有提及这场不欢而散。她回一句:"雯子的确是考虑到我才主动申请的。我……有点私人原因。"

"能理解。这几天我也反思过,哪怕有个头疼脑热换个人去出一线,这些都是有可能的。我不该那么说。"

任子延这人,经历丰富,身经百战,城府深,想得多。某种层面是坏事,总觉得他留有后手,凡事注定是不能吃亏那个;某种层面却又是好事,懂得变换立场,会深刻自省,既然不妥那就竭尽全力补救。

最初吴花果不喜这种性格,接触多了却也觉得树有千种人有万类,品质正直,能够对身边人坦荡,至于其他——安顿于世的成年人,谁逃得过"社会性"?

"以我对雯子的了解,她不会因为觉得别人挑拨就自己生闷气。"吴花果想了想问，"你们吃饭还有别的事吗？"

这是一种女友间不言而喻的信赖——她怎么样，我们之间怎么样，我心里比任何人都清楚，犯不着为无关痛痒的评价大动肝火。

任子延听罢，原原本本将当日发生的事叙述一遍。末了，他无奈地总结："大半个月没见，总共就待了一个小时。我也是欠得慌，非得唠什么世锦赛。"

吴花果明晰了事情经过，心中已有答案。可她没有直接说出来，而是提出一个问题："子延兄，有没有想过你自己为什么会生气？"

即便认为马楚雯主动提出跟赛这个行为不妥，那也应该抱着互相讨论、给出意见的态度，其中绝不会掺杂进气恼。归根结底，任子延生气的点在于——跟赛要出去大半个月，在此之前两人已经见面寥寥，他认为马楚雯没有将"他们"列入考虑范围。

钟世提着两个购物袋走近，吴花果见状去接，他故意将看似体积小的袋子勾到她手上。仍在打电话的人未料到重量，手坠了一下，钟世立刻又接了回来。吴花果自知上当，笑着使劲拍他，探头看过去，袋子里装了一整个浑圆的西瓜。

原来已经到吃西瓜的季节了。

"既然你生气的不是跟赛这事，"吴花果听着那头没反应，语音带笑补一句，"那雯子真正气的应该也不是这事。"

"懂了。"任子延回应道，"小吴，谢谢点拨。"

吴花果说了声"客气"收起电话，歪歪头看向钟世："不是工作话题，但非常重要。"

钟世鼓鼓嘴："我又没问。"

走出两步，他又说："一个人对另一个人有过好感，很正常。"

吴花果笑了笑，挽过他的手臂。

他们之间的那座信任木桩早已深深扎进土壤里。

晚风和煦，街头熙攘，衣着鲜亮的男男女女们大声说话，城市被浪潮般的热度席卷着。好像只有夏天允许所有的肆意，又好像人们将所有的热情都留给了夏天。这让吴花果突然间想到一个词——重启。

崭新的、疯狂的、不可思议的、难以描摹的，无论什么发生在这个夏天里，都会顺理成章吧。

正想着，林拓的电话打了进来："小吴，你快去看，楚雯这下真火了。"

任子延在自己的社交账号上刚刚发布了一则动态，只有四个字：我很想你。

后面圈了马楚雯的账号。

- 333 -

据林拓说明，他正和做运动医疗的同伴们在一起讨论下次公益活动安排，为加大推广力度，有人提出可以把上次楚雯替他们宣传的新闻再转发一遍。这么一搜索，直接就带出了任子延表白那一条。

钟世亦在运动医疗的群组里，佐证了林拓的说法——大家正你一言我一语讨论着此时适不适合转发，一来有蹭热度的嫌疑，二来更怕给好心帮忙的马记者带来麻烦。

吴花果稍加思索，告诉他："让林队医他们发吧。本来公益项目就难做，赶上点热度是好事。"

钟世没有多问，点点头，将消息告知林拓。

马楚雯生这么多天闷气，恰是因任子延的不明朗——送完前女友没有多余解释，在他的朋友老杜看来他们只是工作关系，久未相见吃上一餐饭，对方又多加责怪。马楚雯可以接受棋逢对手的你进我退，可一旦其中掺杂进顾虑和迟疑，那就如同踩中她的尾巴，不炸毛才怪。

好在任子延不算笨，一点就透。

至于雯子——这会儿比赛正进行得如火如荼，当事人做出反应恐怕要滞后一些了。

钟世将购物袋里的东西分门别类整理好，回到厨房准备给吴花果打下手。他一进来就乐了，操作台上摆放着大小不一的瓶瓶罐罐，食材也已就位，而小吴同志正坐在一张小板凳上，单手撑腮，另一只手举着手机认真观摩。

出门前她便说要自制腌菜，现在弄上，等过阵子跟完温网回来正好可以吃，效果好还能给朋友们分一些。

算盘打得叮当响，实操显然是另一码事。

"好难。"吴花果苦着一张脸，"应该买个厨房秤的，不然剂量没法掌握。"

"找个参照物？"钟世走近，蹲下来同她一起看视频。

"几十克的参照物怎么找？"

钟世挠头："网球一般不到60克，别的……"

两人正说着，吴家妈妈发来视频邀请。吴花果划开屏幕，一阵吵闹声随即涌入："果果，在做什么？"

"研究腌菜呢。"吴花果笑，"在店里？这么热闹。"

"嗐，给你看看。"屏幕里出现三五穿着咖啡馆制服的人，桌上是吃剩一半的蛋糕，吴家妈妈快活的声音传来，"我和你爸结婚纪念日，他们也不知道哪儿听来的，非要庆祝。喏，自己做的蛋糕，还挺像样的吧？"

"你俩今天纪念日？"吴花果惊讶，"我都不知道哎。"

"别说你，不提起来我都忘了。"花老板这才将镜头转过来对向自己，小声打趣,"又不是什么好日子。"

她一下便看到钟世,声音更昂扬些:"小钟也在啊?没去球馆?"

"阿姨好。"钟世规规矩矩地问好回答,"上午去打了一会儿。"

吴家妈妈背后偶尔闪过一些面孔,她回头与他们说话,再次转向镜头后笑着解释:"店里这帮小年轻,认出小钟来了。方便打个招呼吗?"

"我方便。"钟世抓抓头发,还未来得及调整角度,屏幕里已经聚满人头,大家你一言我一语,场面堪比远程记者会。

有些老员工吴花果是认识的,听上几句不由得插话:"再给你们配个麦就齐活了。"

"那不把你工作抢啦?"有人开玩笑,随即招呼起大家,"走了干活去,让老板聊。"

人群随即散开,画面那头只剩乐呵呵的吴家妈妈。

吴花果问:"我爸呢?"

"去洗手间了。哎,说曹操曹操到。"

画面里变成两个人,吴家爸爸扬扬手:"你好,小钟。"

"叔叔好。纪念日快乐。"钟世笑道。

"看到啦?哎,就年轻人什么节都要过一过,弄得和过年似的。最近怎么样?训练要控制强度啊,肩膀什么的旧伤都要注意。"

"我挺好的。这段在准备温网,身体状况还可以。"

"平时运动完啊,找队医做下按摩,这个关节,尤其是肩颈、手腕……"

被自动略过的吴花果急忙打断:"爸,人是在役,比您这退役的懂多了。"

花老板在一旁帮腔:"就是,你爸每天在花园里跟人家打太极,心里还在足球场上蹦跶呢。"

钟世没忍住,别过脸,弯弯嘴角。

"怎么想起做腌菜来了?"

吴花果听得母亲这样问,刚要撒娇"还是老妈关心我",却又听到那头说:"老吃腌制品对身体不好。尤其小钟,饮食得清淡健康些。"

"他不吃,我还不能吃吗!"吴花果噘嘴,"你俩当半道捡了个儿子啊,喜新厌旧。"

钟世看着她,二老看着这对小情侣,大家各自会心一笑。

"行了,腌菜还不简单。"吴家爸爸转入正题,"器皿有吗?"

"都准备好了。"吴花果一高兴,直接站起来,将镜头转向操作台,逐个介绍,"我想多腌几样,辣白菜、酸黄瓜、糖醋蒜,网上说这种保鲜盒就行,密封性很好。就是用料好难,十几克几十克的,不知道放多少。"

"哎哟,不用那么精细。大蒜就这么多是吧?你现在拿个杯子倒醋。"

"没有量杯。"

"喝水的杯子。"

钟世听着，从旁边架子上拿个空杯递过来。

那头吴家爸爸继续指导："哎，对，倒醋，再来一点，好，可以了。我看看你们糖勺多大？"

"喏，就喝汤的勺子。"

"放糖吧，四勺就差不多，要是满勺顶尖就放三次。"

吴家妈妈纠正丈夫："你这么说她掌握不好量。果果，你就放平勺，对，糖粉和勺子持平，不要冒尖，每次都这么多，放五勺。"

钟世听着，看着，手下忙乎着，心里不知不觉就被填满了。他很想将这天记录下来，因为是第一次做这样一件事——被长辈们视频指导做腌菜。可转念又觉得，自己和吴花果之间已经发生过太多第一次。它们都是微小的、不经意的、甚至无关紧要的，就像走在路上遇到的一个红灯，这些第一次普通到在生活里随处可见地发生着，在漫长持久的今后还会出现第二次，第三次，数不胜数的很多很多次。

特别去纪念，倒显得生分。

吴花果已经戴上手套，手机放置在一旁，听从指挥卖力地将辣椒粉铺到白菜上。钟世见她发丝落下，想着去寻个夹子或者橡皮筋，便转身离开厨房。

翻找的工夫，马楚雯发来消息：你和吴儿在一起吗？给她发信息没回。

钟世回复：她在和家里视频。

马楚雯：那别叫了，我没什么事。

钟世见对方一直处于正在输入的状态，却迟迟没有新消息进来，于是又发去一条：下午任子延给果果打过电话。

这次她回得很快：说什么？

钟世：我没有听。

马楚雯发来一个翻着白眼点赞的表情，意思明确——果然是你的风格。

钟世稍作犹豫，回过去：马记者，怎么想就怎么做，不用考虑太多外在因素。

暧昧有毒，一脚踏进去反而专注。当那层模糊的纸被捅破，许多摆在眼前的现实问题才会浮现——比如同行关系，比如未来发展，比如小圈子里的这群人之间曾经建立过其他交往。

其实马楚雯很急，她急着想与吴花果聊聊心事，迫切想要回应此时此刻自己这份汹涌如潮的心动。

她承认自己乱了阵脚——当收到任子延的公开表白。

很奇妙，压制住这份慌乱的不是最好的女伴，却来自算不上多熟悉的钟世。

如同一首轻快的钢琴曲在耳边奏响，马楚雯抱着卸下重担的心情发来一句话："是，原本就应该怎么想怎么去做。"

钟世找到橡皮筋，放下电话，试着在手上缠绕几圈，这才重新拿起手机，信心满满地走向厨房。

新消息再次进来，马楚雯说：钟世，我发现你好像变了一些。不用回了，温网打完一起吃饭。

吴花果扬起满是调料的双手，用肩膀蹭了蹭头发："小钟，你叔叔阿姨叫你。"

钟世听罢快步走上前，那头吴家爸妈还没有挂断，两人推托一番，最后由家庭地位排名领先的花老板发言："小钟，这不快打比赛了嘛，就想跟你说一句，不好的那些都过去了。果果是，你也是，你们摔了有我们接着，我们接得动，所以啊不用怕。"

钟世抿抿嘴，继而使劲点了点头。

"行了，挂吧。弄完你俩赶紧吃饭，早休息。"

"新婚快乐哦。"吴花果皮一句，对着卡住的画面挥挥手。

视频通话结束，钟世绕到她身后，拢起头发，笨手笨脚地将橡皮筋缠上去。

吴花果察觉到突然间的安静，扭过头："你怎么啦？"

钟世继续手里的活计，正反试过几下，勉强算扎住。他就这样站在身后圈住她，下巴抵在吴花果颈窝处，过了一会儿才说道："马记者刚才给我发消息了。"

"哈？"吴花果急急转过身，"雯子说什么？"

"做了一个决定吧。"钟世将她额前的碎发拨了拨，"找你没找到，她应该很着急做这个决定。"

吴花果笑道："想不到啊，你都会帮别人处理事宜了。"

"我有变化，对不对？"

"嗯，很大。"

"你爸爸妈妈知道我打温网青少年赛的时候……"

吴花果点头："我和他们说过。生气啦？"

"怎么会。"

"那怎么……钟世，你现在神经兮兮的哎。"

"有吗？"

"有啊。一会儿这个，一会儿那个，说话东一出西一出的。"

"想到很多事情。"

"哎？你看你看，就是很奇怪！"

"其实也没什么。我就是觉得，今天可真好。"

Extra
无数个这样的一天

比赛训练，其实我都在追求更好，更好的成绩，更好的排名，大概因为知道还能做得更好。可只有你这一件事，我觉得没有更好了——你就是最好。

今日，老吴家将迎来几位贵宾。

吴建章一早起来，左手一杯茶，右手捧着手机，在阳台上铺开小马扎，按住手机说话："欢迎来中国。"

翻译软件一丝不苟地吐出标准法语："Bienvenue en Chine."

"吃了吗？"

翻译软件："Avez-vous mangé？"

"中午家里随便吃点，晚上我们来安排，尝尝这个咱们这边的特色菜。"

翻译软件开始打转，迟迟发不出声音，老吴"啧"了一声，刚按住手机要重说，客厅里传来花英子的声音："别鼓捣了，你快洗脸去。人家钟世小妹普通话说得比你都好，给咱俩当翻译足足的。"

"那总有单独相处的时候，不能大眼瞪小眼干坐着啊。"老吴呷了口茶，没有起身的架势，"哎，这果果也是，他俩怎么还比长辈晚到一天。"

吴家夫妇半月前得知钟世父亲与阿姨小妹将过来见面的消息，这倒还好，小情侣恋爱两年多，感情稳定，而今希望给这层关系赋予更深更牢固的绑定，作为父母，他们是喜悦的。只是昨日，吴花果忽而说台里有个临时任务，要晚两天回来，钟世自然陪她一起，双方家属会面当事人不在，也算足够创新了。

"得了得了，人外国人不讲究这个。孩子们多忙啊。"花英子一把夺过茶杯，"再说见个亲家，你紧张啥？"

"那是普通亲家吗？头回见，这……这都听不懂话。"

"亲家有什么普通不普通的。"花女士心态一向豁达，单臂一挥扯开阳

-338-

台的纱帘,清晨的阳光瞬间洒满整个空间,"那是小钟家里人,咱俩是果果爸妈,总归得见一见,认识一下,多大点事。"

"姑娘大啦,转眼要成家了。"吴建章听罢缓缓收起小马扎,"时间真快啊。"

大约是无意中触到输入键,翻译软件传来机械的女声:"Le temps passe si vite."

吴花果刚散会,便急急查看手机,母亲两小时前发来一条:人接到了。
无任何评价,仿佛大好5G网络按字数计费。
问"怎么样"没有答复,电话无人接听,又给与他们在一起的娜娜发信息,等上一会儿依旧无回复,她心里不由得有些打鼓。毕竟头一回见,方方面面都属完全陌生人,真要哪里触到对方禁忌可就难办了。

虽然她觉得,这里面并没有不好相处的人。

"小吴,进来一下。"常仁飞在办公室门口唤人。

"来了。"她应了一声,放下手机,抄起笔记本挪步而去。

门关起,常仁飞先将桌上的外卖盒朝她的方向一推:"吃饭,吃饱了才有力气干活。"他将筷子递过去,"下午这趟专访,最重要的是想办法打开局面。"

任务是昨天接到的——篮球运动员刘硕是近几年冒出来的新人,速度快、体能好、篮下反应机敏,因而顺利入选男篮亚洲杯大名单,是赛场上冉冉升起的新星。事情的起因是他在个人社交媒体上点赞了一幅画,矛盾点便在于那幅画的内容是一个女人半裸身体的妩媚姿态。网友们顺藤摸瓜揪出他的外网账号,一下挖掘出"新大陆",数条点赞皆是此等内容,批判辱骂随之炸开锅,纷纷要求将其开除国家队。而就在今天上午,篮协更新本次亚洲杯大名单,刘硕的名字没有出现,但也并未公布其他任何处罚决定。

公布出现之前,常仁飞动用私人关系约到最赛事对刘硕的专访,坦白地说,今天上午大家都有些忐忑,事情有变,对方若取消访谈也在常理之中。而直至此刻,他们并未收到任何消息,那意味着这场对话将成为一手信息源,难度当然也会随之增加。

吴花果很少跟篮球板块,今日上午与相关负责同事就人物背景、案例过程,以及必要话术过了个会。她不知道为何常仁飞偏偏将任务给到自己,可挑拣不是她的风格,那亦缺少职业素养,她不会那么做。

她始终对自己所从事的行业心怀敬畏。

"名单这事,您怎么看?"吴花果问。刚刚会议上人多,常仁飞并未就此举表态。

"这次不参加,我猜还是舆论状况的考虑。毕竟国际赛事,一举一动都可能被无限放大。赛场外找新闻这种事,全世界咱们这行都一样。"常仁飞起身去打咖啡,"没有处罚决定就证明没有盖棺定论,小吴,报道原则第一条。"

"对事实负责。"吴花果咽下嘴里的炒饭,"不带入主观看法。"

常仁飞背对她"嗯"了一声,顿了顿又道:"触及底线有法律,清清白白的自会清清白白。我们只做自己该做的部分。"

"是。"吴花果点头,放下筷子,轻笑一下,"您找我就是为嘱咐这个?怕我不客观?"

"有一点吧。"常仁飞将咖啡杯放到她面前,"刚才开会你应该也察觉到了。"

的确,会上同事们七嘴八舌,言谈中对刘硕的品性颇有微词。舆论的导向力量是强大的、浓厚的,三人成虎,众口铄金,风过麦穗倒,而躺倒在顺风的方向里永远最安全。

"您放心吧,我有数。"吴花果表明态度。

常仁飞呷了一口咖啡,放下杯子:"体媒人,得有面对真相的勇气,不管这个真相本身是好是坏。我们要报道真相,还原真相,我们就是驻守在体育外围的墙,墙决不能歪。你在二部跟我也快三年了,你走这一趟,我最放心。"

吴花果笑:"这下明白为啥压我假了,自己人好用。"

"自己人当然最好用。"常仁飞一副笃定的语气,"下午采完,稿子明天出给我,假期天不塌我肯定不找你。"

"不行,您给我立个字据吧。"吴花果打趣,作势翻开笔记本。

搭档几年,而今她也敢对这位师父偶尔顽皮。

"差不多得了啊。"常仁飞也笑。他知道吴花果此次请假回老家的目的,而自己一声令下把人薅回来,稍稍有些过意不去,于是又补了一句,"最近辛苦了,等你跟小钟办喜事,我包个大红包。"

专访地点约在刘硕家里,对方定的位置。一行三人,吴花果、时小乐,还有新媒体部入职不久的助理云峰。路上,吴花果给钟世去电,接通后直接问话:"有消息吗?"

"什么消息?"钟世似刚刚运动完,气有些喘。

"你家,我家。"一天像打仗,顶着即将到来的采访任务,吴花果心浮气躁。

"没有。"钟世语气带笑。

她更急:"没有你怎么不问问啊?"

"那我现在问。"

"问也没有!我都问过了。"

-340

那头笑意更大:"那还问什么。"

"哎呀,跟你说不通。"吴花果欲挂断。

"等下,果果。"钟世叫停,"你是不是要去外采?"

"在路上。"

听得出对方语气欠佳,钟世片刻停顿。

而这空白的三秒更引得吴花果焦虑:"不讲了。"

"他们不会有问题的。"钟世似猜到她所想,"我知道我家里人什么样子,我也知道你爸爸妈妈什么样子,所以不会有问题的,嗯?"

吴花果不语,却感觉原本涌到头顶的情绪正在慢慢下沉。

"我一会儿要去林拓那边取些东西,然后回家收拾行李。"钟世有条不紊地安排,"你结束了给我打电话,我去接你。家里有消息我会发信息,别担心。"

他的中文越发好了,现在已能三言两语安抚住她。

又或者,他们在互相靠近的过程中一次又一次见识了对方真实的模样,那样子偶尔愚蠢,偶尔犯傻气,偶尔也只是说不清道不明的一种感受,他们拥有了与那般模样相处的默契。

"好啦,知道了。"吴花果鼓鼓嘴,"我刚才……"

"嗯,刚才挺像气球。"

"喂!"

"快去吧,晚上见。"

通话结束,正开车的时小乐侧过头,笑了一下随即迅速扭回去:"小吴姐,有点凶哦。"

"开你的车。"

"姐夫刚打完大师赛,多少女粉丝惦记着,你对人家好点。"

吴花果乐:"这你都知道?"

"你不能光看自家新闻啊,网球资讯社,还有那个天天网球,姐夫打到16强两盘抢七那场,评论区都疯了。"时小乐拿出娘家人姿态嘱咐,"得有点危机意识。"

吴花果认真地想了想,摇头:"没有。不用有。"

因为他是我的,从来都是。

后排的云峰听着二人轻快地聊天,这时探过头:"时哥,小吴姐,你们一点不紧张啊?"

"紧张啊。"吴花果惬意地翻看采访大纲,"心跳加速,满头大汗,腿肚子打战。"

"啊,一点看不出来。"

- 341 -

时小乐"啧"一声:"你看出来才有鬼了。听她胡说。"

吴花果向后侧侧身:"紧张什么,又不是第一次跟外采。咱们准备足够充分,现场多取点素材,照常干呗。"

"不是这个。"云峰吞吞吐吐,"那刘硕,官方资料一米九,地点又约他家里,多奇怪啊!万一这人有点什么,小吴姐,就我这身板,我跟时哥两人都费劲能制伏他。"

原来在担心这个。

云峰的五官因忧心和焦虑扭成一团,使得整张脸看上去像四周留白过多的画作。

"有警惕意识是好事,尤其外采更要保护好自己。"吴花果回过头,脸上带着浅浅的笑容看向新来的同事,"可是云峰,这个想法,在我们采访的过程中不能有。我们没有权利去审判我们的采访对象。"

都说三十岁是人生档口,现而今的吴花果站在这个档口处,偶尔会觉得吃力,偶尔也有"我是前辈我应该那样去做"的责任感。她感激这个徘徊在成熟线的年纪,亦感激所有将她推向这个年纪的过往经历,它们塑造了她,完整了她,它们让她清晰地明白自己要去做怎样的人。

年轻的新人"嗯"了一声,过会儿又补一句:"小吴姐,我记住了。"

钟世从林拓处取回三个大箱子,一箱药、一箱基础医疗设备以及拐杖通用夹板等,还有一箱护腕护膝绷带颈托类保护工具。现如今山区运动医疗项目的大群已有近三百人,去年建立起公益基金,也断续收到些社会资助。下周活动地在吴花果老家省份的一所乡镇体校,马楚雯主动请缨参与助力宣传,林队医一合计,最赛事两朵花便能把他这些物料顺路带过去——朋友的羊毛该薅还得薅。

后备厢容量只够放一个大箱子,其余两箱堆放于后座,钟世与林拓七手八脚地弄完,两人皆满头大汗。林拓问话:"楚雯晚上到你们那儿去是吧?"

"对,说起来吃饭,顺便把东西带走。"钟世再次确认,"你不来?"

"不合适。"

钟世便也不再坚持,林拓有自己的处事原则,他尊重他的决定。

"哎,"林拓忽而拱他一下,"这回家里人见面,和小吴就定了吧?"

钟世未犹豫地点头。

"什么心情?"

"心情……"他挠挠眉头似在思考,再次开口时语气调皮许多,"和喜欢的女孩结婚能是什么心情?说出来你也不懂。"

林拓白了他一眼——知道了,开心得冒泡了。

两人正说着，钟世的手机响起，见来电人是娜娜，当即按下接听键。

未等打招呼，娜娜一番紧急输出："Arsenal，我接下来讲的话，你别紧张也不要担心。下飞机后我们一起吃了饭，然后又出去玩，回来看到社区有乒乓球台，爸爸就说和吴叔叔玩一会儿，结果，好像受伤了。"

"谁受伤？"

"两个人，都。"

"啊哈？"

"你别担心。不是很严重的受伤，好像就是肌肉拉了一下。"娜娜不带任何偏袒，一同责备，"他们可真是，两个人加一起都超过一百岁了，还要玩，现在都回小吴姐家里休息了。"

一旁的林拓这时问话："谁受伤？严重吗？"

"两个爸爸，不严重。"

钟世说完，又听到电话里的声音："你和林拓在一起吗？"

"嗯。"他试探着问小妹，"你们要不要讲话？"

娜娜离开北京后到南京一所高校读研，毕业后又到上海一家文化机构实习，这两年走了很多地方，见了很多人，生活依旧丰富充实，性格似乎也稳了些，只是，没有再同林拓讲过一句话。

"不用。"小姑娘给出一贯答复，"我上楼啦。"

钟世收起电话，与林拓相视一笑。林队医摇头："嗐，这丫头。"

二十多岁还学不会迅速消解，一件事，一个人，一种情绪总会记很长时间。可过来人知道，总有一天，那些会在漫长时光里变成轻飘飘的一缕烟，以至于再回想时不过是一句感叹——原来也没什么大不了。

晚上七点，马楚雯先到吴花果家，脸上还带着下午的活动妆面。进门打过招呼直奔卫生间，边卸妆边与两人说话："林拓那些箱子你们带不了都给我，我俩反正没什么行李。"

她与任子延一周后休假，决定去吴花果老家玩一圈，顺带去给医疗项目助个力。

"子延兄知道你去给前追求者站台，没什么意见？"吴花果打趣。

"你别把他想的那么小心眼，这种出人出力的事，他比我都积极。"马楚雯"哐哐"往脸上扑水，"哦，对，他带晚饭过来，你俩明天飞，别忙活了。"

"猜到了，本来也没打算做。"吴花果"嘿嘿"一乐。

马楚雯靠近些："你们家小钟有进步啊，我看行李箱旁边大包小包的。"

其实吴花果回来就发现了，酒、点心、北京特产，该备的一样不少。

她笑："林拓提点的，不过我也鼓励了。"

"就是，你得鼓励式教学。"马楚雯将头发随意抓起扎个马尾，凑近女伴，"小钟真是个好男人，你捡着了。"

"那我也……"

"是是是，你也好，你们互相捡着了。"

两人揽着肩膀走到客厅，钟世已整理好行李，指着玄关处的两个箱子："楚雯，你们回头把这两箱带走吧，都是衣服器材，不怕摔。"

"成。哎，你爸身体怎么样？这友谊赛伤了俩，挺使劲啊。"

"没大事儿，我爸说明天带他们去拔罐。"吴花果接话。

"拔……拔罐？"马楚雯大笑，"吴叔这待客之道有一套啊。"

"可太有一套了。"吴花果叹气，"猜都猜不到这样开场。"

钟世坐到她身边，先揉揉她的脑袋，不紧不慢地说："我觉得挺好的，本来我爸爸他们也是想过来玩玩，这下什么都体验到了。我们不要杞人忧天。"

"钟世，你现在这成语储备太牛了。"马楚雯伸出大拇指，"以后没点文化素养采不了你了。"

三人正说着，敲门声传来。任子延左右手各提一袋餐盒，进门就道："楼道里都听到你们说话了，讲什么哇哇直叫？"

"钟世刚用到一个特别准确的成语。"马楚雯接过包装袋，三下两下拆好摆到餐桌上，"你还记得他刚开始那会儿吧？我天，可以说一个都用不对。"

"也没有一个都……"被点到的人挠头。

"差不多那意思吧。"马楚雯感叹，"时间真快啊，总觉得没过多久，一转眼你的中文水平都能开班了。"

"可不是快，他俩都好事将近了。"任子延举杯，"来喝一个吧，恭喜恭喜。"

大家齐齐碰杯。吴花果笑道："到时候楚雯给我当伴娘，林拓是伴郎，你没问题吧子延兄。"

"有点问题啊。"任子延看看马楚雯，又去看吴花果，"伴娘名额能不能多一个？我俩都去给你当伴娘呗。我行，红脸蛋咱小时候画过。"

"还要粘假睫毛。"钟世冷不丁来一句。

任子延揉揉眼睛，想了想发出退步宣言："那个……安排挺好，一个伴娘一个伴郎，整齐。"

大家又一阵笑。马楚雯这时拱拱女伴："你今天外采是不是没关注新闻？叶如珍正式宣布退役了。"

在刚过去的夏季奥运会上，如珍在蝶泳单项上拿到银牌，女子混合接力赛问鼎冠军，两次站上领奖台，在现场的吴花果哭了两次。那些年少时做过的梦，那些在宿舍里的豪言壮语，那些泳池中咬牙许下的愿望，如珍好像替她一起实现了。她能理解如珍的决定——三十岁，对运动员来说不年轻了，这份荣耀是叶如珍抱着最后一搏的信念获得的,她已然给了自己一份答案。

"她昨天给我发信息了,说没遗憾。"吴花果笑了笑。

"我听说要转教练岗。"任子延接话,"以她的资质,转教练应该也能带出不少好苗子。"

大家静静吃了一会儿,马楚雯忽而感叹:"你说咱们这行,有时候想想就跟那酒店前台差不多。一批人走,一批人又来,迎来送往的,总有新面孔。"

"这也是咱们存在的意义吧。"任子延自顾喝一口酒,"记录下那些不该被遗忘的。"

吵吵闹闹吃完一餐饭,送走朋友们,吴花果提议:"要不要去转转?吃撑了。"

钟世点头,将她的外套拉链拉至脖颈处,牵过她的手,两人沿着小区花园慢慢散步。

"今天采访不顺利?"他看出她的心事。

"也不是。"吴花果低头看脚下的路,"刘硕以前是学油画的,他家整面墙都是工具书,还给我们看了不少他临摹的画。他说点赞评论纯粹是觉得人家画得很好,至于为什么是腿啊胸啊身体啊,他说觉得女人的姿态好看,也点赞了其他的,可没人关注。"

"你怎么想?"

吴花果稍加思考:"给我的感觉,他没撒谎。也不至于为了应对我们,弄那么一屋子出来吧。"

"人都是多面体。现在的社交网络,好像都只会无限扩大某一个方面,因为这样才有记忆点。"钟世笑,"李姐也常提醒我,谨言慎行。"

"钟世,我现在有点纠结。"吴花果抬头望了望天,大力呼出一口气,又道,"我想写运动员的多样性。运动员本身只是一份职业,而这个人,他应该要有保留自身喜好的权利。打篮球的可以喜欢油画,也可以喜欢女人的线条,但……"她顿了顿,"这样写,可能让人认为有为刘硕开脱的意思,更何况这次他被剔除出大名单了。"

晚风吹过,十一月的北京,天确实凉了。

钟世忽而咧嘴一乐。

"你笑什么?"吴花果不解。

"我在想,你什么时候怕过。"钟世扬手勾下她鼻尖。

吴花果沉思。

"和你分享一个我的方法,要不要听?"

"来吧。"

"去掉一切外因，如果这件事仍然想做，那就去做。"

钟世看向她，眼睛闪亮。

在这如常的一天即将结束的时候，吴花果感觉自己终于落地了。很笃定，也很确信，她握住钟世的手晃两下，想要说些什么却又一时语塞。

"回去吧，别感冒了。"钟世揽过她的肩膀。

"我想……亲你一下。"话音未落，她勾过人，踮起脚在他侧脸上落下轻轻印记。

"再和你说一件事。"

"啊？"吴花果戳他的脑袋，"你这小脑袋瓜里藏多少东西？"

"我今天下午和你爸爸通电话了。"钟世抿抿嘴，"第一次，单独。"

"讲什么？"

"很多。他问我是不是准备好了。"

"我爸真的……"

"我也问了自己这个问题。"钟世停下，双手握住她的手，"比赛训练，其实我都在追求更好，更好的成绩，更好的排名，大概因为知道还能做得更好。可只有你这一件事，我觉得没有更好了。"

吴花果鼻头一酸，眼泪险些落下。她听到他的声音：

"你就是最好。"